애완동물 공동묘지

(상)

애완동물 공동묘지

Pet Sematary

(상)

스티븐 킹 장편소설

황유선 옮김

황금가지

PET SEMATARY
by Stephen King

차례

(상)

(하)

이 책에 쓰인 본문 종이 **E-light**는 국내 기술로 개발된 최신 종이로, 기존에 쓰이던 모조지나 서적지보다 더욱 가볍고 안전하며 눈의 피로를 덜게끔 한 단계 품질을 높인 고급지입니다.

서문

여기 책을 써서 자신들이 무슨 일을 했는지 왜 했는지 이야기하는 사람들이 있다.

존 딘. 헨리 키신저. 아돌프 히틀러. 캐릴 체스맨. 제브 매그루더. 나폴레옹. 탈레랑. 디즈레일리. 로버트 짐머맨. 로크. 찰턴 헤스턴. 에롤 플린. 아야톨라 호메이니. 간디. 찰스 올슨. 찰스 콜슨. 빅토리아 시대 닥터 X.

대부분의 사람들은 신께서도 '책' 을 써서 무슨 일을 했는지 왜 했는지 최소한 어느 정도는 이야기한다고 믿는다. 신은 그런 일을 했고 이 대부분의 사람들이 인간이 신의 형상을 본떠 만들어졌다고 믿으므로 신 역시 인간으로 간주될 수 있다…… 어쩌면 '인간' 이라고 하는 것이 더 적합하겠다.

여기 책을 써서 자신이 무엇을 했는지…… 그리고 무엇을 보았는지 얘기하지 않는 이들이 있다.

히틀러의 시신을 묻은 사람. 존 윌크스 부스의 시신을 부검한 사람. 엘비스 프레슬리의 시신을 방부 처리한 사람. 교황 요한 13세의 시신을 방부 처리한 사람(대부분의 장의사들이 형편없었다고 함). 존스타운 사건(대량 집단 자살 사건—옮긴이) 후 시체를 치우고, 시체 운반용 부대를 나르고, 종이컵에 도심 공원의 관리인들이 가지고 다니는 스파이크로 구멍을 뚫고 파리를 쫓은 사십여 명의 장의사들. 윌리엄 홀든을 화장한 사람. 알렉산더 대왕의 시신을 부패하지 않도록 금으로 싼 사람. 파라오들을 미라로 만든 사람들.

죽음은 수수께끼이고 매장은 비밀이다.

예수께서 가라사대 "우리 친구 나사로가 잠들었도다, 그러나 내가 깨우러 가노라."
제자들이 서로 가로되 "주여 잠들었으면 낫겠나이다." 하더라.
예수는 그의 죽음을 가리켜 말씀하신 것이나
저희는 잠들어 쉬는 것을 가리켜 말씀하심인 줄 생각하는지라.
이에 예수께서 밝히 이르시되
"나사로는 죽었느니라…… 그러나 그에게로 가자."

—「요한복음」

1부
애완동물 공동묘지

세 살 때 아버지를 잃고 할아버지가 누군지도 알지 못하는 루이스 크리드는 중년에 접어들면서 아버지를 찾을 거란 생각은 한번도 해 본 적이 없었다. 그러나 그 일은 일어났다…… 하지만 그는 성인이 인생 후반부에 자신의 아버지가 되었어야 마땅한 사람을 찾았을 때 으레 그렇듯 이 사람을 친구라고 불렀다. 그는 아내와 두 아이들과 함께 러들로의 흰색 골조의 대저택으로 이사 온 날 저녁 이 남자를 만났다. 윈스턴 처칠도 그들과 함께 이사를 왔다. 처치(윈스턴 처칠의 애칭—옮긴이)는 딸 아일린의 고양이였다.

대학의 관련 부서는 일 처리가 더뎠고 대학으로 출퇴근할 수 있는 거리에 있는 집을 찾는 것은 머리털이 곤두서는 일이었으며 그가 집이 있다고 생각한 곳에 다다랐을 즈음 그들은 모두 지치고 신경이 곤두섰으며 불안했다. 모든 징후가 들어맞았다…… '시저가 암살되기 전날 밤의 별자리 같군.' 이라고 루이스는 불경스러운 생각을 했다. 게이지는 지칠 줄 모르고 이를 갈며 보챘다. 레이첼이 아무리 자장가를 불러 주어도 잠을 자려 하지 않았다. 레이첼은 아기가 젖 먹을 시간이 아닌데도 두 번이나 젖을 물렸다. 레이첼뿐 아니라 게이지도 저녁 식사 시간을 알고 있었고(어쩌면 더 잘 알았다) 시간만 되면 돋아나는 이로 엄마를 깨물었다. 레이첼은 태어나 죽 살아온 시카고에서 메인 주로 이사하는 것에 확신이 서지 않아 울음을 터뜨렸다. 아일린이 즉시 따라 울었다. 스테이션 왜건 뒷좌석에서 처치는 시카고에서 여기까지 오는 지난 사흘간 늘 그랬던 것처럼 쉴 새 없이 왔다 갔다 했다. 고양이 이동장에서 나오는 처치의 울음소리는 듣기 싫었지만 마침내 가족들이 포기하고 차 안에 풀어 준 다음의 쉴 새 없는 움직임도 거의 마찬가지로 신경을 긁어 댔다.

루이스 본인도 약간은 울고 싶은 심정이었다. 갑자기 무모하고 썩 유쾌하지 못한 생각이 떠올랐다. 뱅거로 돌아가서 이사 차량을 기다리는 동안 식사를 하고 언제든지 버릴 수 있는 세 볼모가 나간 사이 그는 액셀러레이터를 끝까지 밟고 뒤도 돌아보지 않고 도주해 버리는 것이다. 왜건의 대형 4배럴 카뷰레터는 엄청나게 기름을 먹어 댄다. 그는 남쪽으로 차를 몰아 단숨에 플로리다의 올랜도까지 가서 이름을 바꾸고 디즈니 월드에서 의료 보조원 일자리를 얻을 것이다. 하지만 유료 고속도로(남쪽으로 향하는 크고 오래된 95번 도로)에 진입하기 전에 길가에 잠시 차를 세우고 빌어먹을 고양이도 내보낼 것이다.

그들이 마지막 커브를 틀자 지금까지 자신만 봐 두었던 집이 나타났다. 그는 메인 대학의 일자리가 확정되자 그곳으로 날아가 사진으로 보고 골라 놓은 일곱 개의 이사할 집 후보를 하나하나 보러 다녔는데 이 집이 그가 선택한 집이었다. 크고 오래된 뉴잉글랜드 식민지풍 주택으로(하지만 외벽과 단열은 새로 했고 난방비가 엄청나긴 했지만 소비 수준으로 볼 때 터무니없지는 않았다) 아래층에는 큰 방이 세 개 있고 위층에 방 네 개가 있으며 나중에 여러 개의 방으로 개조할 수 있는 긴 차고가 있었고 이 모두는 8월의 더위에도 싱싱한 녹색이 시들지 않는 넓고 무성한 잔디밭으로 둘러싸여 있었다.

집 뒤에는 아이들이 놀기 좋은 넓은 공터가 있었고 공터 뒤에는 끝없이 펼쳐져 있는 듯한 숲이 있었다. 주택은 국유지와 인접해 있고 부동산 중개인은 가까운 장래에 개발은 없을 거라고 설명했다. 미크맥 인디언 부족의 후손이 러들로 및 러들로 동쪽의 마을에 8000에이커 정도의 토지에 대한 소유권을 주장해 왔고 주 정부뿐 아니라 연방 정부까지 개입된 복잡한 소송이 다음 세기까지 이어질 전망이었다.

레이첼이 갑자기 울음을 뚝 그쳤다. 그녀는 똑바로 앉았다.

"저게……."

"바로 저거야."

루이스가 말했다. 그는 염려되었다. 아니, 두려웠다. 사실 그는 겁에 질려 있었다. 그는 이 집을 얻자고 자신과 가족들의 12년 인생을 담보로 잡혔다. 아일린이 열일곱 살이 되어야 상환이 끝나는 것이다.

그는 마른침을 삼켰다.

"어때?"

"정말 근사해."

레이첼이 말했고 그의 가슴은 훨씬 가벼워졌다. 물론 그의 마음도. 그는 그녀가 비웃지 않았다는 것을 알아챘다. 그들이 뒤의 차고 건물을 향해 굽이진 아스팔트 차도를 지나갈 때 그녀가 집을 바라보는 태도에서 알 수 있었다. 그녀의 눈은 빈 창문을 죽 훑고 있었고 마음속에는 이미 커튼이나 찬장의 방수포 그리고 그로서는 알 도리가 없는 물건들이 왔다 갔다 하고 있었다.

"아빠?"

뒷좌석에서 엘리(아일린의 애칭—옮긴이)가 불렀다. 그 애도 울음을 그친 상태였다. 게이지마저 칭얼대는 것을 그만두었다. 루이스는 고요를 음미했다.

"왜 그러니, 애야?"

백미러 속의 어두운 금발 머리 아래 갈색인 그 애의 눈 역시 집, 잔디밭, 왼쪽으로 떨어져 있는 다른 집의 지붕 그리고 숲까지 뻗어 있는 거대한 들판을 보았다.

"이게 우리 집이야?"

"그렇단다, 애야."

그가 말했다.

"우아!"

엘리는 그의 귀가 떨어져 나갈 정도로 소리를 질렀다. 때때로 엘리를 매우 성가시게 여기는 루이스는 올랜도의 디즈니 월드를 못 보더라도 상관없다고 생각했다.

그는 차고 앞에 차를 주차하고 왜건의 시동을 껐다.

엔진이 부릉거렸다. 시카고, 스테이트 스트릿 도로와 순환도로의 부산스러움 뒤에 매우 크게 느껴지는 늦은 오후의 고요 속에 새 한 마리가 사랑스럽게 지저귀고 있었다.

"우리 집이란다."

레이첼이 여전히 집을 바라보며 부드럽게 말했다.

"우리 집."

게이지가 레이첼의 무릎 위에서 흡족한 듯 말했다.

루이스와 레이첼은 서로를 응시했다. 백미러 속의 아일린의 눈이 커졌다.

"당신……."

"아기가……."

"그거……."

셋 모두 동시에 말을 꺼냈고 동시에 웃었다. 게이지는 알아채지 못했다. 아기는 계속 엄지손가락만 빨아 댔다. 아기는 지금까지 한 달 동안 '마' 라는 말만 했고 '빠' 거나 루이스의 바람일 뿐일지 모를 어떤 말을 두어 번 시도했다.

하지만 이번은 모방에 의해 우연히 발생한 것이지만 진짜 단어였다. 우리 집.

루이스는 아내의 무릎에서 게이지를 낚아채 품에 껴안았다.

이렇게 그들은 러들로에 왔다.

루이스 크리드의 기억 속에 그 한 순간은 언제나 마술 같은 힘을 지니고 있었다. 일부분은 진짜 마술이었기 때문인지도 몰랐지만 주된 이유는 그날 저녁이 너무나 정신없었기 때문이다. 다음 세 시간 동안은 평화도 마술도 등장하지 않았다.

루이스는 집 열쇠들을 '러들로 하우스—6월 29일 열쇠 수령.'이라고 적어 둔 작은 마닐라 봉투 속에 깔끔하게(그는 깔끔하고 꼼꼼한 사내였다, 루이스 크리드는 그런 사내였다) 보관했다. 그리고 그 열쇠들을 페어레인(포드 사에서 생산한 차 종의 하나—옮긴이)의 잡물함에 치워 두었다. 그는 그 사실을 전혀 의심치 않았다. 그런데 지금 열쇠가 없었다.

그가 점점 짜증이 북받쳐 오르는 상태로 열쇠를 찾는 동안 레이첼은 게이지를 업고 아일린을 따라 들판의 나무가 있는 곳으로 갔다. 그가 시트 밑을 세 번째 살펴볼 때 딸이 비명을 지르더니 울음을 터뜨렸다.

"루이스! 아일린이 다쳤어!"

레이첼이 불렀다.

아일린은 타이어가 흔들리는 바람에 넘어져서 무릎을 바위에 찧었다. 상처는 깊지 않았지만 루이스가 (좀 몰인정하게) 느끼기에 그 애는 마치 다리 한 쪽을 잃은 사람처럼 비명을 지르고 있었다. 그는 거실에 불을 환하게 밝힌 길 건너편 집을 보고 말했다.

"괜찮아, 엘리. 그만해라. 저기 사는 사람들이 살인이라도 난 줄 알겠다."

"하지만 아프단 말야!"

루이스는 화를 참느라 무진 애를 쓰면서 조용히 왜건으로 돌아갔다. 열쇠는 없어졌지만 구급약 상자는 그대로 잡물함에 있었다. 그는 구급약 상자를 꺼내 돌아왔다. 엘리는 그것을 보자 전보다 더 크게 소리 지르기 시작했다.

"싫어! 따가운 거 싫어! 따가운 거 싫단 말이야, 아빠! 싫어!"

"아일린, 이건 머큐로크롬일 뿐이고 따갑지 않아."

"이제 너는 어린애가 아니잖니? 이건 그냥……."

레이첼이 말했다.

"싫어싫어싫어싫어싫어어어."

"당장 그만하지 않으면 엉덩이가 따갑도록 맞을 줄 알아."

루이스가 말했다.

"애가 피곤해서 그래, 루."

레이첼이 조용하게 말했다.

"그래, 나도 알아. 애 다리를 잡아 봐."

레이첼은 게이지를 내려놓고 아일린의 다리를 잡았고 루이스는 아일린의 비명이 점점 더 신경질적으로 바뀌는데도 머큐로크롬을 다리에 칠했다.

"길 건너편 집 현관에 지금 막 사람이 나왔어."

레이첼이 말했다. 그녀는 게이지를 안아 올렸다. 게이지가 잔디 위를 기어가려던 참이었다.

"좋군."

루이스가 중얼거렸다.

"루, 아일린은……."

"피곤하다고? 나도 알아."

그는 머큐로크롬의 마개를 닫고 딸을 엄한 눈초리로 바라보았다.

"거기까지. 그리고 진짜 조금도 아프지 않았어. 사실대로 말해, 엘리."

"아팠어! 진짜 아팠단 말이에요! 얼마나……."

그는 아이를 한 대 때려 주고 싶어 손이 근질거려서 자신의 다리를 세게 붙잡았다.

"열쇠는 찾았어?"

레이첼이 물었다.

"아직. 난……."

루이스는 구급약 상자를 달깍 닫고 일어서며 말했다.

게이지가 비명을 지르기 시작했다. 게이지는 칭얼거리거나 우는 것이 아니라 정말 비명을 질렀고 레이첼의 품에서 몸을 뒤틀었다.

"얘가 왜 이러지?"

레이첼이 소리를 지르며 게이지를 거의 반사적으로 루이스에게 내밀었다. 이것이 의사와 결혼해서 좋은 점 중 하나라고 그는 생각했다. 아기가 죽을 것처럼 보이면 언제라도 남편에게 내밀면 된다.

"루이스! 뭐가……."

아기는 미친 듯이 목을 쥐어뜯고 격렬하게 비명을 질러 댔다. 루이스가 게이지를 뒤로 젖히자 목 쪽에 하얀 혹이 부풀어 오르는 것이 보였다. 그리고 그의 점퍼 끈 위에 뭔가가 있었다. 그 뭔가는 보풀같이 생겼고 조금씩 꿈틀거렸다.

전보다 조용해진 아일린이 다시 비명을 지르기 시작했다.

"벌이다! 벌! 버어어어어얼!"

아이는 뒤로 물러나다가 좀 전에 떨어졌던 튀어나온 바위에 걸려 심하게 엉덩방아를 찧더니 고통과 놀람과 공포가 뒤범벅되어 다시 울기 시작했다.

'미치겠군, 제엔장!' 루이스는 놀라워했다.

"어떻게 좀 해 봐, 루이스! 어떻게 할 수 없어?"

"벌침을 뽑아야 해."

그들 뒤에서 한 목소리가 느릿느릿 들려왔다.

"그 방법밖에 없어. 벌침을 뽑고 그 자리에 베이킹 소다를 발라요. 혹이 가라앉을 거요."

하지만 목소리는 동부 지역 말투가 너무 강해서 한동안 루이스의 지치고 혼란스러운 마음은 사투리를 해석하길 꺼려 했다. 벌침을 뽑고 그 자리에 베이킹 소다를 발라요. 가라앉을 때까지.

그는 돌아서서 풀밭에 선 일흔 살쯤 되어 보이는 정정한 노인을 보았다. 그는 파란색 샴브레이 셔츠 위에 바이볼스(상하가 붙은 작업복—옮긴이)를 입고 있었는데 셔츠 위로 굵게 접히고 주름진 목이 드러나 있었다. 그의 얼굴은 햇빛에 그을려 있었고 필터가 없는 시가를 피우고 있었다. 루이스가 그를 바라보자 노인은 그의 엄지와 집게손가락으로 담배를 비벼 끄고 단정하게 주머니에 넣었다. 그는 손을 내밀고 어색하게 웃었다…… 루이스는 사람에게 정을 주는 타입이 아닌데도 그 웃음을 대번에 좋아하게 되었다.

"물론 의사 선생이 더 잘 알겠지만."

그가 말했다. 루이스와 저드슨 크랜덜, 즉 그의 아버지였어야 할 남자는 이렇게 만났다.

그는 거리 맞은편에서 그들이 도착하는 것을 지켜보았고 그의 표현대로 그들이 "약간 곤경에 빠진" 것 같아 보이자 길을 건너와 도울 일이 없나 살폈던 것이다.

루이스가 아기의 어깨를 붙잡자 크랜덜이 가까이 다가와 게이지 목에 있는 부은 자국을 보고는 뭉툭하고 굽은 손을 뻗었다. 그의 손은 엄청나게 투박하고 게이지 머리만큼이나 컸다. 레이첼이 항의하려고 입을 열었지만 뭐라 말을 꺼내기도 전에 노인의 손가락은 단 한 번 단호한 동작을 해치웠다. 손가락 사이로 카드를 돌리거나 동전을 감쪽같이 사라지게 하는 사람의 손놀림만큼 민첩하고 능숙했다. 벌침은 그의 손바닥에 놓여 있었다.

"큰 놈이군. 수상자는 없지만 리본에 꽂으면 되겠어."

그의 말에 루이스는 웃음을 터뜨렸다.

크랜덜은 어색한 웃음으로 화답하고 말했다.

"엄살쟁이 아가씨로군, 안 그래요?"

"저 아저씨가 뭐라는 거야, 엄마?"

아일린이 물었고 레이첼도 웃음을 터뜨렸다. 물론 아주 무례한 말이었지만 어쩐 일인지 나쁘지 않았다. 크랜덜은 체스터필드 킹 담뱃갑을 꺼내 한 개비를 입 한구석에 물고 그들이 웃는 것을 보고 즐거운 듯 고개를 끄덕였다. 이제는 벌에 쏘여 부은 상처가 있는 게이지까지 깔깔거렸다. 그는 엄지손톱으로 성냥개비에 불을 붙였다. 루이스가 생각했다. '노인들은 요령이 있지. 사소한 것이지만 어떤 것은 꽤 유용하다니까.'

그는 웃음을 멈추고 게이지의 엉덩이, 틀림없이 뭔가를 싸서 젖어 있을 엉덩이를 받치고 있지 않은 손을 내밀었다.

"만나서 반갑습니다. 성함이……."

"저드 크랜덜."

그가 말하면서 악수했다.

"당신은 의사 선생 같은데."

"예. 루이스 크리드입니다. 여긴 제 아내 레이첼, 딸 엘리, 그리고 벌에 쏘인 아기는 게이지라고 해요."

"모두 만나서 반갑소."

"웃으려고 했던 건 아니었습니다……. 그러니까 우린 웃으려던 게 아니고…… 우린 단지…… 조금 피곤해서요."

그 조심스러운 표현에 그는 다시 한번 웃었다. 그는 완전히 진이 빠져 있었던 것이다.

크랜덜이 고개를 끄덕였다.

"물론 그렇겠지."

그의 말은 '뭐 글케치.'로 들렸다. 그는 레이첼을 힐끗 보았다.

"아기랑 딸아이를 데리고 집 안에서 잠시 쉬지 그러시오, 크리드 부인. 우린 베이킹 소다를 수건에 뿌려 좀 식히겠소. 내 아내도 인사를 나누고 싶어할 겁니다. 아낸 밖에 잘 나오지 않아요. 최근 이삼 년간 관절염이 심해져서."

레이첼은 루이스를 흘끗 바라보았다. 그는 고개를 끄덕였다.

"크랜덜 씨, 정말 친절한 분이시군요."

"아, 그냥 저드라고 부르시오."

갑자기 큰 경적 소리와 모터가 느려지는 소리가 나더니 파란색의 대형 이삿짐 트럭이 차도를 향해 돌고 (육중하게 움직이고) 있었다.

"맙소사, 열쇠가 어디 있는지 모르는데."

루이스가 말했다.

"괜찮소."

크랜덜이 말했다.

"내가 여벌을 갖고 있소. 전에 여기서 살았던 클리블랜드 부부가 열쇠 한 벌을 줬거든. 아마 십사오 년 전이었을 거요. 그 사람들 여기서 오래 살았죠. 조안 클리블랜드는 내 아내의 가장 절친한 친구였지. 그 여자는 2년 전 세상을 떠났소. 빌은 오링턴에 있는 노인 전용 아파트 단지로 이사했고. 내 열쇠를 가져오리다. 어쨌든 이젠 당신 것이니."

"정말 친절하세요, 크랜덜 씨."

레이첼이 말했다.

"천만에. 젊은 사람들이 이곳에 들어오기를 고대했다오."

'젊은 사람들이'가 중서부 지방 출신인 이들의 귀에 외국어처럼 낯설게 '저믄 사람들이'인 것만 빼면 나쁘지 않았다.

"길에서 저 사람들을 지켜봐야겠군요, 크리드 부인. 저기 큰 트럭이 여러 대 있소."

쿵 하고 문이 열리는 소리가 나더니 이삿짐센터 직원 여럿이 차에서 뛰어나와 그들 쪽으로 왔다.

엘리는 왔다 갔다 서성이다 이제야 말문을 열었다.

"아빠, 이건 뭐야?"

막 이삿짐센터 직원들을 맞이하고 있던 루이스는 흘끗 뒤돌아보았다. 들판 가장자리에 잔디밭이 끝나고 여름에 높이 자란 풀들이 덮여 있는 곳에 폭이 1미터 좀 넘는 길이 매끈하게 나 있었다. 길은 언덕 위로 향해 있었고 낮은 관목 숲과 작은 자작나무 숲 사이를 구부러지다가 시야에서 사라졌다.

"길처럼 보이는데."

루이스가 말했다.

"아, 그거."

크랜덜이 웃으며 말했다.

"다음에 그 길에 대해 얘기해 주마, 꼬마 아가씨. 먼저 우리 집에 가서 아가 동생을 낫게 해야겠지?"

"네." 엘리는 말한 다음 살짝 기대에 부풀어 한마디 덧붙였다.

"베이킹 소다 따갑나요?"

크랜덜은 열쇠를 가지고 왔지만 그때쯤 루이스는 자신의 열쇠 꾸러미를 찾았다. 자동차 잡물함 위쪽에 작은 공간이 있었고 작은 봉투가 배선 쪽으로 떨어져 있었다. 그는 봉투를 끄집어내 인부들이 집에 들어갈 수 있게 해 주었다. 크랜덜이 여벌 열쇠를 주었다. 열쇠는 낡아 변색된 고리에 달려 있었다. 루이스는 그에게 감사를 표하고 멍하니 열쇠를 주머니에 넣은 다음 인부들이 상자며 화장대며 장롱이며 결혼 생활 10년간 사 모은 온갖 물건들을 넣는 것을 지켜보았다. 이렇게 익숙한 장소에서 벗어나 짐을 바라보니 짐들이 작아 보였다. 상자 안에 든 잡동사니에 불과하군. 이런 생각이 들자 갑자기 슬프고 우울해졌다. 그는 사람들이 흔히 향수병이라고 하는 것을 느끼는가 보다 했다.

"뿌리째 뽑혀 옮겨 심어진 거지."

크랜덜이 그의 옆에서 불쑥 말했고 루이스는 은근히 놀랐다.

"그 느낌을 잘 아시는 것 같군요."

"아니, 사실은 모른다네."

크랜덜이 담배에 불을 붙였다. 피식! 성냥이 초저녁의 첫 어스름 속에 밝게 불타올랐다.

"내 아버지가 길 건너 저 집을 지었지. 아내를 데려왔고 그녀는 거기서 아이를 낳았지. 그리고 그 아이가 나일세. 바로 1900년에 태어났네."

"그럼 당신은……."

"여든셋일세."

크랜덜이 말했고 루이스가 정말 싫어하는 '그것밖에 안 된 젊은이'라는 말을 덧붙이지 않은 것에 은근히 마음을 놓았다.

"그보다는 훨씬 젊어 보여요."

크랜덜이 어깨를 들었다 놓았다.

"어쨌든 난 항상 저기서 살았네. 1차 대전 중에 군에 입대했지만 유럽에 가장 가까이 가 본 게 뉴저지의 베이욘이었지. 끔찍한 곳이야. 1917년에도 끔찍한 곳이었고. 난 이곳으로 돌아왔을 때 얼마나 기뻤는지 몰라. 노마와 결혼하고 철도에 인생을 바치면서 지금까지 여기서 살았네. 하지만 이곳 러들로에서 인생의 수많은 일들을 겪었지. 그렇고말고."

인부들이 그와 레이첼이 사용하는 대형 더블 침대 아래로 가야 할 박스 스프링을 들고 차고 입구를 지나갔다.

"크리드 씨, 이걸 어디에 놓을까요?"

"위층에…… 잠시만요. 내가 안내하겠소."

그는 그들을 향해 가다가 잠시 멈춰 서더니 크랜덜을 돌아보았다.

"가 보게."

크랜덜이 웃으며 말했다.

"난 사람들이 일 잘하는지 보고 있겠네. 인부들을 돌려보내고 정리하게. 하지만 이사라는 게 보통 힘든 일이 아니지. 난 보통 아홉시까지 포치에 앉아 맥주를 마신다네. 날씨가 따뜻할 때는 밤이 오는 걸 지켜보는 걸 좋아해. 가끔은 노마와 함께 나와 있지. 생각 있으면 건너오게."

"봐서 들르죠."

루이스가 말했다. 하지만 전혀 그럴 의도는 없었다. 노마의 관절염을 포치에서 비공식으로(그리고 무료로) 진단하는 일이 다음에 할 일이 될 테니까. 그는 크랜덜이 좋았고 그의 찡그리는 웃음과 즉흥적인 화법, 전혀 딱딱하지 않고 너무 부드러워 느릿하기까지 한 북부 말투를 좋아했다. 루이스는 그가 좋은 사람이라고 생각했지만 의사들이란 금방 사람을 의심하는 법이다. 유감스러운 일이지만 가장 절친한 친구조차도 조만간 의학적인 조언을 구하게 마련이다. 그리고 나이 든 사람의 경우는 끝이 없었다.

"하지만 절 찾거나 계속 기다리지 마세요. 정말 힘든 하루였거든요."

"정식 초대장을 보내야 하는 게 아니면 언제든지 오게."

크랜덜이 말했다. 그의 찡그린 웃음 속에는 루이스로 하여금 크랜덜이 루이스의 마음을 정확하게 꿰뚫어 보고 있다는 생각이 들게 만드는 뭔가가 있었다.

그는 잠시 노인을 바라보다가 인부들에게 다가갔다. 크랜덜은 여든이 넘은 나이가 아니라 예순 살인 양 똑바로 편하게 걸었다. 루이스는 처음으로 희미하게나마 마음이 끌리는 것을 느꼈다.

아홉시경 인부들이 돌아갔다. 엘리와 게이지는 모두 녹초가 되어 자신들의 새 방에서 잠들어 있었다. 게이지는 요람에, 엘리는 상자 더미들에 둘러싸여 바닥의 매트리스에 잠들어 있었다. 상자에는 멀쩡한 것, 동강난 것, 뭉툭한 것 등 셀 수 없이 많은 크레욜라(크레용과 비슷한 색칠 도구—옮긴이)와 세서미 스트리트 포스터, 그림책, 옷, 그 밖에 온갖 물건들이 들어 있었다. 그리고 물론 처치도 엘리와 함께였다. 역시 목구멍 깊은 곳에서 거칠게 으르렁거리며 잠들어 있었다. 이 거친 으르렁거림도 덩치 큰 수고양이가 낼 수 있는 소리 중에서는 고양이의 가르랑거리는 소리에 가장 가까운 것이었다.

레이첼은 아까 게이지를 안고 집안을 끊임없이 서성이며 루이스가 인부들에게 짐을 놓도록 정한 장소에 대해 이러쿵저러쿵 잔소리하고 장소를 이동하거나 새로 배치하거나 다시 쌓았다. 루이스는 이사 비용으로 지불할 수표는 잃어버리지 않았다. 그가 팁으로 책정해 둔 10달러짜리 지폐 다섯 장과 함께 상의 안주머니에 들어 있었다. 마침내 이삿짐을 실은 화물 운반차가 다 비워지자 그는 수표와 현찰을 모두 건네주고 인부들에게 고맙다는 인사를 하고 영수증에 서명한 다음 포치에 서서 인부들이 대형 트럭으로 돌아가는 것을 지켜보았다. 그는 그들이 뱅거에 들러 맥주를 마시며 먼지를 털어낼지도 모른다고 생각했다. 지금은 맥주 두어 잔이

딱 제격인 때이다. 그러자 저드 크랜덜이 다시 생각났다.

그와 레이첼은 주방 식탁에 앉았고 그는 레이첼의 눈 아래 다크서클을 보았다. 그가 말했다.

"당신, 그만 자지."

"의사로서 지시하는 거야?"

그녀가 살짝 미소 지으며 말했다.

"응."

"좋아."

그녀는 일어서며 말했다.

"난 녹초가 됐어. 그리고 게이지는 한밤중에 깨기 일쑤고. 당신도 잘 거야?"

그는 망설였다.

"난 아니야, 아직 안 잘 거야. 길 건너편 영감님……."

"도로라고 해. 시골에서는 도로라고 불러. 저드슨 크랜덜 씨였다면 아마 '도러' 라고 했겠지만."

"좋아. '도러' 건너. 영감님이 맥주 마시러 오라고 하셨어. 가봐야 할 것 같아. 피곤하지만 너무 흥분해서 잘 수가 없어."

레이첼이 미소 지었다.

"가 봤자 노마 크랜덜에게 어디가 아프네, 잘 때 어떤 매트리스를 쓰네 그런 얘기만 듣게 될걸."

루이스는 정말 시간이 지나면 아내가 남편의 마음을 읽을 수 있다는 사실이 재미있다고 (재미있고 무섭다고) 생각하며 웃었다.

"우리가 어려울 때 도와줬어. 나도 그에게 호의를 베풀고 싶어."

"물물 교환이야?"

그는 순식간에 크랜덜에게 호감을 가지게 된 것을 아내에게 설명하는 일이 내키지 않았고 어떻게 설명해야 할지 몰라 어깨를 으쓱했다.

"크랜덜 씨 부인은 어때?"

"매우 다정해." 레이첼이 말했다. "게이지가 크랜덜 씨 부인 무릎에 앉아 있는 걸 보고 놀랐지 뭐야. 게이지는 아주 힘든 하루를 보냈고 아주 상태가 좋을 때도 낯선 사람을 금방 좋아하지 않는 거 알지? 크랜덜 부인은 아일린이 가지고 놀라고 인형도 줬어."

"관절염은 얼마나 심각한 것 같아?"

"아주 심해."

"휠체어를 탈 만큼?"

"아니…… 하지만 아주 천천히 걸어. 그리고 손가락이……."

레이첼은 가느다란 손가락을 치켜들고 모양을 흉내 내기 위해 손가락을 웅크려 갈고리 모양을 만들었다. 루이스가 고개를 끄덕였다.

"어쨌든 늦지 마, 루. 난 새 집에 있으면 오싹한 느낌이 들거든."

"낯선 느낌이 오래 가지는 않을 거야."

루이스는 말했고 그녀에게 키스했다.

나중에 루이스는 못난 자신을 느끼며 집에 돌아왔다. 아무도 노마 크랜덜을 봐 달라는 말을 하지 않았다. 그가 길(그는 '도러'라는 말을 상기하며 웃었다)을 건너갔을 때 크랜덜 부인은 이미 침실에 든 후였다. 저드는 칸막이가 있는 포치 스크린 뒤에 희미한 실루엣을 만들며 앉아 있었다. 오래된 리놀륨 바닥 위에서 흔들의자의 듣기 편한 삐거덕 소리가 났다. 루이스가 망을 친 문을 두드리자 문은 친구를 반기듯 문틀에 부딪혀 달그락거렸다. 크랜덜의 담배는 여름밤의 어둠 속에서 무사태평한 큰 개똥벌레같이 빛을 발했다. 라디오에서는 레드 삭스 게임 중계 방송이 낮게 흘러나왔고 이 모두가 루이스 크리드에게 고향에 온 듯한 알 수 없는 느낌을 주었다.

"의사 양반. 자네일 줄 알았지."

크랜덜이 말했다.

"맥주 마시러 오란 얘기 진짜죠?"

루이스가 들어서며 말했다.

"맥주에 관한 한 절대 거짓말 않네. 맥주 얘기로 거짓말하면 원수가 되지. 앉게, 의사 양반. 올 때를 대비해서 두어 병 더 얼음 속에 넣어 두었네."

포치는 길고 좁았으며 등가구 의자와 소파로 꾸며져 있었다. 루이스는 그중 하나에 몸을 묻고 그 편안함에 놀랐다. 그의 왼손 쪽에 있는 얼음으로 가득 찬 양철 얼음통 속에 블랙 라벨 맥주 캔이 몇 개 들어 있었다. 그는 캔 하나를 꺼냈다.

"고맙습니다."

그는 말하며 캔을 땄다. 첫 두 모금은 그의 목에 축복 같았다.

"더 있네. 이곳에서 행복하게 살길 바라네, 의사 선생."

"아멘."

루이스가 말했다.

"참! 크래커 같은 걸 들겠다면 좀 가지고 오지. 막 상하기 직전인 래트 조각이 있다네."

"무슨 조각요?"

"래트 치즈."

크랜덜이 즐거운 듯 희미하게 웃었다.

"고맙지만 맥주면 충분해요."

"그렇다면 그냥 내버리지 뭐."

크랜덜은 기분 좋은 듯 트림을 했다.

"크랜덜 부인은 주무시나요?"

루이스는 왜 그가 문을 이렇게 열어 두고 있는지 궁금해 하며 말했다.

"응. 늦게까지 깨어 있을 때도 있고 안 그럴 때도 있고."

"관절염이 아주 고통스러운가 보군요?"

"안 그런 관절염을 본 적 있나?"

루이스는 머리를 저었다.

"내 보기엔 견딜 만한 것 같아." 크랜덜이 말했다. "별로 힘든 내색을 안 해. 아내는 좋은 할망구지, 나의 노마." 그의 목소리에는 강한 애정의 무게가 선명하게 실려 있었다. 밖의 15번 도로에서 탱커 트럭이 덜덜거리며 지나갔다. 트럭이 너무 크고 길어서 한동안 루이스는 도로 건너편에 자신의 집을 볼 수 없었다. 마지막 불빛에 보이는 것은 트럭 옆에 씌어진 단어 'ORINCO(오링코)'였다.

"더럽게 큰 트럭이군요."

루이스가 한마디했다.

"오링코는 오링턴 근처에 있지. 화학 비료 공장이야. 늘 지나다녀. 오일 탱커, 덤프트럭, 뱅거나 브루어로 출근했다가 밤에 집에 오는 사람들이야."

그는 머리를 저었다.

"예전만큼 러들로가 좋지 않은 이유 중에 하나가 그거야. 저 잘난 도로 때문에 잠시도 조용할 날이 없어. 밤이고 낮이고 늘 시끄러워. 어떨 때는 노마가 잠을 깨. 빌어먹을, 어떤 때는 나도 자다 깨곤 해. 난 원래 죽은 듯이 자는데."

끊임없는 시카고의 소음에 시달린 후 이 낯선 메인 주의 풍경이 섬뜩하리만치 고요하다고 생각하던 루이스는 그냥 고개만 끄덕였다.

"조만간 서아시아의 석유가 고갈될 거야. 그러면 도로 중앙선 아래에 아프리카 제비꽃을 키울 수 있을 걸세."

크랜덜이 말했다.

"그럴 거예요."

루이스는 캔을 뒤로 기울여 보고 다 마신 것을 알고는 놀랐다.

크랜덜이 웃었다.

"더 마시게. 점점 좋아질걸, 의사 양반."

루이스는 잠시 망설이다 말했다.

"좋습니다. 하나만 더 마시죠. 집에 가야 해요."

"그래야지. 잘 넘어가지?"

"그럼요."

루이스가 동의했다. 그리고 한동안 그들은 말없이 있었다. 편안한 침묵이었다. 마치 두 사람이 오래전부터 알고 지내던 사이인 것처럼. 이런 느낌은 루이스가 책에서 읽은 적은 있지만 지금까지 한번도 경험해 보지 못한 것이었다. 그는 앞서 평소처럼 무료 의료 조언에 대해 우려했던 것을 부끄럽게 여겼다.

도로에서 세미트레일러 한 대가 굉음을 내며 지나갔고 지나가는 불빛이 버섯 모양으로 반짝거렸다.

"도로 하나 있는 게 애물단지라네."

크랜덜이 생각에 잠겨 들릴 듯 말듯 푸념을 되풀이하고는 루이스를 바라보았다. 그의 다문 입에는 특이한 미소가 살짝 떠 있었다. 미소 짓는 입 한구석에 체스터필드를 물고 엄지손가락으로 성냥을 그었다.

"아까 당신 딸아이가 얘기했던 길 기억나나?"

한동안 루이스는 기억하지 못했다. 엘리는 지쳐 잠들기 전에 온갖 것들에 대한 얘기를 꺼냈다. 마침내 생각이 났다. 그 작은 관목 숲과 언덕 위로 구불구불 나 있던 벌초한 넓은 오솔길.

"아, 생각나요. 영감님이 딸아이에게 언젠가 얘기해 주시겠다고 약속했죠."

"그랬지. 얘기해 줄 거야." 크랜덜이 말했다. "그 길은 2.5킬로미터 정도 숲 쪽으로 나 있네. 15번 도로와 미들 드라이브 근방에 사는 아이들이 그 길을 이용하기 때문에 유지된 길이네. 아이들이 왔다 갔다 하지…… 이전에 내가 어렸을 때보다는 훨씬 왕래가 많아. 그때는 한 장소를 골라 그곳만 다졌지. 하지만 아이들이 서로 얘기한 것 같네. 봄마다 아이들이 그 길에 풀을 베었지. 여름내내 길을 잘 가꿨어. 마을 어른들 중에는 그곳에 길이 있다는 걸 모르는 사람도 있어. 물론 아는 사람들도 많지만 전부는 아니야. 모르는 사람도 많지. 하지만 아이들은 전부 안다네. 아니면 내 손에 장을 지져."

"거기 뭐가 있는지 아십니까?"

"애완동물 공동묘지." 크랜덜이 말했다.

"좀 이상하게 들릴지 모르지만 이상한 곳은 아닐세."

크랜덜이 연기를 피우고 몸을 흔들며 말했다.

"저 도로 때문이야. 저 도로에서 동물들이 많이 죽어. 정말이야. 개, 고양이가 대부분이지만 그게 다는 아냐. 저 거대한 오링코 트럭이 라이더 씨 아이들이 키우던 애완용 너구리를 치어 죽였네. 그게 언제냐 하면 아마 73년일 거야. 그보다 더 전일지도 모르고. 어쨌든 주 정부에서 너구리나 심지어 길들인 스컹크를 기르는 것까지 금지하기 전이었어."

"왜 그랬죠?"

"광견병 때문이지. 현재 메인 주에는 광견병이 많이 돌아. 한 2년 전인가 남부 쪽에 있는 오래된 큰 베르나르도 수도회에 광견병이 돌아 네 사람이 사망한 사건이 있었네. 끔찍한 일이었지. 개에게 주사를 안 맞힌 거였어. 그 멍청한 사람들이 개에게 광견병 접종을 시켰는지 확인만 했다면 그런 일은 없었을 거야. 하지만 너구리나 스컹크는 일 년에 두 번 예방 접종을 받고 그래도 안 들을 때가 있지. 하지만 라이더 씨 애들이 키우던 너구리는 노인들이 쓰는 말로 '스위트 쿤'이라는 종류였어. 그 녀석은 사람한테 어정어정 걸어와서 개처럼 얼굴을 핥곤 했어. 뚱뚱하기는 또 얼마나 뚱뚱했는지! 애들 아버지가 수의사에게 데려가 중성화하고 발톱

뽑는 수술도 시켰지. 엄청나게 돈이 들었을 거야!

라이더는 뱅거의 IBM에서 일해. 5년 전에 콜로라도로 이사 갔다네…… 아니 6년 전인가? 그 두 녀석이 운전할 나이가 됐다는 걸 생각하면 웃겨 죽겠어. 그 너구리를 놓고 다퉜을까? 아마 그랬겠지. 매티 라이더가 얼마나 울어 댔던지 애 엄마가 겁먹고 의사에게 데려가려고 했지. 지금은 그 애도 극복했겠지만 결코 잊지 못할 거야. 아이들은 기르던 동물이 도로에서 차에 치여 죽으면 절대 못 잊지."

루이스의 마음은 오늘 밤 엘리를 마지막 보았을 때로 돌아갔다. 엘리는 곤히 잠들어 있었고 처치가 매트리스 발치에서 거칠게 가르랑거렸다.

"제 딸아이도 고양이가 있어요. 윈스턴 처칠이에요. 우린 줄여서 처치라고 부릅니다."

"고양이가 걸을 때 그것들이 올라가나?"

"무슨 뜻이죠?"

루이스는 크랜덜이 무슨 말을 하는지 몰랐다.

"처치가 아직 고환을 달고 있나 아니면 중성화를 했나?"

"아뇨……. 아뇨, 중성화하지 않았어요."

사실 시카고에 있을 때 그 문제를 놓고 약간 말썽이 있었다. 레이첼은 처치를 중성화하길 원했고 수의사와 수술 예약까지 잡아 놓았다. 그런데 루이스가 예약을 취소했다. 지금까지도 루이스는 왜 그랬는지 확실히 알 수 없었다. 자신의 남성성을 딸이 키우는 수고양이의 그것과 동일시하는 것같이 단순하고 어리석은 짓은 결코 아니었다. 이웃집에 사는 뚱뚱한 아주머니가 플라스틱 쓰레기통 뚜껑을 돌려 막아야 하는 번거로운 일을 할 필요가 없도록 처치를 거세해야 한다는 생각에 분노했기 때문은 더욱 아니었다. 이런 것들은 일부분에 지나지 않았고 대부분은 중성화 수술이 처치 스스로가 소중하게 여기는 어떤 것을 파괴하고 따라서 처치의 녹색 눈에 원망과 분노가 서릴 것이라는 막연하지만 지배적인 생각 때문이었다. 마침내 그는 레이첼에게 곧 시골로 이사하니까 중성화는 문제가 되지 않는다고 설명했다. 그런데 이 시골에서 저드슨 크랜덜이 러들로의 시골 생활 중에는 15번 도로와 씨름해야 하는 일도 있다고 하면서 처치를 중성화했는지 묻고 있다. 크리드 선생, 약간의 아이러니도 나쁠 것 없어.

"나라면 중성화하겠네."

크랜덜이 엄지와 검지손가락으로 담배를 비벼 끄면서 말했다.

"고양이를 중성화하면 별로 돌아다니지 않거든. 하지만 늘 도로를 건너다니다 보면 운이 다하고 말지. 결국 라이더 씨 애들 너구리랑 꼬맹이 티미 데슬러의 코커스패니얼이랑 브래들리 부인의 앵무새랑 저 하늘나라에 있게 되지. 앵무새는 저 도로에서 치여 죽은 건 아니네. 어느 날 두 발을 들어 올린 채 그냥 죽어 있었지."

"명심할게요."

루이스가 말했다.

"그러게."

크랜덜이 말하고 일어섰다.

"그 맥주 어떤가? 어쨌거나 오래된 래트 씨 조각을 먹어야겠네."

"맥주 다 마셨어요."

루이스 역시 일어서며 말했다.

"가 봐야겠어요. 내일 할 일이 많거든요."

"대학에서 일을 시작하나?"

루이스가 고개를 끄덕였다.

"학생들은 2주 뒤에 돌아오지만 그때까지 업무 파악을 해야죠, 안 그래요?"

"물론, 약이 어디 있는지도 모르면 꽤 곤란하겠지."

루이스는 크랜덜이 내민 손을 잡았다. 마음속에 다시 노인들은 뼈가 쉽게 상한다는 사실이 떠올랐다.

"저녁에 아무 때나 오게. 노마를 만나 봐. 자넬 좋아할 거야."

"그러죠. 만나서 반가웠습니다, 저드."

루이스가 말했다.

"나도 마찬가지네. 곧 자릴 잡을 거야. 여기서 오래 살게나."

"저도 그러길 바랍니다."

루이스는 거칠게 포장된 오솔길을 걸어 내려가다 도로의 갓길에서 멈추고 또 다른 트럭 한 대가 지나갈 동안 기다렸다. 트럭 뒤를 벅스포트로 향하는 자동차 다섯 대가 이어서 지나갔다. 그런 다음 그는 짧게 경례하듯 손을 들어 올리고 길을 건너(도로였지, 그는 다시 떠올렸다) 새 집으로 들어갔다.

모두 잠들었는지 고요했다. 엘리는 미동도 하지 않는 것 같았고 게이지는 아직 아기 침대에서 게이지만의 독특한 방식인 대자로 뻗은 자세로 잠들어 있었고 쉽게 손 닿는 곳에 병이 놓여 있었다. 루이스는 잠시 서서 아들을 들여다보았다. 갑자기 마음속에 아들에 대한 애정이 가득 차올랐고 그 애정은 위험할 정도로 강했다.

그는 그 감정의 일부는 단지 지금은 없는 정든 시카고의 장소와 시카고 사람에 대한 향수라고 생각했다. 수킬로미터의 거리 때문에 너무 쉽게 지워져서 아예 처음부터 없었던 것 같았다. '과거에 비해 왕래가 많아…… 과거에는 한 장소를 골라 그곳만 다졌지.' 그 말은 어느 정도 사실이었다.

그는 아들에게 다가갔다. 그리고 그를 보는 사람이 없었기 때문에, 레이첼조차 없었으므로 자신의 손가락에 키스한 다음 아기 침대의 빗장 사이로 손을 넣어 게이지의 뺨에 대고 가볍게 살짝 눌렀다.

게이지는 혀를 차더니 그 쪽으로 몸을 돌렸다.

"잘 자라, 아가."

루이스가 말했다.

그는 조용히 옷을 벗고 당분간 마루에 두 개의 싱글 매트리스를 붙여 놓은 침대의 자기 자리로 들어갔다. 그는 그날의 긴장이 사라지기 시작하는 것을 느꼈다. 레이첼은 꼼짝도 하지 않았다. 풀지 않은 상자 더미가 귀신처럼 쌓여 있었다.

막 잠들기 전에 루이스는 한 팔꿈치로 몸을 일으키고 창 밖을 보았다. 부부 침실은 집 정면을 향해 있어 길 건너편 크랜덜 씨 집을 볼 수 있었다. 너무 어두워서 형체는 보이지 않았다. 달 밝은 밤이면 잘 보일지 모르겠지만. 그런데 저 너머로 담뱃불은 보였다. 그는 생각했다. 아직 깨어 있군. 아마 늦도록 자지 않을 모양이야. 가엾은 늙은이. 어쩌면 감시하고 있을지도 몰라.

그런데 무엇을 감시하지?

그 점에 대해 생각하다가 루이스는 잠에 빠져들었다. 그는 디즈니 월드에서 옆에 빨간 십자가가 그려진 밝은 흰색 밴을 모는 꿈을 꾸었다. 그의 옆에는 게이지가 있었는데 꿈속의 게이지는 적어도 열 살은 되었다. 처치는 흰색 밴의 계기판에 앉아 밝은 녹색 눈으로 루이스를 바라보았다. 바깥의 1890년대 기차역 옆의 번화가에는 미키 마우스가 주위에 모여든 아이들과 악수를 나누고 있었다. 만화에 나오는 크고 흰 장갑이 믿고 따르는 아이들의 조그만 손을 집어삼켰다.

다음 두 주는 크리드 가족에게 매우 분주한 나날이었다. 조금씩 루이스는 새 직장에서 자리를 잡아 가기 시작했다(만 명이나 되는 학생 중 상당수는 약물 또는 알코올 중독자이고 일부는 성병에 감염되어 있고 일부는 학점 때문에 안달하거나 처음으로 집을 떠나온 것 때문에 우울해 하고 대부분이 여학생으로 구성된 수십 명은 거식증에 걸려 있고…… 이들 모두가 한꺼번에 캠퍼스에 모여 있다가 다시 다른 무언가가 될 때 느낌이 어떻겠는가). 그리고 루이스가 대학 의료 서비스 센터 원장으로 자리를 잡아 나가는 동안 레이첼은 가정에서 자리를 잡아 나가기 시작했다.

게이지는 새로운 환경에 적응하는 과정에서 넘어지고 쏟고 하느라 분주했고 한동안 밤의 수면 리듬이 완전히 망가졌지만 러들로에 온 지 둘째 주 중반에 들어서자 다시 잘 자기 시작했다. 엘리만이 새로운 곳에서 유치원 생활을 시작한다는 것에 대한 기대에 부풀어 항상 지나치게 흥분해 있으면서 무슨 짓을 저지를지 몰라 보였다. 엘리는 웃음이 터지면 한참 동안 발작적으로 웃다가도 금방 거의 폐경기 여성 같은 우울증이나 짜증에 빠져들곤 했다. 유치원이 엘리가 마음속으로 그려 낸 아주 무시무시한 붉은 악마가 아니라는 것을 알게 되면 괜찮아질 거라고 레이첼은 말했고 루이스는 그녀가 옳다고 생각했다. 대부분의 시간 동안 엘리는 원래 모습인 사랑스러운 딸이었다.

저녁에 저드 크랜덜과 맥주 한두 잔 나누는 것은 습관처럼 돼 버렸다. 게이지가 다시 깨지 않고 잘 자게 되었을 때쯤 루이스는 스스로 여섯 병들이 맥주를 사 가지고 이삼 일 건너 한 번씩 찾아갔다. 그는 노마 크랜덜을 만났다. 류머티즘성 관절염을 앓고 있었지만 태도는 명랑한 다정하고 유쾌한 여인이었다. 류머티즘성 관절염은 건강하게 살 수 있는 남성과 여성의 노년 시절에 수많은 좋은 것들을 앗아가는 더럽고 오래된 병이었다. 그녀는 고통에 굴복하지 않을 타입이었다. 항복이란 없을 것이다. 데려갈 수 있으면 해 봐라. 루이스는 노마가 앞으로 5년에서 7년은 아주 편하지는 않겠지만 생산적으로 살 거라고 생각했다.

스스로 정한 방침과는 반대로 루이스는 자발적으로 노마를 진찰하고 그녀의 의사가 지어 준 처방전을 기록한 다음 제대로 듣는다는 것을 확인했다. 자신이 그녀를 돕거나 그녀에게 제안할 것이 아무것도 없다는 것에 대한 실망감이 사라지지는 않았지만 그녀의 담당 의사인 웨이브리지 선생은 노마 크랜덜에게 가장 알맞도록 병을 관리하고 있었다. 그는 획기적인 의약품을 금지했는데 이런 의약품이 가능성은 있지만 의존할 만하진 않았다. 현실을 받아들이거나 그렇지 않으면 작은 방에서 크레욜라로 고향에 편지를 쓰는 신세가 되는 것이다.

레이첼도 노마를 좋아했고 사내아이들이 야구 카드를 교환하듯 요리법을 교환하면서 우정을 돈독히 했는데 이는 레이첼의 비프 스트로가노프에 대해 노마 크랜덜이 두꺼운 애플 파이로 보답하면서 시작되었다. 노마는 크리드 가의 두 아이를 모두 예뻐했다. 특히 엘리를 예뻐했는데 노마는 엘리가 "고전적 미인"이 될 거라고 말했다. 루이스는 그날 밤 침대에서 레이첼에게 노마가 엘리가 커서 진짜 스위트 쿤이 될 거라고 하지 않은 게 어디냐고 말했다. 레이첼은 너무 심하게 웃은 나머지 엄청나게 큰 소리로 방귀를 뀌었고 둘 다 지나치게 오래 큰 소리로 웃어 대자 옆방에서 자는 게이지가 깨고 말았다.

처음 유치원 가는 날이 왔다. 루이스는 이제 진료소와 의료 지원 시설을 아주 잘 통솔하고 있는 상태에서 휴가를 얻었다. (게다가 진료소는 현재 완전히 비어 있었다. 마지막 환자는 학생회 계단에서 다리를 부러뜨려 여름에 남아 있던 학생이었는데 일주일 전에 퇴원했다.) 노란색 대형 버스가 미들 드라이브에서 돌아 육중하게 다가와 집 앞에 정차할 때 그는 잔디밭에서 게이지를 안고 레이첼 옆에 서 있었다. 버스 앞문이 접히면서 열렸다. 많은 학생들의 재잘거림과 꽥꽥거림이 온화한 9월의 공기 중에 떠돌았다.

엘리는 낯설어 하는 나약한 시선을 어깨 너머로 보냈다. 마치 이 불가피한 과정을 중단할 시간이 없는지 묻는 듯했고 어쩌면 엘리가 부모의 표정에서 본 것이 그 시간이 지났다는 것과 첫째 날에 따라올 모든 것이 노마 크랜덜의 관절염의 진행처럼 불가피한 것이라는 점을 확신시켜 주었을 것이다. 그녀는 부모에게서 고개를 돌리고 버스 계단을 올라갔다. 문이 접히면서 닫히고 용의 콧김 같은 소리가 났다. 버스가 출발했다. 레이첼은 울음을 터뜨렸다.

"울지 마, 제발."

루이스가 말했다. 그는 울고 있지 않았다. 울기 일보 직전이었다.

"겨우 반나절인걸."

"반나절이 어디야?"

레이첼이 힐난하는 어조로 대답했고 더 요란하게 울기 시작했다. 루이스는 그녀를 안았고 게이지는 한 팔을 부모의 목에 편안하게 내려놓았다. 레이첼이 울면 으레 게이지도 따라 울었다. 하지만 이번에는 울지 않았다. 게이지는 우릴 독차지했고 그 사실을 잘 알고 있는 거야. 루이스가 생각했다.

그들은 초조해 하면서 엘리가 돌아오길 기다렸다. 커피를 너무 많이 마셨고 엘리가 어떻게 지냈을지 궁금했다. 루이스는 자신의 서재로 사용할 뒷방으로 들어가 특별히 하는 일 없이 논문을 한 곳에서 다른 곳으로 옮겨 보았지만 별다른 일은 하지 못했다. 레이첼은 터무니없이 이른 점심을 준비하기 시작했다.

10시 15분에 전화벨이 울리자 레이첼은 벨이 두 번 울리기도 전에 전화기로 달려가 숨 가쁘게 "여보세요?" 하고 받았다. 루이스는 사무실과 부엌 사이 복도에 서서 엘리의 선생님이 엘리가 적응하지 못하더라는 얘기를 전하려 한다고 확신했다. 공교육의 위장이 그 애를 소화하지 못하고 뱉어내 버렸다. 그러나 전화한 사람은 노마 크랜덜이었다. 저드가 마지막 남은 옥수수를 땄으니 원한다면 열 개쯤 가져가라는 얘기를 전했다. 루이스는 쇼핑백을 가지고 건너가 저드에게 옥수수 딸 때 왜 도와달라고 부르지 않았냐며 잔소리를 했다.

"다 해 봐야 한 양동이도 안 돼."

저드가 말했다.

"친절하게도 내가 있어서 그 얘기를 안 하는 모양이군요."

노마가 말했다. 그녀는 낡은 코카콜라 쟁반에 아이스티를 담아 포치로 나갔다.

"미안해, 여보."

"저이는 조금도 미안해 하지 않는다우."

노마가 루이스에게 말하고 얼굴을 찡그리며 앉았다.

"엘리가 버스를 타는 것을 봤네."

저드가 체스터필드에 불을 붙이며 말했다.

"엘리는 잘 지낼 거예요. 대부분 잘 지내요."

노마가 말했다.

대부분은 그렇겠지. 루이스는 비딱하게 생각했다.

하지만 엘리는 잘 지냈다. 그 애는 정오에 생글생글 웃으며 집에 돌아왔다. 유치원 첫날 입는 파란색 드레스가 우아하게 엘리의 딱지투성이 정강이(한쪽 무릎에는 새 상처까지 나서 사람을 놀라게 했다)까지 드리워져 있었고 한 손에는 두 명의 아이인지 두 개의 다리인지 모를 것이 그려진 그림이 들려 있었고 한쪽 구두끈은 풀어졌고 머리 한쪽 리본은 잃어버린 채 소리를 질렀다.

"엄마! 아빠! 우린 「올드 맥도널드」를 불렀어요! 「올드 맥도널드」요! 카스테어스 거리 유치원에서 불렀던 거랑 같은 거예요!"

레이첼은 무릎에 게이지를 앉히고 창가 의자에 앉아 있는 루이스를 흘긋 바라보았다. 게이지는 잠들락 말락 했다. 레이첼의 시선에는 슬픔이 깃들여 있었고 그녀가 재빨리 시선을 돌렸지만 루이스는 한순간 끔찍한 공포를 느꼈다. 그는 생각했다. 우린 정말 늙는구나. 정말이야. 누구도 우리만 예외로 해 줄 순 없어. 엘리는 자신의 길을 가고…… 우린 우리의 길을.

엘리는 그에게 달려와 한꺼번에 자신이 그린 그림과 새 상처를 보여 주고 「올드 맥도널드」와 베리맨 선생님에 대해 얘기하려 했다. 처치는 그 애의 다리 사이를 왔다 갔다 하며 큰 소리로 가르랑거렸고 엘리는 아무튼 거의 기적적으로 처치에 걸려 넘어지지 않았다.

"쉬."

루이스가 엘리에게 말하고 키스했다. 게이지는 이 모든 소란에도 아랑곳없이 잠에 빠져 있었다.

"아기를 침대에 눕혀 놓고 와서 몽땅 들어 주마."

그는 게이지를 안고 비스듬히 스며드는 뜨거운 9월의 햇빛을 받으며 계단을 올라갔다. 그리고 계단참에 다다랐을 때 영감 같은 공포와 어두움이 그에게 엄습해 걸음을 멈추었고(우뚝 멈춰 섰다) 깜짝 놀라 무엇 때문에 놀랐는지 궁금해서 주위를 둘러보았다. 그는 게이지를 더 세게 끌어안아 움켜쥐듯 했고 게이지는 불편한 듯 꿈틀거렸다. 루이스의 팔과 등에는 갑자기 무진장 소름이 돋았다.

뭐야? 그는 궁금하고 혼란스럽고 두려웠다. 그의 심장이 질주하고 있었다. 머릿가죽에 냉기가 느껴지면서 갑자기 그의 두개골을 감싸기에 너무 작다는 느낌이 들었다. 그는 눈 뒤에서 아드레날린이 솟구치는 것을 느낄 수 있었다. 인간의 눈은 공포가 극에 달하면 실제로 튀어나온다는 것을 그는 알고 있었다. 눈은 넓어지기만 하는 것이 아니라 혈압이 높아지고 뇌수의 수압이 높아지면서 실제로 부풀어 오른다. 이게 뭐지? 귀신인가? 맙소사, 방금 복도에서 뭔가가 나를 스치고 지나간 것 같았어. 거의 보일 것도 같았는데.

아래층의 망을 친 문이 틀에 부딪혔다.

루이스 크리드는 깜짝 놀라 비명을 지를 뻔하다가 웃음을 터뜨렸다. 사람들이 가끔 통과하는 심리적인 콜드 포켓(고층 일기도에서 주변 공기보다 특히 기온이 낮아 원으로 표시되는 부분. 지표 공기에 영향을 미쳐 그것이 장기간 머무른 지역은 혹한에 시달린다—옮긴이) 중 하나였을 뿐 그 이상도 그 이하도 아니었다. 일시적인 심리 장애였을 뿐. 흔히 있는 일이다. 그뿐이다. 스크루지가 제이코브 말리의 유령에게 뭐라고 했더라? "자네가 바로 그 설익은 감자 조각일지도 모르는 일 아냐? 자네한테서는 무덤 냄새보다 고깃국 냄새가 더 난단 말씀이야." 그리고 그것은 찰스 디킨스가 알고 있었던 것보다 생리적으로나 심리학적으로 더 정확했다. 귀신은 없다. 적어도 그가 경험하기로는. 그는 의사로 일하면서 수십 명의 사람들에게 사망 선고를 했지만 한번도 영혼의 움직임을 느껴 본 적이 없었다.

그는 게이지를 방으로 데려가 아기 침대에 눕혔다. 하지만 담요를 아들에게 덮어 줄 때 등에 몸서리가 느껴졌고 갑자기 칼 삼촌의 '전시장'이 생각났다. 거기엔 새 차도 없고 온갖 첨단 기능을 갖춘 텔레비전도 없고 앞에 유리창이 있어 요술같이 세제로 씻는 작업을 지켜볼 수 있는 식기 세척기도 없었다. 뚜껑이 닫힌 상자만 그 위에 조심스럽게 몰래 스포트라이트를 받고 있었다. 그의 삼촌은 장의사였다.

맙소사, 왜 이렇게 무서운 거지? 떨쳐 버리자! 어서 꺼져!

그는 아들에게 키스하고 엘리가 유치원 첫째 날에 대해 얘기하는 것을 들어 주러 아래층으로 내려갔다.

엘리가 유치원 등원 첫 주를 마치고 학생들이 대학 캠퍼스로 돌아오기 전 주 토요일, 저드 크랜덜이 길을 건너 크리드 가족이 잔디밭에 앉아 있는 곳으로 걸어왔다. 엘리는 타던 자전거에서 내려 아이스티를 마시고 있었다. 게이지는 풀밭을 기어다니며 벌레를 구경했다. 어쩌면 몇 마리 먹었을지도 몰랐다. 게이지는 자신의 단백질원이 무엇인지에 대해 까다롭지 않았다.

루이스가 일어서며 말했다.

"저드, 의자를 갖고 올게요."

"필요 없네."

저드는 청바지와 작업복 셔츠를 입고 녹색 부츠를 신고 있었다. 그는 엘리를 보았다.

"엘리야, 저 길이 어디로 나 있는지 알고 싶니?"

"네!"

엘리가 발딱 일어서며 말했다. 아이의 눈이 반짝였다.

"유치원에서 조지 벅이란 애가 그건 애완동물 공동묘지라고 했어요. 내가 엄마한테 말했더니 엄마는 할아버지가 그게 어디 있는지 아실 테니까 기다려 보자고 했어요."

"그럼 알지." 저드가 말했다. "부모님이 허락하시면 함께 거기까지 산책하러 올라갈까? 하지만 장화가 있어야 해. 땅이 질퍽거리는 곳이 있단다."

엘리는 집으로 달려갔다.

저드는 즐거운 듯 사랑스럽게 엘리의 뒷모습을 보았다.

"자네도 가지, 루이스?"

"그러죠."

루이스가 말했다. 그는 레이첼을 바라보았다.

"당신도 갈래?"

"게이지는 어쩌고? 2킬로미터는 될 것 같은데."

"내가 제리팩(유아 운반 배낭 상표명—옮긴이)에 넣어 줄게."

레이첼이 웃었다.

"좋아…… 하지만 당신이 업어야 해요, 아저씨."

10분 뒤 게이지를 제외한 모두는 부츠를 신고 출발했다. 게이지는 제리팩에 앉아 눈을 휘둥그렇게 뜨고 루이스의 어깨 너머로 보이는 모든 것을 바라보았다. 엘리는 꾸준히 앞서 가며 나비를 쫓기도 하고 꽃을 따기도 했다.

집 뒤 들판의 풀은 거의 허리까지 자라 있었고 매년 가을이 오는 것을 알리는 늦여름의 애깃거리인 미역취가 있었다. 하지만 오늘은 가을 분위기라곤 찾아볼 수 없었다. 달력상으로는 8월이 지난 지 거의 2주가 되었지만 오늘의 햇볕은 여전히 8월 한여름의 것이었다. 첫 번째 언덕에 다다라 풀을 베어 낸 길을 따라 더 걷자 루이스의 겨드랑이에 커다랗게 땀에 젖은 자국이 생겼다.

저드가 멈추어 섰다. 처음에 루이스는 나이 든 저드가 숨이 차서 그런 줄 알았다. 그러다 그는 뒤에 펼쳐진 경치를 보았다.

"여긴 꽤 높아."

저드가 이빨 사이에 큰조아재비 풀 한 자락을 물며 말했다. 루이스는 방금 자신이 들은 것이 양키식 완곡어법의 진수라고 생각했다.

"멋져."

레이첼이 숨을 쉬더니 루이스를 향해 거의 비난하듯 말했다.

"어쩜 이곳에 대해 한마디도 안 했어?"

"나도 여기에 이런 곳이 있는 줄 몰랐으니까."

루이스는 말하고 나서 약간 부끄러웠다. 그들은 자신들의 사유지에 있었다. 그는 오늘까지 한번도 집 뒤에 있는 언덕에 올라가 볼 시간을 내지 못했다.

엘리는 한참 앞서 있었다. 그 애는 다시 돌아와 마찬가지로 놀라움을 감추지 못하며 경치를 바라보았다. 처치가 엘리 뒤를 따랐다.

언덕은 높지 않았지만 높은 언덕일 필요도 없었다. 동쪽으로 우거진 숲이 시야를 막았지만 이쪽, 즉 서쪽을 보면 땅은 황금색의 나른한 늦여름의 꿈속에 빠져 있었다. 모든 것이 정지되어 있었고 몽롱했고 고요했다. 고속도로에 정적을 깨는 오링코 탱커 트럭도 없었다.

물론 그들이 바라보고 있는 것은 페놉스콧 강이 흐르는 골짜기였다. 이 강에서 한때 벌목꾼들이 북동쪽으로부터 뱅거와 데리로 목재를 띄워 운반했다. 하지만 그들이 있는 이곳은 뱅거의 남쪽이면서 데리에서 살짝 북쪽인 곳이었다. 강은 넓고 평화롭게 흘렀다. 마치 자신만의 꿈속에 깊이 빠진 것처럼. 루이스는 저 멀리 햄든과 윈터포트를 볼 수 있었다. 여기서 그는 강을 따라 뱀처럼 나 있는 검은 15번 도로를 따라 벅스포트까지 가는 상상에 잠겼다. 그는 강, 강 양쪽에 우거진 숲, 도로, 들판을 굽어보았다. 노스 러들로 침례교회의 첨탑이 오래된 느릅나무 숲 위로 솟아올라 있었고 오른쪽에는 엘리가 다니는 유치원의 늠름한 네모난 벽돌 건물이 보였다. 머리 위에는 흰 구름이 빛바랜 청바지 색 수평선을 향해 천천히 움직였다. 그리고 곳곳에 생산 주기의 마지막에 이르러 정력을 다 소모한 늦여름의 들판이 죽은 것이 아니라 휴식하며 아름다운 황갈색으로 펼쳐져 있었다.

"눈부시게 아름답다는 게 딱 맞는 말이군."

마침내 루이스가 말했다.

"옛날에는 사람들이 프로스펙트 언덕이라고 불렀네."

저드가 말했다. 그는 입 한쪽 끝에 담배를 물었지만 불을 붙이진 않았다.

"아직도 그렇게 부르는 사람이 있지만 젊은 사람들이 마을에 오고 나서 거의 잊혀졌지. 여기 올라오는 사람도 그다지 많지 않을 걸세. 언덕이 아주 높지 않기 때문에 볼거리가 별로 없을 것처럼 보이지. 하지만 보다시피……."

그는 한 손으로 제스처를 취하고 입을 다물었다.

"모든 것이 다 내려다보이네요."

레이첼이 경외감에 젖은 낮은 목소리로 말했다. 그녀는 루이스를 보았다.

"여보, 이곳 우리 소유 맞지?"

루이스가 대답하기 전에 저드가 말했다.

"그 집에 딸린 땅 맞아요."

엄밀히 말해 아직 우리 소유라고는 할 수 없지. 루이스가 생각했다.

숲 속은 시원했다. 8에서 10도쯤 온도가 낮은 것 같았다. 오솔길은 여전히 넓었고 가끔씩 화분이나 커피 깡통에 심어진 꽃이 있었으며(대부분은 시들어 있었다) 이제는 가시 같은 마른 소나무 잎으로 덮여 있었다. 그런 길이 500미터쯤 계속되다가 내리막길이 되자 저드가 엘리를 불러왔다.

"이곳은 어린 여자 애가 산책하기 좋은 곳이지."

저드가 친절하게 말했다.

"하지만 엄마 아빠에게 여기 올라올 때는 이 오솔길을 벗어나지 않겠다고 약속하는 게 좋겠다."

"약속할게요." 엘리가 즉시 말했다. "그런데 왜죠?"

그는 멈춰 쉬고 있는 루이스를 흘긋 보았다. 게이지를 나르는 일은 이렇게 오래된 소나무와 가문비나무 그늘 속일지라도 힘들었다.

"여기가 어딘지 아는가?"

저드가 루이스에게 물었다.

루이스는 생각하다가 대답하지 않았다. 러들로, 노스 러들로, 집 뒤, 15번 도로와 미들 드라이브 사이. 그는 고개를 저었다.

저드는 어깨 너머로 엄지손가락을 젖혔다.

"저쪽에는 많은 것이 있지. 저쪽은 마을이야. 이쪽으로는 60킬로미터 이상 숲 말고는 아무것도 없어. 사람들은 이곳을 노스 러들로 숲이라고 부르지만 오링턴의 한쪽 구석에 닿았다가 록포드로 이어진다네. 그리고 내가 전에 얘기했던 국유지로 이어지지. 인디언들이 돌려받으려고 하는 땅 말일세. 전화, 전기, 케이블 텔레비전 등 없는 것 없이 큰길에 있는 자네의 근사하고 아담한 집이 이 황무지 가장자리에 있다고 말한다면 웃기겠지만 사실일세."

그는 엘리를 돌아보았다.

"엘리야, 내가 하고 싶은 말은 이 숲을 돌아다니면 안 된다는 거야. 그러다 오솔길을 잃어버릴 수 있어. 그러면 네가 어떻게 될지 아무도 몰라."

"안 그럴게요, 크랜덜 아저씨."

엘리는 꽤 감명 받았고 경외감까지 느낀 것 같았지만 겁내고 있지는 않다는 것을 루이스는 알아챘다. 하지만 레이첼은 저드를 불편하게 바라보았고 루이스 자신도 마음이 좀 불편했다. 그는 이것이 도시에서 태어난 사람들이 가지는 거의 본능에 가까운 숲에 대한 공포감이라고 생각했다. 루이스는 20년 전 보이스카우트 이후로 손에 나침반을 들고 다닌 적이 없었고 북극성의 위치나 나무에서 이끼가 자라는 방향 따위들을 이용하여 길을 찾는 방법에 대해서도 줄임매듭이나 한매듭 매는 방법만큼이나 기억이 가물가물해져 있었다.

저드는 그들을 보고 살짝 미소 지었다.

"1934년 이후 이 숲에서 길을 잃은 사람은 아무도 없어. 적어도 이곳 사람들은 말이지. 마지막으로 길을 잃은 사람은 윌 제퍼슨이야. 대수롭지 않은 일이긴 했지만. 스태니 부샤르만 빼면 월이 벅스포트 이쪽에서는 제일 술주정뱅이지."

"현지 사람은 없다고 하셨어요?"

레이첼이 평상시와 다른 목소리로 말했고 루이스는 그녀의 마음을 읽을 수 있을 것 같았다. 우린 현지인이 아니라는 거죠? 아직은.

저드는 말을 멈추고 고개를 끄덕였다.

"이삼 년에 한 번씩 관광객이 실종된다오. 관광객들은 큰길에서 길을 잃을 염려가 없다고 생각하기 때문이죠. 하지만 아무도 길을 잃고 못 돌아온 적은 없어요, 부인. 조바심내지 않아도 돼요."

"말코손바닥사슴(현존 사슴 중 제일 크고, 수컷은 손바닥 모양 뿔이 있다—옮긴이)이 있나요?"

레이첼이 염려스러운 듯 물었고 루이스는 웃었다. 레이첼이 조바심 내려 들면 그야말로 한 조바심 하게 된다.

"음, 그 사슴이 보이기도 해요." 저드가 말했다. "하지만 그놈들은 아무 문제도 일으키지 않아요, 레이첼. 짝짓기 철 동안 약간 신경질적이 되긴 하지만 그 외에는 바라보는 것밖에 아무 짓도 하지 않소. 그들이 발정기에 쫓아다니는 유일한 사람은 매사추세츠 출신들뿐이오. 왜 그런지는 모르겠지만 여하튼 그렇다오."

루이스는 저드가 농담하고 있다고 생각했지만 확신할 수 없었다. 저드의 표정은 정말 진지했다.

"난 그 광경을 여러 번 봤다네. 소거스나 밀턴이나 웨스턴에서 온 사람들이 나무 위에 올라가 사슴 떼가 쫓아온다며 소리 지르는 광경을 봤지. 사슴 한 마리 한 마리가 전부 모터홈(캠핑 카—옮긴이)같이 거대했다네. 말코손바닥사슴이 매사추세츠 사람들에게서 이성의 냄새를 맡는 것 같아. 아니면 L. L. 빈(메인 주 포틀랜드의 유명한 의류 상점—옮긴이)의 새 옷 냄새를 맡는 것인지도 모르지. 난 대학교의 축산 공부하는 학생들이 그 점에 대해 논문이나 써 줬으면 좋겠지만 아무도 그런 일은 안 할 걸세."

"발정기가 뭐예요?"

엘리가 물었다.

"몰라도 돼." 레이첼이 말했다. "어른과 함께 오는 건 괜찮지만 혼자 이곳에 올라오면 안 돼, 엘리."

레이첼이 루이스에게 한 발 다가갔다.

저드는 힘들어 보였다.

"레이첼, 당신이나 엘리에게 겁주려던 건 아니오. 이 숲에서 겁먹을 필요는 없어요. 이곳은 좋은 길이오. 봄에는 벌레가 좀 많고 언제나 약간 습하긴 하지. 아, 55년도만 제외하고. 그때는 내가 기억하는 한 가장 건조한 여름이었소. 하지만 이 길에는 옻나무나 덩굴옻나무도 없어요. 그것들은 학교 운동장 뒤에 있어. 거기 가까이 가면 안 된다, 엘리. 3주 동안이나 전분으로 목욕하면서 보내고 싶지 않으면 말이다."

엘리는 입을 가리고 낄낄거렸다.

"이 길은 안전해요."

저드는 진지하게 레이첼에게 말했다. 레이첼은 아직도 믿지 못하는 것 같았다.

"음, 게이지가 이 길을 가도 괜찮다고 장담할 수 있소. 이미 얘기했지만 마을 아이들이 이곳에 자주 올라와요. 녀석들이 길을 잘 가꾸고 있지요. 시키는 사람도 없는데 알아서 가꾼답니다. 엘리가 안 다녀 주면 정말 아깝죠."

그는 엘리에게 몸을 숙이고 윙크했다.

"인생의 다른 많은 것들과 마찬가지란다, 엘리. 오솔길을 따라가면 모든 것이 순조롭지. 길을 벗어났다가 운 나쁘면 길을 잃는다는 것을 명심해야 해. 그러면 누군가가 수색대를 보내야 한단다."

그들은 계속 걸었다. 루이스는 아기를 짊어지고 걷느라 등에 미미한 경련이 느껴지기 시작했다. 때때로 게이지는 양손 가득 아빠의 머리카락을 움켜쥐고 세게 잡아당기거나 그의 허리를 기분 좋게 걷어차곤 했다. 늦여름의 모기가 그의 얼굴과 목 근처를 날아다니면서 앵앵거렸다.

오솔길은 아주 오래된 전나무 사이를 구불구불 굽이치다가 가시투성이의 빽빽하게 우거진 덤불 사이를 크게 헤치고 나아갔다. 이곳은 길이 질척거렸고 루이스의 장화는 진흙과 고인 물로 엉망이 되었다. 어떤 곳에서는 적당한 크기의 덤불 한 쌍을 디딤돌로 해서 늪 같은 곳을 건넜다. 그것이 고비였다. 그들은 다시 걷기 시작했고 또 나무가 나타났다. 게이지는 마술에라도 걸렸는지 5킬로그램은 더 나가는 것 같았고 낮의 온도는 비슷한 마술 때문인지 10도나 더 높은 듯했다. 루이스의 얼굴에 땀이 흘러내렸다.

"여보, 괜찮아?" 레이첼이 물었다. "잠깐 내가 애를 업을까?"

"아냐, 괜찮아."

그가 말했다. 그 말은 진심이었지만, 심장이 가슴속에서 빠른 속도로 방망이질치고 있었다. 그는 직접 운동을 하기보다 운동을 처방하는 데 더 익숙한 사람이었다.

저드는 엘리와 나란히 걷고 있었다. 엘리의 옅은 황색의 헐렁한 바지와 빨간 블라우스는 어두운 갈색과 녹색의 음침함 속에 화려한 무늬를 만들었다.

"루이스, 저드는 어디로 가는지 알고 가는 거겠지, 그렇지?"

레이첼이 살짝 걱정이 깃들인 나지막한 어조로 물었다.

"그럼."

루이스가 말했다.

저드가 명랑하게 어깨 너머로 소리쳤다.

"이제 얼마 남지 않았네……. 루이스, 자네 견딜 만하지?"

맙소사, 저 노인네, 여든이 훨씬 넘은 나이인데도 땀 한 방울 안 흘리는군. 루이스는 생각했다.

"괜찮아요."

그는 약간 공격적으로 대답했다. 어쩌면 루이스는 관상동맥 혈전으로 발작이 일어나도 자존심 때문에 같은 말을 했을 것이다. 그는 싱긋 웃고 제리팩의 끈을 와락 잡아당겨 위로 올리고는 계속 걸어갔다.

그들이 두 번째 언덕 꼭대기에 오르자 오솔길은 사람 머리 높이까지 자란 관목과 빽빽한 덤불 사이로 경사져 있었다. 길은 좁아졌다. 그리고 바로 앞에서 루이스는 엘리와 저드가 풍상에 닳은 낡은 판자로 만든 아치 아래로 걸어가는 것을 보았다. 판자 위에 검은 칠이 희미해져서 겨우 알아볼 수 있을 정도로 '애완동물 공동묘지'(pet sematary, 원래 '공동묘지'란 뜻의 영어는 'cemetery'이지만 아이들이 쓴 것처럼 지은이가 의도적으로 철자를 틀리게 씀—옮긴이)라는 단어가 씌어져 있었다.

그와 레이첼은 신기한 듯 시선을 교환하고 아치 아래로 걸어 들어갔다. 아치로 걸어가면서 둘은 본능적으로 손을 뻗어 서로의 손을 잡았다. 마치 결혼식을 올리러 이곳에 온 것처럼.

그날 오전 두 번째로 루이스는 놀라움과 감탄을 금치 못했다.

여기에는 소나무 가시밭 따윈 없었다. 직경 12미터 정도의 거의 완벽한 원 모양으로 깎은 풀밭이 있었다. 세 면은 두껍게 얽힌 덤불로, 나머지 면은 오래된 나무 올가미로 둘러싸여 있었는데 나무 올가미는 쓰러진 나무들이 아무렇게나 엉겨 있어 불길하고 위험해 보였다. '저길 통과해서 지나가거나 저 위로 올라가려면 강철 갑옷이라도 있어야겠군.' 루이스가 생각했다. 풀밭은 묘비로 가득했다. 석판이나 폐기 목재, 이 빠진 양철 조각 등 아이들이 얻거나 빌려 온 물건들로 만든 것이 틀림없었다. 그리고 조악한 아이들의 작품과 이곳이 인간의 손으로 만들어졌다는 사실은 이곳에서 보금자리와 햇볕을 차지하기 위해 다투는 키 작은 관목과 우거진 나무들과 대조를 이루면서 둘의 조화가 선명하게 부각되는 듯했다. 숲의 배경은 이곳에 말로 표현할 수 없는 심오함을 던져 주었는데 이는 기독교적인 것이 아니라 이교적인 매력이었다.

"멋져요."

레이첼이 말했다. 진심으로 하는 말로 들리지는 않았다.

"우아!"

엘리가 소리쳤다.

루이스는 게이지를 어깨에서 내려 기어 다닐 수 있게 아기띠에서 풀어 주었다. 루이스의 등은 안도의 한숨을 쉬었다.

엘리는 이 묘비에서 저 묘비로 옮겨 다니며 묘비마다 소리를 질렀다. 루이스는 그녀를 따라다녔고 레이첼은 아기를 감시했다. 저드는 다리를 꼬고 튀어나온 바위에 등을 기대고 앉아 담배를 피웠다.

루이스는 이곳이 단순히 질서감, 즉 일정한 패턴만 가지고 있는 것이 아님을 깨달았다. 묘비들은 대략 동심원 모양으로 배열되어 있었다.

'고양이 스머키.' 한 판자 묘비에 이렇게 씌어 있었다. 글씨는 유치했지만 꼼꼼했다. '그는 말 잘 듣는 고양이였다.' 그리고 아래에는 '1971~1974' 라고 씌어 있었다. 루이스는 바깥쪽 원을 따라 돌다가 자연산 석판을 발견했다. 그 위에는 닳긴 했지만 분명하게 알아볼 수 있는 빨간 페인트 글씨로 '비퍼' 라는 이름이 씌어 있었다. 그리고 이름 아래 짧은 시가 있었다. '비퍼, 비퍼, 끝내 주게 냄새 잘 맡는 개/죽을 때까지 우리를 즐겁게 해 주었네.'

"비퍼는 데슬러 씨네 코커스패니얼이었네."

저드가 말했다. 그는 구두 끝으로 맨땅인 부분을 파서 조심스럽게 담뱃재를 모두 그 속에 털어 넣었다.

"작년에 쓰레기차에 치여 죽었어. 그거 시 같은데?"

"맞아요."

루이스가 동의했다.

어떤 무덤에는 꽃이 놓여 있었는데, 싱싱한 꽃도 있지만 대부분은 오래되었고 상당수가 거의 완전히 부패되어 있었다. 루이스가 읽으려던 페인트나 연필로 쓴 묘비명의 절반 이상이 닳아서 일부 또는 전부가 알아볼 수 없었다. 어떤 비문은 식별할 수 있는 표시가 아예 없었고 루이스는 여기에 쓴 글들이 분필이나 크레용으로 씌어졌을 거라고 짐작했다.

"엄마!" 엘리가 외쳤다. "여기 금붕어가 있어요! 와서 이것 좀 봐요!"

"난 됐다."

레이첼이 말했고 루이스는 그녀를 흘끗 보았다. 그녀는 가장 바깥쪽 원 밖에 홀로 서 있었는데 그렇게 불편해 보일 수가 없었다. 심지어 이곳에서도 기분이 상했군. 루이스는 생각했다. 레이첼은 죽음이 있는 곳에서는 편안해 한 적이 없었다(사실 누구나 그렇긴 하지라고 그는 생각했다). 아마 그녀의 언니 때문일 것이다. 레이첼의 언니는 아주 젊어서 죽었고 그녀에게 상처를 남겼으며 루이스는 결혼 생활 초에 그 사실을 건드리면 안 된다는 것을 깨달았다. 그녀의 이름은 젤다였고 그녀는 척수막염 때문에 죽었다. 아마 그녀의 불치병은 길고 고통스럽고 추했을 것이며 그때 레이첼은 감수성이 예민한 시기였나 보다. 루이스는 레이첼이 잊고 싶어 한다 해도 아무 문제 될 것이 없을 거라 생각했다.

루이스는 레이첼에게 윙크했고 레이첼은 그에게 감사의 미소를 지어 보였다.

루이스는 주위를 둘러보았다. 그들은 자연적으로 생긴 공터에 있었다. 그는 그래서 풀이 잘 자란다고 생각했다. 햇빛이 잘 들기 때문이었다. 그렇지만 물을 주고 잘 가꾸는 일도 필요했을 것이다. 즉 물이 든 깡통들을 이곳까지 가지고 왔거나 어쩌면 제리팩에 든 게이지보다 무거운 인디언 펌프를 조그만 등에 짊어지고 왔다는 뜻이다. 그는 또 한 번 아이들이 그렇게 오랫동안 이곳을 지켜 왔다는 것이 이상한 일이라고 생각했다. 엘리를 키우면서 새록새록 돋아나는 자신의 어린 시절 열정에 대한 기억은 그것이 신문지처럼 불타기 쉽다는 것이었다. 순식간에…… 열렬하게…… 타올랐다가…… 금방 꺼져 버리는 것이었다.

안쪽 원으로 갈수록 애완동물 무덤은 더 오래된 것이었다. 읽을 수 있는 묘비 역시 적어졌지만 과거로 이어지는 대략의 시간대를 알 수 있었다. '트릭시, 1968년 9월 15일 고속도로에서 죽다.' 라는 묘비가 있었다. 같은 원 안에 땅 속 깊숙이 넓고 납작한 보드가 꽂혀 있었다. 서리와 해빙으로 찌그러지고 한쪽으로 기울어 있었지만 루이스는 '우리의 사랑하는 토끼 마르타를 그리며, 1965년 3월 1일에 죽다.' 라는 글을 알아볼 수 있었다. 더 안쪽 줄에는 다음과 같은 묘비가 있었다. '패튼 제독' ('우리의! 충직한! 개!' 가 덧붙여져 있었다). 이 개는 1958년에 죽었다. 그리고 '폴리네시아' (루이스의 둘리틀 선생에 대한 기억이 정확하다면 앵무새일 것이다)는 1953년 여름에 마지막으로 "폴리는 크래커를 먹고 싶어."를 꽥꽥대며 흉내 냈다. 다음 두 줄에는 읽을 수 있는 것이 없었고 중심에서 한참 떨어진 그 다음 줄 사암 조각에 '이 세상에서 최고로 훌륭한 개 하나 1929~1939' 가 거칠게 새겨져 있었다. 사암이 비교적 무르기는 하지만(그래서 비문이 거의 희미한 흔적이나 다름없었지만) 루이스는 어떤 아이가 묘비에 그 아홉 단어를 새기면서 보냈을 시간을 상상하기가 힘들었다. 사랑과 슬픔에서 비롯한 의지가 그에게는 엄청나게 느껴졌다. 이것은 자식을 둔 부모라도 자신의 부모가 돌아가셨거나 자식이 일찍 죽었을 때 할 수 있는 일이 아니었다.

"와, 이건 꽤 오래된 것이군요."

그는 저드가 천천히 걸어와서 옆에 서자 말했다.

저드가 고개를 끄덕였다.

"이리 와 보게, 루이스. 보여 줄 게 있네."

그들은 중심에서 세 줄 뒤에 있는 줄로 걸어갔다. 그 줄은 바깥의 원들과 우연의 일치인지 원형 패턴이 아주 뚜렷해 보였다. 저드는 넘어져 있는 아주 작은 석판 앞에 멈췄다. 노인은 천천히 무릎을 꿇더니 석판을 다시 세웠다.

"여기도 비문이 있었네." 저드가 말했다. "내가 직접 새겼지. 하지만 이제는 닳아 없어졌지. 난 내가 처음 키우던 개를 여기 묻었다네. 스폿이었어. 스폿은 1914년, 1차 세계 대전이 발발하던 해에 늙은 나이로 죽었네."

루이스는 이곳에 사람들이 묻힌 수많은 공동묘지보다 훨씬 오래된 공동묘지가 있다는 생각에 혼란스러워져 중심으로 걸어가서 몇몇 묘비를 살펴보았다. 비명을 읽을 수 있는 것은 하나도 없었고 대부분 숲의 퇴적물 층에 묻혀 있었다. 묘비 하나는 풀에 거의 완전히 묻혀 있었는데 루이스가 그것을 다시 일으켜 세우자 땅에서 작지만 맹렬한 항의 소리가 들렸다. 딱정벌레들이 그가 노출시킨 자리에서 바글거렸다. 그는 살짝 소름이 돋는 것을 느끼며 생각했다. 동물들의 공동묘지로군. 별로 마음에 들지 않는걸.

"이것들은 얼마나 오래됐죠?"

"글쎄, 모르겠네."

저드가 주머니 깊숙이 손을 찔러 넣으며 말했다.

"스폿이 죽었을 때도 이곳이 있었네. 그 시절에 나는 친구들과 몰려다녔지. 친구들이 스폿을 묻을 구덩이 파는 것을 도와줬어. 여기서 땅을 파는 것은 쉽지 않아. 전혀. 알다시피 이 땅은 돌투성이라 뒤집기가 힘들어. 나도 때때로 친구들을 도와줬다네."

그는 이곳저곳을 굽은 손가락으로 가리켰다.

"저기에는 내 기억이 정확하다면 피트 라바서의 개가 있고 저기에는 앨비언 그로틀리가 밖에서 키우던 고양이 세 마리가 한 줄에 나란히 묻혀 있네."

"올드맨 프리치는 경주용 비둘기를 키웠네. 그중 한 마리가 개에게 물려 죽어서 나랑 앨비언 그로틀리와 칼 하나가 묻어 주었지. 그 녀석은 저기 있어."

저드는 말을 멈추고 생각에 잠겼다.

"난 그 친구들 중 마지막 남은 사람이라네. 지금은 모두 저 세상으로 갔지, 몰려다니던 녀석들 말일세. 모두 가고 없어."

루이스는 아무 말도 하지 않았다. 손을 주머니에 찌르고 서서 애완동물 무덤들을 바라보기만 했다.

"돌투성이 땅이야."

저드가 되풀이했다.

"이곳엔 아무것도 심을 수 없었지. 그래도 어쨌든 시체는 묻을 수 있었네."

저쪽에서 게이지가 훌쩍거리며 울기 시작했고 레이첼이 아이를 안고 엉덩이를 두드려 주었다.

"배고파 해요. 돌아가야겠어, 루."

'제발, 응?' 그녀의 눈은 애원하고 있었다.

"그럽시다."

그가 말했다. 그는 제리팩을 다시 어깨에 메고 돌아서서 레이첼이 게이지를 앉힐 수 있도록 했다.

"엘리! 엘리, 얘야! 어딨니?"

"저기 있어."

레이첼이 말하며 나무 올가미 쪽을 가리켰다. 엘리는 나무 올가미가 학교의 정글짐이라도 되는 양 기어오르고 있었다.

"저런, 아가, 어서 거기서 내려와라!"

저드가 놀라서 소리쳤다.

"구멍에 발을 잘못 디디면 그 늙은 나무가 흔들려서 발목을 삘지도 몰라."

엘리가 아래로 뛰어내렸다.

"아우!"

아이는 소리를 질렀고 엉덩이를 문지르며 그들 쪽으로 왔다. 피부는 상하지 않았지만 뻣뻣한 죽은 나뭇가지 때문에 바지가 찢어졌다.

"내 말 알겠니?"

저드가 엘리의 머리칼을 헝클어뜨리며 말했다.

"이렇게 늙은 나무 올가미는 숲에 능숙한 사람이라도 그 위에 올라가지 않아. 나무들이 한꺼번에 무너져 내리면 아주 위험하거든. 크게 다칠지도 몰라."

"정말요?"

엘리가 물었다.

"정말이지. 나무들이 짚단처럼 쌓여 있는 게 보이지? 그중에 어떤 걸 헛디디면 한꺼번에 눈사태처럼 무너져 내릴 수도 있어."

엘리는 루이스를 바라보았다.

"정말이야, 아빠?"

"그렇단다, 아가."

"우아!"

엘리는 다시 나무 올가미를 돌아보고 소리쳤다.

"내 바지가 찢어졌잖아, 이 못생긴 나무들아!"

세 어른 모두 웃음을 터뜨렸다. 나무 올가미는 웃지 않았다. 단지 수십 년 간 그래 왔던 것처럼 햇빛 아래 하얗게 앉아 있었다. 루이스에게 그것은 오래전에 죽은 괴물의 유골처럼 보였다. 또는 아주 선하고 친절한 기사에게 죽임을 당한 무엇인가의 유골. 거대한 이정표로 여기 남겨진 용의 뼈 같기도 했다.

그때에도 그는 그 나무 올가미가 애완동물 공동묘지와 그 뒤 우거진 숲 사이에 서 있다는 사실에 너무나 공교로운 무엇인가가 있다는 생각이 들었다. 그 숲은 나중에 저드 크랜덜이 가끔 멍하니 "인디언 숲"이라고 부르기도 했다. 바로 그 무작위성이 자연물이라고 보기에는 너무 인공적이고 너무 완벽하게 느껴졌다. 그것은…….

그때 게이지가 그의 한쪽 귀를 움켜쥐고 비틀며 즐거운 함성을 질러 댔고 루이스는 애완동물 공동묘지 뒤의 숲에 있는 나무 올가미는 깡그리 잊어버렸다. 집에 돌아갈 시간이었다.

다음 날 엘리는 난처한 얼굴을 해 가지고 그에게 왔다. 루이스는 서재에서 모형을 맞추던 중이었다. 이 모형은 1917년형 롤스로이스 실버 고스트로서 680개 조각에 쉰 개 이상의 움직이는 부분이 있었다. 모형은 거의 완성되어 가고 있었고 그는 18세기나 19세기의 영국 마부의 직계 후손인 제복 입은 운전사가 당당하게 운전석에 앉아 있는 것을 상상하는 참이었다.

그는 열 살 이후로 모형에 푹 빠져 있었다. 그는 칼 삼촌이 그에게 사 준 1차 세계 대전 스패드(항공기—옮긴이)로 시작했고 레벨 항공기 모형은 대부분 섭렵했으며 청소년기와 이십 대에는 더 크고 좋은 모형들로 옮겨 갔다. 병에 든 배를 제작하던 단계와 군함 제작 단계를 거쳐 총 모형을 제작하던 시기가 있었는데 총을 너무나 실물과 흡사하게 만들어 방아쇠를 당겨도 발사되지 않는다는 사실을 믿기가 힘들 정도였다. 콜츠, 윈체스터, 루거스, 번트라인 스페셜까지 만들었다. 지난 5년 동안은 대부분 대형 유람선이었다. 루시타니아 모형과 타이태닉 모형 하나가 그의 대학 사무실 선반에 놓여 있었고 그들이 시카고를 떠나기 바로 전에 완성했던 안드레아 도리아는 현재 거실의 벽난로 위 선반을 항해하고 있었다. 이제는 구식 자동차에 몰두해 있었는데 지금까지의 유형대로라면 사오 년 정도 자동차를 만든 후에 새로운 모형에 대한 충동이 생길 것이다. 레이첼은 그에게 취미라고 할 만한 유일한 모형 제작을 아내다운 너그러움으로 봐주고 있었는데 그가 보기엔 그 안에 일종의 경멸감을 품고 있는 것 같았다. 10년 동안 결혼 생활을 해 왔지만 그녀는 언젠가는 그가 모형 제작에서 벗어날 것으로 생각하는 모양이었다. 어쩌면 이런 태도는 그녀의 아버지에게

서 일부분 물려받았을지 모른다. 레이첼의 아버지는 루이스와 레이첼이 결혼하던 때와 마찬가지로 지금도 자신이 얼간이를 사위로 얻었다고 생각했다.

어쩌면 레이첼이 옳은지도 몰라. 그는 이렇게 생각했다. 나이 37살의 어느 날 아침 눈을 떠서 모형들을 전부 다락에 처넣고 행글라이더를 타겠다고 할지 모르지.

엘리는 심각해 보였다.

저 멀리 맑은 하늘에 울려 퍼지는, 신도들을 부르는 완벽한 일요일 아침의 교회종 소리가 들려왔다.

"아빠, 안녕."

엘리가 말했다.

"안녕, 귀염둥이. 무슨 일 있니?"

"음, 아뇨."

말은 이렇게 했지만 표정은 그게 아니었다. 엘리의 표정은 '많은 일들이 있었지만 별로 대단한 것은 없었어요. 고마워요.' 라고 말하고 있었다. 머리는 금방 감고 나와서 어깨까지 늘어뜨린 채였다. 지금 조명 아래서 보니 크면서 갈색으로 변할 수밖에 없는 머리색은 갈색보다는 훨씬 더 금색이었다. 그 애는 드레스를 입고 있었고 루이스는 가족이 일요일에 교회에 나가지 않는데도 엘리가 일요일에는 거의 언제나 드레스를 입는다는 사실을 떠올렸다.

"뭘 만들고 계세요?"

그는 조심스럽게 진흙받이에 풀칠을 하며 엘리에게 말했다.

"이걸 보렴."

그는 조심스럽게 모형 휠캡을 건네주며 말했다.

"거기 연결된 R자가 보이지? 정말 정교하지 않니? 다음 추수감사절 때 샤이타운으로 비행기를 타고 갈 건데 L-1011을 타면 제트엔진을 보렴. 거기에도 그것과 똑같은 R이 새겨져 있단다."

"휠캡, 대단해요."

아이는 루이스에게 그것을 돌려주었다.

"그게 아니야." 루이스가 말했다. "네가 롤스로이스를 갖게 되면 그것을 휠 커버링이라고 부르렴. 롤스로이스를 탈 만큼 부자가 되거든 좀 거들먹거려도 돼. 아빠가 백만 달러를 더 모으면 한 대 살 수 있지. 롤스로이스 코니시를 살 거야. 그리고 게이지가 차멀미를 하면 진짜 가죽에다가 토하는 거지."

'그런데 그건 그렇고 엘리, 무슨 말을 하고 싶어서 그러니?' 하지만 엘리는 그런 식으로는 효과가 없었다. 바로 대놓고 물어서는 안 된다. 엘리는 자신을 너무 많이 드러내는 것을 경계했다. 이런 점은 루이스가 감탄하는 특징이었다.

"아빠, 아빤 부자예요?"

"아니. 하지만 그렇다고 어디 가서 굶지는 않을 거야."

"학교에서 마이클 번즈가 의사는 다 부자라고 했어요."

"글쎄, 학교 가거든 마이클 번즈에게 많은 의사들이 부자가 되는 데 20년 걸린다고 말해 줘라…… 그리고 대학 진료소를 운영하면 부자가 될 수 없어. 전문의가 되어야 부자가 되지. 부인과 전문의나 정형외과 전문의나 신경외과 전문의 말이야. 그 사람들은 금방 부자가 돼. 나처럼 기관에 소속된 의사는 부자가 되려면 오래 걸려."

"그러면 아빤 왜 전문의가 아니에요?"

루이스는 다시 모형에 대해 생각했고 그가 언젠가 더 이상 모형 전투기를 제작하기가 싫어졌던 일, 마찬가지로 타이거 탱크와 포상(砲床, 적의 공격으로부터 화기와 장비를 보호하도록 만든 진지—옮긴이)에 대해서도 싫증을 느낀 일, 병 속에 든 배를 제작하는 것이 너무 지루하게 느껴진 일(돌이켜 보니 거의 하루아침에 그런 생각을 했던 것 같다)을 생각했다. 그러고 나서 그는 아이들의 발에 추상족지증이 없는지 검사하거나 얇은 라텍스 장갑을 끼고 교육받은 손가락으로 여성들의 질 속을 더듬어 혹이나 이상이 없는지 알아내는 일을 하면서 일생을 보내는 것이 어떨까 하는 생각을 했다.

"그냥 아빤 전문의를 좋아하지 않는단다."

처치가 서재로 들어와 멈춰 서서 밝은 녹색 눈으로 분위기를 살폈다. 그는 조용히 창가로 뛰어 올라갔고 잠든 것처럼 보였다.

엘리는 처치를 흘긋 보고 얼굴을 찌푸렸는데 이 모습이 루이스에게 너무 이상하게 느껴졌다. 보통 때 엘리는 거의 고통스러울 정도로 사랑이 철철 넘치는 표정으로 처치를 바라보았다. 엘리는 여러 모형을 구경하면서 서재를 돌아다니기 시작했고 평상시와 가까운 목소리로 말했다.

"참, 애완동물 공동묘지에 무덤이 많이 있었어요. 그렇죠?"

아, 바로 이거로군. 루이스는 이렇게 생각했지만 돌아보지 않았다. 지시 사항을 읽어본 다음 그는 롤스로이스에 등을 붙이기 시작했다.

"많지. 백 개도 넘지."

"아빠, 왜 동물들은 사람만큼 오래 살지 못하죠?"

"글쎄, 어떤 동물은 사람만큼 오래 살기도 해. 그리고 어떤 동물은 더 오래 살기도 하지. 코끼리는 아주 오래 살아. 그리고 어떤 바다거북은 너무 오래 살아서 사람들은 그 거북이 몇 살인지 알지도 못해…… 아님 알고 있지만 믿지 못하는 것일 수도 있고."

엘리는 이 말을 가볍게 일축했다.

"코끼리와 바다거북은 애완동물이 아니잖아요? 애완동물은 아주 오래 살지 못해요. 마이클 번즈가 그러는데 개에게 1년은 사람으로 치면 9년에 해당된데요."

"일곱 살."

루이스가 자동으로 정정했다.

"예쁜아, 네가 무슨 걱정을 하는지 잘 알겠다. 그리고 그 말도 일부는 사실이야. 12살까지 산 개는 늙은 개지. 자, 세상에는 신진대사라는 것이 있다. 신진대사란 시간을 알려주는 일을 하지. 참, 다른 일들도 해. 어떤 사람은 많이 먹고도 신진대사 덕분에 날씬한 몸매를 유지하지. 엄마처럼 말이다. 하지만 많이 먹으면 뚱뚱해질 수밖에 없는 사람들도 있어. 예를 들면 아빠처럼. 대사란 사람마다 달라. 하지만 신진대사가 하는 일 중에 공통적인 것은 살아 있는 생물의 신체 시계 역할을 하는 것이지. 개는 신진대사가 아주 빨라. 인간의 신진대사는 훨씬 느리지. 우리는 약 일흔두 살까지 살 수 있어. 대부분이 말이야. 그리고 72년은 정말 아주 긴 시간이란다."

엘리가 정말 걱정하는 것처럼 보였기 때문에 그는 자신의 말이 자신이 느끼는 것보다 훨씬 진지하게 들리기를 바랐다. 그는 서른다섯 살이었고 그 세월은 문틈으로 지나가는 한 줄기 바람처럼 빠르고 덧없이 지나가 버린 것처럼 느껴졌다.

"또 바다거북은 신진대사가 훨씬 더 느리……."

"고양이는요?"

엘리는 질문하고 다시 처치를 바라보았다.

"글쎄, 고양이는 개와 수명이 비슷해. 대부분 그래."

이것은 거짓말이었고 그도 그것을 알고 있었다. 고양이는 난폭한 삶을 살고 언제나 인간의 시야가 미치는 일상의 범위를 벗어나서 비참하게 죽는 경우가 많다. 여기 태양 아래 졸고 있는(또는 조는 것처럼 보이는) 처치가 있다. 매일 밤 딸 엘리의 침대에서 평화롭게 잠자는 처치, 새끼 고양이 때 실 뭉치를 온몸에 감고 있던 몹시 귀여웠던 처치. 그리고 루이스는 처치가 날개 부러진 새를 쫓아다니는 것을 본 적이 있다. 처치의 녹색 눈은 호기심과 냉혹한 즐거움(맞아, 루이스는 옳다고 맹세라도 할 수 있었다)으로 반짝이고 있었다. 그는 쫓아다니던 대상을 잘 죽이지 않았지만 한 가지 확실한 예외가 있었다. 그것은 큰 쥐였다. 아마 그들이 살던 아파트 건물과 옆 건물 사이 골목에서 잡은 쥐였을 것이다. 처치는 그 쥐를 완전히 묵사발로 만들었다. 그것은 너무나 선혈이 낭자했기 때문에 당시 게이지를 가진 지 6주째이던 레이첼은 욕실로 달려가 토하고 말았다. 난폭한 삶, 난폭한 죽음. 개는 텔레비전 만화에 나오는 거드름 피우고 늘 당하기만 하는 개처럼 고양이를 쫓아다니기보다는 잡아서 바로 물어 죽인다. 또는 다른 수컷에게 잡히거나 독이 든 미끼를 먹고 죽거나 달리는 차에 치여 죽는다. 고양이는 동물 세계의 무법자이고 법의 테두리 밖에서 살며 거기서 죽기도 한다. 불 옆에서 얌전히 나이 먹지 않는 고양이들이 너무나 많다.

하지만 그런 것들은 태어나 처음으로 죽음을 놓고 고민하고 있는 다섯 살 난 딸에게 할 수 있는 얘기가 아니었다.

"내 말은 처치는 이제 세 살이고 넌 다섯 살이란 거야. 처치는 네가 열다섯 살, 고등학교 2학년이 될 때까지 살 거야. 그리고 그 때가 되려면 아직 멀었어."

"그렇게 먼 것 같지 않아요."

엘리가 말했고 이제 그 애의 목소리는 떨렸다.

"절대 멀지 않아요."

루이스는 모형 만드는 척하는 것을 그만두고 아이에게 가까이 오라는 몸짓을 했다. 엘리는 그의 무릎에 앉았고 그는 새삼스럽게 지금 격한 감정으로 더욱 도드라져 보이는 딸의 아름다움에 감동했다. 엘리는 피부색이 까무잡잡해서 거의 레반트 인 같았다. 시카고에서 함께 일했던 동료 의사 토니 벤튼은 엘리를 인도 공주라고 부르곤 했다.

"예쁜아, 내가 할 수만 있다면 처치를 백 살까지 살도록 하겠다. 하지만 내 맘대로 정할 수가 없단다."

"그럼 누구 맘대로죠?"

엘리가 물었고 무한한 경멸조로 "하느님일 거야."라고 자기 말에 대답했다.

루이스는 웃음이 터지려는 것을 참았다. 아주 진지한 순간이었다.

"하느님이나 뭐 다른 신이겠지. 시계태엽은 멈추기도 해. 내가 아는 것은 그뿐이야. 백 퍼센트 확실한 것은 없어."

"난 처치가 그 죽은 동물들처럼 되는 게 싫어!"

엘리는 갑자기 울음을 터뜨리고 격렬해져서 소리쳤다.

"난 처치를 절대 죽게 할 수 없어요! 처치는 내 고양이야! 하느님 고양이가 아니란 말이야! 하느님더러 자기 고양이나 키우라고 해요! 갖고 싶은 고양이는 다 가지고 그 고양이들을 죽이라고 해요! 처치는 내 거란 말이야!"

식당에서 건너오는 발소리가 들렸고 레이첼이 놀란 얼굴로 방 안을 들여다보았다. 엘리는 이제 루이스의 가슴에 기대어 흐느끼고 있었다. 공포감이 뚜렷해졌다. 그것은 밖으로 드러났다. 공포의 얼굴이 나타났고 눈에 보였다. 이제 바꿀 수는 없을지라도 최소한 울어서 해소해 버릴 수는 있었다.

그가 엘리를 흔들면서 말했다.

"엘리야. 엘리, 엘리, 처치는 죽지 않아. 바로 저기서 자고 있는 걸."

"하지만 죽을지 모르잖아요?"

아이가 흐느꼈다.

"죽을지도 몰라요. 언제든지."

그는 아이를 안고 흔들었다. 옳든 그르든 엘리가 막무가내식 죽음의 속성에 대해, 즉 논쟁이나 어린 소녀의 눈물 따윈 아랑곳하지 않는 죽음의 속성을 슬퍼하며 울고 있다고 생각했다. 그 애가 잔인한 예측 불가능성에 대해 울고 있다고 생각했고 상징으로부터 훌륭하고 고상하기도 하고 끔찍하게 무섭기도 한 결론을 이끌어 내는 인간의 놀랍고도 치명적인 능력 때문에 운다고 생각했다. 그 동물들 모두가 죽어서 묻혔다면 처치도

(언제든지!)

죽어서 땅에 묻힐 거야. 그리고 그런 일이 처치에게 일어난다면

엘리의 엄마, 아빠, 남동생 아기에게도 일어날 수 있다. 엘리 자신에게도. 죽음은 막연한 개념이었다. 애완동물 공동묘지는 실재했다. 그 조악한 묘비들의 물결 속에 어린아이의 손도 느낄 수 있는 진실이 있었다.

이 시점에서 앞서 수고양이의 평균 수명에 대해 거짓말한 것처럼 거짓말하는 것은 쉬울 것이다. 하지만 거짓말은 나중까지 기억될 것이고 아마 마지막에 모든 아이들이 스스로에게 제출하는 부모에 관한 성적표에 합산되어 올라갈 것이다. 루이스 자신의 어머니도 그런 거짓말을 했다. 여인이 아이를 갖기를 간절하게 원하면 이슬 맺힌 풀밭에 아이가 나타난다는 악의 없는 거짓말이었다. 그리고 그 거짓말이 악의가 없었는데도 루이스는 어머니가 그 얘기를 한 것을, 혹은 자신이 그것을 믿은 것을 결코 용서하지 못했다.

"얘야, 죽음은 어쩔 수 없는 일이야. 삶의 일부분이지."

"나쁜 부분이야!"

아이가 울부짖었다.

"정말 나쁜 부분이야!"

이 문제에는 답이 없었다. 아이는 울었다. 결국 아이의 눈물은 그칠 것이다. 그것은 결코 사라지지 않을 진실과 불편한 평화 관계를 만들기 위한 필수적인 첫 단계였다.

그는 딸을 안고 일요일 아침의 교회종 소리를 들으며 9월의 벌판을 배회했다. 그가 엘리가 처치처럼 잠들었다는 사실을 알게 된 것은 그 애의 눈물이 그치고 얼마 후였다.

그는 엘리를 침대에 눕힌 다음 아래층으로 내려가 부엌으로 갔다. 부엌에서는 레이첼이 케이크 반죽을 지나칠 정도로 세게 두드리고 있었다. 그는 엘리가 오전 중에 그렇게 운 것에 대한 자신의 놀라움을 얘기했다. 엘리답지 않았다고 했다.

"그래."

레이첼이 쿵 소리가 나게 조리대에 볼을 내려놓으며 말했다.

"그 애답지 않아. 그 앤 지난밤 내내 깨어 있었나 봐. 애가 뒤척이는 소리를 들었어. 처치는 세시쯤 울면서 밖으로 나갔고. 엘리가 잠을 못 자니까 그랬을 거야."

"그 애가 왜……."

"어머, 왜 그런지 알잖아!"

레이첼이 화나서 말했다.

"그 빌어먹을 애완동물 공동묘지 때문이지 뭐야! 그게 엘리 기분을 상하게 했어, 루. 엘리가 태어나서 처음 본 공동묘지이고 그 때문에…… 맘을 상한 거라고. 난 당신 친구 저드 크랜덜 씨에게 그 짧은 나들이에 대한 감사의 인사 편지는 쓰고 싶지 않아."

'갑자기 그가 내 친구가 되었군.' 루이스는 멍한 동시에 피로함을 느끼며 생각했다.

"레이첼……."

"그리고 엘리가 다시는 거기 안 올라갔으면 해."

"레이첼, 오솔길에 대해 저드가 한 말은 사실이야."

"오솔길 얘기가 아니야. 당신도 알잖아."

레이첼이 말했다. 그녀는 볼을 다시 집어 들고 케이크 반죽을 훨씬 더 빠르게 치대기 시작했다.

"그 빌어먹을 장소 때문이라고. 건전하지 않아. 아이들이 그곳에 올라가서 무덤을 손질하고 오솔길을 관리하고…… 전부 병적이야. 이 마을 아이들이 무슨 병에 걸렸는지 모르겠지만 엘리는 걸리게 하고 싶지 않아."

루이스는 할말을 잃고 그녀를 응시했다. 그는 매년 친구 두셋으로부터 결혼 생활이 파경을 맞을 것 같다는 소식이 들려올 때 그들의 결혼 생활을 유지해 준 것 중 하나가 그들이 신비감을 존중했기 때문이 아닐까 하고 50퍼센트 이상 확신했다. 그것은 온갖 사정을 속속들이 알고 나면 결혼이라는 것은 존재하지 않고 결합이라는 것도 존재하지 않으며 각각의 영혼은 홀로 서서 궁극적으로 이성에 저항할 뿐이라는 생각이었는데 어렴풋이 이해하고는 있지만 결코 입 밖에 내지 않는 생각이었다. 그것이 바로 신비감이었다. 그리고 자신이 배우자를 아무리 잘 안다고 생각하더라도 때때로 단단한 벽에 부딪히거나 구덩이에 빠지는 수가 있다. 그리고 가끔(감사하게도 거의 없었지만) 아무 이유 없이 비행기를 뒤흔드는 청정 난기류처럼 무르익을 대로 무르익은 철저한 이질감에 부딪힐 때가 있다. 한번도 생각해 본 적 없는 태도나 생각, 즉 너무 이상해서(적어도 당사자에겐) 거의 정신이상으로 느껴지는 것들이다. 그런 경우 결혼과 마음의 평화를 소중히 여긴다면 신중하게 대처할 것이다. 그런 걸 발견했다고 화를 내는 것은 인간이 자신이 아닌 타인을 아는 것이 가능하다고 믿어 의심치 않는 바보나 할 짓이다.

"여보, 그건 애완동물 공동묘지일 뿐이야." 그가 말했다.

"방금 저기서 엘리가 울었던 건 말이야."

레이첼이 반죽이 묻은 숟가락으로 그의 작업실 문 쪽을 가리키며 말했다.

"당신은 그 애에게 그게 단지 애완동물 공동묘지일 뿐이라고 생각해? 애한테 상처를 남길 거라고, 루. 안 돼. 엘리는 거기 다시는 못 가. 오솔길을 말하는 게 아니고 그 장소 얘기야. 엘리는 벌써 처치가 죽을 거라고 생각하고 있어."

한동안 루이스는 자신이 아직 엘리와 얘기하고 있다는 기묘한 인상을 받았다. 그녀는 죽마를 타고 엄마의 드레스를 입고 아주 영리하고 아주 현실적인 레이첼의 가면을 쓰고 있는 것뿐이다. 심지어 표정까지 똑같군. 겉으로는 살짝 뾰로통하게 굳은 표정이지만 그 아래 상처받은 표정이 숨어 있었다.

그는 갑자기 이 문제가 심각하게 느껴졌기 때문에 그 신비감을 위해…… 또는 그 홀로됨을 위해 사소한 일 하나도 단순하게 넘길 수 없다고 생각했다. 그에게는 레이첼이 너무 커서 배경을 전부 차지하다시피 하고 있는 무엇인가를 놓치고 있는 듯했다. 그리고 그것은 의도적으로 눈을 가까이 대지 않으면 볼 수 없었다.

"레이첼, 처치는 죽을 거야."

그녀는 분노하여 그를 노려보았다.

"그게 중요한 게 아니야." 그녀는 단어 하나하나를 주의 깊게 발음하면서 말했다. 마치 발달이 늦은 아동에게 말하는 것처럼 말했다.

"처치가 오늘, 내일 당장 죽는 게 아니잖아."

"내가 엘리에게 얘기하려고 한 것은……."

"혹 모래나 어쩌면 몇 년 후에……."

"여보, 아무도 모르는 일이야……."

"아냐, 알 수 있어!"

그녀가 소리쳤다.

"우리는 처치를 잘 돌보고 있어. 그 녀석은 죽지 않아. 여기선 아무도 죽지 않을 거야. 그리고 왜 당신은 아직 어린 여자 애를 데리고 아이가 이해하지도 못하는 얘길 해서 그렇게 맘을 상하게 만드는 거야? 더 커서 해 줘도 되잖아?"

"레이첼, 내 얘기 좀 들어 봐."

하지만 레이첼은 들을 마음이 없었다. 그녀는 불같이 화가 나 있었다.

"애완동물이 죽든, 친구가 죽든, 친척이 죽든…… 죽음을 견디는 것이 얼마나 끔찍한 건데……. 누가 죽어서 그 무덤을 빌어먹을 관광 명소로 만들거나…… 애완동물 공동묘지로 만들거나 하면 모를까……."

눈물이 그녀의 뺨을 타고 흘렀다.

"레이첼."

그는 말하면서 그녀의 어깨에 손을 얹으려 했다. 그녀는 재빠르고 거친 동작으로 그의 손을 떨쳤다.

"신경 쓰지 마. 당신은 내가 무슨 말을 하는지 전혀 몰라."

그는 한숨을 쉬었다.

"비밀의 뚜껑문 아래로 떨어져 거대한 믹스매스터 속에 들어온 느낌이야."

그는 웃음을 기대하며 이렇게 말했다. 아무 소용 없었다. 그의 눈에 담긴 그녀의 눈만 분노로 활활 탈 뿐이었다. 그는 그녀가 분노했다는 것을 깨달았다. 단지 화난 정도가 아니라 완전히 분노했다.

"레이첼."

그는 입 밖에 나오기 전에는 무슨 얘기를 하게 될지 확실히 알지도 못한 채 갑자기 입을 열었다.

"당신은 간밤에 잘 잤어?"

"맙소사."

그녀는 경멸조로 말하고 몸을 돌렸다. 하지만 그 전에 그는 그녀의 눈 속에 상처 입은 번쩍임을 보고 말았다.

"정말 영리하군요. 정말 영리해. 당신은 절대 변하지 않아, 루이스. 일이 잘못되면 항상 레이첼 탓이다, 그런 거지? 레이첼이 또 지나치게 감정적인 반응을 보이는 것이다라고."

"그건 아니야."

"아니라고?"

그녀는 케이크 반죽이 담긴 볼을 들고 스토브 옆 저쪽 조리대로 가서 또 다시 쿵 소리 나게 내려놓았다. 그녀는 입술을 서로 꼭 붙인 채 케이크 틀에 기름을 바르기 시작했다.

그는 인내심을 가지고 말했다.

"레이첼, 아이들이 죽음에 대해 알게 되었다고 나쁠 건 없어. 사실 난 그게 필요한 과정이라고 말하고 싶어. 엘리의 반응은, 엘리가 울었던 것은 나에겐 아주 자연스러운 걸로 보였어. 그건……."

"그래, 정말 자연스러운 것 같았지."

레이첼은 그에게 다시 등을 돌리며 말했다.

"너무나 자연스러워서 그 애가 아무 문제 없는 고양이 때문에 심장이 터져라 우는 걸로 들렸군……."

"그만해. 그건 말도 안 돼."

"이 얘기 더 이상 하고 싶지 않아."

"그래, 하지만 할 거야."

그도 이제 화가 나서 말했다.

"당신 할 말만 다하는군. 내게도 기회 좀 주지그래?"

"다시는 엘리를 거기 보내지 않을 거야. 그리고 난 이 문제는 더 이상 거론하지 않겠어."

"엘리는 작년에 이미 아이가 어떻게 생기는지 알게 됐어."

루이스는 의도적으로 말했다.

"우리가 마이어스 책을 사 줬고 그 얘기를 해 준 거 당신 기억나지? 우리 모두 아기가 어떻게 만들어지는지 아이들이 알아야 한다는 데 동의했어."

"그게 이 일과 무슨 상관이 있……."

"물론 상관 있지!"

그가 거칠게 말했다.

"작업실에서 엘리와 처치에 대해 얘기할 때 난 어머니에게 여자가 어떻게 아이를 갖느냐고 여쭸을 때 어머니가 오래된 양배추 잎 이야기를 지어내서 들려주신 일을 생각했어. 난 그 거짓말을 잊은 적이 없어. 아이들은 부모가 거짓말을 들려주면 절대 잊지 못해."

"아이가 어떻게 만들어지는지는 그 빌어먹을 애완동물 공동묘지와 아무 상관 없다고!"

레이첼이 그에게 소리쳤고 그녀의 눈은 그에게 '루이스, 원한다면 밤새도록 영원한 평행선에 대해 지껄여 봐. 파랗게 질릴 때까지 얘기해 보라고. 하지만 난 받아들이지 않을 거야.' 라고 말하고 있었다.

그래도 그는 노력했다.

"엘리는 아기에 대해 알고 있어. 숲 속의 그 장소 덕분에 엘리는 세상 이치의 정반대 끝에 관해서 알고 싶어진 거야. 그건 지극히 자연스러운 거라고. 사실 세상에서 가장 자연스러운 일이라고 생각해……."

"그만두지 못하겠어?"

그녀는 갑자기 비명을 질렀다. 정말 비명이었다. 루이스는 깜짝 놀라 움찔했다. 그의 팔꿈치가 조리대에 놓여 있던 열린 밀가루 봉지를 쳤다. 밀가루 봉지가 한쪽으로 넘어지면서 바닥에 떨어져 찢어졌다. 밀가루가 건조한 흰 먼지처럼 흩어졌다.

"이런 젠장."

그가 짜증스럽게 말했다.

위층에서 게이지가 울기 시작했다.

"멋져."

그녀 역시 울면서 말했다.

"위층에 아기도 깨웠어. 멋지고 고요하고 평온한 일요일 아침을 맞게 해 줘서 고마워."

그녀가 그의 옆을 지나 뛰어갔고 루이스는 그녀의 팔을 잡았다.

"한 가지만 물어볼게." 그가 말했다. "난 어떤 일이라도, 말 그대로 어떤 일이든 물리적인 존재에게 일어날 수 있다고 생각하기 때문이야. 의사로서 난 그렇게 생각해. 만일 엘리의 고양이가 디스템퍼나 백혈병 따위에 걸리거나 저 도로에서 차에 치이면 무슨 일이 벌어졌는지 설명하는 일을 맡고 싶어? 당신이 설명하길 바라, 레이첼?"

"놔 줘."

그녀는 불만스럽게 말했다. 하지만 그녀의 목소리에 깃들인 분노는 눈 속에 깃들인 상처와 막연한 공포에 압도당하고 있었다. 그녀의 표정은 '루이스, 난 이 일에 대해 얘기하기 싫어. 강요하지 마.' 라고 하고 있었다.

"놔 줘. 게이지를 보러 가야 해. 게이지가 침대에서 떨어지면 어떻……."

"어쩌면 당신이 그 일을 해야 하기 때문이야." 그가 말했다. "당신은 엘리에게 그런 얘기는 하는 게 아니라고 하겠지. 좋은 사람들은 그런 얘기를 하지 않는단다, 그냥 묻는단다라고 하겠지…… 빌어먹을! 하지만 '묻힌다' 는 말 하지 마. 엘리에게 상처를 줄 테니까."

"당신 미워!"

레이첼은 흐느끼며 그를 뿌리쳤다.

물론 그는 미안하게 생각했지만 역시 너무 늦었다.

"레이첼……."

그녀는 그를 거칠게 밀어내고 더 크게 울었다.

"가만 내버려 둬. 당신은 할 만큼 했어."

그녀는 부엌 입구에 멈춰 서서 그를 돌아보았다. 눈물이 그녀의 뺨을 타고 흘렀다.

"엘리 앞에서 더 이상 이런 얘기 하고 싶지 않아. 정말이야. 죽음에는 자연스러운 것이 없어. 하나도 없다고. 당신은 의사로서 그 점을 알아야 해."

그녀는 몸을 돌려 사라졌고 루이스는 아직 그들의 목소리가 진동하는 텅 빈 부엌에 남았다. 결국 그는 식료품 저장실로 가서 빗자루를 가져왔다. 그는 비질을 하면서 그녀가 마지막으로 한 말을 생각했고 그토록 오랜 시간 알지 못하고 있었던 이 극단적인 의견차에 대해 생각했다. 그는 의사로서 아기의 탄생을 제외하고 죽음이 세상에서 가장 자연적인 일이라고 믿고 있었기 때문이다. 세금은 그다지 확실한 것이 아니었다. 인간의 갈등도 그렇다. 사회적인 갈등 역시 그렇다. 호황과 불황 역시 마찬가지다. 결국 시계만 남는다. 묘지도 남는다. 이는 시간이 흐르면서 부식되고 잊혀진다. 심지어 바다거북과 거대한 세쿼이아 나무까지도 언젠가는 사라질 것이다.

"젤다."

그가 소리 내어 말했다.

"맙소사, 그녀에겐 그게 문제였던 게 틀림없어."

문제는 그가 이 일을 그냥 넘기느냐 아니면 뭔가를 해 보려고 애써야 하는가였다.

그는 쓰레기통 위로 쓰레받기를 기울였고 밀가루가 부드러운 퐁 소리와 함께 쏟아져 내려 버려진 만화와 빈 깡통 위를 하얗게 덮었다.

"엘리가 너무 심각하게 받아들이지 말아야 하는데."

저드 크랜덜이 말했다. 루이스가 저드는 남의 아픈 곳을 어디든 부드럽게 손가락으로 건드리는 특이한(그러면서 어딘지 불편한) 능력을 가졌다고 생각한 것은 이번이 처음이 아니었다.

지금 루이스와 저드, 노마 크랜덜은 시원한 저녁에 크랜덜 씨 집 포치에 앉아 맥주 대신 아이스티를 마시고 있었다. 15일인 오늘 주말을 보내고 집으로 돌아가는 교통량이 꽤 많았다. 루이스는 사람들이 날씨 좋은 늦여름 주말마다 이번 주말이 휴가 갈 수 있는 마지막 주말이 아닐까 하는 생각을 한다고 여겼다. 내일은 메인 대학 진료소에서 하루 종일 당직을 서야 하는 날이었다. 어제 오늘 내내 학생들이 도착해 오로노의 아파트와 학내 기숙사를 채웠고 침대를 정리하고 안면 있는 친구들과 오랜만에 인사를 나누고 물론 앞으로 1년 동안 있을 오전 여덟시 강의와 학교 식당 음식에 대해 불평하는 것도 잊지 않았다. 레이첼은 그에게 하루 종일 차갑게 대했다. 차가운 정도가 아니라 얼음장같았다는 표현이 더 정확했다. 그리고 그가 오늘 밤 도로를 건너 돌아가면 그녀는 이미 잠들어 있을 것이고 게이지가 그녀와 함께 자고 있을 가능성이 크며 두 사람 다 그녀 쪽으로 저만치 떨어져 누워 아기가 굴러 떨어질 위험이 있을 것도 알고 있었다. 침대의 그의 자리는 4분의 3 정도로 늘어나 있을 것이고 그것은 크고 황량한 사막처럼 느껴질 것이다.

"내가 전에 한 얘기 중에……."

"미안합니다." 루이스가 말했다. "방심했어요. 엘리는 약간 마음이 상했어요, 맞아요. 어떻게 그걸 짐작했죠?"

"전에도 얘기했지만 아이들을 늘 봐 왔으니까."

저드는 부드럽게 아내의 손을 잡고 그녀에게 미소 지었다.

"여보, 안 그래?"

"수많은 아이들을 봐 왔지." 노마 크랜덜이 말했다. "우린 애들을 좋아해요."

"때때로 애완동물 공동묘지는 아이들이 처음 죽음과 정면으로 맞닥뜨리는 곳이 되곤 하지." 저드가 말했다. "아이들은 텔레비전에서 사람이 죽는 것을 보지만 연기라는 것을 알고 있지. 토요일 오후에 방영하는 영화에 나오는 옛날 서부 총잡이들처럼 말이야. 텔레비전에서 그리고 서부 영화에서는 배나 가슴을 움켜쥐고 쓰러지는 게 다야. 그 언덕 위에 있는 장소는 대부분의 아이들에게 그런 영화나 텔레비전 쇼를 모두 합친 것보다 훨씬 더 사실적으로 다가오지, 안 그런가?"

루이스는 고개를 끄덕이며 생각했다. '아내에게 그 얘길 해 보세요, 한번 해 보라고요.'

"어떤 아이들은 아무 영향을 받지 않지, 적어도 겉으로 보기에는 그래. 하지만 내 생각에 대부분의 아이들은…… 나중에 살펴보기 위해 주머니 속에 넣어 집으로 가져가지. 아이들이 주워 모으는 다른 모든 잡동사니들처럼. 대부분은 괜찮아. 하지만 어떤 애들은…… 당신, 할러웨이 씨네 꼬마 생각나?"

노마는 고개를 끄덕였다. 그녀가 들고 있는 유리잔에서 살짝 얼음 부딪는 소리가 났다. 그녀의 잔은 가슴께에 들려 있었고 지나가는 차의 헤드라이트에 목걸이가 살짝 빛났다.

"그 아이는 엄청난 악몽에 시달렸죠." 그녀가 말했다. "땅 속에서 시체가 걸어 나오는 꿈 같은 걸 꿨대요. 난 전부는 모른다오. 그리고 그 애의 개가 죽었지. 마을 사람들은 죄다 독이 든 미끼를 먹고 죽었다고 생각했어요. 그렇죠, 저드?"

"독이 든 미끼 맞아."

저드가 고개를 끄덕이며 말했다.

"사람들 대부분은 그렇게 생각했어. 그게 1925년이었어. 빌리 할러웨이는 그때 열 살인가 그랬어. 커서 주 상원의원이 됐지. 나중에 미 하원에 출마했지만 낙선했어. 그게 한국 전쟁이 나기 직전이었어."

"빌리와 몇몇 친구들이 개의 장례식을 해 줬어요."

노마가 기억해 냈다.

"그 개는 잡종이었지만 그 앤 끔찍이도 개를 예뻐했죠. 내 기억에 그 애 부모가 나쁜 꿈 때문에 개를 매장하는 것을 좀 싫어했지만 아무 일도 없었어요. 무리 중 좀 큰 아이들이 관을 만들었고, 그렇죠, 저드?"

저드는 고개를 끄덕이고 아이스티를 비웠다.

"딘과 다나 홀이 만들었지." 그가 말했다. "그 둘과 빌리가 어울려 다니던 다른 애 하나…… 이름은 기억 안 나지만 보위 씨네 애들 중 한 명인 것만은 확실해. 미들 드라이브의 오래된 브로셰트 저택에 살았던 보위 씨네 기억나오, 노마?"

"그럼요!"

노마가 말했다. 바로 어제 일인 듯 흥분해서…… 어쩌면 그녀의 마음속은 실제 그럴지도 몰랐다.

"보위 맞아요! 알랜 아니면 버트……."

"어쩌면 켄덜일지도 몰라."

저드가 맞장구쳤다.

"여하튼 그 애들은 누가 관을 멜지를 놓고 꽤나 입씨름을 했던 것이 생각나. 개가 그다지 크지 않았기 때문에 두 사람이 들 자리밖엔 없었거든. 홀 씨네 아이들은 자신들이 관을 만들었고 또 둘이 쌍둥이니까, 말하자면 딱 맞는 한 쌍이니까 마땅히 자기들이 메어야 한다고 했다네. 빌리는 홀 씨네 아이들이 관을 멜 정도로 바우저, 그러니까 그 개 이름이야, 바우저를 잘 알지 못한다고 했네. '아버지가 오직 친한 친구만 관을 멜 수 있다고 했어.' 라는 게 빌리의 주장이었어. '아무 목수나 하는 게 아냐.'"

이 얘기에 저드와 노마는 둘 다 웃음을 터뜨렸고 루이스는 싱긋 미소 지었다.

"그들이 그 문제로 막 싸움을 하려는 찰나 빌리의 누나인 맨디 할러웨이가 브리태니커 백과사전 중 네 번째 책을 가지고 나왔네. 아버지인 스티븐 할러웨이 씨는 그 시절 뱅거의 이쪽 지역과 벅스포트의 저쪽 지역에서 유일한 의사 선생이었네, 루이스. 그리고 그 집안은 러들로에서 유일하게 백과사전 전집을 가진 집이었지."

"또 맨 처음 전깃불을 쓰기도 했다오."

노마가 끼어들었다.

"어쨌든……." 저드가 얘기를 계속했다. "맨디는 속치마를 휘날리면서 그 큰 책을 옆구리에 끼고 여덟 살짜리답게 요란하게 뛰어 나왔지. 빌리와 보위 씨네 아이, 내 생각에 틀림없이 켄덜이었을 거야. 켄덜은 1942년 초에 전투기 조종사 훈련을 받던 펜사콜라에서 비행기가 추락하여 불타 죽었다네. 여하튼 그 둘은 독 때문에 죽은 그 불쌍한 늙은 개를 공동묘지까지 나르는 특권을 차지하려고 막 홀 씨네 쌍둥이들과 한판 붙으려던 참이었어."

루이스는 킬킬거리며 웃기 시작했다. 곧 그는 소리 내어 크게 웃었다. 그는 레이첼과 벌인 심한 다툼 때문에 여러 날 이어진 긴장의 찌꺼기가 사라지는 것을 느꼈다.

"맨디가 말했지. '잠깐만! 잠깐만! 이걸 봐!' 아이들은 모두 멈추고 쳐다봤지. 그리고 하필이면 맨디가 지랄맞게도……."

"저드."

노마가 경고조로 말했다.

"미안해, 여보. 얘기에 몰두하다 보니 나도 모르게 그랬어."

"그랬겠죠." 그녀가 말했다.

"하필이면 맨디가 백과사전을 펼친 곳이 '장례식'이었고 거기에는 빅토리아 여왕의 장례식 사진이 있었는데 관 양쪽에 수십 명의 사람들이, 일부는 관을 드느라 땀을 흘리며 긴장해 있었고 일부는 장례식 예복을 입고 주름 깃을 세우고 트랙 경주에서 누군가가 출발 신호를 보내기를 기다리고 있는 것처럼 주위에 서 있는 사진이었네. 그리고 맨디가 말했어. '나라에서 하는 장례식이면 사람을 원하는 만큼 쓸 수 있어! 책에서 그랬어!'"

"그래서 해결이 됐나요?"

루이스가 물었다.

"문제가 풀렸지. 결국 스무 명 정도의 아이들이 참가하게 되었지. 맨디가 발견한 사진과 어쩜 그렇게 똑같이 했는지. 주름 깃과 긴 모자만 빼고는 그대로였지. 맨디가 지시를 했지, 그 애가 대장이었어. 애들을 줄 세우고 각각 야생화를 들게 했어. 민들레나 파피오페딜룸 또는 데이지였겠지. 그리고 출발했지. 난 항상 맨디 할러웨이가 국회의원에 출마하지 않은 것이 국가 차원에서 애석한 일이라고 생각했네."

그는 머리를 흔들면서 웃어 젖혔다.

"어쨌든 그것이 애완동물 공동묘지에 대한 빌리의 악몽의 끝이었네. 그는 개 때문에 슬퍼했지만 슬픔에 종지부를 찍었고 삶을 이어 갔지. 우리 모두 그러지 않았나 싶어."

루이스는 다시 한번 레이첼의 히스테리에 가까운 반응을 생각했다.

"엘리도 잘 이겨 낼 거예요."

노마가 말하고 자세를 틀었다.

"루이스, 여기서 우리가 늘 죽음에 관한 얘기만 한다고 생각하겠군요. 저드와 나는 살아 있지만 난 우리가 아직 송장 취급 받을 단계는 아니라고 믿고 싶어……."

"그럼요, 절대 아니죠, 그런 말씀 마세요." 루이스가 말했다.

"하지만 죽음과 인사를 나누는 정도로 사귀어 놓는 것도 아주 나쁜 생각은 아닌 것 같아요. 요즘은…… 모르겠어…… 누구도 그 이야기를 하고 싶어하거나 생각하고 싶어하지 않는 것 같아. 사람들은 텔레비전에서 죽음을 다루지 않지. 그것이 아이들을 망칠지도 모른다고 생각하는지…… 마음에 상처를 줄지도 모른다고 생각하기 때문이죠……. 사람들은 관 속의 시신을 보거나 작별 인사를 할 필요가 없게 관을 닫아 놓길 원해요…… 사람들은 죽음을 잊고 싶어하는 것 같아."

"그리고 동시에 케이블 텔레비전이 들어와서 영화라고

는……."

저드는 노마를 보고 헛기침을 했다.

"온통 남들 안 보는 곳에서 하는 짓만 보여 주지."

그가 말을 맺었다.

"한 세대에서 다음 세대로 세상이 변하는 걸 보면 정말 신기해, 안 그런가?"

"네. 그런 것 같아요." 루이스가 말했다.

"우린 다른 시대에서 왔어."

저드가 말했다. 그의 말투는 거의 사과하는 것 같았다.

"우린 죽음과 더 가까웠네. 1차 대전 후 독감이 돌았고, 산모들은 애를 낳다가 죽고, 아이들은 전염병과 열병으로 죽어 갔기 때문에 그 시절에 의사란 마술 지팡이를 휘두르는 존재로 느껴졌다네. 나와 노마가 젊었을 때는 암에 걸리면 그건 그 자리에서 사형집행하는 거랑 진배없었어. 1920년대에는 방사능 치료법이란 게 없었으니까! 두 번의 전쟁, 살인, 자살……."

그는 한동안 침묵하다가 말했다.

"우린 죽음을 친구이자 적으로서 알고 있었네. 형인 피트는 1912년, 태프트 대통령 시절에 맹장이 터져 죽었다네. 피트는 열네 살밖에 안 됐고 마을에서 그 누구보다 야구공을 멀리 날렸지. 그 시절에는 죽음이나 핫 스파이슨지(호스피스를 말하려는 것임—옮긴이) 뭔지를 공부하자고 대학에서 강의를 들을 필요가 없었다네. 그때는 죽음이라는 것이 그냥 집에 찾아와 잘 있었나 인사도 하고 가끔 함께 저녁도 들고 어떤 때는 사람 엿 먹이기도 했지."

노마는 이때는 그에게 뭐라고 하지 않았다. 그냥 말없이 고개만 끄덕였다.

루이스는 일어서며 기지개를 켰다.

"가 봐야겠어요. 내일 할 일이 많거든요."

"그래, 내일부터 자네의 회전목마가 시작되는군, 안 그런가?"

저드도 일어서며 말했다. 저드는 노마가 일어나려는 것을 보고 손을 내밀었다. 그녀는 얼굴을 찡그리며 일어섰다.

"오늘 밤은 심한가 보군요?"

루이스가 물었다.

"그렇게 심하진 않아요."

그녀가 말했다.

"잠자리에 들 때 뜨거운 찜질을 하세요."

"그러죠. 늘 해요. 그런데 루이스…… 엘리 때문에 너무 안달하지 마요. 엘리는 이번 가을 학기에 새 친구 사귀느라 바빠서 그 오래된 무덤에 대해 크게 염려하지 않을 거예요. 언젠가는 모두 함께 올라가서 표지판에 새로 페인트칠도 하고 잡초도 뽑고 꽃도 심을 거예요. 언젠가 마음이 시키면 그렇게 할 거예요. 그리고 엘리는 괜찮아질 거예요. 죽음과 인사하는 사이로 알고 지내는 것도 할 줄 알게 돼요."

'아내가 끼어들면 그렇게 되지 않아요.'

"내일 밤 와서 대학 얘기나 들려주게. 사정이 허락하면 말일세." 저드가 말했다. "크리비지(카드놀이의 일종—옮긴이)에서 본 때를 보여 주지."

"어쩌면 영감님이 먼저 취하실 거예요. 인사불성이 되도록 만들 겁니다."

루이스가 말했다.

"의사 양반."

저드가 아주 진지하게 말했다.

"크리비지에서 내가 인사불성이 되는 날은 자네 같은 돌팔이가 한턱 내는 날일 걸세."

그는 그들의 웃음을 뒤로하고 나와서 도로를 건너 늦여름의 어둠 속에 집으로 돌아왔다.

레이첼은 침대의 자기 자리에서 뱃속의 태아처럼 방어적인 자세로 몸을 웅크리고 아기와 자고 있었다. 그는 그녀가 이번 일을 극복할 거라고 생각했다. 그들의 결혼 생활에서 다른 말다툼과 냉전의 시기도 있었지만 이번은 정말 최악이었다. 그는 슬픔과 분노와 불행을 동시에 느꼈으며 화해하기를 원했지만 그 방법을 몰랐고 자신이 먼저 화해의 움직임을 보여야 하는지조차 몰랐다. 너무나 허무했다. 마음의 장난으로 겨우 한 줌 미풍이 허리케인처럼 엄청나게 커진 것이다. 전에도 싸우고 말다툼을 했다. 하지만 엘리의 울음과 질문 때문에 발생한 이번 다툼처럼 심각했던 적은 겨우 몇 번뿐이었다. 그는 결혼 생활이 근본적으로 손상되어 파경이 어느 날 친구의 편지("루, 난 자네가 다른 사람 입에서 이 소식을 듣기 전에 내가 전하는 게 옳다고 생각하네, 매기와 나는 갈라설 생각이야……") 또는 신문에서 읽는 남의 얘기가 아닌 자신의 일이 되는 데는 이번 일처럼 아주 많은 타격이 있어야 한다고 생각하지 않았다.

그는 조용히 반바지를 벗고 자명종을 오전 여섯시에 맞추어 놓았다. 그리고 샤워하고 머리 감고 면도한 다음 이를 닦기 전에 롤레이드(위장약—옮긴이)를 씹어 먹었다. 노마의 아이스티 때문에 위산 과다가 생겼던 것이다. 어쩌면 집에 돌아와 레이첼이 침대의 자기 자리에서 멀찌감치 있는 걸 봐서 그런지도 몰랐다. 영역이란 모든 것을 정의하는 것이라고 대학 역사 시간에 읽지 않았던가?

모든 일을 끝내고 저녁 일은 깨끗이 잊어버리고 잠자리에 들었다…… 그러나 잠을 이룰 수 없었다. 다른 무엇인가가, 그를 끈질기게 괴롭히는 무엇인가가 있었다. 레이첼과 게이지가 동시에 숨쉬는 소리가 들리자 머릿속에 지난 이틀간의 일이 끊임없이 맴돌았다. 패튼 제독…… 이 세상에서 최고로 훌륭한 개 하나…… 우리의 사랑하는 토끼 마르타…… 엘리는 화가 나서 길길이 뛰었지. 난 처치를 절대 죽게 할 수 없어! 하느님 고양이가 아니란 말이야! 하느님더러 자기 고양이나 키우라고 해요! 레이첼도 화가 났지. 당신은 의사로서 알아야 해…… 노마 크랜덜이 말했다. 사람들은 잊어버리고 싶어하는 것 같아…… 그리고 저드, 그의 목소리는 너무나 확신에 차 있었고, 너무나 확실했다. 다른 시대에서 온 목소리였다. 가끔 함께 저녁도 들고 어떤 때는 사람 엿 먹이기도 하지.

그리고 그 목소리는 루이스 크리드가 네 살 때 성에 대해서는 거짓말을 했지만 열두 살 때 사촌 루시가 어처구니없는 자동차 사고로 죽었을 때 죽음에 대해서는 진실을 얘기하신 어머니의 목소리와 합쳐졌다. 어떤 아이가 공공 근로청 굴착기에서 차 열쇠를 발견하고는 그것을 한번 몰아보기로 했다가 나중에 세우는 법을 몰랐던 탓에 루시는 자기 아버지의 차 안에서 압사하고 말았다.

그 아이는 가벼운 베인 상처와 타박상을 입었을 뿐이다. 칼 삼촌의 페어레인은 폐차되었다. "루시가 죽었을 리 없어." 그는 어머니가 있는 그대로 하는 얘기에 이렇게 대답했다. 그는 그 말을 들었지만 그것의 의미를 이해할 수 없었다. "그 애가 죽다니 무슨 뜻이에요? 무슨 말씀을 하시는 거예요?" 그러고 나서 뒤늦게 든 생각. '누가 그 애를 땅에 묻지?' 루시의 아버지이자 루이스의 삼촌이 장의사이긴 했지만 그는 칼 삼촌이 그 일을 할 수 있는 사람이라는 생각이 들지 않았다. 혼란과 커져 가는 두려움 속에서 그는 이 일을 가장 중요한 문제로 생각하고 골몰했다. 이는 누가 마을 이발사의 이발을 할 것인가와 같이 정말 어려운 수수께끼였다.

"도니 도나휴가 할 것 같구나." 그의 어머니가 대답했다. 어머니의 눈은 가장자리가 붉어져 있었다. 무엇보다 그녀는 지쳐 보였다. 어머니는 피로로 거의 아픈 것 같아 보였다.

"그 사람은 칼 삼촌과 가장 친한 동료니까. 아, 하지만 루이스야…… 작고 귀여운 루시…… 그 애가 당한 고통을 생각하면 견딜 수가 없구나…… 나와 함께 기도하자, 응, 루이스? 루시를 위해 기도하자. 네가 함께했으면 좋겠다."

그래서 그와 그의 어머니, 그들은 부엌에 무릎을 꿇었고, 두 사람은 기도했으며, 그것은 그에게 마지막으로 절실히 와 닿았던 기도였다. 그의 어머니가 루시 크리드의 영혼을 위해 기도하고 있었다면 그것은 루시의 육신이 사라졌다는 뜻이었다. 그의 감은 눈앞에 루시가 열세 살 생일 파티에 썩어 가는 눈알을 뺨에 매달고 퍼런 곰팡이가 붉은 머리에서 피어오르는 모습을 하고 나타나는 영상이 떠올랐고 이 영상은 끔찍한 공포심뿐 아니라 끔찍하고 불

운한 사랑마저 불러일으켰다.

그는 생애 최대의 정신적 고뇌에 차서 소리를 질렀다. "루시가 죽었을 리 없어! 엄마, 루시는 죽지 않아. 난 루시를 사랑해!"

그리고 이어지는 어머니의 대답, 그녀의 목소리는 착 가라앉아 있었지만 영상으로 가득했다. 11월의 하늘 아래 생명을 다한 벌판, 가장자리가 말린 갈색의 흩어진 장미 꽃잎, 조류, 부패물, 먼지가 낀 빈 수영장.

"얘야, 루시는 죽었단다. 정말 안됐지만 그 애는 죽었어. 루시는 가고 없단다."

루이스는 몸서리치며 생각했다. 죽은 것은 죽은 거다. 그것 말고 뭐가 더 필요하지?

갑자기 루이스는 자신이 잊고 있었던 일이 무엇인지, 새 직장의 본격적인 첫날을 앞둔 전날 밤 왜 잠들지 못하고 오래전의 슬픈 기억을 더듬고 있는지 알았다.

그는 일어나서 계단으로 향하다가 갑자기 홀을 돌아서 엘리의 방으로 갔다. 엘리는 입을 벌린 채 몸이 커서 작아진 파란색 아기 인형 파자마를 입고 고요히 잠들어 있었다. '저런, 엘리, 넌 옥수수처럼 쑥쑥 크는구나.' 처치도 마찬가지로 엘리의 벌어진 발목 사이에 누워 세상 모르고 죽어 있었다. '말장난을 용서해 주렴.'

아래층 전화 옆 벽에 있는 게시판에는 온갖 메시지, 메모, 청구서들이 붙어 있었다. 레이첼의 정돈된 모자 맨 위에 최대한 미루어야 할 일들이 적혀 있었다. 루이스는 전화번호부를 뒤져 번호를 찾아 빈 메모지에 받아 적었다. 번호 아래 그는 다음과 같이 썼다.

'쿠엔틴 L. 졸랜더, 수의학 박사—처치 일로 전화할 것. 졸랜더

씨가 중성화 수술을 하지 않으면 다른 병원으로 인도할 것임.'

그는 메모를 보며 적합한 시기가 맞나 의아해 하다가 그렇다고 생각했다. 이 모든 나쁜 감정으로부터 구체적인 것이 나와야 했고 오늘 아침과 밤 사이에 할 수 있다면 처치가 도로를 건너다니지 못하게 해야 한다고(본인은 결정을 내리고 있는지 알지도 못한 채) 결정을 내린 것이다.

이 문제에 대한 오랜 느낌, 즉 중성화가 고양이를 위축시켜 한창때가 오기도 전에 뚱뚱한 수고양이로 만들어 누군가 밥그릇에 먹을 것을 담아 주기 전에는 라디에이터 옆에서 잠자는 것에만 만족해 하며 살 거라는 생각이 그 안에서 커져 갔다. 그는 처치가 그렇게 되길 원치 않았다. 그는 마르고 실팍한 처치의 원래 모습 그대로를 좋아했다.

바깥의 어둠 속에서 대형 세미 트레일러가 15번 도로를 천천히 지나갔고 이 때문에 그는 결심이 섰다. 그는 메모를 게시판에 붙여 놓고 잠자리에 들었다.

다음 날 아침 식사 시간에 엘리는 새로운 메모가 게시판에 붙어 있는 것을 보고 그게 무엇인지 루이스에게 물었다.

"그건 말이다, 처치가 아주 간단한 수술을 받는다는 뜻이야." 루이스가 말했다. "처치는 아마 동물 병원에 하룻밤 정도 입원해야 할 거야. 그리고 처치가 집에 돌아오면 우리 집 마당에서 놀고 바깥은 많이 돌아다니지 않게 돼."

"도로를 건너지도 않고요?"

엘리가 물었다.

'엘리는 겨우 다섯 살인데도 결코 둔하지 않다니까.' 루이스는 생각했다.

"그럼, 도로를 건너지도 않지."

그가 맞장구쳤다.

"우아!"

엘리가 말했고 그것으로 그 문제는 끝났다.

처치를 하룻밤 이상 집을 떠나보내는 것에 대해 피곤하고 신경질적인 옥신각신을 각오하고 있던 루이스는 엘리가 쉽게 그의 말에 따르는 데 은근히 놀랐다. 그리고 그는 엘리가 얼마나 걱정하고 있었는지 알았다. 아마 레이첼이 애완동물 공동묘지가 그 애에게 미친 영향력에 대해 완전히 잘못 생각했는지도 모른다.

게이지에게 아침으로 계란을 먹이고 있는 레이첼 본인은 그에게 고마움이 담긴 동의의 표정을 지어 보였고 루이스는 가슴속에서 뭔가가 풀리는 것을 느꼈다. 그 표정은 냉전이 끝났다는 것을 말하고 있었다. 이번 특별한 싸움은 종식되었다. '영원히' 라고 그는 희망했다.

나중에 대형 노란색 유치원 버스가 오전 수업을 위해 엘리를 태우고 가 버리자 레이첼은 그에게 다가와 그의 목에 팔을 감고 그의 입술에 부드럽게 입 맞췄다.

"그런 결정을 하다니 당신 정말 몹시 사랑스러워. 그리고 너무 나쁜 년처럼 굴어서 미안해."

루이스는 입맞춤에 답했지만 그런데도 왠지 마음이 편치 않았다. '너무 나쁜 년처럼 굴어서 미안해.' 라는 말이 결코 관례적인 것은 아니지만 그가 전에 한번도 들어 본 적이 없는 말도 아니라는 생각이 들었다. 이 말은 보통 레이첼이 바라던 대로 된 후 그녀에게서 나왔다.

한편 게이지는 불안하게 앞문으로 아장아장 걸어가서 가장 낮은 유리창 밖으로 텅 빈 도로를 바라보았다.

"버스."

게이지가 무심하게 아래로 늘어진 기저귀를 와락 잡아당기며 말했다. "엘리이이, 버스."

"아기가 정말 빨리 자라."

루이스가 말했다.

레이첼이 고개를 끄덕였다.

"너무 빨리 커서 감당할 수 없네."

"기저귀를 뗄 때까지 기다려. 기저귀를 벗으면 멈출 거야."

루이스가 말했다.

그녀는 웃었고 둘 사이는 다시 아무 이상 없었다. 그녀는 뒤로 물러나 한 1분간 그의 넥타이를 고쳐 주고 검사하듯 그를 위아래로 훑어보았다.

"저 검열에 통과됐습니까, 상사님?"

그가 물었다.

"아주 근사해요."

"응, 나도 알아. 하지만 심장 전문의처럼 보여? 1년에 20만 달러 버는 의사 같아?"

"아니, 그냥 늙은 루 크리드야."

그녀는 말하고 나서 킬킬거렸다.

"로큰롤 애니멀(Rock-and-Roll Animal, 가수 루 리드의 음반 제목—옮긴이) 말이야."

루이스는 손목시계를 보았다.

"그럼 로큰롤 애니멀은 부기 슈즈를 신고 가야겠군."

"긴장돼?"

"응, 약간."

"긴장하지 마." 그녀가 말했다. "1회용 반창고 발라 주고 감기나 숙취에 먹는 약 처방해 주고 여자 애들에게 피임약 주면서 1년에 6만 7000달러 벌잖아……."

"사면발니 로션도 빼먹으면 안 되지."

루이스가 다시 웃으며 말했다. 처음 대학 진료소를 둘러볼 때 그가 놀란 것 중 하나가 공급 약품 중에 켈이 있다는 것이었고 그것이 그에게는 엄청난 사실로 느껴졌다. 이 약은 중간 규모의 대학 진료소보다는 군사 기지의 진료소에나 더 적합한 물품이었다.

수간호사인 찰턴 양은 냉소적인 웃음을 보였다. '이곳 캠퍼스 밖의 아파트들은 아주 낡았답니다. 아시게 될 거예요.'

그는 그럴 거라 생각했다.

"잘 갔다 와."

그녀는 그에게 다시 길게 입 맞췄다. 하지만 물러났을 때는 짐짓 정색을 했다.

"그리고 무슨 일이 있어도 당신은 인턴이나 레지던트 2년차가 아니라 관리자라는 것을 잊지 마."

"네, 의사 선생님."

루이스가 공손하게 말했고 두 사람 모두 다시 웃음을 터뜨렸다.

한동안 그는 다음 질문을 할까 하고 생각했다. 당신, 젤다 때문이었어? 당신 마음에 걸렸던 것이 그것이었어? 그게 저기압 지점인가? 젤다와 그녀의 죽음이? 하지만 그는 묻지 않기로 했다, 지금으로서는. 의사로서 그는 많은 것을 알고 있었고 죽음이 생명의 탄생과 마찬가지로 자연스러운 일이라는 사실이 그중 가장 중요한 것일 수도 있지만 결국 아물기 시작한 상처를 건드리지 말아야 한다는 사실은 결코 무시할 수 없었다.

그래서 질문하는 대신 그는 아내에게 다시 입 맞추고 밖으로 나갔다.

그것은 좋은 출발이었고 좋은 하루였다. 메인 주는 늦여름의 기색이 완연했다. 하늘은 푸르고 구름 한 점 없었고 온도는 아주 완벽한 22도에 고정되어 있었다. 차도의 끝까지 내려가서 지나가는 차가 없는지 살피면서 루이스는 지금까지 너무나 아름다웠을 가을 낙엽의 흔적조차 보지 못했다는 생각이 들었다. 하지만 그는 기다릴 수 있었다.

그는 두 번째 차로 고른 혼다 시빅을 대학 쪽으로 돌리고 달렸다. 레이첼이 오늘 아침 수의사에게 전화할 것이고 처치는 중성화 수술을 받을 것이며 애완동물 공동묘지(어떻게 이 단어의 잘못된 철자가 머릿속에 들어와 바른 단어처럼 느껴지는지가 웃길 뿐)에 대한 온갖 잡음과 죽음에 대한 공포를 잊어버릴 것이다. 오늘 아침처럼 아름다운 9월 아침에 죽음에 대해 생각하고 있을 이유가 없었다.

루이스는 라디오를 켜 주파수를 레이먼스(미국의 팝 그룹—옮긴이)가 「록어웨이 비치」를 열창하는 곳에 맞췄다. 그는 소리를 높이고 잘 부르지는 못했지만 아주 신나게 노래를 따라 불렀다.

대학을 향해 가면서 처음 그의 눈에 들어온 것은 교통량이 갑자기 그리고 눈에 띌 정도로 많이 늘었다는 것이다. 자동차, 자전거의 물결과 조깅하는 사람들이 많았다. 그는 던 홀 방향에서 달려 나오는 조깅하는 두 사람을 피하기 위해 급정거를 해야 했다. 루이스는 어깨 벨트가 잠길 만큼 브레이크를 세게 밟고 경적을 울렸다. 그는 항상 조깅족들이(자전거족들도 마찬가지로 짜증나게 하는 버릇이 있다) 달리기를 시작하는 순간 자동으로 자신들의 책임은 완전히 사라진다고 생각하는 듯한 태도에 화가 났다. 어찌 되었든 그들은 운동하고 있는 것이다. 조깅하던 사람 중 하나가 돌아보지도 않고 루이스에게 손가락을 추켜올렸다. 루이스는 한숨을 쉬고 운전을 계속했다.

두 번째 그가 발견한 것은 앰뷸런스가 작은 진료소 주차장의 제자리에서 사라졌다는 것이었고 이로써 그의 하루 일과가 꼬이기 시작했다. 대학 진료소는 단기적으로 거의 모든 질병과 사고를 처리할 수 있는 시설을 갖추고 있었다. 시설이 잘된 세 개의 검사실 겸 진료실이 큰 홀에 면해 있었고 그 뒤에 열다섯 개 병상을 갖춘 두 개의 병실이 있었다. 하지만 수술실이 없었고 수술실 비슷한 것조차 없었다. 대신 심각한 사고가 발생할 경우를 대비해 부상자나 응급 환자를 이스턴 메인 의료 센터로 이송할 앰뷸런스가 있었다. 루이스에게 처음으로 시설 시찰을 시켜 준 의사 보조인 스티브 매스터튼은 지난 두 학년도의 기록을 자랑스럽게 보여 주었는데 그럴 만했다. 그동안 앰뷸런스 이송은 겨우 서른여덟 번뿐이었다……. 이곳의 학생 수가 만 명이 넘고 대학의 총 인원이 거의 1만 7000명이나 되는 것을 고려하면 나쁘지 않았다.

그리고 이곳에서 그는 본격적인 근무 첫날을 앰뷸런스 없이 맞았다.

그는 위에 새로 칠한 페인트로 '크리드 선생님'이라고 씌어져 있는 자리에 주차하고 서둘러 들어갔다.

그는 제1 검사실에서 쉰 살가량의 머리는 희끗희끗하지만 나긋나긋한 여성인 찰턴이 청바지에 홀터 톱을 입은 여학생의 체온을 재고 있는 것을 발견했다. 그 여학생이 얼마 전에 햇볕에 심하게 탔다고 루이스는 판단했다. 피부가 벗겨지는 것이 상당히 진행되어 있었다.

"안녕, 조안." 그가 말했다. "앰뷸런스는 어디 갔죠?"

"아, 큰일이 있었어요. 됐어요."

찰턴이 학생의 입에서 온도계를 꺼내 눈금을 읽으면서 말했다.

"스티브 매스터튼이 오늘 아침 일곱시에 출근해서 엔진과 앞바퀴 아래 아주 큰 웅덩이가 생긴 것을 발견했어요. 라디에이터가 나갔던 거예요. 그래서 사람들이 앰뷸런스를 끌고 갔어요."

"거참!"

루이스가 말했다. 하지만 그런데도 마음이 놓였다. 적어도 그가 가장 우려하던 일인 앰뷸런스가 출동한 것은 아니었다.

"언제쯤 앰뷸런스가 돌아옵니까?"

조안 찰턴이 웃었다.

"대학 차량 정비소를 아니까 하는 얘긴데……, 12월 15일쯤 크리스마스 리본을 달고 오지 않을까요?"

그녀는 학생을 흘긋 보았다.

"0.5도쯤 열이 있네. 아스피린 두 알을 먹고 술집과 어두운 골목길은 피하도록 해요."

여학생이 의자에서 내려왔다. 그녀는 루이스를 재빨리 훑어보더니 밖으로 나갔다.

"새 학기의 첫 고객이에요."

찰턴이 뚱하게 말했다. 그녀는 힘찬 동작으로 온도계를 아래로 흔들었다.

"그런데 별로 즐거워하지 않는 것 같소."

"내가 저런 애들을 알거든요." 그녀가 말했다. "그 반대 유형의 애들도 찾아오죠. 벤치에 앉아 있기 싫어서 박리뼈연골염이나 건염 등이 생겨도 계속 연습하는 운동선수들 말이에요. 자기 팀이 지지 않게 하려고 남성적인 스타일이 되는 거죠. 나중에 프로 선수로서의 경력에 지장이 생기는 것도 무릅쓰고 말이죠. 반면에 저 조그만 '미스 0.5도' 같은……."

그녀는 고개를 창문 쪽으로 젖혔다. 루이스는 햇볕에 타서 피부가 벗겨지는 소녀가 '가넷—컴버랜드—앤드로스코긴' 기숙사 단지 쪽으로 걸어가는 것을 볼 수 있었다. 진찰실에서 그 소녀는 몸 상태가 아주 나쁘지만 내색하지 않으려고 애쓰는 사람 같다는 인상을 주었다. 지금 그녀는 엉덩이를 귀엽게 흔들면서 사람들과 인사를 주고받으며 활달하게 걸어가고 있었다.

"전형적인 대학생 우울증 환자죠."

찰턴이 온도계를 소독기에 넣었다.

"우리는 저런 아이를 올해만 스무 번도 넘게 봤어요. 중간 시험 전에 자주 찾아와요. 기말 시험 일주일 전쯤이면 자신이 단구증가증에 걸린 건지 결핵에 걸린 건지 확신이 서죠. 원래는 기관지염이었는데 말이죠. 시험을 네다섯 번인가 빠지고 더 쉬운 재시험을 치겠죠. 애들 하는 말로 강사가 물러 터진 과목의 시험 말이에요. 중간 시험이나 기말 시험이 에세이 형식이 아니라 객관식 시험인 것을 알면 언제나 병이 심해지죠."

"이런, 오늘 아침은 좀 냉소적이군요."

루이스가 말했다. 사실 그는 약간 어리둥절했다.

그녀는 그에게 윙크를 날렸고 그는 싱긋 웃었다.

"선생님, 전 그런 일 마음에 두지 않아요. 선생님도 그러세요."

"스티브는 지금 어디 있죠?"

"선생님 사무실에서 편지에 답장 쓰고 블루 크로스 블루 실드(Blue Cross-Blue Shield, 미국 의료 보험 조합—옮긴이)에서 최근에 날아온 관료주의에 찌든 헛소리들을 처리하고 있을 거예요."

그녀가 말했다.

루이스는 들어갔다. 찰턴의 냉소주의에도 불구하고 그는 편안한 마음으로 업무를 보았다.

돌이켜 보면(그가 그 일에 대해 생각할 수 있다면) 루이스의 진짜 악몽은 그날 아침 열시경 사람들이 죽어 가는 학생 빅터 파스코를 진료소로 데려왔을 때부터 시작되었다고 생각할 것이다.

그때까지는 일이 아주 순조로웠다. 루이스가 도착하고 30분 뒤인 아홉시에 9시부터 3시까지 교대조인 두 명의 보조 간호사가 들어왔다. 루이스는 그들에게 도넛 한 개와 커피 한 잔씩을 주고 15분쯤 얘기를 나누며 그들의 업무와, 어떤 일이 더 중요한지, 어떤 일이 그들의 책임 소재를 벗어나는지 대강 설명했다. 그런 다음 찰턴이 그들을 맡았다. 찰턴이 간호조무사를 데리고 루이스의 사무실을 나갈 때 그녀가 질문하는 것을 들었다.

"똥이나 토사물에 알레르기 있는 사람 있어요? 여기서 그 두 가지를 자주 보게 될 거예요."

"저런."

루이스는 중얼거리면서 눈을 감았다. 하지만 그는 빙그레 웃고 있었다. 찰턴처럼 나이 먹고 괄괄한 타입이 언제나 불리한 것은 아니었다.

루이스는 긴 블루 크로스 블루 실드 서류 양식에다 기입하기 시작했다. 이 서류들은 약품과 의료 장비 전체 재고 목록에 해당되는 것이었고(스티브 매스터튼이 성난 목소리로 말했다. "해마다, 빌어먹을, 해마다 똑같아요. 루이스, 심장 이식 장비 일체, 800만 달러 상당이라고 써 버리지그래요? 그러면 그 자식들 한 방 먹을 텐데!") 그가 완전히 일에 몰두해서 커피 한 잔 하면 좋겠다고 맘 한구석으로만 생각하고 있을 때 매스터튼이 홀의 대기실 쪽에서 소리 질렀다.

"루이스! 루이스, 어서 나와 봐요! 일이 터졌어요!"

매스터튼의 공황 상태에 가까운 목소리는 루이스를 서두르게 만들었다. 그는 일종의 잠재의식 속에서 이 일을 기다리고 있었던 것처럼 의자를 박차고 나오다시피 했다. 깨진 유리 파편처럼 가늘고 날카로운 비명이 매스터튼이 소리친 방향에서 들려왔다. 그 뒤를 맵게 철썩 때리는 소리와 찰턴의 "조용히 하든지 아니면 당장 여기서 나가! 당장 조용히 해!" 하는 말소리가 이어졌다.

루이스는 대기실로 달려갔고 제일 먼저 그리고 유일하게 그의 눈에 들어온 것은 피였다. 온통 피였다. 간호조무사 한 명이 훌쩍거리며 울고 있었다. 나머지 한 명은 크림처럼 창백해져서 주먹 쥔 손으로 입의 양 가장자리를 잡고 입술을 억지웃음으로 잡아당기고 있었다. 매스터튼은 무릎을 꿇고 앉아 학생의 머리를 바닥에 눕히려 하고 있었다.

스티브는 루이스를 올려다보았다. 크게 뜬 그의 눈은 비통하고 공포에 질려 있었다. 그는 말을 하려고 했다. 그러나 아무 소리도 나오지 않았다.

사람들이 학생 진료소의 큰 유리문 앞에 모여, 손을 구부려 얼굴 근처에 대고 눈부신 빛을 가린 채 안을 들여다보고 있었다. 루이스의 마음에 미친 듯이 그럴듯한 영상이 떠올랐다. 아침에 겨우 여섯 살 난 소년이 출근하기 전인 어머니와 거실에 앉아 텔레비전을 보고 있다. 데이브 게로웨이가 진행하는 장수 프로그램인 「투데이 쇼」이다. 사람들이 야외에서 입을 벌리고 데이브와 프랭크 블레어 그리고 사람 좋은 프레드 머그스를 보고 있다. 그는 주위를 둘러보았고 다른 사람들이 창가에 서 있는 것을 보았다. 그는 출입문에 대해서는 아무 조치도 할 수 없었다. 그러나…….

"커튼을 쳐요."

그는 비명을 질렀던 간호조무사에게 지시했다.

그녀가 당장 움직이지 않자 찰턴이 그녀의 엉덩이를 찰싹 때렸다.

"아가씨, 어서!"

간호조무사는 그제야 움직이기 시작했다. 얼마 후 녹색의 커튼이 창가에 홱 드리워졌다. 찰턴과 스티브 매스터튼은 본능적으로 바닥의 학생과 문들 사이를 움직이며 최대한 시야를 가렸다.

"선생님, 들것을 가져올까요?"

찰턴이 물었다.

"필요하면 가져와요."

루이스가 매스터튼 옆에 쭈그리고 앉으며 말했다.

"난 아직 이 사람을 보지도 못했소."

"어서 가져와."

찰턴이 커튼을 친 아가씨에게 말했다. 그녀는 다시 두 주먹으로 입 가장자리를 당겨 웃음기 없는 소리를 지르는 모양을 만들고 있었다. 그녀는 찰턴을 보고 신음했다.

"오, 아아……."

"그래, 오, 아아, 맞아. 어서 가져와."

그녀는 그 아가씨를 세게 잡아당겨 움직이도록 했다. 아가씨의 빨간색과 흰색의 가는 세로줄 무늬 치마가 다리에 휘감겼다.

루이스는 오로노의 메인 대학에서 맡은 첫 번째 환자 위로 몸을 숙였다.

그는 스무 살 정도의 젊은 청년이었고 루이스가 그 상황에서 할 수 있는 유일한 진단을 하는 데 2초도 채 걸리지 않았다. 청년은 죽을 것이다. 머리통 절반이 으깨져 있었다. 그의 목은 부러졌다. 그의 부풀어 오르고 비틀린 오른쪽 어깨에서 한쪽 쇄골이 튀어나와 있었다. 그의 머리에서 피와 노란색의 끈적끈적한 액체가 천천히 스며 나와 카펫을 적셨다. 루이스는 청년의 뇌를 볼 수 있었다. 흰색이 섞인 회색이었고 해골의 부서진 부분을 통해 맥박이 뛰었다. 마치 깨진 창문을 통해 보는 것과 같았다. 벌어진 부분은 5센티미터쯤 되었다. 아마 해골 안에 아기가 있었다면 제우스 신이 이마에서 자식을 낳은 것처럼 아기를 출산할 수도 있을 것 같았다. 그가 아직 살아 있다는 사실이 믿기지 않을 정도였다. 그의 마음속에 갑자기 저드 크랜덜이 한 말이 떠올랐다. 때로는 사람 엿먹이기도 하지. 그리고 그의 어머니가 한 말씀도. 죽는 것은 죽는 거야. 그는 웃음이 터져 나오려는 미칠 듯한 충동을 느꼈다. 죽는 건 죽는 거였지, 맞아. 확실하다네, 친구.

"앰뷸런스를 불러요." 그가 매스터튼에게 날카롭게 말했다. "우리는……."

"루이스, 앰뷸런스는……."

"참, 그렇지."

루이스는 자신의 이마를 한 대 치며 말했다. 그는 찰턴에게 시선을 돌렸다.

"조안, 이런 경우 보통 어떻게 하죠? 캠퍼스 경비대나 EMMC(이스턴 메인 의료 센터의 영어 약자—옮긴이)에 연락하나요?"

찰턴은 당황하고 곤혹스러워 보였다. 그녀에게는 거의 없는 일일 거라고 루이스는 짐작했다. 하지만 그녀가 대답할 때 목소리는 아주 차분했다.

"선생님, 전 모르겠어요. 제가 대학 의료 센터에서 일한 후로 이런 일은 처음이거든요."

루이스는 최대한 신속하게 생각했다.

"캠퍼스 경비대를 불러요. EMMC가 앰뷸런스를 보내 줄 때까지 기다릴 수 없어요. 필요하다면 그들이 환자를 소방차에 실어 뱅거로 이송할 수 있어요. 적어도 사이렌과 회전등은 있으니까. 그렇게 해요, 조안."

그녀가 가기 전에 그는 그녀의 눈빛에 서린 깊은 동정심을 놓치지 않고 읽었다. 이 젊은이는 햇볕에 심하게 그을리고 근육이 발달했으며(아마 여름 한철 어딘가에서 도로포장 일을 했거나 집에 칠을 했거나 테니스 강습을 했을 것이다) 지금은 흰 테두리의 빨간색 운동복 반바지를 입고 우리가 아무리 애를 써도 속절없이 죽어 가고 있다. 그는 실려 왔을 때 병원 앰뷸런스가 하는 일 없이 주차되어 있었더라도 죽을 수밖에 없었다.

놀랍게도 죽어 가는 사람이 움직였다. 그의 눈이 꿈틀거리더니 떠졌다. 푸른 눈이었고 홍채 가장자리는 피로 물들어 있었다. 두 눈은 멍하니 주위를 응시했지만 아무것도 보지 못했다. 그는 머리를 움직이려고 애썼지만 루이스는 부러진 목을 염두에 두고 그렇게 하지 못하도록 힘을 주었다. 두개골에 충격을 받아도 고통이 있을 가능성은 있었다.

머리에 저 구멍, 오, 하느님, 머리에 저 구멍이라니.

"이 사람 어떻게 된 겁니까?"

그가 스티브에게 물었다. 지금 상황에서는 멍청하고 무의미한 질문인 줄 알면서. 방관자의 질문이었다. 하지만 남자의 머리에 난 구멍이 그의 입장을 확인시켜 주었다. 그는 방관자가 확실했다.

"경찰이 이 사람을 데려왔소?"

"학생들이 담요에 실어 데려왔어요. 전 어떻게 된 일인지 모릅니다."

다음에 일어날 일을 생각해야 했다. 그것은 루이스의 책임이기도 했다. 그가 말했다.

"나가서 학생들을 찾아와요. 학생들은 다른 문으로 데려와요. 난 그들이 도움이 되었으면 하지만 더 이상 이 광경을 보게 하고 싶지 않소."

매스터튼은 여기서 벌어지는 일에서 벗어날 수 있다는 것에 안도하며 문으로 갔다. 그가 문을 열자 흥분되고 호기심에 찬 혼란스러운 대화가 쏟아져 들어왔다. 루이스는 경찰차의 사이렌 울리는 소리도 들을 수 있었다. 그리고 캠퍼스 경비대가 나타났다. 루이스는 일종의 비참한 안도감을 느꼈다.

죽어 가는 사내가 목구멍에서 걸걸거리는 소리를 내고 있었다. 그는 말을 하려고 했다. 루이스는 음절, 음성까지는 들었지만 단어 자체가 늘어지고 분명하지 않았다.

루이스는 그에게 몸을 기울이고 말했다.

"이제 괜찮아질 거요."

그는 이 말을 하면서 레이첼과 엘리를 생각했고 뱃속이 크고 불쾌하게 뒤틀렸다. 그는 자신의 입에 손을 가져가 트림이 나오지 못하게 했다.

"카아."

젊은이가 말했다.

"가아아아아……."

루이스는 주위를 둘러보고 짧은 시간이지만 죽어 가는 젊은이와 단둘만 있다는 것을 알았다. 조안 찰턴이 간호조무사들에게 단단한 들것은 2번 방 벽장에 있다고 소리치는 것이 희미하게 들려왔다. 루이스는 간호조무사들에게 개구리 생식선에서 2번 방이라고 하면 알 리 있겠냐고 생각했다. 그들에게는 출근 첫날이니까. 그들은 의료 세계의 지옥 같은 입문 과정을 겪은 것이다. 한쪽 벽에서 반대편 벽까지 깔린 녹색 카펫은 이제 젊은이의 다친 머리를 중심으로 그려진 원이 점점 커지면서 어두운 자줏빛으로 젖어 있었다. 다행히도 깨진 두개골에서 스며 나오는 액체는 멎었다.

"애완동물 공동묘지에……."

젊은이가 골골거렸다…… 그리고 웃음을 띠기 시작했다. 이 웃음은 커튼을 친 간호조무사의 음울하고 신경질적인 웃음과 너무나 흡사했다.

루이스는 위에서 그를 응시했다. 처음에는 자신이 들은 것을 믿지 않으려 하면서. 그러다 루이스는 자신이 환청을 겪은 것이 틀림없다고 생각했다. '그는 음성학적인 소리를 더 냈을 뿐이고 나의 무의식이 그 소리를 의미가 있는 것으로 만들고 그 소리를 내 경험과 연결한 것이야.' 하지만 실제로 그런 일은 일어나지 않았다는 것을 잠시 후 그는 깨달을 수밖에 없었다. 졸도할 듯한 광적인 공포가 그를 덮쳤고 그의 살은 심하게 섬뜩한 느낌이 들기 시작했고 실제로 그의 팔과 아랫배를 따라 파동을 이루며 아래위로 움직이는 것 같았다…… 하지만 그 상태에서도 그는 단연 믿기를 거부했다. 그렇다, 그 음절은 카펫 위의 남자의 피 묻은 입술뿐 아니라 루이스의 귀에도 있었던 것이다. 하지만 이는 환상이 청각적일 뿐 아니라 시각적이었다는 것을 의미했다.

"뭐라고 했지요?"

그가 속삭였다.

그리고 이번에는 단어들이 말하는 앵무새나 혀가 갈라진 까마귀의 말처럼 명료했고 부인할 수 없이 확실했다.

"그건 진짜 공동묘지가 아니야."

눈은 공허했고 아무것도 응시하지 않았고 피로 물들어 있었다. 입은 죽은 잉어가 입을 크게 벌리고 웃는 것과 같은 미소를 띠고 있었다.

공포가 루이스의 전신을 휘감았고 그의 따뜻한 심장을 차가운 손으로 움켜쥐고 쥐어짰다. 공포 때문에 그는 움츠러들었고 점점 왜소해져 대학 진료소 대기실 바닥에 놓인 이 피투성이의 뒤틀린 말하는 머리로부터 삼십육계 줄행랑을 놓고 싶었다. 그는 깊이 있는 신앙 교육을 받은 적이 없었고 미신이나 마술에 대해서도 관심이 없었다. 그는 이런 것…… 무엇이든 간에 이것을 받아들일 준비가 되어 있지 않았다.

젖 먹던 힘까지 동원해 도망치고 싶은 충동과 싸우면서 루이스는 억지로 더 가까이 몸을 구부렸다.

"뭐라고 하셨죠?"

그는 두 번째로 물었다.

그 미소가 떠올랐다. 기분 나쁜 미소였다.

"남자의 마음의 토양은 돌보다 단단해, 루이스."

죽어 가는 사내가 속삭였다.

"남자는 자신이 키울 수 있는 것을 키우지…… 그리고 그것을 보살피지."

루이스라니. 자신의 이름을 들은 다음에는 깨어 있는 의식에 아무 소리도 들리지 않았다. 오, 맙소사, 이 사람이 내 이름을 불렀어.

"당신은 누구요?"

루이스는 가늘고 떨리는 목소리로 물었다.

"당신은 누구냐고?"

"인디언이 내 물고기를 가져왔어."

"당신이 어떻게 내……."

"우리, 분명히 하자고. 그건……."

"당신은……."

"카아."

젊은이가 말했다. 그리고 이제 루이스는 자신이 그의 숨결, 내부의 상처, 잃어버린 리듬, 실패, 잔해에서 죽음의 냄새를 맡을 수 있다는 환상에 사로잡혔다.

"뭐라고?"

미칠 듯한 충동이 그를 뒤흔들었다.

"가아아아……."

붉은 운동복 반바지를 입은 젊은이는 전신을 떨기 시작했다. 갑자기 그는 모든 근육이 잠긴 채 얼어붙은 것같이 보였다. 그의 눈은 일시적으로 공허한 표정을 잃어버리고 루이스의 눈을 찾은 것 같았다. 그러고는 모든 것이 한꺼번에 사라졌다. 지독한 악취가 났다. 루이스는 그가 다시 말을 하려 했고 해야 했다고 생각했다. 그리고 그의 눈은 공허한 표정을 되찾았다…… 그리고 흐려지기 시작했다. 사내는 죽었다.

루이스는 뒤로 물러나 앉았고 자신의 옷이 모두 몸에 들러붙은 것을 희미하게 알아차렸다. 그는 땀으로 흠뻑 젖어 있었다. 어둠이 피어올라 그 날개를 부드럽게 그의 눈에 덮었고 세계는 어지럽게 옆으로 흔들리기 시작했다. 무슨 일이 벌어지고 있는지 알아차린 그는 죽은 사람으로부터 반쯤 몸을 돌리고 머리를 무릎 사이에 쑤셔 넣고 왼쪽 엄지손가락과 집게손가락을 피가 날 정도로 세게 잇몸에 대고 눌렀다.

잠시 후 세계는 다시 정상으로 돌아오기 시작했다.

다음 순간 방 안은 사람들로 가득 찼다. 마치 자신의 큐를 기다리고 있던 배우들 같았다. 이는 루이스의 비현실감과 방향감 상실을 더 부추겼다. 그는 이런 느낌을 심리학 시간에 공부했지만 한 번도 실제로 경험해 본 적은 없었고 이것이 그를 극도의 공포에 몰아넣었다. 그는 이것이 누군가가 몰래 강력한 LSD를 탄 음료수를 마신 직후의 느낌일 거라고 생각했다.

'나 자신만을 위해 공연되는 연극 같군. 처음에는 공교롭게도 방 안에 아무도 없어서 죽어 가는 예언자가 몇 마디 알듯 말듯한 예언을 나에게만 남길 수 있었고 그가 죽자마자 모든 사람들이 돌아왔어.'

간호조무사들이 서툰 동작으로 척추 또는 목 부상을 당한 환자에게 사용하는 단단한 들것의 양쪽 끝을 한 명이 하나씩 잡고 들어왔다. 조안 찰턴이 그들을 따라 들어와 캠퍼스 경찰이 오는 중이라고 말했다. 젊은이는 조깅하던 중에 차에 치였던 것이다. 루이스는 그날 아침 자신의 차 앞을 달려가던 조깅족을 생각하자 속이 뒤집히는 것 같았다.

찰턴 뒤에 스티브 매스터튼이 두 명의 캠퍼스 경비대 경찰관과 함께 들어왔다.

"루이스, 파스코를 데려온 사람들이……."

그는 말을 중단했다가 날카롭게 말했다. "루이스, 괜찮아요?"

"난 괜찮소."

그는 말하고 일어섰다. 실신할 듯한 느낌이 다시 몰려왔다가 걷혔다. 그는 더듬었다.

"파스코가 그의 이름이오?"

캠퍼스 경찰 중 한 명이 말했다.

"빅터 파스코라고 그와 함께 조깅하던 여학생이 말했습니다."

루이스는 손목시계를 흘긋 보고 2분을 뺐다. 매스터튼이 파스코를 데려온 사람들을 따로 격리시킨 방에서 한 소녀가 크게 흐느껴 우는 소리가 들려왔다. '학교로 돌아온 것을 환영합니다, 꼬마 아가씨.' 라고 그는 속으로 말했다. 멋진 학기를 보내기를.

"파스코 씨는 오전 10시 9분에 사망했습니다."

경찰관 한 명이 입 주변을 손등으로 훔쳤다.

매스터튼이 다시 말했다.

"루이스, 정말 괜찮아요? 아주 안 좋아 보이는데."

루이스가 입을 열고 대답하려는데 간호조무사 한 명이 갑자기 자신이 든 들것 끝을 놓고 제복 앞에 토사물을 쏟아 내면서 밖으로 달려 나갔다. 전화가 울리기 시작했다. 흐느끼고 있던 소녀는 이제 죽은 청년의 이름을 고함쳐 부르기 시작했다. "빅터! 빅터!

빅터!" 계속 반복했다. 혼란. 혼동. 경찰관 한 명이 시체를 덮을 담요가 있는지 찰턴에게 묻고 있었고, 그녀는 자신에게 담요를 징발할 권한이 있는지 잘 모르겠다고 말하고 있었으며, 루이스는 모리스 센닥(아동 그림 작가—옮긴이)의 대사를 생각하고 있었다. "이제 괴물 소동을 벌이자!"

목구멍에서 그 미친 듯한 낄낄 웃음이 다시 올라왔고 겨우 진정시켰다. 파스코가 정말 애완동물 공동묘지라는 말을 했나? 파스코가 정말 그의 이름을 부른 걸까? 그것들 때문에 그는 정상에서 벗어났고 궤도에서 비틀거렸다. 하지만 이미 그의 마음은 그 몇몇 순간을 보호막으로 감싸고 있는 것 같았다…… 조각하고 바꾸고 분리하고 있었다. 분명 그는 다른 것도 말했고(정말 말을 하기나 했다면) 그 순간의 충격과 불행한 충동 속에서 루이스가 그것을 잘못 해석한 것이다. 어쩌면 애초에 루이스가 생각한 대로 파스코가 입으로 소리만 냈을 가능성이 컸다.

루이스는 스스로에 대해 곰곰이 생각했다. 당국에서 이 일에 지원한 다른 53명을 물리치고 자신에게 이 일을 맡긴 이유가 분명 자신의 어떤 부분 때문이라고 생각하고 그것을 골똘히 생각했다. 이곳에는 지휘할 사람이나 미래 지향적으로 행동하는 사람이 없었다. 방 안은 정신없이 오락가락하는 사람들로 꽉 차 있었다.

"스티브, 저 여학생에게 안정제를 갖다 주시오."

그가 말했다. 그렇게 말하는 것만으로 기분이 한결 나아졌다. 지금 마치 자신이 움직이는 로켓을 타고 아주 작은 위성에서 떠나가고 있는 느낌이었다. 물론 그 소위성이란 파스코가 입을 열었던 이상한 순간이었다. 루이스는 책임자로 고용된 것이다. 그는 맡은 책임을 다할 것이다.

"조안. 경찰관에게 담요를 갖다 줘요."

"선생님, 우리는 아직 재고를……."

"어쨌든 갖다 줘요. 그리고 간호조무사를 돌봐 주시오."

그는 아직 들것의 나머지 끝을 잡고 있는 다른 아가씨를 보았다. 그녀는 일종의 최면 상태에 빠져 파스코의 유해를 응시하고 있었다.

"간호사!"

루이스가 거칠게 불렀고 그녀의 눈이 갑작스럽게 시신에서 떨어졌다.

"네, 네에……."

"다른 간호조무사의 이름이 뭐지?"

"누, 누구요?"

"토한 사람 말이오."

그는 일부러 거칠게 말했다.

"주, 주, 주디예요. 주디 드레시."

"당신 이름은?"

"칼라입니다."

이제 그 아가씨의 목소리는 좀 안정을 되찾았다.

"칼라, 가서 주디를 살펴봐요. 그리고 담요를 가져와. 1번 검사실의 작은 비품 보관실에 가면 쌓여 있을 거요. 가요, 당신들 모두. 좀 프로답게 움직입시다."

그들이 움직였다. 아주 잠깐 저쪽 방의 비명이 멈추었다. 멈췄던 전화가 다시 울리기 시작했다. 루이스는 수화기를 들지 않고 보류 버튼을 눌렀다.

나이 든 캠퍼스 경찰관 한 명이 비교적 침착해 보였고 루이스는 그에게 얘기했다.

"우리는 누구에게 보고해야 합니까? 목록을 주실 수 있습니까?"

경찰관은 고개를 끄덕이고 말했다.

"6년 동안 이런 일은 한번도 없었습니다. 학기 첫날부터 이런 일이 생기다니 정말 나쁘군요."

"그래요."

루이스가 말했다. 그는 전화기를 들고 보류 버튼을 놓았다.

"여보세요? 누구……."

흥분된 목소리가 들려오기 시작했고 루이스는 전화를 끊어 버렸다. 그는 전화를 걸기 시작했다.

그날은 거의 오후 네시가 되어서야 사태가 어느 정도 진정되었고 이후에 루이스와 캠퍼스 경비대 책임자인 리처드 어빙은 언론에 성명을 발표했다. 젊은 청년 빅터 파스코가 두 명의 친구(그중 한 명은 약혼녀)와 조깅을 하고 있었다. 그런데 메인 주 헤이븐에 거주하는 23세의 트레몬트 위더스가 렝길 여학생 체육관에서 캠퍼스 중앙으로 이어진 길을 과속으로 운전했다. 위더스의 차는 파스코를 받았고 파스코는 나무에 머리를 받았다. 파스코는 그의 친구와 두 명의 행인에 의해 담요에 쌓여 진료소로 실려 왔다. 그는 몇 분 후 사망했다. 위더스는 난폭 운전, 음주 운전 및 과실치사

험의로 구류 중이다.

교내 신문 편집자는 파스코가 머리 부상으로 사망했다고 해도 되는지 물었다. 루이스는 뇌 자체를 들여다볼 수 있는 깨진 창문을 생각하면서 페놉스콧 군 검시관이 사망 원인을 발표하도록 하는 게 낫겠다고 했다. 그러자 편집자가 파스코를 담요에 실어 진료소로 데려온 네 명의 젊은이가 뜻하지 않게 그를 죽게 한 것일 수도 있지 않냐고 질문했다.

"아니요." 루이스가 대답했다. "전혀 그렇지 않습니다. 내 소견으로는 불행히도 파스코 씨는 차에 받히는 순간 치명상을 입었습니다."

다른 질문이 몇 가지 있었지만 그에 대한 답을 끝으로 사실상 기자 회견은 끝났다. 이제 루이스는 그의 사무실에 앉아(스티브 매스터튼은 한 시간 전에 기자 회견이 끝난 직후 집으로 돌아갔다. 루이스는 그가 저녁 뉴스에 나오는 장면을 놓치지 않으려고 서두른 것이라고 짐작했다) 그날 일의 단편들을 떠올리려 애썼다. 아니 어쩌면 실제 일어났던 일에 얄팍한 일상의 코팅을 입혀 덮어 버리려 애쓰고 있는 것이었다. 그와 찰턴은 '프런트 파일'의 카드들을 검토하고 있었다. 신체적 장애에도 불구하고 강철같은 의지로 대학 생활을 버텨 가고 있는 학생들의 기록이었다. 프런트 파일에는 23명의 당뇨병, 15명의 간질병, 14명의 하반신 불수, 그 밖에 각종 장애를 지닌 학생들이 있었다. 백혈병이 있는 학생, 뇌성마비 및 근이영양증을 가진 학생, 맹인 학생, 두 명의 농아 학생 및 루이스가 한번도 본 적 없는 겸상적혈구 빈혈증 환자가 한 명 있었다.

아마 오후 중 가장 저기압이었던 때는 스티브가 떠난 직후였을 것이다. 찰턴이 들어와서 분홍색 쪽지를 루이스의 책상에 놓았다. 쪽지에는 '뱅거 카펫 가게가 내일 오전 9시에 이곳을 방문할 것임' 이라고 씌어 있었다.

"카펫?"

그가 물었었다.

"카펫을 바꿔야죠."

그녀는 사과하는 듯한 어조로 말했다.

"선생님, 그 얼룩은 절대 빠지지 않아요."

물론 그렇지. 그때 루이스는 의약실에 가서 튜이널(중추신경 억제제—옮긴이)을 복용했다. 의과 대학의 첫 번째 방 친구는 그걸 투너스라고 불렀다. "루이스, 투너빌 트롤리(Toonerville Trolley, 시골길을 달리는 기차—옮긴이)를 타고 맛이 가 버리자고." 그는 이렇게 말하곤 했다. "난 크리던스(미국 록 밴드—옮긴이)를 틀게." 가끔 루이스는 만화에 나오는 투너빌 타는 것을 거절하곤 했고 그렇게 한 것은 잘한 일이었다. 그 방 친구는 세 번째 학기 도중 낙제하고 투너빌 트롤리를 타고 간호병으로 베트남까지 가 버렸다. 루이스는 가끔 베트남에서 그가 크리던스의 「정글을 헤치며」(Run Through the Jungle—옮긴이)를 듣고 있는 모습을 그려 보았다.

하지만 그는 뭔가가 필요했다. 그가 앞에 펼쳐져 있는 프린트 파일에서 시선을 들 때마다 메모판에 꽂힌 카펫에 관한 분홍색 메모지가 눈에 띄었고 그때마다 그는 무엇인가가 필요하다고 느꼈다.

한창 일이 잘 진행되고 있을 때 야간 담당 간호사인 베일링즈 부인이 사무실에 얼굴을 들이밀고 말했다.

"크리드 선생님, 1번에 부인 전화예요."

루이스는 손목시계를 보고 다섯시 반이 다 되었다는 것을 알았다. 그는 한 시간 반 전에 이곳에서 나갔어야 했다.

"알겠습니다, 낸시, 고마워요."

그는 수화기를 들고 1번을 눌렀다.

"여보, 나 지금……."

"루이스, 당신 괜찮아?"

"응, 괜찮아."

"뉴스에서 그 얘기 들었어, 루이스. 너무 안됐어."

그녀는 잠시 말을 끊었다.

"라디오 뉴스에 나왔어. 당신이 질문에 대답하는 것이 나오더라고. 당신 괜찮아 보였어."

"그랬어? 다행이군."

"당신, 정말 괜찮은 거지?"

"그래, 레이첼. 난 괜찮아."

"집에 와요."

그녀가 말했다.

"알았어."

그가 말했다. 집이라는 말이 기분 좋게 들렸다.

그녀는 문 앞에서 그를 맞았고 그의 입이 떡 벌어졌다. 그녀는 그가 좋아하는 그물 브래지어와 반투명 팬티 말고는 아무것도 입고 있지 않았다.

"당신 먹음직스러워 보이는데." 그가 말했다. "애들은?"

"미시 댄드리지가 애들을 데려갔어. 여덟시 반까지 우리 둘만 있을 거야…… 우리에게 두 시간 반이 주어진 거지. 그 시간을 낭비하지 말자."

그녀는 그에게 몸을 밀착시켰다. 그는 희미하지만 황홀한 향기를 맡을 수 있었다. 이거 장미향 아냐? 그는 팔로 그녀의 몸을 감싸 안았다. 처음에는 그녀의 허리에 팔을 둘렀다가 그의 손이 그녀의 엉덩이를 더듬었고 그녀의 혀는 그의 입술 위에서 가볍게 춤추다 그의 입속으로 들어가 핥고 깊숙이 돌진했다.

마침내 입맞춤이 끝나자 그는 그녀에게 약간 거칠게 물었다.

"당신이 저녁이야?"

"디저트야."

그녀는 말한 다음 하체를 천천히 그리고 육감적으로 그의 아랫배와 사타구니에 대고 돌리기 시작했다.

"하지만 싫은 건 절대 먹지 않아도 된다고 약속할게."

그는 그녀를 안으려고 했지만 그녀는 그의 팔을 빠져나가 그의 손을 잡았다.

"먼저 위층으로 가."

그녀가 말했다.

그녀는 뜨거운 욕조로 그를 이끌어 천천히 옷을 벗긴 다음 조심스럽게 물속에 넣었다. 그녀는 샤워기 꼭지에 걸어 두고 평소 사용하지 않는 약간 센 스펀지 장갑을 끼고서 그의 몸에 부드럽게 비누칠을 한 다음 헹구었다. 그는 하루가, 이 끔찍했던 첫날이 천천히 그로부터 떨어져 나가는 느낌이었다. 그녀의 몸도 꽤 젖어서 팬티는 피부처럼 찰싹 달라붙어 있었다.

루이스가 욕조에서 나오려고 하자 그녀가 다시 부드럽게 그를 밀어 넣었다.

"왜……."

이제 스펀지 장갑이 부드럽게 그의 성기를 붙잡았다. 부드럽지만 참기 힘들 정도의 마찰을 일으키며 아래위로 천천히 움직였다.

"레이첼……."

온몸에 땀이 솟았고 그 땀은 욕조의 열 때문만은 아니었다.

"쉬."

그것은 영원히 계속될 것만 같았다. 그는 절정에 가까워졌고 스펀지 장갑의 손은 움직임이 느려지면서 멈출 듯했다. 그러나 장갑은 멈추지 않고 꽉 움켜쥐었다 풀었다 다시 움켜쥐기를 반복했고 마침내 그는 고막이 부풀어 오르는 느낌이 들 정도로 강한 절정에 이르렀다.

"이런."

그는 다시 말할 수 있게 되자 떨리는 목소리로 말했다.

"당신, 이런 걸 어디서 배웠어?"

"걸스카우트에서."

그녀가 새침하게 말했다.

그녀는 스트로가노프를 만들어 두었는데 욕조에서 일이 벌어지는 사이에 잘 끓여졌다. 아까 네시에는 핼러윈 때나 되어서야 다시 음식을 먹을 수 있겠다고 맹세라도 할 듯했던 루이스는 두 접시나 먹었다.

그리고 그녀는 그를 다시 위층으로 이끌었다.

"이제, 당신이 나한테 서비스할 차례야."

모든 일을 종합해 볼 때 루이스는 자신이 상황에 꽤 잘 대처하는 편이라고 생각했다.

그 이후 레이첼은 낡은 파란색 파자마를 입었다. 루이스는 플란넬 셔츠와 거의 모양이 없고 레이첼이 단정치 못하다고 하는 코르덴 바지를 입고 아이들을 데리러 갔다.

미시 댄드리지는 사고에 대해 궁금해 했고 루이스는 간단하게 경위만 설명해 그녀가 다음 날 뱅거《데일리 뉴스》에서 읽을 수 있는 내용보다 더 간략한 정보만 주었다. 그는 그 일을 설명하는 것이 싫었다. 그것은 가장 불쾌한 가십거리처럼 느껴졌다. 미시는 아이를 봐 준 것에 대한 보수를 받으려 하지 않았고 그는 그와 레이첼이 함께 보낸 저녁 시간에 대해 그녀에게 고마워했다.

게이지는 루이스가 미시의 집에서 자신의 집까지 1킬로미터도 가기 전에 잠들었다. 엘리마저 하품을 하며 흐릿한 눈이 되었다. 그는 게이지의 기저귀를 갈고 아기용 잠옷으로 갈아입힌 뒤 아기 침대에 눕혔다. 그런 다음 엘리에게 이야기책을 읽어 주었다. 평상시처럼 그 애는 「괴물들이 사는 나라」(Where the Wild Things Are, 모리스 센닥의 책—옮긴이)를 읽어 달라고 난리를 쳐서 엘리 본인이 베테랑 괴물이 되고 말았다. 루이스는 「더 캣」(The Cat in the Hat, 닥터 수스의 책—옮긴이)으로 만족하라고 엘리를 설득했다. 엘리는 루이스가 데리고 올라간 지 5분 만에 잠들었고 루이스가 엘리를 침대에 바로 눕혀 주었다.

그가 다시 아래층으로 내려오자 레이첼은 거실에 앉아 우유를 마시고 있었다. 도로시 세이어스의 추리 소설이 긴 한쪽 허벅지에 펼쳐져 있었다.

"루이스, 당신 정말 괜찮아?"

"여보, 난 괜찮아. 그리고 고마워. 모든 것이 다."

"즐겁게 사는 것이 우리의 목표잖아?"

그녀는 입 꼬리를 말아 올린 약간 건방진 미소를 지어 보였다.

"크랜덜 씨네 맥주 마시러 갈 거야?"

그는 고개를 저었다.

"오늘 밤은 싫어. 완전히 녹초가 됐어."

"그 점에 대해 뭔가 내가 할 수 있는 일이 있다면 좋겠네."

"당신은 이미 했어."

"그럼 의사 선생님, 우유 한 잔 마시고 자러 갑시다."

그는 아마 그가 인턴일 때 종종 그랬던 것처럼 잠을 이루지 못하고 특별히 힘들었던 시절이 계속 마음속에 떠오를 것이라고 생각했다. 그러나 그는 약간 기울어진 마찰 없는 보드 위를 미끄러지듯 쉽게 잠에 빠져들었다. 그는 어딘가에서 보통 사람이 스위치를 끄고 하루와 결별하는 데 7분밖에 걸리지 않는다는 것을 읽은 적이 있었다. 마치 놀이동산의 귀신의 집의 가짜 벽처럼 7분 동안 의식과 무의식이 돌고돈다. 그 사실에는 좀 섬뜩한 무엇인가가 있었다.

그는 마치 아주 먼 곳에서 들려오듯 레이첼이 "모레……."라고 말하는 것을 들었을 때 거의 그 상태가 되어 있었다.

"으으으으음?"

"졸랜더 씨. 수의사 말이야. 내일모레 처치를 데려갈 거야."

"아."

처치. 처치, 자네, 고환을 달고 있는 동안 소중히 여기게. 그리고 그는 모든 세상사로부터 멀어져 구멍 속으로 미끄러져 들어가 꿈도 꾸지 않고 단잠을 잤다.

한참 뒤 루이스는 어떤 소리에 잠이 깼다. 쿵 하는 소리가 침대에 일어나 앉게 만들 정도로 커서 그는 엘리가 바닥에 떨어진 것이 아닌가 혹은 게이지의 침대가 무너진 것이 아닌가 걱정이 되었다. 그런 다음 달이 구름 뒤에서 모습을 드러내 방 안에 차가운 흰 빛을 가득 채웠고 그는 빅터 파스코가 문가에 서 있는 것을 보았다. 쿵 소리는 파스코가 문을 거칠게 여는 소리였다.

그는 왼쪽 관자놀이 뒤의 머리가 짜부라진 채 거기 서 있었다. 얼굴에는 인디언들이 출정할 때 얼굴에 그리는 그림처럼 피가 적갈색 줄무늬를 이루며 말라붙어 있었다. 그의 쇄골이 하얗게 불거져 나와 있었다. 그는 싱긋 웃고 있었다.

파스코가 말했다.

"의사 선생, 가세. 함께 가야 할 곳이 있어."

루이스는 주위를 둘러보았다. 아내는 노란색 이불 아래 어렴풋이 혹 모양을 하고 깊이 잠들어 있었다. 그는 다시 파스코를 보았다. 그는 죽었지만 죽지 않았다. 그러나 루이스는 두렵지 않았다. 그는 거의 즉시 이유를 깨달았다.

그는 '이건 꿈이야.' 라고 생각했고 자신이 두려워하고 있음을 깨닫고는 안도감을 느꼈을 뿐이다. 죽은 자는 돌아오지 않아. 그건 생리학적으로 불가능해. 이 젊은이는 병리학자의 문신(Y자 수를 한 등을 위로 한 채)을 달고 뱅거의 부검실 서랍에 들어 있다. 병리학자는 아마 조직 표본을 꺼낸 후 그의 뇌를 흉강에 던져 놓고 두개골 강에 누수를 방지하기 위해 갈색 종이를 채워 넣었을 것이다. 이는 퍼즐 조각을 그림에 맞추듯이 뇌를 다시 두개골에 맞춰 넣는 것보다 간단한 일이다. 불행하게 죽은 루시의 아버지 칼 삼촌은 그에게 병리학자가 그 일을 한다는 얘기와 죽음에 대한 공포증이 있는 레이첼이 알면 공포에 질려 비명을 지르게 될 그 밖에 온갖 잡다한 정보를 일러 주었다. 하지만 파스코는 여기 있지 않았다, 절대 그럴 리 없다. 파스코는 발가락에 꼬리표를 달고 냉동 보관실에 있었다. 그리고 거기서 그는 빨간색 조깅용 반바지를 입고 있지 않을 것이 확실해.

그러나 일어나고 싶은 충동이 강했다. 파스코의 눈이 그를 응시했다.

그는 이불을 뒤로 젖히고 발을 바닥에 내려놓았다. 오래전 레이첼의 할머니가 결혼 선물로 준 코바늘 뜨개질 융단의 찬 매듭이 그의 발볼을 눌렀다. 그 꿈은 엄청난 현실이었다. 너무나 사실적이어서 파스코가 돌아서서 계단을 내려가기 시작할 때까지 그는 파스코를 따르려 하지 않았다. 따라가고 싶은 충동은 강했지만 꿈속에서라도 걸어 다니는 시체가 자신에게 닿는 것은 싫었다.

하지만 그는 따라갔다. 파스코의 조깅 반바지가 희미하게 빛났다.

그들은 거실, 식당, 주방을 가로질렀다. 루이스는 파스코가 자물쇠를 돌려 주방과 그들이 스테이션왜건과 시빅을 주차해 두는 차고를 연결하는 문의 빗장을 들어 올릴 거라고 예상했지만 파스코는 그런 일은 하지 않았다. 문을 여는 대신 그는 간단하게 문을 통과해 버렸다. 지켜보던 루이스는 약간 놀라서 생각했다. 정말 저게 가능한 거야? 놀랍군! 누구라도 할 수 있겠네!

그는 자신도 해 보려고 했다. 그리고 꿈쩍도 하지 않는 문과 부딪치자 즐거워졌다. 그는 비록 꿈속이지만 실질적인 현실주의자가 분명했다. 루이스는 원통형 자물쇠의 손잡이를 돌려 빗장을 올리고 차고로 들어갔다. 파스코는 보이지 않았다. 루이스는 잠시 파스코의 존재가 사라진 것이 아닌가 했다. 꿈속의 인물들은 종종 그런 짓을 한다. 장소도 마찬가지였다. 처음에는 수영장 옆에서 발기한 채 나체로 서서, 이를 테면 미시 댄드리지와 아내를 바꿔서 즐기는 문제를 놓고 로저와 논의하고 있다가 다음 순간 깜박하고 나면 하와이 화산의 사면을 기어오르고 있다. 어쩌면 이것이 2막의 시작이기 때문에 파스코가 사라졌는지도 몰랐다.

하지만 루이스가 차고에서 나왔을 때 파스코는 다시 나타났다. 그는 희미한 달빛을 받으며 잔디밭 뒤 오솔길이 시작되는 곳에 서 있었다.

이제 공포가 살며시 엄습하면서 신체의 구멍 속을 사정없이 파고들어 온몸을 더러운 연기로 가득 채웠다. 그는 그곳으로 올라가고 싶지 않았다. 그는 멈춰 섰다.

파스코가 어깨 너머로 돌아보았고 달빛에 그의 눈은 은색이었다. 루이스는 뱃속에서 공포가 절망적으로 꿈틀대는 것을 느꼈다. 그 튀어나온 쇄골, 말라붙은 핏자국. 하지만 그 눈에 저항한다는 것은 가망 없는 일이었다. 이것은 분명히 최면에 걸리고 지배당하고…… 자신이 바꿀 수 없다는 것, 어쩌면 파스코의 죽음이라는 사실을 바꿀 수 없다는 것에 관한 꿈일지 모른다. 20년이나 학교를 다녔지만 사람들이 나무에 세게 부딪혀 두개골에 구멍이 난 사내를 데려왔을 때 아무것도 할 수 없는 경우도 있다. 차라리 배관공이나 인공 강우 전문가, 아니면 플라스틱 제조업체 직원을 부르는 게 나았을지도 모른다.

이런 생각들이 마음속을 지나가는 순간에도 그는 오솔길을 향해 앞으로 끌려갔다. 그는 불빛 때문에 파스코의 얼굴에 말라붙은 핏자국처럼 적갈색이 된 조깅 반바지를 따라갔다.

그는 이 꿈이 마음에 들지 않았다. 맙소사, 조금도 마음에 들지 않았다. 너무 생생했다. 깔개의 차가운 매듭, 인간이 자신이 중심이 되는 어느 꿈속에서도 문과 벽을 통과해서 걸어갈 수 있는데 (혹은 그래야 하는데도) 그는 차고 문을 통과하지 못한 것…… 그리고 지금 그의 맨발에 찬 이슬이 닿는 것, 밤바람, 단지 한 줌의 바람이 삼각 팬티밖에 걸치지 않은 몸에 닿는 느낌까지. 나무 아래 들어서자 소나무 가시들이 그의 발바닥을 찔렀다…… 필요 이상으로 사실적인 또 다른 세부 사항이었다.

신경 쓰지 마. 신경 쓸 거 없어. 난 집에 내 침대에 누워 있어. 아무리 생생해 봤자 이건 꿈일 뿐이야. 그리고 다른 꿈들과 마찬가지로 아침이면 말도 안 되는 얘기가 될 거야. 잠에서 깨면 맨 정신으로 얼토당토않다고 생각할 거야.

죽은 나무의 작은 가지가 그의 알통을 사정없이 찌르자 그는 움찔했다. 저 멀리 파스코는 움직이는 그림자가 되어 있었고 루이스의 공포는 마음속에서 밝은 조각상으로 구체화된 것 같았다. 나는 죽은 사람을 따라 숲 속으로 가고 있다. 난 죽은 사람을 따라 애완동물 공동묘지로 올라가고 있고 이건 꿈이 아니다. 하느님 도와주소서, 이건 꿈이 아니야. 이건 실제로 벌어지고 있어.

그들은 나무가 우거진 언덕의 저쪽으로 걸어 내려갔다. 오솔길은 나무 사이로 완만한 S자 커브를 틀다가 잡목 숲 속으로 사라졌다. 그는 지금 장화를 신고 있지 않았다. 발아래 땅은 차가운 젤리로 변해 들러붙었고 마지못한 듯 발을 놓아주었다. 듣기 싫게 빠는 소리가 났다. 그는 진흙이 발가락 사이로 흐르는 것을 느낄 수 있었고 발가락을 벌리려고 했다.

그는 필사적으로 꿈이라는 생각을 고수하려고 했다.

그것은 사라지려 하지 않았다.

그들은 공터에 도달했고 달은 다시 구름의 속박에서 벗어나 자유롭게 항해하며 공동묘지를 창백할 정도로 눈부시게 비추었다. 기울어진 묘비들이 뚜렷한 입체감을 드러내며 새까맣고 윤곽이 뚜렷한 그림자를 드리웠다. 묘비들은 아버지의 틴스닙(금속 조각을 자르는 데 쓰는 큰 가위—옮긴이)으로 잘라 대충 네모꼴로 두드려 만든 판자나 양철 깡통 조각, 이 빠진 셰일(점토가 굳어져 이루어진 퇴적암—옮긴이)과 석판이었다.

파스코는 '고양이 스머키, 그는 말 잘 듣는 고양이였다.' 근처에서 멈추고 루이스를 돌아보았다. 공포, 두려움. 그는 이런 것들이 내부에서 자라나 그의 몸이 부드럽지만 무자비한 압력으로 산산이 부서지는 것을 느꼈다. 파스코는 웃고 있었다. 그의 피 묻은 입술은 이빨 뒤로 말려 있었고 창백한 달빛을 받은 그의 건강한 도로 공사 인부 같은 그을린 피부는 펄럭이는 수의가 꿰매질 시체의 창백함과 겹쳐져 있었다.

그는 한 팔을 들어 가리켰다. 루이스는 그 방향을 보고 신음했다. 그의 눈은 크게 벌어졌고 주먹으로 입을 막았다. 뺨에 서늘함이 느껴졌고 그는 극도의 공포감 속에 눈물을 흘리기 시작했다는 것을 깨달았다.

저드 크랜덜이 엘리에게 주의를 주었던 얽힌 나무 올가미는 뼈무더기로 변해 있었다. 뼈는 움직이고 있었다. 뼈들은 호흡을 맞춰 함께 꿈틀거렸다. 아래턱, 대퇴골, 척골, 어금니, 앞니. 그는 인간과 동물의 두개골이 웃고 있는 것을 보았다. 손가락뼈가 달그락거렸다. 여기서 발의 잔해가 창백한 관절을 구부렸다.

아, 뼈가 움직인다, 뼈가 기어 다닌다…….

파스코가 그를 향해 걸어왔다. 그의 피 묻은 얼굴은 달빛 아래 험상궂었고 마지막 남은 루이스의 맨 정신은 되풀이해서 주절대는 생각으로 빠져나가기 시작했다. 비명을 질러서 깨어나야 해 레이첼 엘리 게이지가 깨더라도 상관없어 온 마을 사람을 다 깨워도 돼 온 마을 사람 소리를 질러서 깨어나라 소리를 질러 소리 질러 깨어나 깨어나 깨어나…….

하지만 가느다란 공기의 속삭임만 있을 뿐이었다. 작은 꼬마 아이가 현관 계단에 앉아 휘파람을 불려고 애쓰는 소리였다.

파스코는 가까이 다가와서 말했다.

"문이 열리면 안 돼."

파스코가 말했다. 루이스가 무릎을 꿇고 주저앉았기 때문에 그는 루이스를 내려다보고 있었다. 그의 얼굴에 떠오른 표정을 루이스는 처음에 동정이라고 착각했다. 그러나 전혀 동정이 아니었다. 엄청난 인내심일 뿐이었다. 그는 여전히 움직이는 뼈 더미를 가리켰다.

"저길 넘어가지 마. 아무리 절박한 사정이 있다 해도 가면 안 돼, 의사 선생. 장벽을 무너뜨리면 안돼. 이걸 똑똑히 기억해. 이곳에는 당신이 모르는 힘이 있어. 그 힘은 아주 오래되고 항상 정처 없이 떠돌지. 명심해."

루이스는 계속 소리를 지르려고 애썼다. 그러나 소리를 지를 수 없었다.

"난 친구로서 왔네."

파스코가 말했다. 그러나 '친구' 가 파스코가 실제로 사용한 단어였을까? 루이스는 그렇지 않다고 생각했다. 마치 파스코는 루이스가 마법을 통해 알아들을 수 있는 외국어로 말한 것 같았다…… 그리고 그것이 무엇이든 간에 파스코가 실제로 사용한 단어에 가깝고 루이스의 절박한 마음 상태로 이해할 수 있는 것이 '친구' 였던 것이다.

"너의 몰락과 네가 사랑하는 모든 이들의 몰락이 아주 가까웠다, 선생."

그는 루이스가 그에게서 죽음의 냄새를 맡을 수 있을 정도로 가까이 다가왔다.

파스코는 그에게 손을 뻗었다.

뼈들의 부드럽고 미칠 듯한 달그락거림.

루이스는 그 손을 피하려고 하다 중심을 잃기 시작했다. 자신의 손이 묘비를 쳐서 땅에 넘어뜨렸다. 파스코의 얼굴은 아래를 굽어

보았고 하늘을 가득 메웠다.

"의사 선생…… 기억해."

루이스는 비명을 지르려 했고 세상이 빙빙 돌며 멀어져 갔다. 하지만 한밤중 달빛 어린 묘지에서 움직이는 뼈들의 달그락거림은 계속 들려왔다.

인체 생리학 책에 따르면 보통 인간이 잠드는 데 걸리는 시간은 7분이지만 깨어나는 데 걸리는 시간은 15분에서 20분이다. 마치 잠이란 들어가기보다 빠져나오기가 더 어려운 웅덩이 같다. 잠든 사람이 깨어날 때는 단계별로 잠에서 깨어난다. 깊은 잠에서 얕은 잠으로 그리고 잠든 사람이 소리를 들을 수 있고 나중에 의식하지 못하지만(꿈의 단편으로 기억하는 것은 제외하고) 질문에 대답까지 할 수 있는 상태인 흔히 '깨어 있는 수면' 상태라고 부르는 상태로 진행된다…….

루이스는 뼈들이 달그락거리는 소리를 들었지만 이 소리는 점점 날카로워졌고 금속성이 되었다. 쿵 소리가 났다. 고함소리도 났다. 금속성의 소리가 더 이어졌다…… 뭔가가 굴러가나? 맞아, 그의 떠도는 정신이 동의했다. 망할 뼈다귀들이 구르는군.

그는 딸이 외치는 소리를 들었다.

"게이지, 갖고 와! 가서 갖고 와!"

이 소리 다음에 게이지가 기분 좋게 내지르는 소리가 이어졌고 그 소리에 루이스는 눈을 뜨고 침대의 천장을 보았다.

그는 꼼짝 않고 그대로 누워 현실, 즉 좋은 현실, 축복받은 현실이 집에 돌아오기를 기다렸다.

모두 꿈이었다. 아무리 끔찍하고 아무리 생생해도 그건 모두 꿈이었다. 마음속 깊은 곳에 화석 하나만 있을 뿐이었다.

금속성의 소리가 다시 들려왔다. 게이지의 장난감 차가 위층 복도를 굴러가는 소리였다.

"갖고 와, 게이지!"

"가꼬 와!"

게이지가 소리 질렀다.

"가꼬 와아, 가꼬 와아, 가꼬 와!"

콩, 콩, 콩. 게이지의 작은 맨발이 복도의 긴 융단을 따라 달려가고 있었다. 게이지와 엘리는 낄낄거렸다.

루이스는 그의 오른쪽을 보았다. 레이첼의 침대는 비어 있었고 이불이 걷혀 있었다. 태양이 높이 솟아 있었다. 그는 손목시계를 보고 여덟시가 다 된 것을 알았다. 레이첼이 늦잠 자도록 내버려 둔 것이다…… 일부러 그랬을 것이다.

평상시 같으면 이 때문에 짜증이 났겠지만 오늘 아침은 그렇지 않았다. 그는 깊게 숨을 들이쉬었다 내쉬었고 창문을 통해 비스듬히 들어오는 햇살을 받고 이곳에 누워 있는 순간에 만족했고 누구도 부정할 수 없는 현실 세계의 감촉을 느끼고 있었다. 햇빛 속에서 티끌들이 춤추었다.

레이첼이 위층을 향해 소리쳤다.

"빨리 내려와서 아침 먹고 버스 타야지, 엘리!"

"응!"

엘리의 더 큰 타닥타닥 하는 발소리.

"게이지, 네 차 여기 있어. 난 학교 가야 해."

게이지가 화가 나서 소리 지르기 시작했다. 왜곡되기는 했지만(분명하게 할 수 있는 말은 게이지, 차, 가꼬 와, 엘리 버스밖에 없었다) 게이지가 전하는 뜻은 분명했다. 엘리는 여기 있어야 해. 공교육이 오늘 하루는 눈감아줄 거야.

레이첼의 목소리가 다시 들려왔다.

"엘리, 내려오기 전에 아빠 흔들어 깨워."

엘리가 들어왔다. 머리는 올려서 하나로 묶었고 빨간색 드레스를 입고 있었다.

"얘야, 아빠는 깼어. 가서 버스에 타렴."

"응, 아빠."

그 애는 다가와서 너저분한 뺨에 살짝 입 맞추고 아래층으로 달려갔다.

꿈은 희미해지면서 통합된 의미를 잃어 가기 시작했다. 역시 아주 바람직한 일이었다.

"게이지!" 그가 소리쳤다. "와서 아빠한테 뽀뽀해야지!"

게이지는 이 말을 무시했다. 아기는 목이 터져라 "가꼬 와! 가꼬 와, 가꼬 와, 가꼬 와!"를 외치면서 최대한 빠른 속도로 엘리를 따라 아래층으로 가고 있었다. 루이스에게는 기저귀와 고무 팬티만 입은 작고 튼튼한 아기의 몸이 흘긋 보였을 뿐이다.

레이첼이 다시 소리쳤다.

"루이스, 당신이야? 일어났어?"

"응."

그가 일어나 앉으며 말했다.

"내가 일어나셨다고 했잖아요!"

엘리가 외쳤다.

"나 가요. 안녕!"

앞문이 쿵 닫히는 소리와 게이지의 성난 고함소리가 끝을 맺었다.

"달걀 하나야, 둘이야?"

레이첼이 소리쳤다.

루이스는 담요를 뒤로 밀치고 발을 돌려 손뜨개 융단의 작은 마디 위에 내려놓고 나서 레이첼에게 계란은 생략하고 시리얼 한 접시만 먹고 나가야 한다는 말을 하려 했지만…… 다음 순간 그 말들은 목구멍에서 사라졌다.

그의 발이 흙과 소나무 가시들로 더럽혀져 있었다.

그의 심장이 도깨비 상자의 인형처럼 목구멍까지 뛰어올랐다. 눈이 커지고 이는 아무 느낌 없이 혀를 깨문 채 그는 재빨리 몸을 움직여 침대보를 차서 걷어 냈다. 그의 침대 발치는 소나무 가시 투성이였다. 시트는 진흙이 묻고 더러웠다.

"루이스?"

그는 무릎 위에 길 잃은 소나무 가시 몇 개를 보았고 돌연 자신의 오른팔을 살펴보았다. 알통 위에 긁힌 자국이 있었다. 생긴 지 얼마 안 된 자국으로 죽은 나뭇가지가 그를 찌른 자리였다…… 꿈속에서.

비명을 지를 거야. 그걸 느낄 수 있어.

그리고 그는 크고 차가운 공포의 탄환이 그의 내부에서 쏘아져 올라오는 것도 느낄 수 있었다. 현실이 어른거렸다. 현실(그는 이

것이 진짜 현실이라고 생각했다)은 그 소나무 가시와 침대보의 더러움, 그의 팔뚝에 난 피 맺힌 긁힌 자국이었다.

난 비명을 지를 거야. 그리고 미쳐 버릴 거야. 그러면 더 이상 걱정할 필요가 없어…….

"루이스?"

레이첼이 계단을 올라오고 있었다.

"루이스, 다시 잠들었어?"

그는 그 이삼 초 동안 자신과 싸움을 벌였다. 그는 파스코가 담요에 싸여 죽어 가면서 진료소로 실려 온 후 엄습하는 혼란의 순간에 했던 것처럼 자신과 무지막지한 싸움을 벌였다. 그가 이겼다. 그녀가 그가 이러고 있는 것을, 그의 발이 진흙과 소나무 가시 투성이인 것을, 담요가 바닥에 내팽개쳐져서 오물이 묻은 시트가 드러나 있는 모습을 봐선 안 된다는 생각에 무게가 실렸다.

"나 일어났어."

그는 명랑하게 소리쳤다. 그가 방금 갑작스럽고도 뜻하지 않게 깨문 덕분에 혀에서 피가 나고 있었다. 그의 마음은 소용돌이쳤고 마음속 깊은 곳에서 실제 행동으로 옮기지는 않았지만 자신이 항상 그런 광기와 가까이 있었던 게 아닌가 싶었다. 모든 사람이 그런지도 몰랐다.

"달걀 하나야, 두 개야?"

그녀는 두 번째인가 세 번째 층계에서 멈춰 섰다. 휴, 감사합니다.

"둘."

그가 말했다. 자신이 무슨 말을 하는지도 거의 알지 못했다.

"스크램블드에그로."

"좋아."

그녀가 말하고 아래층으로 다시 내려갔다.

그는 안도감에 잠시 눈을 감았지만 어둠 속에서 파스코의 은색 눈을 보았다. 그는 다시 눈을 번쩍 떴다. 루이스는 더 이상의 생각을 떨쳐 내려고 재빨리 움직이기 시작했다. 그는 침대에서 시트를 벗겨 냈다. 담요는 괜찮았다. 그는 두 시트를 분리하고 둘둘 말아서 복도로 가져가 세탁물 운반 장치에 던져 넣었다.

그는 뛰다시피 하여 욕실로 들어가 샤워기의 물을 틀고 화상을 입을 정도로 물을 뜨겁게 하여 잡념을 쫓았다. 그는 발과 다리의 오물들을 씻어 냈다.

한결 기분이 나아지기 시작했고 침착해졌다. 몸을 말리면서 이것이 살인자들이 모든 증거를 인멸했다고 생각할 때 느끼는 기분일 거라는 생각이 들었다. 그는 웃기 시작했다. 그는 계속 몸을 말렸고 계속해서 웃었다. 멈출 수가 없었다.

"거기, 위층!"

레이첼이 소리쳤다.

"뭐가 그렇게 재미있어?"

"나만 아는 농담이 있어."

루이스가 대답했다. 여전히 웃으면서. 그는 공포에 질렸지만 그 공포는 웃음을 멈추게 하지 못했다. 웃음은 모르타르로 벽에 박아 놓은 돌처럼 단단한 아랫배에서 올라왔다. 시트를 세탁물 운반 장치에 던져 넣은 것은 단연 최고로 잘한 일이었다는 생각이 들었다. 미시 댄드리지는 일주일에 다섯 번 와서 진공청소기를 돌리고 닦고…… 세탁을 한다. 레이첼은 그 시트를 전혀 볼 일이 없다. 깨끗해진 시트를 다시 그의 침대에 깔 때까지는. 그는 미시가 이 일을 레이첼에게 말할 가능성도 고려해 봤지만 그럴 것 같지는 않았다. 아마 미시는 자기 남편에게 크리드 내외가 진흙과 소나무 가시를 가지고 바디 페인트 대신 이상한 섹스 게임을 하더라고 속삭일 것이다.

이 생각이 들자 루이스는 더 크게 웃었다.

그가 옷을 입을 때 모든 킬킬거림이 사라지고 기분이 한결 나아졌다. 왜 그런지는 알 수 없었지만 기분이 나아진 것은 분명했다. 이제 시트가 벗겨진 침대를 제외하면 방 안은 정상으로 보였다. 그는 독을 제거했다. 어쩌면 '증거'가 그가 찾고 있는 정확한 단어일지 모르지만 그의 마음속에는 독처럼 느껴졌다.

이건 아마 사람들이 불가해한 일을 당했을 때 하는 행동일 거야. 그는 생각했다. 이것은 서구 세계를 지배하는 정상적인 인과관계로 해석할 수 없는 비정상적인 일을 당했을 때 하는 행동이야. 이것은 어느 날 아침 뒷마당에 비행접시가 조용히 떠서 조그만 그림자를 드리우고 있는 것을 목격하거나 개구리가 비처럼 쏟아지거나 오밤중에 난데없이 침대 안에서 손이 발을 더듬을 때 인간의 마음이 반응하는 방식일지 몰랐다. 발작적인 웃음 또는 발작적인 울음…… 그리고 그것은 하나의 침범할 수 없는 자아이고 붕괴하지 않기 때문에 공포를 신장 결석처럼 그대로 통과시켜 버린다.

게이지가 의자에 앉아 코코아 베어스를 먹으면서 동시에 그것으로 식탁을 장식하고 있었다. 게이지는 어린이 식사용 높은 의자

아래 플라스틱 받침을 코코아 베어스로 장식하고 샴푸 칠을 하고 있는 것 같았다.

레이첼이 루이스의 달걀 요리와 커피 한 잔을 가지고 부엌에서 나왔다.

“여보, 그렇게 재미있는 농담이 뭐야? 위에서 살짝 돈 사람처럼 웃었어. 난 좀 무섭더라.”

루이스는 무슨 말을 해야 할지 몰라 입을 벌렸고 입에서 나온 말은 도로의 노점상에서 지난주에 들은 농담이었다. 그 농담은 유일하게 할 줄 아는 말이 “아리엘 샤론이 자위를 한다.”뿐인 앵무새를 산 유대인 재단사에 관한 것이었다.

그가 얘기를 마칠 때쯤 레이첼도 웃고 있었다. 게이지도 따라 웃었다.

좋아. 우리의 주인공은 모든 증거를 잘 처리하고 있어. 즉 진흙투성이 시트와 욕실에서의 정신병자 같은 웃음 말이다. 우리의 주인공은 이제 아침 신문을 읽을 것이고(또는 최소한 훑어볼 것이다) 아침에 정상이라는 봉인을 할 것이다.

루이스는 이런 생각을 하면서 신문을 펼쳤다.

잘하고 있어, 그래야지. 그는 더할 수 없는 안도감을 느끼며 생각했다. 담석처럼 통과시켜 버리는 거야. 그러면 모든 게 끝나…… 어느 날 밤 친구들과 캠프파이어를 하는데 바람이 거세지고 대화가 난해한 사건으로 흐를 때만 제외하고. 캠프파이어 하는 밤에 바람이 세게 불면 대화가 유치해지니까.

그는 달걀 요리를 먹었다. 그는 레이첼과 게이지에게 키스했다. 그는 나갈 때만 세탁물 운반 장치 발치의 흰 페인트칠 된 네모난 세탁함을 흘긋 보았다. 모든 것이 순조로웠다. 이것은 또 다른 아침의 진풍경이었다. 늦여름은 영원히 계속될 것 같은 기미가 완연했고 모든 것이 순조로웠다. 그는 차고에서 차를 빼면서 오솔길을 흘긋 보았지만 그 역시 아무 이상 없었다. 머리카락 한 올도 변하지 않았다. 담석처럼 통과시켜 버렸다.

모든 것이 순조로웠지만 그가 도로를 따라 15킬로미터쯤 갔을 때 동요가 너무 심해서 2번 도로에 차를 세웠다가 이스턴 메인 의료 센터에서 멀지 않은 중국 식당인 싱즈로 가서 아침이라 차가 없는 주차장으로 들어가야 했다…… 이스턴 메인 의료 센터에서 파스코의 시신을 수습했을 것이다. 그러니까 싱즈가 아닌 EMMC에서. 빅터 파스코는 다시는 무구가이판(중국식 닭고기 요리—옮긴이)을 먹지 못할 것이다, 안됐군.

동요가 몸을 뒤흔들고 발기발기 찢고 제멋대로 휘둘렀다. 루이스는 무력감을 느꼈고 무서웠다. 이 햇볕이 쏟아지는 훤한 대낮에 초자연적인 것이 무서운 것이 아니라 정신을 놓을지도 모른다는 가능성이 두려웠다. 마치 길고 보이지 않는 철사 줄이 자신의 머리를 감고 있는 것같이 느껴졌다.

"그만." 그가 말했다. "제발 이제 그만해."

그는 라디오를 더듬어 틀었고 존 바에즈의 「다이아몬드와 먼지」(diamonds and rust—옮긴이)가 흘러 나왔다. 그녀의 달콤하고 차분한 목소리가 그를 진정시켜 주었고 노래가 끝날 때쯤 루이스는 차를 몰 수 있을 것 같았다.

그는 진료소에 도착하자 찰턴에게 크게 인사한 다음 자신의 꼴이 말이 아닐 것이라는 생각에 화장실로 휙 들어갔다. 그렇게 나

뻐지는 않았다. 눈 밑이 약간 패었지만 레이첼도 못 알아볼 정도였다. 그는 찬물로 얼굴을 가볍게 헹구고 말린 다음 머리를 빗고 사무실로 들어갔다.

스티브 매스터튼과 인디언 의사인 서렌드라 하르두가 사무실에서 커피를 마시며 프런트 파일을 계속 검토하고 있었다.

"루이스, 좋은 아침."

스티브가 말했다.

"좋은 아침."

"어제 아침과 다르길 기도합시다."

하르두가 말했다.

"맞아요. 선생은 아주 짜릿한 순간을 모두 놓쳤어요."

"서렌드라 선생님은 어젯밤 엄청 짜릿했어요." 매스터튼이 웃으며 말했다. "서렌드라, 얘기해요."

하르두가 웃으면서 유리잔을 닦았다.

"새벽 한시경에 두 남학생이 여자 친구를 데려왔어요. 그녀는 기분 좋게 술에 취해 있었죠. 개강을 축하하느라 그랬겠죠. 한쪽 허벅지를 꽤 깊이 베였더라고요. 그래서 내가 적어도 네 바늘은 꿰매야 하고 흉터는 남지 않을 거라고 했죠. 그러니까 '꿰매 버려요.' 하고 그 여학생이 말하더라고요. 그래서 나는 그렇게 했죠. 이렇게 몸을 구부리고……."

하르두는 허벅지가 있는 것처럼 그 위에 허리를 굽히는 시늉을 했다. 루이스가 무슨 일이 벌어질지 눈치 채고 웃기 시작했다.

"그리고 내가 봉합을 하는 데 여학생이 내 머리 위에 토했지 뭡니까."

매스터튼이 웃음을 터뜨렸다. 루이스도 따라 웃었다. 하르두는 조용히 미소 지었다. 마치 이 일이 수천 번의 전생에서 수천 번 일어났던 것처럼.

"서렌드라, 당직 선 지 얼마나 지났죠?"

웃음이 잦아들자 루이스가 물었다.

"자정부터 일했어요." 하르두가 말했다. "이제 나갈 겁니다. 하지만 인사 한 번 더 할 시간 정도는 있어요."

"그래요, 안녕하세요?"

루이스가 작은 갈색 손을 잡고 악수하면서 말했다.

"이제 집에 가서 주무시지요."

"프런트 파일은 정리가 거의 끝났습니다." 매스터튼이 말했다. "할렐루야라고 해 봐요, 서렌드라."

"난 못해요." 하르두가 웃으며 말했다. "기독교인이 아니니까."

"그러면 「인스턴트 카르마」(Instant Karma, 존 레논의 솔로 곡—옮긴이)나 뭐 그런 후렴구라도 불러 봐요."

"두 분께 신의 축복이 있기를."

하르두가 여전히 미소 띤 얼굴로 말하고 문을 빠져나갔다.

루이스와 스티브 매스터튼은 말없이 잠깐 그의 뒷모습을 바라보다가 서로를 바라보았다. 그들은 웃음을 터뜨렸다. 루이스에게 웃음이 이렇게 좋았던 적이 없었다…… 이렇게 정상적으로 느껴졌던 적이.

"파일 정리를 끝내는 게 좋겠어요." 스티브가 말했다. "오늘은 마약 밀매자들 맞을 준비를 해야 하는 날이에요."

루이스가 고개를 끄덕였다. 의약품 영업 사원들이 열시부터 도착하기 시작할 것이다. 스티브가 농담하기 좋아하는 것처럼 수요일은 프린스 스파게티 데이(Prince Spaghetti Day, 이탈리아 출신이 아닌 미국인들에게 스파게티를 광고하기 위한 광고 문구—옮긴이)인지 몰라도 메인 대학에서 화요일은 D데이였다. D는 만인이 애용하는 다르본(Darvon, 진통제의 일종—옮긴이)을 뜻했다.

"알려 드릴 것이 있어요, 선생님." 스티브가 말했다. "시카고의 제약 회사 사람들은 어땠는지 모르지만 여기서는 비굴하게 온갖 짓을 다할 거예요. 모든 비용이 완불된 11월의 알라가시 사냥 여행부터 뱅거의 가족 오락 볼링장에서 무료 볼링까지 말입니다. 전에 한 사내가 나에게 공기로 부풀리는 주디 인형 하나를 주려고 했어요. 나한테요! 난 겨우 회계 담당일 뿐인데! 그 사람들 약을 팔지 못하면 선생께 억지로 약을 안길 겁니다."

"그 주디 인형을 받았어야 했군."

"아뇨, 빨간 머리였어요. 내 타입이 아니에요."

"글쎄, 난 서렌드라와 같은 생각이에요. 어제처럼만 아니면 된다고."

루이스가 말했다.

정각 열시에 업존의 대표가 나타나지 않자 루이스는 포기하고 학적 담당자 사무실에 전화를 걸었다. 그는 스테플턴 부인과 통화했는데 스테플턴 부인은 빅터 파스코의 학적부 사본을 즉시 보내겠다고 했다. 루이스가 전화를 끊자 업존 담당자가 나타났다. 그는 루이스에게 뭔가를 제공하려고 하지 않았고 뉴잉글랜드 페트

리어트 게임 시즌권을 할인가에 살 의향이 있는지만 물었다.

"아니요."

루이스가 말했다.

"그럴 거라고 짐작했습니다."

업존 담당자는 뚱하게 말하고 나갔다.

정오에 루이스는 베어스덴까지 걸어가서 참치 샌드위치와 콜라를 샀다. 그는 점심거리를 사무실로 가져와서 파스코의 기록을 검토하면서 점심을 먹었다. 그는 자신과의 연관성이나 애완동물 공동묘지가 있는 노스 러들로와의 연관성을 찾고 있었다. 그는 이번 일처럼 기이한 일에 대해서도 논리적인 설명이 가능하리라는 막연한 믿음을 갖고 있었다. 어쩌면 파스코가 러들로에서 성장했거나 어쩌면 거기에 개나 고양이를 묻었을지 모른다는.

그는 원하는 연결 고리를 찾지 못했다. 파스코는 뉴저지의 버겐필드 출신이었고 메인 대학에서 전기 공학을 전공했다. 타이핑된 몇 장의 종이에서 루이스는 자신과 대기실에서 죽은 젊은이의 연관성을 전혀 발견할 수 없었다. 물론 같은 인간이라는 점을 제외하고.

그는 빨대에 바람 들어가는 소리를 들으면서 컵 바닥에 남은 콜라를 마저 빨아 마시고 모든 쓰레기를 쓰레기통 속에 던져 넣었다. 가벼운 점심이었지만 맛있게 먹어 치웠다. 실제로 그의 기분은 크게 문제가 없었다. 떨림은 다시 일어나지 않았고 이제 그날 아침의 공포가 역겹고 꿈같고 전혀 중요하지 않은 무의미한 뜻밖의 일로 보이기 시작했다.

그는 자신의 기록부에 대고 손가락을 튕기다가 어깨를 으쓱하고는 다시 전화를 들었다. EMMC에 전화를 걸어 시체 공시소에 대해 물어보았다.

병리학 담당자에게 연결되자 그는 신원을 밝히고 말했다.

"우리 학생의 시신이 거기 보관되어 있습니다. 빅터 파스코……."

"지금은 없습니다."

반대편의 목소리가 말했다.

"없어요."

루이스는 목이 막혔다. 마침내 겨우 말문을 열었다.

"네?"

"어젯밤 늦게 시체를 학생 부모에게 항공편으로 보냈습니다. 브루킹스—스미스 시체 안치소에서 나온 사람들이 와서 수거해 갔습니다. 그 사람들은 시신을 델타, 어……."

서류 뒤적이는 소리.

"델타 플라이트 109편에 실었습니다. 시신이 어디 갔을까 봐 그러십니까? 무대에 걸어 나와 춤이라도 췄을까 봐요?"

"아니요." 루이스가 말했다. "아뇨, 물론 아니요. 난 그냥……."

그냥 뭐? 도대체 이걸 알아봐서 뭐 어쩌자는 거야? 이 문제를 다룰 정상적인 방법은 없다. 흘려 버리고 흔적을 지우고 잊어버려야 한다. 이것 말고 어떤 일도 수많은 무의미한 문제를 일으킬 수 있다.

"그냥 너무 빠른 것 같아서요."

그는 두서없이 맺었다.

"음, 그 시신은 어제 오후에 부검했습니다."

다시 희미하게 서류 뒤적이는 소리.

"3시 20분경에 린츠워 박사가 부검했군요. 그때쯤 학생의 아버지가 모든 수속을 끝냈어요. 시신은 새벽 두시쯤 뉴어크에 도착했을 겁니다."

"아, 그런 경우……."

"비행기 중 한 대가 혼동을 일으켜서 시신을 엉뚱한 곳에 보내지만 않았다면요."

병리학 담당자는 밝게 말했다.

"그런 일이 있답니다. 하지만 델타는 한번도 없었어요. 델타는 정말 믿을 만해요. 한 번은 아루스툭 군에서 낚시 여행을 하던 중에 사망한 사내의 시신이 있었어요. 지도에 이름으로 좌표 두 개를 차지하는 작은 마을 중 하나죠. 그는 어이없게도 맥주 깡통을 벌컥벌컥 들이켜다가 깡통 따는 고리가 목에 걸려 질식해 죽었죠. 그의 친구들이 시신을 황무지에서 끌어내는 데 이틀이 걸렸고 그때쯤이면 장의사도 받아 줄지 말지 모를 지경이 되죠. 하지만 그들은 일을 밀어붙였고 최상의 결과를 기대했어요. 시신을 어떤 항공기 화물칸에 실어 미네소타 주 그랜드 폴스로 보냈죠. 하지만 착오가 있었어요. 시신은 처음에 마이애미로 갔다가 디모인으로 갔다가 다음에는 노스다코다의 파고로 갔습니다. 마침내 누군가 오류를 알아차리고 시정했을 때쯤에는 사흘이 더 지나 버렸어요. 어떤 것도 소용이 없었죠. 시신에 방부제가 아니라 쿨 에이드(Kool-Aid, 향긋한 음료를 만드는 혼합 분말 상표명—옮긴이)를 주입했어야 했어요. 시신은 완전히 시커멓게 변해서 상한 돼지고기 같은 냄새가 났죠. 뭐, 제가 들은 내용은 그래요. 여섯 명의 수화물 취급자가 구역질을 했어요."

반대편의 목소리는 허심탄회하게 웃음을 터뜨렸다.

루이스는 눈을 감고 말했다.

"그렇군요. 감사합니다……."

"선생님, 원한다면 린츠윅 박사의 자택 전화번호를 드리리다. 하지만 오전에는 보통 오로노에서 골프를 친답니다."

"괜찮습니다."

루이스가 말했다.

그는 전화를 끊었다. 그 일은 덮어두자. 그는 생각했다. 그 말도 안 되는 꿈인지 뭔지 꾸고 있을 때 파스코의 시체는 버겐필드의 장례식장에 거의 도착해 있었어. 그걸로 됐어. 여기서 덮자.

그날 오후 집에 오는 길에 마침내 침대 발치에 있던 흙이 간단하게 설명되었고 안도감이 밀려왔다.

그는 본격적인 근무 첫날 한 학생이 치명적인 부상을 당해 실려와 진료소에서 사망한, 예기치 못했던 극히 충격적인 사건 때문에 단 한 번의 몽유병을 경험한 것이다.

이로써 모든 것을 설명할 수 있었다. 그 꿈은 상당 부분(카펫의 느낌, 차가운 이슬, 물론 그의 팔을 긁었던 죽은 나뭇가지까지)이 실제로 일어났기 때문에 사실적일 수밖에 없었다. 이로써 파스코가 문을 통과해서 걸어갔지만 그는 그렇게 하지 못한 이유가 설명되었다.

한 그림이 그의 마음속에 떠올랐다. 레이첼이 지난밤 아래층으로 내려와 그가 뒷문에 부딪히며 잠든 상태에서 문을 통과해 걸어

가려고 애쓰는 것을 보는 그림이었다. 이런 생각이 떠오르자 그는 미소를 지었다. 레이첼은 놀라 기겁했을 것이다.

몽유병 가설을 염두에 두자 그는 꿈의 원인을 분석할 수 있었다. 그는 나름대로 열정을 가지고 분석했다. 그는 애완동물 공동묘지가 최근에 겪은 또 다른 스트레스와 관련이 있었기 때문에 그곳으로 걸어갔던 것이다. 그것은 실제로 그와 아내의 심각한 다툼의 원인이었다…… 그는 점점 흥분하면서 생각했다. 그리고 또한 그것은 그의 마음속에서 딸이 처음으로 죽음과 조우한 것과 연관있기도 했다. 이 문제는 그가 지난밤 잠자리에 들 때 무의식중에 고민했던 것이 분명했다.

집에 무사히 돌아오다니 지지리 운이 좋군. 그 부분은 기억도 나지 않아. 자동 조종 장치로 돌아온 게 분명해.

그 점은 다행이었다. 그는 아침에 고양이 스머키의 무덤 옆에서 눈을 떴다면 기분이 어땠을지 상상이 가지 않았다. 어리둥절하고 이슬에 젖고 아마 놀라 기겁을 했겠지. 틀림없이 레이첼도 그랬을 것이다.

하지만 이제 끝났다.

덮어두자, 루이스는 헤아릴 수 없는 안도감을 느끼며 생각했다. 그래, 하지만 그가 죽어 가면서 했던 말은 뭐지? 그의 마음은 질문하려 했고 루이스는 재빨리 억눌러 버렸다.

그날 저녁 레이첼이 다림질을 하고 있고 엘리와 게이지는 한 의자에 앉아 둘 다 「머펫 쇼」에 푹 빠져 있을 때, 루이스가 레이첼에게 조심스럽게 바람 쐬러 잠깐 산책하고 와야겠다고 말했다.

"게이지를 재울 때쯤에는 와서 도와줄 거지?"

그녀는 다림질하던 것에서 눈을 떼지 않고 물었다.

"게이지는 당신이 있으면 더 말을 잘 듣거든."

"물론이지."

"아빠, 어디 가?"

엘리가 텔레비전에서 눈을 돌리지 않고 물었다. 커밋이 미스 피기에게 눈을 한 방 얻어맞으려는 찰나였다.

"아빠 금방 올게."

"응."

루이스는 밖으로 나갔다.

15분쯤 후, 그는 애완동물 공동묘지에서 호기심 어린 눈으로 주위를 둘러보며 강력한 기시감과 마주하고 있었다. 그가 여기 있었다는 것은 의심의 여지가 없었다. 고양이 스머키를 기리기 위해 세운 작은 묘비가 넘어져 있었다. 그가 기억할 수 있는 꿈의 마지막쯤에 파스코의 환영이 가까이 다가올 때 그가 넘어뜨린 것이었다. 루이스는 멍한 채 묘비를 바로 세우고 나무 올가미를 향해 걸어갔다.

그는 그것이 싫었다. 풍상에 닳아 하얗게 변한 나뭇가지와 죽은 나무들이 뼈 무더기로 변한 것에 대한 기억은 아직도 오싹하게 만드는 힘이 있었다. 그는 억지로 손을 뻗어 하나를 만졌다. 무더기 위에서 조심스럽게 균형을 잡고 있던 나뭇가지가 굴러 떨어져 무더기 옆에서 튀어 올랐다. 루이스는 나뭇가지가 신발에 닿기 전에 한 발짝 뒤로 뛰었다.

그는 나무 올가미 주위를 걸었다. 처음에는 왼쪽으로 그 다음에는 오른쪽으로 걸었다. 양쪽 다 덤불이 너무 빽빽이 우거져 뚫고 들어갈 수 없을 지경이었다. 덤불은 밀치고 앞으로 나아갈 수 있는 종류도 아니었다. 영리하다면 안 그러는 게 좋아. 루이스는 생각했다. 지면 가까이 덩굴 옻나무가 무성하게 자라 있었고(일생 동안 루이스는 사람들이 옻나무에 면역이 있다고 자랑하는 얘기를 들어 왔지만 실제로 그런 사람은 거의 없다는 것을 알고 있었다) 더 안쪽에는 그가 지금까지 본 것 중 가장 크고 가장 사악해 보이는 가시가 있었다.

루이스는 나무 올가미의 가운데쯤으로 다시 돌아갔다. 그는 두 손을 청바지 뒷주머니에 찌른 채 나무 올가미를 바라보았다.

거기 올라가면 안 된다, 알겠니?

전 아니에요, 제가 그런 바보 같은 짓을 왜 하겠어요?

좋아. 루, 잠깐 동안이지만 걱정이 됐어. 발목이 부러졌으니 진료소에서 쉬는 것이 좋을 것 같다, 안 그래?

네, 알겠습니다! 또 날도 어두워지고 있어요.

그는 침착했고 자신의 생각에 전적으로 동의하고 있다고 확신하자 나무 올가미를 기어올라 가기 시작했다.

그가 반쯤 올라갔을 때 특이하게 삐걱이는 소리와 함께 발아래 진동을 느꼈다.

의사 선생, 그 뼈다귀를 굴려.

뼈 무더기가 다시 움직이자 루이스는 내려가기 시작했다. 셔츠 자락이 바지 밖으로 나왔다.

그는 무사히 단단한 땅 위에 도달했고 손에서 먼지가 피어오르는 나무껍질 가루들을 털어 냈다. 그는 자신을 집으로 돌려보내 줄 오솔길 입구로 돌아갔다. 잠들기 전에 이야기를 듣고 싶어하는 아이들과 진짜 수고양이이자 바람둥이로서 마지막 날을 즐기고 있는 처치와 아이들이 잠든 후 식당에서 아내와 마실 차를 향한 길이었다.

그는 떠나기 전에 낯선 침묵에 압도되어 공동묘지를 다시 살펴보았다. 난데없이 여러 줄기의 땅 안개가 피어올라 묘비 주위를 감싸고 돌기 시작했다. 저 동심원들…… 마치 아무것도 모른 채 노스러들로의 여러 세대에 걸친 아이들의 손이 일종의 축소한 스톤헨지를 만든 것 같았다.

하지만 루이스, 이게 다야?

발밑이 흔들리는 느낌이 긴장감을 주기 전에 올가미 위에서 아주 잠깐 보긴 했지만 그는 숲 속 깊이 이어지는 오솔길이 있었다는 것을 맹세할 수 있었다.

네가 상관할 일이 아니야, 루이스, 그냥 떨쳐 버려.

그러죠, 대장.

루이스는 돌아서서 집으로 향했다.

그는 그날 밤 레이첼이 잠자리에 들고 나서 한 시간 동안 자지 않고 이미 다 읽은 의학 저널을 한 묶음이나 읽으면서 잠자리에 들고 싶다는 생각(잠든다는 생각)만 하면 긴장하게 된다는 사실을 부인했다. 전에는 몽유병을 경험한 적이 없었고 그것이 한 번으로 끝나는 1회성 사건이라는 확신도 없었다…… 몽유병이 다시 발병하거나 발병하지 않을 때까지는.

그는 레이첼이 침대에서 나오는 소리를 들었다. 그녀는 조용히 그를 불렀다.

"루? 여보? 안 자?"

"잘 거야."

그는 서재 책상의 등불을 끄고 일어섰다.

그날 밤 기계가 가동을 중단하는 데는 7분보다 훨씬 긴 시간이 걸렸다. 옆에서 깊은 잠에 빠진 레이첼이 길고 고요하게 숨쉬는 소리를 듣자 빅터 파스코의 유령은 점점 꿈처럼 느껴졌다. 그가 눈을 감으면 문이 벌컥 열리고 특별 초대 손님인 빅터 파스코가 조깅용 반바지를 입고 여름에 탄 피부가 하얗게 질리고 쇄골이 튀어나온 채 서 있는 것이 보일 것이다.

그는 잠 속으로 빠져들면서 애완동물 공동묘지에서 제정신으로 멀쩡하게 깨어 있으면서 달빛에 흩어져 있는 동심원들을 바라보다 역시 제정신으로 오솔길을 따라 숲을 지나 집으로 돌아온다면 어떨까 생각할 것이다. 그는 이런 일들을 생각하다가 다시 번쩍 잠이 깰 것이다.

잠이 마침내 그의 방심한 틈을 타 파고들어 그를 정복한 것은 자정이 지나서였다. 꿈은 없었다. 그는 정확히 일곱시 반에 창문을 두드리는 차가운 가을비 소리에 잠을 깼다. 그는 약간 우려하면서 시트를 젖혔다. 침대에 깐 시트는 깨끗했다. 어떤 언어 순화주의자도 그의 발을 묘사하지 못할 것이다. 발꿈치에 둥근 못이 박혀 있었지만 깨끗한 것만은 분명했다.

루이스는 휘파람을 불면서 샤워했다.

미시 댄드리지가 게이지를 보고 있는 동안 레이첼이 윈스턴 처칠을 수의사 진료실에 데리고 갔다. 그날 밤 엘리는 열한시가 넘도록 자지 않았고 처치 없이는 잠을 잘 수 없다고 신경질적으로 툴툴거렸고 계속 물을 갖다 달라고 졸랐다. 결국 루이스는 엘리가 침대에 오줌을 쌀지도 모른다는 이유로 더 이상 물을 마시지 못하게 했다. 그러자 엘리는 격렬하게 울고불고 난리를 쳐서 레이첼과 루이스는 눈썹을 올린 채 서로를 멍하니 응시했다.

"엘리는 처치 때문에 겁먹은 거야. 루, 스스로 이겨 내도록 내버려 둬."

레이첼이 말했다.

"저 상태로 오래 가지는 않을 거야. 그럴 거야."

루이스가 말했다.

그가 옳았다. 엘리의 거칠고 화난 울음소리는 그쳤고 딸꾹질과 신음으로 변했다. 마침내 조용해졌다. 루이스가 그 애를 살피러 올라갔을 때 엘리는 처치가 거의 잠을 자 준 적이 없는 고양이 침대 주변을 팔로 꼭 끌어안고 바닥에서 자고 있었다.

그는 엘리의 팔에서 고양이 침대를 빼내고 아이를 침대에 눕힌 다음 땀에 젖은 이마에서 부드럽게 머리카락을 뒤로 넘겨 주고 키스했다. 충동적으로 그는 레이첼이 사무실로 쓰는 작은 방에 들어가 종이에 큰 글씨로 짧은 글을 썼다. '나 내일 돌아올게. 사랑하는 처치.' 그리고 메모를 고양이 침대 바닥의 쿠션에 핀으로 꽂아 두었다. 그리고 그는 자신의 침실로 가서 레이첼을 찾았다. 레이첼은 거기 있었다. 그들은 사랑을 나누었고 서로 껴안은 채 잠들었다.

처치는 루이스가 처음으로 한 주일의 근무를 채운 금요일 날 집에 돌아왔다. 엘리는 처치를 애지중지하며 용돈을 들여 고양이 간식을 한 상자 사 주었고 게이지가 처치를 한 번 만지려고 하자 때려 주려고 했다. 그러자 게이지는 부모에게 야단을 맞아도 그렇게까지 울 것 같지 않은 울음을 터뜨렸다. 엘리에게 거절당하는 것은 신으로부터 거절당하는 것과 같았다.

루이스는 처치를 바라보는 것이 슬펐다. 우스꽝스러운 일이었지만 그렇다고 슬픈 감정은 달라지지 않았다. 처치에게서 예전과 같은 활달함은 찾아볼 수 없었다. 더 이상 불한당같이 걷지도 않았다. 이제 처치의 걸음은 느리고 조심스러운 회복기의 환자 걸음이었다. 처치는 엘리가 손으로 주는 먹이를 받아먹었다. 밖으로 나가고 싶어하는 기색도 전혀 없었다. 심지어 차고에도 가려 하지 않았다. 처치는 변했다. 그가 변한 것은 궁극적으로는 잘된 일일 터이다.

레이첼도 엘리도 눈치 채지 못한 것 같았다.

인디언 서머(겨울이 오기 전 늦가을의 봄같이 화창한 날씨—옮긴이)가 왔다 갔다. 나무에 황동색이 찾아와 잠깐 기승을 부리다가 엷어졌다. 10월 중순에 차고 세찬 비가 한 차례 쏟아지더니 낙엽들이 떨어지기 시작했다. 엘리는 학교에서 만든 핼러윈 장식품을 들고 집에 돌아와 게이지에게 「목 없는 기사」(Headless horseman, 동화—옮긴이) 얘기를 해 주며 놀아 주었다. 게이지는 그날 저녁 이치보드 브레인(원래는 Ichabod Crane으로 「목 없는 기사」

의 주인공—옮긴이)이라는 사람에 대해 즐겁게 웅얼거렸다. 레이첼은 킬킬거렸고 웃음을 멈추지 못했다. 그 초가을의 한때는 그들에게 행복한 시간이었다.

대학에서 루이스의 업무는 힘들지만 즐거운 일상사로 자리 잡았다. 그는 환자를 보고 대학 위원회 회의에 참석하고 학교 신문에 고정적으로 편지를 써서 여학생들에게 진료소의 성병 치료의 비밀 보장에 대해 조언하고 그해 겨울 A형 독감이 다시 유행할 것 같자 학생들에게 독감 예방주사를 맞을 것을 권했다. 그는 위원단에 참가했다. 그는 위원단 의장직을 맡았다. 10월 둘째 주 동안 뉴잉글랜드 대학 회의 및 프로비던스의 의과 대학에 가서 학생 치료의 법적 세부 사항에 대한 논문을 제출했다. 빅터 파스코는 논문에서 가명인 '헨리 몬테즈'로 언급되었다. 논문은 수월하게 통과되었다. 그는 다음 학년도의 진료소 예산 작성에 착수했다.

저녁 시간은 판에 박힌 일에 할당되었다. 저녁 식사 후 아이들과 놀아 주기, 그런 다음 저드 크랜덜과 맥주 한두 잔 하기. 미시가 한 시간 정도 아이들을 봐 줄 수 있을 때는 레이첼이 그와 함께 건너가기도 했다. 노마도 함께 어울렸지만 주로 루이스와 저드 둘뿐이었다. 루이스는 저드가 낡은 슬리퍼처럼 편안하다고 생각했고 그는 300년 전으로 거슬러 올라가는 러들로 역사에 대해 마치 그 세월을 모두 살아온 듯이 이야기했다. 그는 두서없이 말하는 법이 없었다. 루이스는 지루하지 않았지만 레이첼이 손으로 입을 막고 하품하는 것을 두 번 이상 보았다.

그는 대부분 저녁 열시 전에 도로를 건너 집에 돌아왔고 마찬가지로 대부분 그와 레이첼은 사랑을 나누었다. 결혼 첫해 이후로 그렇게 자주 사랑을 나눈 적도 없었고 그렇게 만족스럽고 즐겁게 사랑한 적이 없었다. 레이첼은 그것이 깊은 우물물에 무엇인가가 있어서일 거라고 말했다. 루이스는 메인 주의 공기를 이유로 들었다.

가을 학기 첫날에 있었던 빅터 파스코의 끔찍한 죽음은 학생들과 루이스의 기억에서 사라지기 시작했다. 물론 파스코의 가족은 여전히 슬픔에 잠겨 있을 것이다. 루이스는 전화로 파스코 아버지의 눈물에 젖은, 다행스럽게도 얼굴 없는 목소리와 얘기한 적이 있었다. 파스코의 아버지는 루이스가 최선을 다했다는 확신을 얻고 싶어했을 뿐이고 루이스는 거기 있던 모든 사람들이 최선을 다했다는 확신을 주었다. 그는 그에게 혼란과 카펫에 뿌려진 핏자국, 파스코가 실려 온 순간에 이미 죽은 거나 다름없었다는 사실은 말하지 않았다. 비록 이런 것들이 루이스 본인은 결코 잊을 수 없는 일이라는 걸 잘 알았지만. 하지만 파스코가 단지 한 명의 사상자일 뿐인 사람들에게 그는 이미 기억에서 희미해졌다.

루이스는 그 꿈과, 꿈과 함께 일어났던 몽유병 사건을 기억했지만 지금은 거의 다른 사람에게 일어났던 일이나 전에 본 적 있는 텔레비전 쇼처럼 느껴졌다. 6년 전 시카고에서 창녀를 샀던 일이 지금 이 일과 같을 것이다. 두 가지 모두 잔향실에서 만들어 내는 소리처럼 거짓 공명을 지닌 똑같이 하찮은 곁가지일 뿐이었다.

죽어 가는 파스코가 했던 또는 하지 않았던 말에 대해서는 아예 생각하지 않았다.

핼러윈 데이 밤에는 많은 서리가 내렸다. 루이스와 엘리는 크랜덜 씨 집부터 방문했다. 엘리는 기분이 좋아 낄낄대며 노마의 주방에서 빗자루를 타고 다니는 시늉을 했고 "세상에 이렇게 귀여운 애를 본 적 있나요…… 안 그래요, 저드?"라는 말을 들었다.

저드는 그 말에 동의했고 담배에 불을 붙였다.

"루이스, 게이지는? 게이지에게도 핼러윈 의상을 입혔을 텐데."

그들은 원래 게이지를 데리고 돌아다닐 계획이었다. 특히 레이첼이 이 일을 고대하고 있었는데 그녀는 미시 댄드리지와 함께 옷걸이를 비틀어 주름 종이로 감싸 더듬이를 만들어 붙인 벌레 의상을 만들었기 때문이다. 하지만 게이지가 성가신 기관지염에 걸렸고 루이스는 약간 걸걸 소리를 내는 폐를 진찰하고 창 밖의 온도계를 보니 여섯시인데 4도를 기록하고 있어서 계획을 취소했다. 레이첼은 실망했지만 그의 의견에 따랐다.

엘리는 게이지에게 사탕을 나눠 주기로 약속했지만 엘리가 지나치게 슬퍼하는 모양새를 보니 게이지가 함께 따라다니며 거치적거릴 일이 없어서 아니면 자신에게 쏟아질 관심을 조금이라도 빼앗길 일이 없어서 은근히 기쁜 게 아닌가 하는 생각이 루이스는 들었다.

"불쌍한 게이지."

엘리는 흔히 불치병에 걸린 사람들에게 쓰는 어조로 이 말을 했다. 게이지는 자신이 뭘 못하게 되었는지 알지 못한 채 소파에 앉아 「줌」을 보고 있었고 처치는 그 옆에서 졸고 있었다.

"엘리이 마녀."

게이지는 별 관심 없이 대답했고 다시 텔레비전에 몰두했다.

"불쌍한 게이지." 엘리는 다시 말하고는 또 한 번 한숨을 쉬었다. 루이스는 악어의 눈물을 연상하고 미소 지었다. 엘리는 그의 손을 잡고 끌기 시작했다.

"아빠, 가요. 빨리 가요, 빨리빨리."

"게이지는 위막성 후두염 기미가 보여요."

루이스가 저드에게 말했다.

"그렇군. 정말 안됐군요." 노마가 말했다. "하지만 내년에는 게이지에게 더 큰 의미가 있을 거야. 가방을 내밀어 봐라, 엘리……이런!"

그녀는 탁자에 놓인 접시에서 사과와 한 입 크기의 스니커즈 바를 집어 왔는데 모두 손에서 쏟아졌다. 루이스는 노마의 손이 지나치게 갈고리처럼 휜 것을 보고 약간 충격을 받았다. 그는 몸을 굽혀 바닥을 굴러가는 사과를 주웠다. 저드는 스니커즈를 주워 엘리의 가방에 떨어뜨려 주었다.

"오, 아가, 사과를 한 알 더 주마." 노마가 말했다. "그건 멍이 들었을 거야."

"멀쩡해요."

루이스가 말하며 사과를 엘리의 가방에 넣으려 했지만 엘리는 물러서며 가방을 지키듯 닫았다.

"아빠, 멍든 사과는 싫어요."

그녀는 루이스가 미치기라도 한 듯 아빠를 바라보며 말했다.

"시커먼 멍 자국…… 재수 없어!"

"엘리, 아주 버릇없는 짓이야!"

"루이스, 사실대로 말했는데 야단치지 마요." 노마가 말했다.

"아이들만 진실을 말하잖아요? 그래서 애들인 거지. 시커먼 멍, 재수 없지."

"크랜덜 아줌마, 고맙습니다."

엘리가 아빠에게 보복의 눈초리를 던지며 말했다.

"천만에, 아가."

노마가 말했다.

저드는 그들을 포치로 안내했다. 두 명의 작은 유령이 산책로를 걸어오고 있었고 엘리는 그 두 명이 학교 친구들인 것을 알아차렸다. 그녀는 친구들을 부엌으로 데려갔고 잠깐 동안 저드와 루이스만 포치에 있었다.

"노마의 관절염이 심해졌어요."

루이스가 말했다.

저드가 고개를 끄덕이고 재떨이에 담배를 비벼 껐다.

"맞네. 매년 가을, 겨울을 날 때마다 더 심해져. 하지만 이번이 최악인 것 같아."

"의사는 뭐라고 그래요?"

"아무 말도. 노마가 진찰 받으러 가지 않았기 때문에 들은 말도 없지."

"네? 왜 진찰을 안 받아요?"

저드는 루이스를 바라보았다. 두 꼬마 유령을 기다리는 스테이션왜건의 헤드라이트 불빛에 그는 이상하게 무방비 상태로 보였다.

"루이스, 원래 때를 봐서 이 일을 자네에게 부탁하려고 했지만 친구 사이에 좋은 때가 따로 없는 것 같네. 노마를 진찰해 주겠나?"

부엌에서 루이스는 두 명의 귀신이 사람을 놀래는 소리와 엘리가 이번 주 내내 연습했던 깔깔대는 웃음을 또 터뜨리는 소리가 들려왔다. 모두가 아주 유쾌하고 핼러윈 분위기가 물씬 풍겼다.

"관절염 말고 노마가 어디가 안 좋은가요?" 그가 물었다. "저드, 뭔가 다른 병이 있는 게 아닌가 걱정하는 거죠?"

"노마는 가슴에 통증을 느낀다네."

저드가 조용한 목소리로 말했다.

"그녀는 웨이브리지 선생에게 더 이상 가려고 하지 않아. 난 좀 걱정일세."

"노마도 걱정하고 있나요?"

저드는 망설이다가 말했다.

"노마가 겁을 먹은 것 같아. 의사를 만나려 하지 않는 것도 그 때문인 것 같아. 노마의 가장 오랜 친구인 베티 코슬로가 바로 지난 달 EMMC에서 죽었다네. 암이었지. 베티와 노마는 같은 나이야. 노마는 두려워하고 있어."

"기꺼이 진찰하겠습니다. 전혀 부담 가질 것 없어요."

"고맙네, 루이스."

저드가 고마워하며 말했다.

"우리가 언제 하룻밤 노마를 붙들어 앉혀 놓고 둘이서 같이 그녀에게 강요하면 내 생각에……."

저드는 머리를 한쪽으로 기묘하게 기울이고 말을 하다 말았다.

나중에 루이스는 하나의 감정이 다른 감정으로 어떻게 흘러갔는지 정확하게 기억할 수 없었다. 분석하려고 하면 혼란스럽기만 할 뿐이었다. 확실하게 기억할 수 있는 것은 호기심이 어디서부터인지 뭔가 크게 잘못되어 버렸다는 느낌으로 급속히 변했다는 것뿐이었다. 그의 눈과 저드의 눈이 마주쳤고 둘 다 무방비 상태였다. 그가 조치를 취할 방법을 찾기 직전이었다.

"후후." 부엌에서 핼러윈 유령들이 노래를 불렀다. "후후." 그 다음 갑자기 후 소리가 사라지고 목소리가 높아졌다. 분명 겁에 질려 있었다. "우우."

다음 순간 유령 중 하나가 비명을 지르기 시작했다.

"아빠!"

엘리의 목소리가 공포로 거칠고 긴박해졌다.

"아빠! 크랜덜 부인이 쓰러졌어요!"

"오, 하느님."

저드의 말은 신음에 가까웠다.

엘리가 검은 드레스를 펄럭이며 포치로 달려 나왔다. 빗자루를 한 손에 꽉 움켜쥔 채였다. 겁을 집어먹어 길쭘해진 창백한 얼굴은 알코올중독 마지막 단계에 있는 난쟁이 알코올 중독자처럼 보였다. 두 명의 유령도 울면서 그녀를 따라 나왔다.

저드는 팔순이 넘은 노인치고는 놀랄 만큼 재빠르게 문으로 뛰어 들어갔다. 아니 재빠른 것 이상이었다. 다시 정정하면 유연함에 가까웠다. 그는 아내의 이름을 불렀다.

루이스는 몸을 굽히고 엘리의 어깨에 손을 얹었다.

"엘리, 여기 현관에 있어라. 알았지?"

"아빠, 무서워요."

엘리가 속삭였다.

두 유령은 쏜살같이 그들을 지나치더니 사탕 가방을 달랑거리며 엄마를 소리쳐 부르면서 인도를 달려 내려갔다.

루이스는 빨리 오라고 말하는 엘리를 무시하고 정면 홀을 지나 부엌으로 달려갔다.

노마는 탁자 옆 구불구불한 리놀륨 바닥에 누워 있었고 주위에 사과와 작은 스니커즈 바가 흩어져 있었다. 노마가 그릇을 들고 있을 때 손을 못쓰게 되어 뒤집어엎은 것 같았다. 그릇은 작은 파이렉스(내열 유리 상표명—옮긴이) 비행접시처럼 엎어져 있었다. 저드는 노마의 한쪽 손목을 비비고 있었고 긴장된 얼굴로 루이스를 올려다보았다.

"루이스, 도와주게. 노마를 살려 주게. 죽을 것 같아."

"한쪽으로 옮깁시다."

루이스가 말했다. 그는 무릎을 꿇었고 그 참에 사과가 눌려 짜부라졌다. 그는 낡은 코르덴 바지 무릎에 과즙이 스며드는 것을 느꼈고 갑자기 사과즙 냄새가 부엌을 가득 메웠다.

여기서 파스코가 그대로 재현되는군. 루이스는 이렇게 생각한 다음 그 생각을 마음속에서 빨리 밀어내 버렸다. 마치 생각에 바퀴가 달린 것 같았다.

그는 노마의 맥을 느낄 수 있었고 약하고 실 같고 빠른 무엇인가를 감지했다. 고동 소리가 아니라 단순한 경련 같았다. 극도의 부정맥이 심장 정지로 이어진 경우였다. '엘비스 프레슬리랑 같군요, 노마.'

그는 노마의 드레스를 풀어헤쳐 젖빛이 도는 노란 실크 슬립을 드러냈다. 이제 그는 자발적으로 움직이며 머리를 한쪽으로 기울이고 심폐 소생술을 실시했다.

"저드, 내 얘기 잘 들어요."

루이스는 가슴뼈를 따라 위로 3분의 1 지점, 검상돌기 위 4센티미터 지점에 왼손바닥을 놓았다. 오른손으로 왼손목을 붙잡고 감싼 다음 압력을 주었다. 단단히 하되 노인의 뼈에 무리가 가지 않게 한다. 아직 겁먹을 필요 없다. 그리고 절대로 주의할 것은 늙은 폐를 다치게 해선 안 된다.

"말해 보게."

저드가 말했다.

"엘리를 데려다 줘요. 길 건너 데려다 주세요. 조심해서…… 차에 치이지 않게 조심해서요. 레이첼에게 무슨 일인지 설명해 주세요. 레이첼에게 내 가방이 필요하다고 전해요. 서재에 있는 것 말고 위층 욕실의 높은 선반 위에 있는 가방이에요. 얘기하면 알아요. 레이첼에게 뱅거 응급 의료반에 전화해서 앰뷸런스를 보내 달라고 하세요."

"벅스포트가 가까워."

저드가 말했다.

"뱅거가 더 빨라요. 가요. 영감님이 전화하시지 말고 레이첼더러 하라고 하세요. 그 가방도 가지고 오세요."

레이첼이 이쪽 상황을 알아차리면 이곳에 오려고 하지 않을 거라고 루이스는 생각했다.

저드가 갔다. 루이스는 망이 쳐진 문이 쿵 하고 열리는 소리를 들었다. 그는 노마 크랜덜과 사과 냄새와 함께 남았다. 거실에서 일주일을 표시하는 시계의 일정한 초침 소리가 들려왔다.

갑자기 노마가 코 고는 듯한 긴 숨을 뱉었다. 눈꺼풀이 떨렸다. 그러자 루이스는 차갑고 무서운 확신에 빠져들었다.

노마가 눈을 뜨려고 하는 거야…… 오, 맙소사. 노마가 눈을 뜨고 애완동물 공동묘지 얘기를 하려는 거야.

하지만 그녀는 멍하게 루이스를 바라볼 뿐이었고 그녀의 눈은 다시 감겼다. 루이스는 자신을 자책하고 너무나 그답지 않은 바보 같은 두려움을 부끄러워했다. 동시에 그는 희망과 안도감을 느꼈다. 그녀의 눈 속에는 고통이 깃들어 있었지만 고뇌는 없었다. 그의 첫 번째 추측은 치명적인 발작은 아니라는 것이었다.

루이스는 지금 가쁜 숨을 몰아쉬며 땀을 흘리고 있었다. 텔레비전 속의 응급 요원이 하는 심폐 기능 소생술만 쉬워 보였다. 지속적으로 제대로 폐쇄식 심장 마사지를 하는 것은 엄청난 열량을 소모했고 내일이면 팔과 어깨 근육이 뻐근할 것이다.

"제가 도울 일이 없을까요?"

그는 주위를 돌아보았다. 슬랙스와 갈색 스웨터를 입은 여인이 가슴 가운데 한 주먹을 꽉 쥔 채 문가에 망설이듯 서 있었다. 꼬마 유령들의 어머니일 거라고 루이스는 생각했다.

"아뇨……. 예, 천을 물에 적셔 주세요. 물을 짜서 이마에 놔 주세요."

그녀는 시키는 대로 하려고 움직이기 시작했다. 루이스는 아래를 내려다보았다. 노마의 눈이 다시 떠졌다.

"루이스, 내가 쓰러졌군요." 그녀가 중얼거렸다. "기절했던 것 같네."

"관상동맥에 이상이 생겼던 겁니다." 루이스가 말했다. "심각한 것은 아닙니다. 긴장을 풀고 말하지 마요, 노마."

그는 잠시 쉬었다가 다시 맥을 짚어 보았다. 맥이 너무 빨랐다. 그녀는 모스부호를 보내고 있었다. 그녀의 심장은 규칙적으로 뛰다가 잠시 일련의 빠른 맥박이 지나갔는데 정확히 세동은 아니지만 세동에 가까웠다. 그러다가 다시 규칙적으로 뛰기 시작했다. 콩콩콩, 쿵쿵쿵, 콩콩콩콩콩. 좋지 않았다. 하지만 심장 부정맥보다는 조금 나았다.

여인이 수건을 가지고 와서 노마의 이마에 얹었다. 그녀는 엉거주춤 물러났다. 저드가 루이스의 가방을 가지고 들어왔다.

"루이스?"

"노마는 괜찮아질 거예요."

루이스가 저드를 보고 말했지만 실제로는 노마에게 하는 말이었다.

"응급 의료반에서 오고 있나요?"

"부인이 전화를 걸고 있네." 저드가 말했다. "난 바로 이곳으로 왔어."

"병원은…… 싫어."

노마가 중얼거렸다.

"병원에 가야 해요." 루이스가 말했다. "닷새 동안 검사 받고, 약 먹고 그리고 속 편하게 집에 오는 거예요, 노마. 딴소리를 한 번만 더 하면 이 사과를 모두 억지로 먹이겠어요. 속에 심지까지 다 먹일 겁니다."

노마는 힘없이 미소 짓다가 다시 눈을 감았다.

루이스는 가방을 열어 속을 뒤지더니 이소딜을 찾아 약병을 흔들어 손톱 뿌리의 반달 모양의 반점만큼 작은 알약 하나를 손바닥에 꺼내 놓았다. 그는 약병의 뚜껑을 닫고 손가락으로 알약을 집었다.

"노마, 제 얘기 들리죠?"

"응."

"입을 벌려 주세요. 지금까지는 약을 먹이기만 했지만 이제는 노마가 약을 먹어야 해요. 알약을 혀 밑에 놓을게요. 아주 작은 알약입니다. 알약이 녹을 때까지 입속에 그대로 두세요. 맛이 좀 쓰겠지만 그 정도야 아무것도 아니죠. 아시겠죠?"

노마가 입을 벌렸다. 오래된 의치 냄새가 나는 숨이 떠돌았고 루이스는 한순간 사과와 핼러윈 사탕이 어질러진 자기 집 부엌 바닥에 누워 있는 그녀 때문에 고통스러우리만치 슬픔을 느꼈다. 그녀가 열일곱 살이었을 때에는 이웃의 젊은 사내들이 엄청난 관심을 가지고 그녀의 가슴을 흘끔거렸을 것이고 이도 전부 자기 것이었을 테고 셔츠 아래 심장도 작고 튼튼한 소형 기관차였을 것이다.

그녀는 혀를 알약 위에 내려놓고 살짝 얼굴을 찡그렸다. 그의 말대로 그 약은 약간 썼다. 언제나 그랬다. 하지만 그녀는 어떻게 해 볼 도리가 없고 손이 닿지 않던 빅터 파스코가 아니었다. 그는 노마가 살아서 언젠가 또 싸울 거라 생각했다. 그녀의 손이 허공을 더듬었고 저드가 부드럽게 손을 쥐어 주었다.

루이스는 그제야 일어나서 뒤집어진 그릇을 찾아 음식물을 주워 담기 시작했다. 이 마을에 사는 버딩어 부인이라고 소개했던 여인이 그를 거들었고 그런 다음 자신은 차로 돌아가는 게 나을 것 같다고 말했다. 그녀의 두 아들은 겁에 질려 있었다.

"도와줘서 감사합니다, 버딩어 부인."

루이스가 말했다.

"한 일도 없는 걸요."

그녀가 덤덤하게 말했다.

"하지만 크리드 선생님, 오늘 밤 무릎 꿇고 당신이 있어서 얼마나 다행이었는지 모른다고 감사 기도를 드리고 싶어요."

루이스가 당황해서 손을 내저었다.

"나도 마찬가질세."

저드가 말했다. 그의 눈이 루이스의 눈을 찾아 응시했다. 그의 눈은 움직일 줄 몰랐다. 그는 다시 평정을 되찾았다. 짧았던 혼란과 공포의 순간은 지나갔다.

"루이스, 자네에게 신세를 졌네."

"잊어버려요."

루이스가 말했고 버딩어 부인이 나가자 그녀를 향해 손가락을 흔들었다. 그녀는 미소를 짓고 답례로 손을 흔들었다. 루이스는 사과를 하나 찾아 먹기 시작했다. 사과는 너무 달콤해서 일순간 혀의 미뢰에 경련이 일었다…… 하지만 그것은 아주 불쾌한 느낌만은 아니었다. 루, 오늘 밤 한 건 했어. 그는 이런 생각을 하며 맛있게 사과를 먹었다. 그는 게걸스러웠다.

"정말 신세졌네." 저드가 말했다. "루이스, 도움이 필요하면 먼저 나를 찾게."

"좋아요. 그럴게요."

루이스가 말했다.

20분 뒤 뱅거 응급 의료반의 앰뷸런스가 도착했다. 루이스가 밖에 서서 간호사들이 노마를 차 뒤에 싣는 것을 지켜볼 때 레이첼이 거실 창문으로 내다보고 있는 게 보였다. 그는 그녀에게 손을 흔들었다. 레이첼은 답례로 한 손을 올렸다.

그와 저드는 나란히 서서 앰뷸런스가 사이렌을 울리지 않고 불을 깜박이면서 멀어지는 것을 지켜보았다.

"지금 병원을 가 봐야 할까 봐."

저드가 말했다.

"저드, 오늘 밤은 노마를 볼 수 없을 거예요. 심전계를 실시할 것이고 끝나면 중환자실로 들어갈 겁니다. 처음 열두 시간 동안은 면회가 안 돼요."

"루이스, 노마는 괜찮겠지? 정말 괜찮은 거지?"

루이스는 어깨를 으쓱했다.

"누구도 그건 장담할 수 없어요. 심장 발작이었어요. 필요한 노력을 다 기울이면 좋아질 겁니다. 노마가 약을 복용하면 아주 좋아질 거예요."

"그래."

저드가 체스터필드에 불을 붙이며 말했다.

루이스는 미소를 짓고 손목시계를 보았다. 겨우 7시 50분밖에 안 되었다는 것을 알고 놀랐다. 엄청나게 긴 시간이 흐른 것같이 느껴졌기 때문이다.

"저드, 엘리에게 가 봐야겠어요. 사탕 받으러 다니는 거 끝까지 해야죠."

"그럼, 그래야 하고말고."

이 말은 '그래야고마고' 로 들렸다.

"루이스, 엘리에게 사탕을 많이 받아 오라고 전해 주게."

"그럴게요."

루이스가 약속했다.

루이스가 집에 왔을 때 엘리는 여전히 마녀 복장을 하고 있었다. 레이첼이 엘리에게 잠옷으로 갈아입으라고 달랬지만 엘리는 심장 발작으로 중단된 즐거운 게임을 그래도 계속할 수 있지 않을까 하는 기대를 버리지 못하고 엄마 말을 듣지 않았다. 루이스가 엘리에게 다시 외투를 입으라고 말하자 엘리는 소리를 지르며 박수를 쳤다.

"루이스, 엘리에게 너무 늦은 시각이 될 텐데."

"차를 가지고 갈 거야. 괜찮아, 레이첼. 엘리는 한 달 동안 이걸 고대해 왔잖아."

"글쎄……."

그녀가 미소 지었다. 엘리는 그것을 보고 다시 소리를 질렀다. 그녀는 옷장으로 달려갔다.

"노마는 괜찮아?"

"괜찮아."

그는 기분이 좋았다. 피곤했지만 유쾌했다.

"가벼운 것이었어. 앞으로 조심해야겠지만 일흔다섯 살이 되면 펄펄 날던 시절은 끝났다는 것을 인정해야 해."

"당신이 있어서 다행이었어. 신의 섭리나 마찬가지야."

"난 행운에 만족하겠어."

그는 엘리가 돌아오는 것을 보고 빙긋 웃었다.

"준비됐나, 마녀 헤이젤?"

"됐어요." 엘리가 대답했다. "가자, 빨리빨리!"

한 시간 뒤 가방에 사탕을 반이나 채워 집에 오는 길에(엘리는 루이스가 마침내 그만하자고 말하자 항의했지만 심하지는 않았다. 그 애도 피곤했던 것이다) 엘리는 이렇게 말해서 아빠를 놀랬다.

"아빠, 크랜덜 부인이 나 때문에 심장 발작이 일어난 거예요? 내가 멍든 사과를 받지 않으려고 해서?"

루이스는 깜짝 놀라 엘리를 쳐다보며 아이들은 어쩌면 그렇게 웃기고 반미신적인 생각들을 하게 될까 궁금해 했다. 금 간 데를 밟으면 엄마의 허리가 부러진다.(보도의 금 간 곳이 무덤 입구이기 때문에 금을 밟으면 집안에 죽음을 불러온다는 미신이 있음—옮긴이) 날 사랑해, 날 사랑하지 않아. 자정에 웃으면 아빠가 죽어. 그는 다시 애완동물 공동묘지와 그 엉성한 원들을 생각했다. 그는 자신에게 웃어 주고 싶었지만 그럴 수 없었다.

"그건 아니야. 네가 그 유령 둘 하고 안에 있을 때……."

"그 애들은 유령이 아니에요. 버딩어 쌍둥이예요."

"그래, 네가 그 애들과 집 안에 있을 때 크랜덜 씨가 나에게 부인이 그동안 약간의 가슴 통증이 있었다고 말씀하셨단다. 사실 넌 크랜덜 부인의 목숨을 구한 건지도 몰라. 또는 적어도 훨씬 나쁜 상황을 막아 준 건지도."

이번에는 엘리가 깜짝 놀랄 차례였다.

루이스가 고개를 끄덕였다.

"얘야, 크랜덜 부인은 의사가 필요했어. 근데 아빠가 의사잖아. 내가 거기 있었던 것은 오늘 밤 네가 사탕 얻으러 돌아다녀야 했기 때문이지."

엘리는 이를 한참 동안 생각한 다음 고개를 끄덕였다.

"하지만 어쨌든 크랜덜 아줌만 돌아가실 거예요."

엘리는 당연하다는 듯 말했다.

"심장 발작이 일어난 사람은 보통 죽어요. 살더라도 금방 다시 발작이 일어나고 또 일어나고 또 일어나다가…… 꽈당!"

"그런 지혜로운 말들을 어디서 배웠는지 물어봐도 될까?"

엘리는 어깨만 으쓱할 뿐이었다. 자기와 아주 닮은 어깨 으쓱거림이라고 루이스는 바라보며 즐거워했다.

그 애는 루이스가 사탕 가방을 들도록 했는데 이는 거의 절대적인 신뢰의 표시였다. 루이스는 그 애의 태도를 곰곰이 생각했다. 처치가 죽는다는 생각은 히스테리에 가까운 반응을 불러왔다. 하지만 할머니 같은 노마 크랜덜의 죽음에 대한 생각은…… 엘리는 이를 조용히 기정사실로 받아들이는 것 같았다. 그 애가 뭐라고 했지? 또 일어나고 또 일어나다가…… 꽈당!

부엌은 조용했지만 루이스는 레이첼이 위층에서 움직이는 소리를 들었다. 그는 엘리의 사탕을 조리대에 내려놓고 말했다.

"엘리, 꼭 그런 것만은 아니야. 크랜덜 아주머니의 심장 발작은 아주 가벼운 것이야. 내가 직접 그 자리에서 치료할 수도 있었어. 그분의 심장이 크게 손상된 것은 아니야. 크랜덜 아줌마는……."

"네, 알아요."

엘리가 즐거운 듯이 대답했다.

"하지만 크랜덜 부인은 늙었으니까 어쨌든 곧 돌아가실 거예요. 크랜덜 씨도 마찬가지고요. 아빠, 자기 전에 사과 먹어도 돼요?"

"안 돼."

그는 아이를 주의 깊게 바라보며 말했다.

"얘야, 올라가서 칫솔질해라."

세상에 자식을 정말로 이해한다고 생각하는 사람이 있을까? 그는 궁금했다.

집이 정돈되고 부부가 나란히 붙여 놓은 트윈 베드에 들자 레이첼이 조용하게 물었다.

"루, 엘리에게 매우 안 좋았어? 엘리가 충격 받았어?"

아니. 그는 생각했다. 엘리는 노인들이 때가 되면 죽는다는 것을 알아. 마치 메뚜기가 거품을 물면 놔줘야 한다는 것을 알고 있듯이…… 줄넘기하다가 열세 번째에 걸리면 친구가 죽는다는 것을 알고 있듯이…… 또 애완동물 공동묘지에서 안쪽으로 원을 만들면서 무덤을 만든다는 것도 알지…….

"전혀." 그가 말했다. "엘리는 잘 추슬렀어. 레이첼, 그만 자자고, 응?"

그날 밤 루이스 일가가 잠들어 있을 때 저드는 깨어 있었고 또 한 번 강한 서리가 내렸다. 아침 일찍 바람이 불어 이제 무미건조한 갈색으로 변해 버린 나무에 남아 있던 나뭇잎이 대부분 다 떨어졌다.

바람이 루이스를 깨웠고 그는 거의 잠든 채 어리둥절해 하며 팔꿈치를 받치고 일어났다. 계단에서 발소리가 들렸다…… 질질 끄는 느린 발소리였다. 파스코가 돌아왔다. 두 달이 지난 지금에. 그는 생각했다. 문이 열리고 그는 끔찍한 공포와 마주할 것이다. 곰팡이로 덮인 조깅 반바지, 살이 떨어져 나가 큰 구멍이 생긴 피부, 부패해서 곤죽이 된 뇌. 오로지 눈만 살아 있다…… 지옥 불처럼 밝고 생생하다. 파스코는 이번에는 아무 말도 하지 않을 것이다. 그의 성대는 너무 부패해서 소리를 내지 못한다. 하지만 그의 눈은…… 눈은 그에게 오라고 유혹할 것이다.

"안 돼."

그는 숨을 쉬었고 발소리는 잦아들었다.

그는 일어나 문으로 가서 문을 당겨 열었다. 그의 입술은 공포와 결의로 일그러져 말려 들어갔고 살은 위축되었다. 파스코가 있을 것이고 쳐든 팔 때문에 「발푸르기스의 밤」(멘델스존이 「파우스트」에 나오는 발푸르기스 밤의 꿈 중 마지막 구절에 감동해 자신의 곡의 모티프로 씀. 푸르트벵글러의 곡도 있음—옮긴이)의 첫 웅장한 구절을 시작하려는 오래전에 죽은 작곡가처럼 보일 것이다.

그런 게 어딨나, 저드는 이렇게 말했겠지. 계단참은 비어 있었다…… 고요했다. 바람 소리 말고는 아무것도 없었다. 루이스는 다시 침대로 가서 잠들었다.

다음 날 루이스는 EMMC의 중환자실에 전화를 걸었다. 노마의 상태는 여전히 위독하다고 나와 있었다. 그것은 심장 발작 후 24시간 동안 무조건 정해지는 기본적인 운영 절차였다. 하지만 루이스는 노마의 담당 의사인 웨이브리지에게서 반가운 진단을 들었다.

"난 경미한 심근경색증이라고도 부르고 싶지 않네. 아무 상처도 없어. 그녀가 자네에게 큰 신세를 진 걸세, 크리드 선생."

그 주가 다 갈 무렵 루이스는 충동적으로 꽃다발을 들고 병원에 들렀고 노마는 아래층 준특실로 옮겨져 있었다. 이는 아주 좋은 징조였다. 저드가 함께 있었다.

노마는 꽃을 보고 탄성을 질렀고 버저로 간호사에게 화병을 부탁했다. 그리고 노마는 저드를 부려 꽃을 물에 담고 그녀의 취향에 맞게 꽃꽂이하여 구석의 서랍 위에 놓도록 했다.

"여자들의 감각이 훨씬 나아."

저드가 꽃을 세 번째 매만지면서 무미건조하게 말했다.

"머리 굴리지 마요, 저드."

노마가 말했다.

"그러죠, 부인."

마침내 노마가 루이스를 보았다.

"루이스, 정말 고마우이."

그녀는 조금도 꾸미지 않은 수줍음을 띠고 말했고 그 때문에 감동이 배가되었다.

"저드 말이 당신이 내 목숨을 구해 줬다더군요."

쑥스러워진 루이스가 말했다.

"저드가 과장한 겁니다."

"아니야, 과장이 아닐세."

저드가 말했다. 그는 루이스에게 눈을 가늘게 떠 보였다. 미소에 가까웠지만 많이 웃지는 않았다.

"자네 어머니가 감사의 인사를 무시하면 안 된다고 말씀 안 하시던가, 루이스?"

어머니가 그런 말을 한 적은 없었다. 적어도 루이스가 기억하기론 그랬다. 하지만 거짓된 겸손은 반은 자만심과 마찬가지라는 얘기를 어머니가 한 적은 있는 것 같았다.

"노마, 내가 할 수 있는 일이라 기꺼이 했을 뿐입니다."

"정말 좋은 사람이야." 노마가 말했다. "이 사람 데리고 나가서 맥주 한잔 사 줘요. 난 또 졸린데 저이한테서 못 벗어날 것 같아."

저드가 활기차게 일어났다.

"그거 좋지! 난 한잔하고 싶네, 루이스. 빨리 가세. 노마가 마음 변하기 전에."

추수감사절 일주일 전에 첫눈이 왔다. 11월 22일에 또 10센티미터 정도의 눈이 왔지만 명절 전날은 날이 개었고 푸른 하늘이 보였으며 추웠다. 루이스는 가족을 뱅거 국제 공항으로 데려가서 그들이 레이첼의 부모님을 방문하기 위해 시카고로 돌아가는 여행의 첫발을 떼는 것을 보았다.

"이건 아니야."

레이첼은 한 달 전 이 문제를 본격적으로 상의하기 시작한 후로 스무 번쯤 이 말을 되풀이했을 것이다.

"추수감사절에 당신 혼자 집에 남아 있다는 건 생각하기도 싫어. 가족이 모이는 명절이란 말이야, 루이스."

루이스는 처음으로 아동용 파카를 입어 엄청나게 커 보이고 눈을 크게 뜬 게이지를 다른 팔로 바꿔 안았다. 엘리는 큰 유리문 앞에 서서 에어포스 헬리콥터가 이륙하는 것을 구경했다.

"절대 혼자 맥주 마시면서 청승 떨지 않을 거야." 루이스가 말했다. “저드와 노마가 칠면조와 모든 요리를 나눠 줄 거야. 정말 미안해야 할 사람은 나야. 이런 명절 대가족 행사는 질색이거든. 난 오후 세시부터 술을 마시며 축구 경기를 볼 것이고 일곱시에 잠들 거야. 다음 날이면 달라스 치어걸들이 머릿속에서 춤추며 소리 지르는 것 같겠지. 난 당신에게 두 아이들을 맡기고 보내고 싶지 않아.”

“난 괜찮아.” 그녀가 말했다. “1등석으로 가니까 공주가 된 것 같네. 그리고 게이지는 로간에서 오헤어까지 비행하는 동안 잘 거고.”

“당신 바람일 뿐이지.”

그가 말했고 두 사람은 웃었다.

탑승 안내가 나왔고 엘리는 급히 달려왔다.

“우리 타야 해요, 엄마. 가요, 빨리빨리. 비행기 가 버리면 어떡해.”

“아냐, 그런 일은 없어.”

레이첼이 말했다. 그녀는 한 손에 세 장의 탑승권을 움켜쥐고 있었다. 그녀는 고급스러운 갈색의 인조 모피 코트를 입고 있었다…… 아마 사향쥐 가죽처럼 보일 거라고 루이스는 생각했다. 뭘로 보여야 하든지 간에 모피 코트를 입은 레이첼은 아주 근사해 보였다.

그의 느낌이 눈에 나타난 모양인지 레이첼이 충동적으로 그를 껴안았고 게이지는 그들 사이에서 짜부라질 지경이었다. 아기는 놀란 것 같았지만 크게 기분 나빠하진 않았다.

“루이스 크리드, 사랑해.”

그녀가 말했다.

"엄마." 이제 안달이 난 엘리가 말했다. "빨리빨리, 빠……."

"그래, 알았어. 잘 있어, 루이스."

그녀가 말했다.

"참!"

그가 씩 웃으며 말했다.

"난 잘 지낼 거야. 가족들에게 안부 전해 줘, 레이첼."

"당신도 참……."

레이첼이 말하며 그를 향해 코를 찡긋해 보였다. 레이첼은 속지 않았다. 그는 루이스가 왜 이 여행에 동참하지 않는지 너무나 잘 알고 있었다.

"웃겨."

그는 그들이 연결식 통로로 들어가는 것을 지켜보았다…… 그리고 한 주 동안 시야에서 사라지는 것도. 그는 벌써 가족이 그리웠고 외로웠다. 그는 엘리가 서 있던 창가로 가서 손을 외투 주머니에 넣고 수화물 담당자가 화물실에 짐 싣는 것을 지켜보았다.

진실은 간단하다. 레이크 포리스트의 어윈 골드만(레이첼의 아버지) 씨뿐 아니라 레이첼의 어머니까지 애초부터 루이스를 싫어했다. 루이스의 태생이 비천하다는 것이었지만 그것은 시작일 뿐이었다. 더 나쁜 것은 그가 거의 낙제할 것이 분명한 의과 대학을 다니는 동안 자신들의 딸이 그를 뒷바라지해 줄 것을 기대했다는 것이다.

루이스는 이 모든 것을 감당할 수 있었고 실제로 그렇게 해 왔다. 그리고 레이첼이 모르는 일 그리고 앞으로도 절대 모를 일이

터졌다…… 어쨌든 루이스에게서 비롯한 일은 아니었다. 어윈 골드만 씨가 루이스에게 의대 학비 전액을 대 주겠노라고 제안했다. 이 '장학금'(골드만 씨의 표현을 빌자면)의 대가는 루이스가 즉시 레이첼과의 관계를 끊는 것이었다.

루이스 크리드는 그런 모욕을 다스릴 만큼 인생의 최적의 순간에 있지 못했다. 물론 그런 멜로드라마 같은 제의(곧이곧대로 말해서 뇌물)는 인생의 최적의 순간에 있는(나이로 치면 한 85세쯤?) 사람에게는 일어나지 않는 법이다. 우선 그는 지쳐 있었다. 일주일에 18시간을 강의를 듣고 20시간 책과 씨름해야 했으며 15시간은 화이트홀 호텔 근처 피자 가게에서 음식을 날랐다. 또한 그는 신경도 곤두서 있었다. 그날 밤 골드만 씨의 이상하리만치 유쾌한 태도는 이전의 차가운 태도와 너무나 대조적이었고, 루이스는 골드만이 서재에서 시가를 피우자고 했을 때 그가 아내에게 무슨 표정을 지은 것 같다는 생각이 들었다. 나중에야, 그것도 한참 후, 시간이 흘러 뭔가 알게 된 후에야 루이스는 말이 대초원에 불이 났을 때, 처음 연기 냄새를 맡았을 때 자신이 느낀 것과 같은 막연한 불안감을 느낄 것이라고 생각하게 되었다. 그는 골드만이 언제라도 곧 루이스가 자기 딸과 잔다는 사실을 알고 있노라 폭로할 거라 예상하기 시작했다.

하지만 예상과 달리 골드만이 믿을 수 없는 제안을 하고, 심지어 노엘 코워드의 연극에서처럼 턱시도 주머니에서 수표책을 끄집어내기까지 하자 루이스는 화가 폭발했다. 그는 골드만에게 딸을 박물관의 전시물처럼 만들려고 하고 타인을 존중할 줄 모르며 고압적이고 생각이라곤 없는 사람이라고 비난했다. 루이스 스스로 그의 분노가 어느 정도 자신을 위로하기 위한 것이었음을 인정한 것은 오랜 시간이 지나서였다.

어윈 골드만의 됨됨이에 대한 이 모든 작은 통찰들 속에는 설령 그것이 사실이라 하더라도 관계를 회복해 보려는 기미는 전혀 없었다. 노엘 코워드 같은 분위기는 사라졌다. 나머지 대화에 유머가 있었다면 그것은 저속한 입씨름에 훨씬 가까웠다. 골드만은 루이스에게 나가라고 했고 다시 한번 자기 집 문가에 나타나면 들개처럼 쏘아 버릴 거라고 했다. 루이스는 골드만에게 그 수표책은 당신 똥구멍에나 쑤셔 넣으라고 했다. 골드만은 빈민가의 건달도 루이스 크리드보다는 장래성이 있겠다고 말했다. 루이스는 골드만에게 빌어먹을 뱅크아메리카드와 아메리칸 익스프레스 골드 카드도 수표책이랑 같이 쑤셔 넣으라고 응수했다.

이중 어떤 것도 미래의 장인 장모와의 원만한 관계를 향한 진일보는 없었다.

결국 레이첼이 둘을 설득했다(두 사람이 자신이 한 말을 뉘우칠 시간을 가진 후였지만 둘 중 어느 쪽도 상대방에 대해 조금이라도 마음을 바꾸려 하지 않았다). 더 이상의 멜로드라마는 없었다. 분명 오늘부터 넌 내 딸이 아니라는 식의 극적인 장면도 없었다. 아마 골드만이 내 딸이 아니라고 부정하려면 레이첼이 영화 「해양 괴물」(The Creature From The Black Lagoon, 1954년 미국 영화—옮긴이)에 나오는 괴물과 결혼하는 꼴이라도 봐야 했는지 몰랐다. 그럼에도 루이스와 레이첼이 결혼하던 날 예복의 깃 위로 떠오른 어윈 골드만의 얼굴은 가끔씩 볼 수 있는 이집트 석관에 조각된 얼굴과 너무나 흡사했다. 그들의 결혼 선물은 스포드 도자기 세트 여섯 개와 전자레인지였다. 돈은 없었다. 루이스의 무모했던 의대 시절 대부분을 레이첼은 여성복 매장에서 점원으로 일했다. 그날부터 지금까지 레이첼은 남편과 부모 사이는 늘 그리고 앞으로도 '긴장 상태' 라는 것만 알게 되었을 뿐이다…… 특히 루이스와 레이첼의 아버지 사이가 그러했다.

루이스는 가족과 시카고에 갈 수도 있었다. 학사 일정상 레이첼과 아이들보다 사흘 먼저 돌아와야 하긴 했지만 그것은 큰 고난이 아니었다. 임호텝(고대 이집트의 제사장이자 수학자, 건축가. 조저 왕의 피라미드를 설계했음—옮긴이) 장인과 스핑크스 장모와 나흘을 보내는 것이 고난이었다.

아이들이 으레 그렇듯이 엘리와 게이지가 장인 장모의 마음을 크게 누그러뜨려 놓았다. 루이스는 자신이 그날 저녁 골드만의 서재에서 있었던 일을 잊어버린 척하기만 해도 깨끗이 화해할 수도 있다고 생각했다. 골드만이 그가 잊어버린 척한다는 걸 알더라도 중요하지 않았다. 하지만 사실은 (그리고 그는 최소한 그 문제에 대해 자신에게 당당할 배짱이 있었다) 그가 화해를 원치 않았던 것이다. 10년은 오랜 세월이었지만 골드만의 서재에서 브랜디 잔을 앞에 놓고 그 늙은이가 바보 같은 정장 윗도리 한쪽을 젖히고 그 안에 든 수표책을 꺼낼 때 입속에 느꼈던 더러운 맛을 씻어 버릴 만큼 긴 세월은 아니었다. 그랬다, 그는 그와 레이첼이 그의 비좁고 지저분한 아파트 침대에서 여러 밤을 보낸 것(모두 다섯 밤)을 들키지 않았다는 것에 안도했지만 그 충격적인 혐오감은 완전히 별개의 문제였고 그 이후 지금까지의 세월도 그것을 바꿔 놓지 못했다.

그는 갈 수도 있었지만 그의 장인에게 손자들과 딸과 메시지를 보내는 쪽이 더 좋았다.

델타 727이 램프웨이를 미끄러져 가다가 방향을 틀었다…… 그는 비행기 정면 창문 중 하나에서 엘리가 미친 듯이 손을 흔드는 것을 보았다. 루이스가 웃음 띤 얼굴로 마주 손을 흔들었고 엘린지 레이첼인지가 게이지를 창문으로 안아 올렸다. 루이스는 손을 흔들었고 게이지도 마주 손을 흔들었다. 그를 보고 있는 것인지 단지 엘리를 따라 하는 것인지는 알 수 없었다.

"가족들이 무사히 도착하기를."

그는 혼자 중얼거리고 외투의 지퍼를 올리고 주차장으로 나갔다. 주차장에는 바람이 윙윙 울었고 그의 모자를 머리에서 날려 버릴 정도로 기세가 등등했기 때문에 그는 손으로 모자를 꽉 눌렀다. 그가 열쇠를 더듬어 찾아 운전석 문을 연 다음 방향을 돌리자 비행기가 터미널 건물 위로 솟아올랐다. 비행기 기수는 시리게 파란 하늘을 향해 기울어 있었고 엔진은 천둥소리를 냈다.

이제 정말 외롭다는 생각이 들어서(바보같이 눈물까지 흘릴 뻔했다) 루이스는 다시 손을 흔들었다.

그날 저녁 저드와 노마와 맥주 두어 잔을 한 후(노마는 포도주 한 잔을 마셨는데 웨이브리지 선생이 그렇게 하도록 허락했고 권하기까지 했다) 다시 15번 도로를 건너 돌아올 때도 그는 여전히 우울했다. 계절 탓에 그들은 주방으로 들어갔었다.

저드는 소형 마렉 스토브에 불을 지폈고 그들은 그 주위에 둘러앉았다. 맥주는 차가웠고 온기는 기분 좋았다. 저드는 200년 전 미크맥 인디언들이 마샤스에서 영국인의 정착을 막았던 이야기를 들려주었다. 그 시절 미크맥 인디언은 매우 사나웠다고 했고 주 및 연방 정부의 토지 전문 변호사 중에는 아직도 그들이 사납다고 생각하는 사람들이 있을 거라고 덧붙였다.

기분 좋은 저녁임에 틀림없지만 루이스는 텅 빈 집이 그를 기다리고 있음을 알았다. 그가 잔디밭을 건너면서 구두 밑에서 서리가 으깨지는 것을 느꼈을 때 집 안에서 전화벨이 울리기 시작했다. 그는 달려가서 정문을 지나 (잡지꽂이를 넘어뜨리면서) 거실을 질주한 다음 주방을 슬라이딩으로 가로질렀다. 서리가 붙은 구두가 리놀륨 장판 위에서 미끄러졌다. 그는 전화를 낚아챘다.

"여보세요?"

"루이스?"

레이첼의 목소리였다. 약간 감이 멀었지만 상태는 아주 좋았다.

"집에 왔어. 무사히 도착했어. 아무 문제 없이."

"잘됐어!"

그는 말했고 그녀와 얘길 나누기 위해 앉으며 생각했다. 당신이 여기 함께 있었으면 정말로 좋으련만.

저드와 노마가 차린 추수감사절 식탁은 훌륭했다. 식사를 끝내고 루이스는 포만감과 졸음을 느끼며 집으로 갔다. 그는 고요함을 즐기면서 위층 침실로 올라가 구두를 벗고 누웠다. 시계는 세시를 막 넘기고 있었다. 바깥의 한낮은 엷은 겨울 햇살로 밝혀져 있었다.

잠깐 눈 좀 붙여야겠어. 그는 이렇게 생각하고 잠들었다.

그를 깨운 것은 침실에 연결된 전화였다. 그는 전화기를 더듬어 찾으며 정신을 차리려고 했지만 바깥이 어둑해져 있다는 사실에 시간 감각을 잊었다. 그는 바람이 집 건물 모퉁이를 돌며 윙윙대는 소리와 난로에서 나는 희미하고 쉰 목소리 같은 소리를 들을 수 있었다.

"여보세요?"

그가 말했다. 시카고에서 레이첼이 추수감사절 인사를 하려고 또 전화했을 것이다. 그녀는 엘리를 바꿔 줄 것이고 엘리가 얘기한 다음 게이지가 전화를 받고 게이지는 옹알옹알대겠지…… 도대체 풋볼 경기를 보기로 해 놓고 어떻게 오후 내내 잘 수 있지……?

하지만 그것은 레이첼이 아니었다. 저드였다.

"루이스? 미안하네만 자네한테 문제가 좀 생긴 것 같아."

그는 몸을 일으켜 침대에서 나와 머릿속에서 잠을 쫓아내려고 애썼다.

"저드? 무슨 문제예요?"

"저, 우리 잔디밭에 고양이 한 마리가 죽어 있어." 저드가 말했다. "아무래도 자네 딸 고양이 같네."

"처치가요?"

루이스가 물었다. 뱃속에서 뭔가가 무겁게 가라앉았다.

"저드, 확실해요?"

"아니, 장담할 순 없네. 하지만 분명 처치처럼 생겼구먼."

"오, 이럴 수가. 지금 바로 갈게요, 저드."

"그러게나, 루이스."

그는 전화를 끊고 잠시 더 앉아 있었다. 그런 다음 욕실로 들어가서 일을 본 다음 구두를 신고 아래층으로 갔다.

처치가 아닐 거야. 저드 본인도 장담할 수 없다고 했어. 맙소사, 처치는 누가 데려다 놓지 않으면 위층에 올라가려고도 하지 않아…… 그런데 왜 도로를 건너겠어?

하지만 그는 마음속으로 그것이 처치라는 확신이 들었다…… 그리고 레이첼이 저녁에 틀림없이 전화할 텐데 엘리한테 뭐라고 얘기한단 말인가?

그는 미칠 것 같았고 속으로 자신이 레이첼에게 하는 얘기가 들려왔다. 물리적인 존재에는 어떤 일이라도, 말 그대로 어떤 일이라도 일어날 수 있어. 난 의사로서…… 처치가 도로에서 차에 치여 죽으면 무슨 일이 벌어졌는지 설명하는 일을 맡고 싶어? 하지만 사실 그는 처치에게 어떤 일이든 일어날 수 있다고 믿지 않았다.

그는 함께 포커를 했던 사내 중 하나인 위키 설리번이 한 번은 그에게 어떻게 아내와 있을 때는 흥분되는데 날이면 날마다 벗은 여자들을 보면서 흥분하지 않는지 물어봤던 것을 기억했다. 그는 사람들이 머릿속으로 상상하는 그런 것과는 다르다고 설명하려 했다. 자궁암 검사를 받거나 유방암 자가 진단법을 배우기 위해 오는 여성들은 갑자기 시트를 내리거나 조개껍데기 속의 비너스처럼 서 있는 것이 아니다. 가슴, 음부, 허벅지를 본다. 나머지 부분은 시트로 가려져 있고 간호사가 배석한다. 다른 무엇보다 의사의 평판을 보호하기 위해. 위키는 그 말을 믿지 않았다. 젖가슴은 젖가슴이다. 이것이 위키의 지론이었다. 음부는 음부다. 항상 흥분해서 발기하거나 전혀 하지 않거나 둘 중 하나여야 한다. 루이스가 응수할 수 있는 말은 아내의 젖가슴은 다르다는 것뿐이었다.

자신의 가족은 다른 것과 마찬가지로 말이지. 지금 그는 이렇게 생각했다. 처치는 가족이라는 마법의 원 안에 있기 때문에 죽으면 안 되었다. 그가 위키를 이해시키지 못했던 것은 의사들도 다른 사람들과 마찬가지로 유쾌하게 맹목적으로 구분한다는 것이었다. 아내의 젖가슴이 아닌 것은 젖가슴이 아니다. 진료실에서 젖가슴은 환부일 뿐이었다. 자신의 자녀 중 한 명이 백혈병에 걸렸다는 소식을 듣고 얼굴이 파랗게 질려 여전히 그 사실을 받아들이고 싶지 않은 상황이 벌어지기 전에는 의학 세미나에서 남들 앞에 서서 아동들의 백혈병 수치를 인용할 수 있다…… 내 아이가? 심지어 내 아이의 고양이가? 의사 선생, 농담이시겠지.

신경 쓰지 말자. 이 일은 한 번에 한 단계씩 하자고.

하지만 엘리가 언젠가는 처치가 죽을 것이라는 생각에 얼마나 히스테리를 부렸는지 기억하자 그러기가 힘들었다.

멍청한 고양이 같으니. 그런데 어쩌자고 망할 고양이 따위를 키우게 되었던 거지?

하지만 처치는 더 이상 교미를 하지 않아. 그러면 살아 있어야 맞는 거잖아?

"처치?"

그는 불렀다. 하지만 난로가 달러를 태우면서 틱틱거리는 소리만 들려왔다. 최근 처치가 대부분의 시간을 보내던 거실의 긴 소파는 비어 있었다. 처치는 라디에이터에도 누워 있지 않았다. 루이스는 고양이 밥그릇을 흔들어 보았다. 처치가 들리는 곳에 있다면 확실하게 달려오도록 만드는 것이었다. 하지만 이번에는 고양이가 달려오지 않았다…… 그리고 다시는 달려오지 않을 것 같아 그는 두려웠다.

그는 외투를 입고 모자를 쓰고 문을 향했다. 그러다 되돌아섰다. 자신의 마음의 소리에 굴복해서 그는 개수대 아래 찬장을 열고 쪼그려 앉았다. 그곳에는 두 종류의 비닐 봉투가 있었다. 가정용 쓰레기통에 넣는 작은 흰색 비닐과 대형 쓰레기통에 넣는 녹색 비닐봉지였다. 루이스는 뒤의 것 하나를 집어 들었다. 처치는 중성화 수술을 한 다음 몸무게가 늘었다.

그는 비닐봉지를 재킷 호주머니에 쑤셔 넣었다. 비닐이 손가락 아래서 차갑게 미끈거리는 느낌이 싫었다. 그런 다음 그는 정면 현관문으로 나와 도로를 건너 저드의 집으로 갔다.

다섯시 반경이었다. 황혼이 끝나고 있었다. 경치는 죽은 듯 멈춰 있었다. 석양의 남은 자락이 강 위 수평선에 낯선 적황색 선이 되었다. 비람이 15번 도로를 따라 불면서 루이스의 뺨을 얼얼하게 만들고 하얀 숨결을 날려 버렸다. 그는 몸서리쳤지만 추위 때문이 아니었다. 그를 몸서리치게 만든 것은 외로움이었다. 외로움은 강하고 사람을 사로잡았다. 은유로 그것을 구체화시킬 방법은 없었다. 외로움은 얼굴이 없었다. 그는 접촉되지도, 접촉하지도 않고 단지 혼자라는 것만 느꼈다.

그는 길 건너에 있는 저드를 보았다. 그는 큰 초록색 더플코트로 몸을 감싸고 있었고 얼굴은 털로 테를 두른 모자 그림자에 가려져 있었다. 얼어붙은 잔디밭에 서서 그는 동상처럼 보였다. 새 한 마리 지저귀지 않는 이 석양의 풍경 속에 죽은 듯 정지한 또 다른 것이었다.

루이스는 길을 건너기 시작했고 그러자 저드가 움직였다…… 그는 뒤로 물러나라는 손짓을 했다. 그리고 바람의 윙윙 소리에 묻혀 루이스가 알아들을 수 없는 말을 외쳤다. 루이스는 뒤로 물러섰고 갑자기 바람의 윙윙 소리가 깊어지고 날카로워졌다는 것을 깨달았다. 다음 순간 경적이 울리고 오링코 트럭이 굉음을 울리며 그의 바지와 재킷이 펄럭일 정도로 가깝게 지나갔다. 그 트럭 앞으로 바로 걸어 나갔으면 어쩔 뻔했나?

이번에는 길을 건너기 전에 양쪽을 다 살폈다. 지나간 트럭의 미등만이 점점 작아져 희미해지고 있었다.

"오링코 트럭이 자네를 잡는 줄 알았네. 조심하게, 루이스."

저드가 말했다. 이렇게 가까이서도 루이스는 저드의 얼굴을 알아볼 수 없었고 이 사람이 누군지 알 수 없다는…… 전혀 알 수 없다는 불편한 감정이 사라지지 않았다.

"노마는요?"

그는 여전히 저드의 발 옆에 있는 묵직한 꾸러미를 내려다보지 않으면서 물었다.

"추수감사절 교회 예배를 보러 갔네. 아마 저녁때까지 있을 거야. 하지만 아무것도 먹지 않을 거라고는 생각 안 해. 배가 고플 테니까."

바람이 매섭게 불어와 일순간 저드의 모자가 뒤로 젖혀졌고 루이스는 정말 저드인 것을 확인했다…… 그럼 저드 말고 누구이겠는가?

"여자들 모여서 수다 떨기 위한 핑계라고 봐야지." 저드가 말했다. "낮에 성대한 오찬을 했으니 샌드위치 말고는 별로 안 먹을 거야. 여덟시쯤 돌아올 걸세."

루이스는 무릎을 꿇고 고양이를 보았다. 제발 처치가 아니기를, 그는 장갑 낀 손으로 그것의 목에서 머리를 살며시 돌리며 간절히 빌었다. 다른 고양이이길, 저드가 틀렸기를.

하지만 그것은 처치였다. 처치는 전혀 토막 나거나 기형이 되거나 하지 않았다. 그것은 15번 도로를 달리는 대형 탱커나 세미 트레일러에 치인 것이 아니었다. (그 오링코 트럭은 추수감사절 때 뭘 하고 있었던 거야? 그는 엉뚱하게 그것이 궁금했다.) 처치의 눈은 반쯤 감겨 있었고 초록 구슬처럼 광이 났다. 역시 열려 있던 처치의 입에서 작은 핏줄기가 뿜어져 나왔다. 그다지 많지 않았다. 그의 하얀 가슴께에 얼룩을 남길 정도였다.

"자네 집 고양인가, 루이스?"

"맞아요."

그가 대답하고 한숨을 쉬었다.

그는 처음으로 자신이 처치를 사랑했다는 것을 깨달았다…… 엘리만큼 열성적이지는 않았지만 자신도 알지 못하는 나름의 방식으로 사랑한 것이다. 중성화 수술을 받은 후 몇 주 동안 처치는 변했고 뚱뚱해졌고 느려졌으며 엘리의 침대, 소파, 자신의 밥그릇 사이만 왔다 갔다 하는 단조로운 일상을 반복했고 집 밖은 거의 나가지 않았다. 이제 죽어서야 처치는 예전의 처치처럼 루이스를 올려다보고 있었다. 너무 작고 피가 묻어 있었고 바늘처럼 날카로운 고양이 이빨로 가득한 입은 야생 고양이의 으르렁거리는 모양으로 얼어붙어 있었다. 죽은 눈은 분노한 듯했다. 마치 중성 고양이로서의 짧고 평온했지만 단조로운 삶 후에 죽어 가면서 처치는 본성을 되찾은 것 같았다.

"맞아요, 처치예요. 엘리에게 어떻게 얘기해야 할지 모르겠군요."

갑자기 루이스는 생각이 떠올랐다. 그는 애완동물 공동묘지에 묘비를 세우는 따위의 유치한 짓은 하지 않고 처치를 묻을 것이다. 오늘 밤 전화로는 처치에 관해서 아무 말도 하지 않을 것이다. 내일 아무렇지 않게 지나가는 말로 처치가 보이지 않는다고 얘기할 것이다. 그 다음 날 그는 아마 처치가 집을 나간 것 같다고 할 것이다. 때때로 고양이는 집을 나가니까. 엘리는 분명 상심하겠지만 최후 같은 것은 없다…… 레이첼이 화내며 죽음을 언급하기 꺼려 하는 일도 다시 일어나지 않을 것이고…… 그냥 서서히 잊혀지겠지…….

겁쟁이, 그의 마음 한구석에서 이렇게 외쳤다.

그래…… 논란은 없겠지. 누가 그런 말다툼을 원하겠어?

"엘리가 그 고양이를 무척 아끼는군, 그렇지?"

저드가 물었다.

"네."

루이스가 멍하게 대답했다. 그는 처치의 머리를 다시 돌렸다. 고양이는 이미 굳기 시작했지만 머리는 생각보다 훨씬 쉽게 움직였다. 목이 부러진 것이다. 그래. 그것을 놓고 루이스는 무슨 일이 일어났는지 재구성할 수 있을 것 같았다. 처치는 길을 건너고 있었고(무슨 이유에선지는 신만이 아시겠지) 차나 트럭이 처치를 들이받아 목을 부러뜨리고 저드 크랜덜의 잔디밭에 던져 버린 것이다. 아니면 어쩌면 처치의 목은 꽁꽁 언 땅에 내동댕이쳐지면서 부러진 것인지도 몰랐다. 그건 상관없다. 어느 쪽이든 유해는 그대로니까. 처치는 죽었다.

그는 저드를 올려다보고 자신의 결론을 얘기하려고 했지만 저드는 수평선의 희미해져 가는 주황색 빛 줄기 쪽으로 고개를 돌리고 있었다. 그의 모자는 반쯤 뒤로 젖혀져 있었고 얼굴은 생각에 잠겨 굳어 있는 것 같았다⋯⋯ 험악하기까지 했다.

루이스는 주머니에서 녹색 쓰레기봉투를 꺼내 펼치고는 바람에 날려 가지 않도록 단단히 붙잡았다. 비닐 봉투의 부스럭대는 소리가 저드를 현재로, 이곳으로 돌려놓았다.

"그래, 엘리는 처치를 많이 예뻐하는 것 같아."

저드가 말했다. 그가 현재 시제를 사용하여 말한 것이 약간 섬뜩했다⋯⋯ 희미해지는 빛, 추위, 바람이 있는 모든 배경이 그에게 섬뜩하고 음산하게 다가왔다.

이곳 황량한 무어에 히드클리프(에밀리 브론테가 지은 『폭풍의 언덕』의 주인공. 무어는 작품의 배경이 되는 황무지 땅—옮긴이)가 있다. 루이스는 추위에 얼굴을 찡그리며 생각했다. 가족이 키우던 고양이를 질긴 봉투에 담을 준비를 하며.

그는 처치의 꼬리를 잡고 봉투 입구를 넓히고 고양이를 들어 올렸다. 고양이 시체가 놓여 있던 서리에서 시체를 끌어올릴 때 나는 찌이익 소리에 그는 역겹고 불쾌한 표정을 지었다. 고양이는 믿을 수 없을 정도로 무거웠다. 마치 죽음이 물리적인 무게를 지니고 그것에 스며든 것 같았다. 맙소사, 모래 한 양동이처럼 느껴지는군.

저드가 비닐 봉투의 반대편을 잡았고 루이스는 그 낯설고 불쾌한 무게를 덜어내는 것을 달가워하며 처치를 안으로 떨어뜨렸다.

"이제 그걸 어쩔 텐가?"

저드가 물었다.

"차고에 넣어 둬야겠어요. 아침에 묻어 줄 겁니다."

루이스가 말했다.

"애완동물 공동묘지에?"

루이스가 어깨를 으쓱했다.

"그래야겠죠."

"엘리에게 얘기할 건가?"

"글쎄요…… 그 문제는 좀 생각해 봐야겠어요."

저드는 한참 침묵하다가 결론에 도달한 것 같았다.

"잠깐만 기다리게, 루이스."

저드가 걸어갔다. 이 추운 날씨에 루이스가 단 일 분도 기다릴 수 없다는 생각은 전혀 없는 듯했다. 그는 확신에 차서 그 나이의 노인치고는 너무 이상할 정도로 유연하게 걸어갔다. 그리고 루이스는 어찌 되었건 할 말이 없었다. 그는 기분이 썩 좋지 않았다. 그는 이곳에 서 있는 것에 만족하며 저드가 걸어가는 것을 지켜보았다.

그는 문이 찰칵 소리를 내며 닫힌 후 얼굴을 들어 바람을 마주했다. 처치의 사체가 들어 있는 쓰레기봉투는 그의 발 사이에서 부스럭거렸다.

만족.

그래. 그는 만족했다. 메인으로 이사 온 후 처음으로 그는 안정감을 느꼈고 집에 온 것 같은 편안함을 느꼈다. 겨울의 초입에 노을이 지는 시각에 이곳에 홀로 서서 그는 행복하지 않았지만 이상하게 들뜨고 이상하게 만족스러웠다…… 어린 시절 이후 느껴 본 적이 없거나 느꼈다는 것을 기억할 수 없는 만족감이었다.

이곳에 무슨 일이 벌어지고 있어. 뭔가 아주 이상한 것이 있어.

그는 머리를 뒤로 기울이고 어두워지는 하늘에 박힌 차가운 겨울의 별을 보았다.

얼마나 오래 그렇게 서 있었는지 알 수 없었다. 초나 분으로 센다면 길지 않을 것이다. 저드의 포치에 불빛이 반짝였고 휙 움직이더니 포치 문으로 다가와 계단을 내려왔다. 대형 건전지 네 개짜리 손전등을 든 저드였다. 그의 다른 손에 든 것을 루이스는 처음에는 큰 X자라고 생각했다…… 그런 다음 그것이 곡괭이와 삽이라는 것을 알았다.

그는 삽을 루이스에게 건네주었고 루이스는 빈손으로 그것을 받았다.

"저드, 도대체 뭘 하려고 그러세요? 오늘 밤은 처치를 묻을 수 없어요."

"아니, 묻을 수 있네. 그렇게 할 걸세."

저드의 얼굴이 번쩍이는 손전등 불빛의 원 뒤로 사라졌다.

"저드, 이미 날이 저물었어요. 너무 늦었어요. 게다가 날씨도 춥고……."

"여보게. 지금 해치우자고."

저드가 말했다.

루이스는 고개를 저었고 다시 말을 꺼내려 했지만 말이 되어 나오지 않았다…… 변명과 사유의 말들이. 그 말들은 낮고 날카롭게 울어 대는 바람과 암흑 속의 별의 못자리에 비하면 아무런 의미가 없는 것 같았다.

"내일까지 기다렸다가 해도 우리는……."

"엘리는 고양이를 사랑하지?"

"예, 하지만……."

저드의 목소리는 부드럽고 논리적이었다.

"그리고 자네는 엘리를 사랑하지?"

"물론 사랑하죠. 엘리는 제 딸……."

"그럼, 따라오게."

루이스는 갔다.

그날 밤 두 번째로, 어쩌면 세 번째로 애완동물 공동묘지를 향해 올라가면서 루이스는 저드에게 말을 걸려 했지만 저드는 대답하지 않았다. 루이스는 포기했다. 지금 상황에서는 이상했지만 분명한 사실인 만족감이 계속되었다. 그것은 모든 곳에서 오는 것 같았다. 한 손에 처치를, 다른 손에 삽을 나르느라 근육이 계속 아픈 것은 일부분일 뿐이었다. 지독히 찬 바람이 드러난 피부를 얼얼하게 했지만 그것도 일부에 불과했다. 숲 속에도 바람은 계속 불었다. 그들이 숲에 들어서자 눈이 별로 눈에 띄지 않았다. 휙휙 움직이는 저드의 손전등 불빛도 일부일 뿐이었다. 그는 부인할 수 없는 자석과 같은 비밀의 존재가 스며드는 것을 느꼈다. 어두운 비밀이.

어둠이 물러가고 공간 감각이 생겼다. 눈이 창백하게 빛났다.

"여기서 쉬었다 가세."

저드가 말했고 루이스는 자루를 내려놓았다. 그는 팔로 이마에 맺힌 땀을 닦았다. 여기서 쉰다고? 하지만 그들은 이곳에 다 왔다. 그는 저드가 얇게 쌓인 눈 위에 앉아 얼굴을 두 팔에 묻을 때, 아무렇게나 내쏘이는, 들고 있던 불빛에 묘비를 볼 수 있었다.

"저드? 괜찮아요?"

"괜찮네. 숨 좀 고르고 있었어. 그뿐일세."

루이스는 그의 옆에 앉아서 여섯 번째 심호흡을 했다.

"아세요?" 그가 말했다. "기분이 좋아요. 이런 느낌은 6년 만에 처음이에요. 딸이 키우던 고양이를 묻으러 가면서 할 소리는 아닌 줄 알지만 정말 그래요, 저드. 기분이 좋군요."

저드는 한두 번 혼자 심호흡을 했다.

"알겠네. 한 번씩 그럴 때가 있어. 때를 골라 기분 좋을 수는 없겠지, 때를 골라 기분 나쁠 수도 없지만. 그리고 그 장소도 그 기분과 관련이 있다네. 하지만 자넨 믿지 못할 거야. 마약 중독자들은 팔에 헤로인을 주사하면 기분이 좋아지지만 헤로인은 언제나 그들을 중독시키지. 신체를 중독시키고 그들의 생각을 중독시켜. 루이스, 그 장소도 그렇다고 할 수 있네. 절대 잊지 말게. 신께 내가 옳은 일을 하고 있기를 기도했네. 난 그렇다고 생각하지만 확실히 모르겠어. 가끔 머릿속이 뒤죽박죽이 된다네. 노쇠한 것 같아."

"무슨 말씀을 하시는지 모르겠어요."

"루이스, 그곳은 힘이 있어. 이곳이 아니라…… 우리가 가려는 장소 말이야."

"저드……."

"가세."

저드가 말하고 다시 일어섰다. 손전등 빛이 나무 올가미를 가리켰다. 저드는 그쪽을 향해 걸어갔다. 갑자기 루이스는 자신의 몽유병 사건이 떠올랐다. 그때 꾼 꿈에서 파스코가 뭐라고 했더라?

저길 넘어가지 마. 아무리 절박한 사정이 있다 해도 가면 안 돼, 의사 선생. 장벽을 무너뜨리면 안 돼.

하지만 오늘 밤, 지금은 그 꿈인지 경고인지가 몇 달 전이 아니라 몇 년 전이었던 것 같았다. 루이스는 기분이 좋았고 활기에 넘쳤으며 그 어떤 것도 다룰 준비가 되어 있었고 호기심으로 가득 찼다. 이 일이 정말 꿈같다는 느낌이 들었다.

그때 저드가 그를 향해 돌아섰다. 그의 모자가 암흑을 둘러싸고 있는 것처럼 보였고 순간 루이스는 지금 자기 앞에 서 있는 사람이 바로 파스코이며 손전등 불빛이 휙 돌아 히죽 웃으며 알아들을 수 없는 말을 지껄이는 털로 둘러싸인 해골을 비출 것이라는 상상을 했다. 공포가 찬물을 끼얹은 것처럼 밀려왔다.

그가 말했다. "저드, 우린 저 위로 올라갈 수 없어요. 둘 다 다리가 부러져 돌아가는 길에 얼어 죽을 거예요."

"나만 따라오게." 저드가 말했다. "나만 따라오고 아래를 보지 말게. 망설이지 말고 아래를 보지 마. 난 길을 알고 있지만 빠르고 확실하게 해야 하네."

루이스는 이것이 꿈이고 오후의 낮잠에서 아직 깨지 않은 것이라고 생각하기 시작했다. '내가 깨어 있다면 술 취해서 스카이다이빙하지 않는 것처럼 저 나무 올가미 위로 올라가지 않을 거야. 하지만 난 올라가려고 해. 정말 올라갈 거야. 그러니까…… 난 꿈

을 꾸고 있는 거야. 맞지?'

저드는 나무 올가미의 중심에서 비켜나 약간 왼쪽으로 기울었다. 손전등 불빛이 엉켜 있는 죽은 나무와 오래된 목재

(뼈)

더미를 밝게 비추었다. 그들이 다가가자 빛의 원은 점점 작아지고 훨씬 밝아졌다. 잠시도 멈추지 않고, 제자리가 맞는지 확인하기 위해 잠시 훑어보지도 않고 저드는 올라가기 시작했다. 그는 흔들리지 않았다. 바위투성이 언덕이나 모래 사면을 올라갈 때처럼 몸을 구부리고 올라가지 않았다. 그는 그냥 올라가기만 했다. 마치 계단을 올라가듯이. 그는 다음 발 디딜 자리가 어딘지 잘 아는 사람처럼 걸었다.

루이스도 같은 방식으로 따라갔다.

그는 아래를 내려다보지 않았고 발 디딜 곳을 찾지도 않았다. 그가 원치 않으면 나무 올가미가 자신을 해치지 않을 것이라는 이상하지만 뚜렷한 확신이 들었다. 물론 성 크리스토퍼(여행자의 수호 성인—옮긴이)의 메달만 걸고 있으면 술이 떡이 되어서 운전해도 안전하다고 믿는 바보 같은 확신처럼 너무나 어리석은 생각이었다.

하지만 실제로 그랬다.

권총을 발사한 것처럼 오래된 나뭇가지가 탁 부러져 떨어지는 일도 없었고, 베이거나 찔리거나 찢기기 십상인, 풍상에 삭아 하얗게 변한 파편이 비죽비죽 튀어나온 구멍 속으로 떨어지는 일도 없었다. 그의 구두(허시 퍼피 단화로 나무 올가미를 오를 때는 적합하지 않았다)는 대부분의 쓰러진 나무에서 지나치게 자라난, 건조

하고 오래된 이끼에 미끄러지지 않았다. 그는 앞으로도 뒤로도 기울지 않았다. 바람은 사방에 늘어선 전나무 사이로 거칠게 노래를 불렀다.

순간 그는 저드가 나무 올가미 위에 서 있는 것을 보았고 그는 반대편으로 내려가기 시작했다. 장딴지가 시야에서 사라졌고 다음은 허벅지, 엉덩이, 허리가 사라졌다. 불빛이 그것…… 장벽의 반대편에 있는, 바람에 춤추는 나뭇가지에 아무렇게나 반사되었다. 그래, 그것은 장벽이었어…… 왜 그것이 아닌 척하지? 장벽.

루이스도 꼭대기에 도달했고 잠시 멈췄다. 오른발은 35도 각도로 위로 기울어 있는 오래된 나무에 올려놓고 왼발은 더 탄력 있는 무엇인가에(오래된 전나무 가지가 엉킨 것?) 올려놓고 있었다. 그는 아래를 내려다보지 않았고 처치의 시체가 든 무거운 쓰레기 봉투를 오른손에서 왼손으로 바꿔 들고 오른손으로 대신 가벼운 삽을 들었을 뿐이다. 그는 바람을 향해 얼굴을 치켰고 끊임없는 기류 속에서 바람이 자신을 쓸고 지나가며 머리카락을 흩날리는 것을 느꼈다. 아주 차갑고 아주 깨끗했다…… 그리고 아주 일정했다.

거의 어슬렁거리듯 아무렇지 않게 움직이면서 그는 내려가기 시작했다. 한 번은 근육질 남성의 손목 두께처럼 보이는 나뭇가지가 그의 발밑에서 큰 소리를 내며 부러졌지만 그는 전혀 동요하지 않았다…… 그리고 그의 아래로 꺼진 발은 10센티미터쯤 아래 더 무거운 가지 위에 안전하게 멈추었다. 루이스는 거의 비틀거리지 않았다. 그는 이제 1차 세계 대전 때 중대장들이 어떻게 총알이 사방에 난무하는 가운데 「티페레리」(1차 세계 대전 당시 유행하던 노래—옮긴이)를 휘파람으로 불면서 참호 위를 돌아다닐 수 있었는지 이해할 수 있을 듯했다. 그것은 미친 짓이었지만 바로 그 광기가 엄청나게 기분을 북돋아 주었다.

그는 똑바로 앞에 있는 저드의 손전등 불빛을 보며 걸어 내려갔다. 저드가 거기 서서 그를 기다리고 있었다. 그는 땅바닥에 도달했고 그의 내부에서 상쾌함이 타다 남은 재에 석유를 끼얹은 것처럼 확 타올랐다.

"우린 해냈어요!"

그가 소리쳤다. 그는 삽을 내려놓고 저드의 어깨를 철썩 두드렸다. 그는 배의 돛대처럼 흔들리던 사과나무 꼭대기 가지까지 기어올라갔던 일이 생각났다. 그는 지난 이십여 년 동안 자신이 아주 젊다거나 아주 원시적인 활력이 넘친다고 느낀 적이 없었다.

"저드, 우리가 해냈어요!"

"자넨 우리가 못할 줄 알았나?"

저드가 물었다.

루이스는 입을 벌리고 무슨 말을 하려다가(못할 줄 알았냐고요? 죽지 않은 것만도 천만다행이라고요!) 다시 입을 닫았다. 그는 한번도 의문을 가진 적이 없었다. 저드가 나무 올가미에 다가가던 순간부터 그랬다. 그리고 그는 다시 넘어가는 것도 걱정하지 않았다.

"아닌 것 같아요."

그가 말했다.

"가자고. 아직 더 걸어야 해. 5킬로미터 이상 더 가야 해."

그들은 걸었다. 오솔길은 정말 그대로 이어지고 있었다. 움직이는 손전등 불빛이 더 명확하게 드러내 주었지만 길은 매우 넓어 보였다. 그것은 주로 공간 감각 때문이었다. 나무가 뒤로 물러나 있는 느낌이었다. 한두 번 루이스는 고개를 들어 빽빽한 나무숲의 어두운 경계 사이를 흘러가는 별을 바라보았다. 한 번은 무엇인가가 눈앞의 오솔길을 껑충 가로질러 갔고 불빛에 녹색의 눈빛이 반사되는 것이 보였다. 보였다가는 다음 순간 사라졌다.

어느 순간부터 오솔길이 좁아져서 덤불의 딱딱하고 날카로운 가지에 루이스의 외투의 어깨 부분이 긁혔다. 그는 가방과 삽을 더 자주 바꿔 들었지만 이제 어깨의 통증은 가시지 않았다. 그는 걷는 박자에 빠져들었고 거의 최면 상태에 이르렀다. 이곳에는 힘이 있었다, 그랬다. 그는 그것을 느꼈다. 그는 고등학교 상급생 시절을 떠올렸다. 그와 그의 여자 친구와 다른 쌍은 야외로 나갔다가 발전소 근처의 지저분한 막다른 도로 끝에서 애무를 하게 되었다. 그곳에서 얼마 지나지 않아 루이스의 여자 친구가 이가 아프다고(거의 모든 치아를 때운 상태였다) 집에 가고 싶어했다. 아니면 다른 장소에 가고 싶어했다. 루이스는 그곳을 떠나게 되어 기뻤다. 발전소 주위의 공기는 그를 초조하고 긴장되게 만들었다. 이것은 그때와 비슷했지만 더 강력했다. 강력했지만 결코 불쾌하지 않았다. 이것은…….

저드가 긴 경사의 맨 아래에서 멈추었다. 루이스가 그에게 달려갔다.

저드가 그를 향해 돌아섰다.

"거의 다 왔어."

그가 나직하게 말했다.

"다음에 가야 할 곳도 나무 올가미와 비슷해. 일정하게 편안하게 걸어야 하네. 날 따라오기만 하고 아래는 보지 말게. 우리가 내리막길을 가고 있다는 것은 알겠나?"

"예."

"이곳은 미크맥 인디언들이 '작은 신의 늪' 이라고 불렀던 곳의 가장자리라네. 이곳을 지나다니던 털가죽 상인들은 '망자의 수렁' 이라고 불렀고 이곳을 한 번 지나간 사람들은 대부분 다시는 오지 않았다네."

"표사(漂砂)가 있나요?"

"그렇지, 표사가 많지! 빙하 시대 이래로 남아 있는 큰 규사(硅砂) 층을 통과하여 흐른다네. 우리는 항상 유사라고 부르지. 아마 적당한 이름이 있을 테지만."

저드가 그를 보았고 순간 루이스는 노인의 눈에서 밝지만 즐겁지만은 않은 어떤 것을 보았다.

다음 저드는 손전등을 돌려 버렸고 그 표정은 사라졌다.

"이 길에는 재미있는 것들이 많아, 루이스. 공기는 무겁고…… 전기가 많고…… 뭔가가 있지."

루이스가 놀라 움찔했다.

"왜 그러나?"

"아무것도 아니에요."

루이스는 말하면서 막다른 길의 그날 밤을 생각하고 있었다.

"성 엘모의 불(St. Elmo's fire, 낙뢰 현상의 전조로 도깨비불과 같은 것임. 뱃사람들은 이 불을 보면 돌아가지 못한다는 설이 있음—옮긴이)이 나타날지도 몰라. 선원들은 푸 라이트(foo light—옮긴이)라고 하지. 재미있는 모양을 만들지만 실제는 아무것도 아니야. 이상한 모양이 나타나 자네를 성가시게 하거든 다른 곳을 보기만 하면 돼. 또 사람 목소리 같은 소리가 들리기도 하는데 그것은 프로스펙트를 향해 남쪽으로 날아가는 아비새들이라네. 소리가 울리는 것이지. 소리가 웃겨."

"아비새요?"

루이스는 믿을 수 없다는 듯이 물었다.

"이 계절에요?"

"그래, 맞아."

다시 저드가 말했고 그의 목소리는 지나치게 부드럽고 전혀 알아들을 수 없었다. 순간 루이스는 절실하게 노인의 얼굴을 다시 한번 볼 수 있길 원했다. 그 표정을…….

"저드, 우리가 어디로 가는 거죠? 그 경계를 넘어 이곳에서 도대체 뭘 어쩌자는 겁니까?"

"그곳에 도착하면 말해 주겠네."

저드가 몸을 돌렸다.

"덤불을 조심하게."

그들은 다시 걷기 시작했다. 넓은 얼음 둔덕 하나를 디디고 다음 얼음 둔덕을 디뎠다. 루이스는 둔덕을 찾지 않았다. 자신은 아무런 노력을 하지 않는데 그의 발이 자동으로 둔덕을 찾는 것 같았다. 그는 딱 한 번 미끄러졌는데 왼쪽 구두가 얇은 얼음층을 부수고 차갑고 끈끈한 고인 물속으로 빠졌다. 그는 재빨리 발을 빼내고 저드의 짧은 불빛을 따라 계속 걸어갔다. 그 불빛은 숲 속을 떠다니며 그에게 소년 시절 읽고 싶어했던 해적 이야기의 기억을 떠올려 주었다. 악당들이 어두운 달밤에 금화를 묻으러 가는……

그리고 그들 중 하나가 심장에 총알이 박힌 채 구덩이 속에 굴러 떨어진다. 해적들은 죽은 동지의 유령이 그곳에 남아 훔친 보물을 지켜 준다고 믿었기 때문이거나 아니면 이 으스스한 이야기를 쓴 작가가 엄숙하게 선언했기 때문이다.

우리가 묻으려는 게 보물이 아니라는 것만 빼고. 딸의 중성화된 고양이일 뿐이지.

그는 안에서 요란한 웃음이 들끓는 것을 느꼈지만 참았다.

그는 "사람 목소리 같은 소리"도 듣지 못했고 성 엘모의 불도 보지 못했지만 덤불을 대여섯 개쯤 지난 후 아래를 내려다보자 그의 정강이, 무릎, 허벅지 아래 부분이 너무나 보드랍고 새하얗고 완전 불투명인 땅 안개 속에 묻혀 보이지 않았다. 마치 세상에서 가장 가벼운 눈보라 속을 나아가는 것 같았다.

이제 공기 속에 빛 성분이 있는 것 같았고 기온이 따뜻해진 것이 맹세라도 할 수 있을 만큼 확연했다. 그의 앞에 저드가 일정한 걸음으로 나아가는 것이 보였다. 예리한 곡괭이 끝이 그의 어깨에 걸려 있었다. 곡괭이는 보물을 묻으러 가는 해적의 환상을 부추겼다.

미친 듯한 흥분이 지속되었고 문득 그는 레이첼이 전화하지 않을까 하는 생각이 떠올랐다. 집에서 전화벨이 계속 울리면서 규칙적이고 무미건조한 소리를 내고 있다면. 그렇다면…….

그는 거의 저드의 등 뒤까지 걸어갔다. 노인이 길 한가운데 멈춰 섰다. 그의 머리는 한쪽으로 기울어 있었다. 그의 입은 오므라져 있었고 긴장되어 있었다.

"저드? 왜……."

"쉬!"

루이스는 입을 다물며 주위를 불안하게 둘러보았다. 이곳은 땅안개가 얇았지만 여전히 신발은 보이지 않았다. 다음 순간 그는 덤불이 찌그러지고 가지가 부러지는 소리를 들었다. 무언가가 저쪽에서 움직이고 있었다…… 큰 무엇인가가.

그는 입을 열어 저드에게 말코손바닥사슴(실제 그의 마음속에 떠오른 생각은 곰이었다)이 아니냐고 물어보려다가 다시 다물었다. '소리가 울리지.' 저드가 말했었다.

그는 자신도 모르는 새 무의식적으로 저드를 흉내 내서 고개를 한쪽으로 기울이고 귀를 기울였다. 소리는 처음에는 멀리서 나는 것 같다가 아주 가까워졌다. 멀어졌다가 불길하게 그들에게 다가왔다. 루이스는 이마에 맺힌 땀이 튼 뺨으로 떨어지기 시작하는 것을 느꼈다. 그는 처치의 사체가 든 무거운 봉투를 다른 손으로 바꿔 들었다. 손바닥은 축축해져 있었고 녹색 비닐은 기름칠을 한 것처럼 손아귀에서 미끄러지려고 했다. 이제 저기 있던 그것은 너무 가까이 다가와서 언제라도 모습을 드러낼 것 같았다. 아마 상상도 못한 거대한 털복숭이 몸뚱이가 두 발로 일어서서 별을 가린 모습이 나타나겠거니 예상했다.

그는 더 이상 곰이라고 생각하지 않았다.

그는 지금 자신이 무엇을 생각하고 있는지 알 수 없었다.

순간 그것은 멀어지더니 시야에서 사라졌다.

루이스는 다시 입을 열었고 '저게 뭐죠?' 라는 말이 벌써 혀끝에 맺혔다. 그런 다음 날카롭고 광적인 웃음소리가 어둠 속에서 울려 나와 히스테리컬한 주기로 높아졌다 낮아졌다 했다. 시끄럽고 꿰뚫는 듯하고 오싹했다. 루이스는 몸의 모든 관절이 꽁꽁 얼어붙는 것 같았고 갑자기 몸이 무거워진 것 같았다. 너무 무거워져서 그가 몸을 돌려 도망가려 하면 늪 속에 풍덩 빠져 가라앉아 버릴 것 같았다.

웃음소리가 높아졌고 많은 단층선을 따라 늘어서 있는 부서져 떨어져 나갈 듯한 바위 덩어리처럼 메마른 낄낄거림으로 갈라졌다. 그것은 비명의 높이에 도달했다가 언제 흐느낌으로 변할지 모를, 목구멍에서 나는 킬킬거림으로 떨어지더니 완전히 사라졌다.

저기 어딘가에서 물이 똑똑 떨어지는 소리가 났고 그들 위에 하늘을 배경으로 고요히 흐르는 강 같은 바람의 단조로운 윙윙 소리가 났다. 그것만 제외하면 작은 신의 늪은 고요했다.

루이스는 전신을 떨기 시작했다. 그의 살, 특히 아랫배에 전율이 일었다. 그래, 전율이 딱 맞는 말이었다. 실제로 그의 몸 위로 살이 움직이는 것 같았다. 입은 바싹 말라 있었다. 입속에는 침 한 방울 남아 있지 않았다. 그러나 그 흥분은 여전히 남아 있었다. 확고부동한 광기였다.

"도대체 뭐였죠?"

그가 저드에게 거칠게 속삭였다.

저드는 몸을 돌려 그를 보았고 희미한 불빛에 루이스는 노인이 120살은 된 것 같다고 생각했다. 지금 그의 눈에는 기묘하게 일렁이던 빛이 보이지 않았다. 그의 얼굴은 긴장되어 있었고 눈에는 극심한 공포가 서려 있었다. 하지만 그가 입을 열자 목소리는 침착했다.

"아비새일 뿐이야. 가세. 거의 다 왔어."

그들은 계속 나아갔다. 덤불숲이 다시 마른땅으로 변했다. 잠시 루이스는 공터의 느낌에 낯설어 했고 공기 중의 희미한 번쩍임도 사라지고 있었는데 세 발자국 앞에 있는 저드의 등을 알아보는 데 방해가 되는 것은 그것뿐이었다. 서리가 내려 딱딱해진 짧은 풀이 발밑에 느껴졌다. 내딛는 걸음마다 서리가 유리처럼 부서졌다. 그들은 다시 숲으로 들어섰다. 그는 향긋한 전나무 냄새를 맡았고 가시를 느낄 수 있었다. 때때로 잔가지와 굵은 가지가 그를 스쳤다.

루이스는 모든 시간 감각과 공간 감각을 잃어버렸지만 저드는 얼마 안 가 다시 멈추고 그를 향해 돌아섰다. 그가 말했다.

"이제 계단이 나오네. 바위를 깎아서 만든 계단이지. 마흔두 갠가 마흔네 갠가, 잘 기억이 안 나는군. 나를 따라오기만 하면 돼. 꼭대기까지 올라가면 그곳에 있어."

그는 다시 올라가기 시작했고 루이스도 다시 따라갔다.

돌계단은 널찍했지만 땅이 꺼지는 느낌 때문에 불안했다. 여기저기서 신발에 자갈과 돌 부스러기가 밟혀 갈리는 소리가 났다.

……열둘……열셋……열넷……

바람이 매섭고 차가워져서 금방 얼굴이 얼얼해졌다. 나무 키보다 높이 올라왔을까? 그는 궁금했다. 그는 고개를 들어 어둠 속에 수십억 개의 별을, 차가운 빛을 보았다. 평생에 한번도 별 때문에 자신이 그렇게 왜소하고 하찮고 의미 없게 느껴진 적이 없었다. 그는 해묵은 질문을 자신에게 던졌다. 저 어딘가에 지능을 갖춘 것이 있을까? 그리고 그 생각은 놀라움 대신 무섭고 냉혹한 느낌을 가져다주었다. 마치 스스로에게 꿈틀거리는 벌레를 한 움큼 먹으면 어떤 맛일까라고 물은 것 같았다.

……스물여섯……스물일곱……스물여덟……

그런데 누가 이걸 깎았을까? 인디언? 미크맥 족? 그들이 도구를 지닌 인디언이었나? 저드에게 물어봐야겠군. '도구를 지닌 인디언' 은 '털을 지닌 동물' 을 연상시켰고 이는 다시 숲 속에서 그들 가까이 다가왔던 그것을 연상시켰다. 한 발을 헛디뎠고 그는 왼쪽으로 기울며 균형을 잡기 위해 장갑 낀 손을 바위벽에 대고 긁었다. 벽은 오래되었고 조각이 떨어져 나가고 홈이 패어 있고 주름져 있었다. 닳아빠진 메마른 가죽 같아. 그는 생각했다.

"괜찮나, 루이스?"

저드가 중얼거렸다.

"괜찮아요."

그가 말했다. 그는 숨이 턱까지 찼지만 근육은 비닐 속에 든 처치의 무게 때문에 불끈거렸다.

……마흔둘……마흔셋……마흔넷……

"마흔다섯." 저드가 말했다. "깜박했어. 12년 동안 한번도 이곳에 온 적이 없었거든. 다시 올 일도 없을 걸세. 이곳은…… 높이 올라갈수록 얻는 것도 많지."

그는 루이스의 팔을 붙잡고 그가 마지막 계단을 오르는 것을 도와주었다.

"다 왔네."

저드가 말했다.

루이스는 주위를 둘러보았다. 사물이 잘 보였다. 별빛은 희미했지만 적당했다. 그들은 검은 혀처럼 얇은 땅 위로 곧바로 솟아 나온 바위의 파편이 흩어진 면에 서 있었다. 다른 쪽을 보자 그들이 계단에 도달하기 전에 지나온 전나무 꼭대기가 보였다. 그들은 애리조나나 뉴멕시코에 있었다면 훨씬 정상적으로 보였을, 꼭대기가 평평한 기묘한 봉우리를 기어 올라온 것 같았다. 풀로 덮인 봉우리(아니면 언덕이든 꼭대기가 잘려 나간 산이든) 꼭대기에는 나무가 없었기 때문에 이곳은 햇볕에 눈이 다 녹아 버렸다. 루이스가 저드를 향해 몸을 돌리니 그의 얼굴에 차갑게 와 닿는 바람에 마른 풀이 휘는 것이 보였고 이것이 고립된 봉우리가 아니라 언덕이라는 것을 알게 되었다. 그들 앞의 숲을 향해 지면이 다시 높아졌다. 하지만 이 평평함은 아주 확연했고 뉴잉글랜드의 낮고 오래된 언덕들과 비교하면 몹시 이상했다…….

'도구를 지닌 인디언.' 갑자기 그의 마음이 말했다.

"이리 오게."

저드가 그를 데리고 숲을 향해 25미터쯤 갔다. 이곳은 바람이 세게 불었지만 청명했다. 루이스는 그가 본 것 중 가장 오래되고 가장 키 큰 전나무들이 드리운 그림자 아래 수많은 모양을 보았다. 이 높고 고독한 장소 전체가 주는 느낌은 공허함, 그렇지만 진동하는 공허함이었다.

어두운 모양은 돌 기념비였다.

"미크맥 족은 이 언덕 꼭대기까지 계단을 깎아 만들었지." 저드가 말했다. "아무도 어떻게 했는지 몰라. 아무도 어떻게 마야 인들이 피라미드를 지었는지 모르는 것처럼 말일세. 그리고 미크맥 족 자신들도 잊어버렸지. 마야 인디언들이 그랬던 것처럼."

"왜죠? 왜 그런 일을 한 거죠?"

"이곳은 그들의 매장지였어. 난 엘리의 고양이를 이곳에 묻으라고 자네를 데려왔네. 미크맥 인디언들은 차별이 없었네. 그들은 애완동물을 바로 주인 곁에 묻었지."

이 말을 듣고 루이스는 이집트 인들을 생각했다. 이집트 인들은 한 술 더 떴다. 그들은 충직한 애완동물의 영혼이 다음 생에 무엇이 되든 주인의 영혼과 함께 있을 수 있도록 애완동물을 죽였다. 그는 한 파라오의 딸이 죽은 후 만 마리가 넘는 가축이 도살된 얘기를 읽은 적이 있었다. 육백 마리의 돼지와 이백 마리의 공작새도 포함되었다. 돼지는 목을 치기 전에 죽은 여인이 좋아하던 장미 향수를 뿌렸다.

그리고 그들도 피라미드를 지었다. 아무도 마야 피라미드가 무슨 용도로 쓰였는지 정확히 알지 못한다. 어떤 이들은 스톤헨지처럼 항법 및 크로노그래프라고 하기도 했다. 하지만 이집트 피라미드가 무엇에 사용되었으며 사용되고 있는지는 잘 안다…… 거대한 죽음의 기념비, 세계 최대의 묘석이었다. 이곳에 람세스 2세 잠들다. 그는 말 잘 듣는 파라오였다. 루이스는 이런 생각을 하며 거칠고 무기력하게 킬킬거렸다.

저드가 그를 보았고 놀란 기색은 없었다. 그가 말했다.

"가서 고양이를 묻게. 난 담배를 피우겠네. 도와주고 싶네만 자네 혼자 해야 해. 모두 스스로 매장해야 하네. 당시에는 그렇게 했지."

"저드, 이것들은 다 뭐죠? 왜 절 여기 데려온 겁니까?"

"자네가 노마의 목숨을 구해 줬으니까."

저드가 말했다. 그의 말은 진실하게 들렸지만(그리고 루이스는 그가 스스로 진실하다고 믿는다는 것을 확신했지만) 순간적으로 저드가 거짓말을 하고 있다는 강렬한 느낌이 들었다…… 또는 그가 거짓말을 들었고 그 거짓말을 루이스에게 전하고 있다는 느낌이. 그는 저드의 눈에서 자신이 보았거나 보았다고 생각한 표정을 기억했다. 하지만 이곳에서는 그중 어떤 것도 중요하지 않았다. 바람이 더 중요했다. 그것은 일정한 흐름 속에서 그를 제멋대로 여기저기로 밀었고 그의 이마와 귀에서 머리카락을 흩날렸다.

저드는 나무 한 그루에 등을 기대고 앉아 손을 구부려 성냥을 가리고 체스터필드에 불을 붙였다.

"시작하기 전에 잠시 쉬는 게 어때?"

"아뇨, 괜찮아요."

루이스가 말했다. 그는 계속 물어볼 수도 있었지만 자신이 정말 신경 쓰고 있지 않다는 것을 깨달았다. 잘못된 일 같기도 하고 옳은 일 같기도 했지만 그는 그것으로 충분하다고 결론지었다…… 지금으로서는. 그가 알고 싶은 것은 한 가지뿐이었다.

"정말 처치에게 무덤을 만들어 줄 수 있을까요? 흙이 너무 얇아요."

루이스는 계단 가장자리에 바위가 땅 위로 솟아오른 곳을 향해 고개를 끄덕였다.

저드가 천천히 고개를 끄덕였다.

"물론. 맞아, 흙이 얇지. 하지만 일반적으로 토양이 풀이 자랄 정도로 깊기만 하면 무덤으로 쓰기에도 충분하다네, 루이스. 그리고 오랜 세월 사람들은 이곳에 매장해 왔네. 하지만 그렇게 쉽지는 않을 걸세."

정말 쉽지 않았다. 땅은 돌투성이에다 딱딱했고 루이스는 곧 처치를 넣기에 충분한 깊이의 무덤을 파려면 곡괭이가 필요하다는 것을 깨달았다. 그래서 그는 먼저 곡괭이를 사용하여 딱딱한 흙과 돌을 부순 다음 삽으로 부숴 놓은 것을 파내는 일을 번갈아 가며 했다. 손이 아파 오기 시작했다. 몸이 다시 더워지기 시작했다. 그는 일을 잘해야 한다는 절실하고 의문의 여지가 없는 필요성을 느꼈다. 그는 콧노래를 부르기 시작했다. 가끔 상처를 봉합할 때 하던 일이었다. 어쩌다 곡괭이가 돌을 너무 세게 때려 불꽃이 튀었고 충격으로 인한 진동이 나무 손잡이를 통해 전해 와서 손까지 떨렸다. 그는 손바닥에 물집이 잡히는 것을 느낄 수 있었지만 신경 쓰지 않았다. 하지만 평상시에는 대부분의 의사들처럼 손을 다치지 않도록 조심했다. 그의 위, 주위에 바람이 노래하면서 나무 음의 곡조를 연주했다.

바람의 곡조에 대한 대위법인지, 그는 돌이 살짝 떨어지는 쿵 소리를 들었다. 그가 어깨 너머로 고개를 돌리자 저드가 쭈그려 앉아 그가 파낸 돌 중 큰 돌을 들어내 돌더미를 만들고 있었다.

"기념비를 만들려고."

그는 루이스가 쳐다보는 것을 보고 말했다.

"아……."

루이스는 다시 작업에 착수했다.

그는 너비 50센티미터, 길이 1미터 정도의 무덤을 만들었다. 잘난 고양이 한 마리에게 캐딜락급 무덤이군. 그가 생각했다. 70센티미터쯤 파 내려가자 곡괭이를 내리칠 때마다 불꽃이 튀기 시작해서 그는 곡괭이와 삽을 던져 버리고 저드에게 이만하면 적당한지 물었다.

저드가 일어나 대충 살펴보았다.

"적당해 보이는데. 어쨌든, 중요한 건 자네 생각이야."

"이제 이곳이 어떤 곳인지 얘기해 주세요."

저드가 살짝 미소를 지었다.

"미크맥 인디언들은 이 언덕이 마법의 장소라고 믿었어. 이 숲 전체가, 늪에서부터 북쪽과 동쪽을 말하는데, 마법의 장소라고 믿었다네. 그들은 다른 모든 것과 떨어져서 이곳을 만들고 죽은 사람을 이곳에 묻었네. 다른 종족들은 이곳을 꺼려 했네…… 페놉스콧 사람들은 이 숲에 귀신이 들끓는다고 말했지. 그 후 사냥꾼들이 거의 똑같은 얘기를 하기 시작했네. 난 그들이 작은 신의 늪에서 성 엘모의 불을 본 것을 가지고 귀신을 봤다고 여긴 것 같아."

저드가 웃었고 루이스는 생각했다. 그건 당신 생각이 아니에요.

"나중에는 미크맥 본인들도 이곳에 오지 않았네. 그중 하나가 이곳에서 웬디고(Wendigo, 캐나다 전설에 나오는 거대한 괴물—옮긴이)를 보았고 이곳이 저주를 받았다고 주장했네. 그들은 그 문제를 놓고 큰 인디언 회의를 열었지…… 내가 어렸을 때 그렇게 들었네, 루이스, 하지만 늙은 술주정뱅이 스태니 B.에게서 들었어. 우리 모두 스탠리 부샤르라고 불렀던 사람이지. 스태니 B.는 자신이 모르는 부분은 꾸며 냈을 거야."

웬디고가 북쪽 나라의 혼령이라고만 알고 있는 루이스가 말했다.

"이곳이 저주받은 곳이라고 생각하세요?"

저드가 미소 지었다…… 아니면 최소한 그의 입술이 기울어졌다.

"난 위험한 곳이라고 생각해."

그가 나직하게 말했다.

"하지만 고양이, 개, 햄스터에겐 위험하지 않아. 어서 고양이를 묻게, 루이스."

루이스는 비닐봉지를 구멍 속에 내려놓았고 천천히 흙을 다시 덮었다. 이제 그는 춥고 피곤했다. 흙이 비닐을 때리는 타닥 소리가 음울하게 들렸고 그는 이곳에 올라온 것을 후회하지는 않았지만 아까의 흥분이 사그라졌고 이 모험이 끝나기를 빌기 시작했다. 집까지는 먼 거리였다.

타닥거리는 소리가 둔해지더니 더 이상 나지 않았다. 흙 위에 흙이 덮이는 소리만 있을 뿐이었다. 그는 삽날로 마지막 흙더미를 구멍 위에 모아 얹고 ('늘 부족해.' 그는 장의사 삼촌이 천 년 전에 그에게 한 것 같은 말을 기억하며 생각했다. '늘 구멍을 다시 메울 만큼 충분하지 않아.') 저드를 향했다.

"기념비."

저드가 말했다.

"저드, 전 너무 피곤하고……."

"엘리의 고양이야."

저드가 말했다. 그의 목소리는 부드러웠지만 준엄했다.

"엘리는 자네가 제대로 하기를 원할 거야."

루이스가 한숨을 쉬었다.

"그럴 거예요."

저드가 건네준 돌을 하나씩 쌓아 올리는 데 10분이 더 걸렸다.

돌 쌓는 일을 마친 후 처치의 무덤에 낮은 원뿔 모양의 돌무더기가 생겼고 루이스는 지치긴 했지만 진심으로 작은 기쁨을 느꼈다. 기념비는 훌륭해 보였고 별빛을 받아 다른 것들보다 높이 솟아 있었다. 그는 엘리가 이것을 절대 보지 않을 것이라 생각했지만(엘리를 표사가 있는 늪에 데려간다는 생각만으로도 레이첼의 머리가 하얗게 셀 것이다) 그는 보았고 그것은 훌륭했다.

"대부분이 무너졌군요."

그는 저드에게 말하고 일어나서 바지 무릎을 쓸었다. 이제 주위가 더 잘 보였고 몇 군데에서 돌 기념비에서 떨어져 나와 흩어진 돌멩이들을 분명하게 알아볼 수 있었다. 하지만 저드는 루이스가 판 무덤에서 나온 돌멩이만으로 돌 기념비를 만들도록 했었다.

"그래." 저드가 말했다. "내가 말했잖나, 이곳은 오래됐다고."

"이제 끝났나요?"

"그래."

그는 루이스의 어깨를 철썩 때렸다.

"잘했어, 루이스. 자네가 해낼 줄 알았어. 집에 가세."

"저드……."

그는 다시 말을 꺼냈지만 저드는 곡괭이를 집어 들고 계단 쪽으로 걸어갈 뿐이었다. 루이스는 삽을 들고 따라잡기 위해 종종걸음으로 가야 했다. 그런 다음 걷기 위해 숨을 골랐다. 그는 한 번 뒤를 돌아보았지만 딸의 고양이 윈스턴 처칠의 무덤임을 알리는 돌 기념비는 어둠으로 녹아내려 있어 알아볼 수 없었다.

우리는 필름을 뒤로 돌리기만 했어. 루이스는 한참 뒤 그들이 숲에서 나와 집이 내려다보이는 들판으로 들어서자 피곤에 지쳐 이렇게 생각했다. 그는 얼마나 지났는지 알지 못했다. 그날 오후 낮잠을 자려고 침대에 누울 때 손목시계를 끌러 놓았고 그것은 아직 침대 옆 창턱에 그대로 있었다. 그는 자신이 기진맥진하고 완전히 녹초가 되었다는 것만 생각났다. 16년인가 17년 전인가, 고등학교 시절 어느 여름날 그가 처음 시카고의 쓰레기 폐기 담당 직원으로 일한 후 걷어차인 개처럼 녹초가 되었던 느낌도 기억할 수 없었다.

그는 그들이 갔던 길을 그대로 되돌아왔지만 돌아온 여정에 대해 거의 기억할 수 없었다. 나무 올가미에서 휘청거렸다는 기억은 났다(앞으로 기울면서 엉뚱하게 피터 팬의 오, 행복한 기억을 모두 잊어버리고 내려갑니다를 생각했다)…… 그때 저드의 손이 나타났다. 단단하고 억센 손이. 그리고 몇 분 뒤 고양이 스머키와 트릭시와 토끼 마르타가 영면하고 있는 곳을 터벅터벅 지나 전에 저드뿐 아니라 온 가족이 함께 걸었던 오솔길로 나왔다.

그는 넌더리나게도 몽유병 사건으로 결론 내린 빅터 파스코 꿈을 생각했던 것 같다. 하지만 그날의 밤 마실과 이 일은 아무리 해도 연결이 되지 않았다. 또한 그에게 그 모험 전부가 위험했다는 생각도 들었다…… 멜로드라마 풍의 윌키 콜린스 식의 위험이 아닌 매우 현실적인 위험. 거의 몽유병 상태에서 손에 난폭하게 물집을 냈다는 것은 아주 사소한 것에 불과했다. 나무 올가미에서 죽을 수도 있었다. 두 사람 다 죽을 뻔했다. 제정신으로 그런 행동을 도모하기는 힘들었다. 지금 기진맥진한 상태에서 그는 그것을 온 가족이 사랑한 애완동물의 죽음에서 비롯한 혼란과 감정의 동요 탓이라고 하고 싶었다.

그리고 시간이 흘러 그들은 집에 도착했다.

그들은 함께 말없이 집을 향해 걸어갔고 루이스 집 진입로에 멈춰 섰다. 바람이 신음하며 울었다. 말없이 루이스는 저드에게 삽을 건네주었다.

"이제 연극을 잘해야지."

마침내 저드가 입을 열었다.

"루엘라 비숀이나 루시 파크가 노마를 집에 데려다 줄 거야. 내가 어디 있었는지 궁금해 하겠지."

"몇 시죠?"

루이스가 물었다. 그는 노마가 아직 집에 오지 않았다는 사실에 놀랐다. 그의 근육 상태로 보아서는 자정을 지난 것 같았다.

"아, 그렇지." 저드가 말했다. "난 옷을 입고 있는 동안 항상 시계를 지니고 다니다가 그 후에 풀어놓지."

그는 바지 호주머니에서 손목시계를 꺼내 표면에서 스크롤 식 커버를 찰칵 열었다.

"여덟시 반이 넘었네."

그는 말하고 나서 덮개를 다시 닫았다.

"여덟시 반이오?"

루이스는 멍하니 되풀이했다.

"그것밖에 안 됐어요?"

"시간이 얼마나 된 줄 알았나?"

저드가 물었다.

"그보다는 늦은 줄 알았어요."

루이스가 말했다.

"내일 보세, 루이스."

저드가 말하고 멀어져 갔다.

"저드?"

그는 살짝 묻는 표정으로 루이스 쪽으로 몸을 돌렸다.

"저드, 우리가 오늘 무슨 일을 한 거죠?"

"자네 딸 고양이를 묻었지."

"그게 단가요?"

"그것뿐이야." 저드가 말했다. "루이스, 자넨 좋은 사람이지만 너무 질문이 많네. 가끔 사람은 옳다고 생각되는 일을 해야 해. 마음속으로 옳다고 생각되는 일 말이지. 그런 일들을 하고 나서 잘했다고 생각하지 않고는 의심에 차서 마음은 받아들이는데 머리로는 받아들이지 못하고 실수했다고 생각하지. 무슨 뜻인지 알겠나?"

"예."

루이스가 말했다. 두 사람이 들판과 집의 불빛을 향해 언덕을 내려갈 때 저드가 자신의 마음을 읽은 것이 틀림없다고 생각했다.

"사람들은 스스로의 마음에 의문을 품기 전에 그런 의심에 대해 의문을 품어야 한다는 것은 미처 생각 못하지."

저드가 그를 유심히 바라보며 말했다.

"어떻게 생각하나, 루이스?"

"그래요."

루이스가 천천히 말했다.

"그 말이 맞는 것 같아요."

"그리고 인간의 마음속에 있는 것 말인데, 그런 것들에 대해 지껄이는 것은 크게 좋을 것이 없지, 안 그런가?"

"글쎄요……."

"맞아."

저드는 마치 루이스가 동의한 것처럼 말했다.

"좋을 게 없어."

그리고 아주 확신에 차고 아주 준엄한 낮은 목소리로, 루이스가 한기를 느낄 정도의 목소리로 그는 말했다.

"그것들은 비밀스러운 것이야. 여자들은 비밀을 간직하는 데 능하지. 내 짐작에도 여자들이 몇 가지 비밀은 다 갖고 있을 것 같아. 하지만 조금이라도 뭘 아는 여자라면 한번도 진실로 남자의 마음을 들여다본 적이 없다고 말할 거야. 남자의 마음의 토양은 돌보다 단단하다네, 루이스…… 오래된 미크맥 매장지의 흙처럼 말일세. 근저에 가깝지. 남자는 자신이 키울 수 있는 것을 키우지…… 그리고 그것을 보살핀다네."

"저드……."

"묻지 말게, 루이스. 이미 일어난 일을 받아들이고 자신의 마음을 따르게나."

"하지만……."

"하지만 아무것도 없어. 이미 일어난 일을 받아들이고 자신의 마음을 따르게. 우리는 이번에 옳은 일을 한 거야…… 적어도 나는 그것이 옳기를 기도하네. 다른 때 같으면 잘못된 일일 수도 있지…… 단단히 잘못된 일이지."

"최소한 한 가지는 대답해 주실 수 있죠?"

"글쎄, 무슨 내용인지 들어 보고 생각해 보지."

"그 장소를 어떻게 아셨어요?"

루이스는 이 질문이 돌아오는 길에 떠올랐고 저드 본인에게 미크맥의 피가 섞였을지 모른다는 의심도 들었다…… 겉으로는 그렇게 보이지 않았지만. 그는 모든 조상이 백 퍼센트 전형적인 앵글로 족인 것처럼 보였다.

"음, 스태니 B.에게 들었지."

그는 놀란 듯한 표정으로 말했다.

"그 사람이 그냥 얘기해 줬나요?"

"아니야." 저드가 말했다. "그곳은 다른 사람에게 마구 얘기해도 되는 장소가 아니야. 난 열 살 때 내가 키우던 스폿을 그곳에 묻었네. 스폿은 토끼를 쫓다가 녹슨 철조망에 걸렸다네. 상처가 덧나 죽었지."

이 얘기에는 잘못된 것이 있었다. 루이스가 이전에 들은 내용과 맞지 않는 점이 있었지만 그 불일치를 찾아내기에 그는 너무 피곤했다. 저드는 더 이상 얘기하지 않았다. 수수께끼 같은 노인의 눈으로 그를 바라보기만 할 뿐이었다.

"안녕히 주무세요, 저드."

루이스가 말했다.

"편히 쉬게."

노인은 삽과 곡괭이를 들고 도로를 건넜다.

"고마워요!"

루이스가 충동적으로 소리쳤다.

저드는 돌아보지 않았다. 단지 한 손을 올려 들었다는 표시를 할 뿐이었다.

집에 들어오자 갑자기 전화가 울리기 시작했다.

루이스는 허벅지 위쪽과 허리의 통증에 얼굴을 찡그리며 달려갔지만 그가 따뜻한 주방에 들어섰을 때 전화는 이미 예닐곱 번쯤 울린 뒤였다. 그가 수화기에 손을 올려놓자마자 전화벨이 멈추었다. 그래도 그는 수화기를 들고 "여보세요." 했지만 윙 하는 소리뿐이었다.

레이첼일 거야. 그는 생각했다. 전화해 줘야지.

하지만 갑자기 다이얼을 돌리고 장모님, 더 운이 나쁘다면 수표책을 휘두르는 장인과 어색하게 인사를 나누고 레이첼을 바꿔 달라고 해서 그녀와 통화하고…… 엘리와 통화하는 일이 너무 번거롭다는 생각이 들었다. 물론 엘리는 아직 자지 않고 깨어 있을 것이다. 시카고는 여기보다 한 시간 빠르다. 엘리는 그에게 처치가 어떤지 물어볼 것이다.

좋아, 처치는 잘 있단다. 오링코 트럭에 치였어. 틀림없이 오링코 트럭일 거야. 그것 말고 무엇이 극적인 재회를 방해하겠니? 무슨 말인지 알겠니? 모르겠어? 그럼, 흘려 버려라. 트럭이 처치를 죽였지만 전혀 상하게 하지는 않았단다. 저드 아저씨랑 아빠가 처치를 미크맥 매장지에 묻어 주었어. 음, 애완동물 공동묘지의 별관 같은 곳이랄까. 엄청나게 걸었지. 언젠가 아빠와 함께 그곳에 가서 묘비에 꽃을 놓아 주자…… 아, 묘비가 아니라 돌 기념비지. 겨울에 표사가 얼고 곰이 겨울잠을 자면 가자구나.

그는 수화기를 다시 내려놓고 개수대로 가서 뜨거운 물을 받았다. 그는 셔츠를 벗고 씻었다. 그는 추위에도 불구하고 돼지처럼 땀을 뻘뻘 흘렸고 말 그대로 돼지 냄새가 났다.

냉장고에 먹다 남은 미트 로프가 있었다. 루이스는 미트 로프를 두껍게 썰어 로먼 밀 빵에 넣은 다음 두껍게 썬 버뮤다 양파(미국산 양파의 일종—옮긴이) 두 조각을 추가했다. 그는 잠시 이것을 바라보다가 케첩을 뿌리고 위에 다른 빵 조각을 얹었다. 레이첼과 엘리가 있었다면 역겹다는 표시로 코를 찡긋했을 것이다…… 웩, 쏠려.

좋은 장면을 놓쳤군, 숙녀 분들. 루이스는 아주 만족스러운 기분으로 이런 생각을 하면서 샌드위치를 게걸스럽게 먹었다. 맛은 훌륭했다. 공자께서 돼지 냄새가 나는 자는 늑대처럼 먹느니라 하셨지. 그는 제멋대로 생각하며 웃었다. 그는 샌드위치를 먹고 우유를 곽째 여러 번 길게 들이켜고(레이첼이 질색하는 또 다른 습관이었다) 이층으로 올라가 옷을 벗고 이를 닦지도 않은 채 침대에 들었다. 통증과 고통이 사그라져 적당할 정도의, 한 번의 미약한 고동으로 줄어들었다.

손목시계는 그가 놓아둔 곳에 있었고 그는 시계를 보았다. 9시 10분이었다. 정말 믿을 수 없었다.

루이스는 불을 끄고 모로 누워 잠이 들었다.

그는 다음 날 새벽 세시가 지나 잠이 깨서 어정어정 욕실로 들어갔다. 그는 서서 소변을 보면서 욕실의 밝은 백색 형광등 불빛에 올빼미처럼 눈을 끔벅거리다가 갑자기 이상한 생각이 들어 눈을 크게 떴다. 마치 서로 완벽하게 맞아떨어져야 하는 두 조각이 서로 쿵 충돌하여 튕겨 나간 것 같았다.

오늘 밤 저드는 자신이 열 살 때 키우던 개가 녹슨 철조망에 걸려 긁히고 나서 감염으로 죽었다고 말했다. 하지만 지난여름 언젠가 온 가족이 애완동물 공동묘지에 함께 갔을 때 저드는 개가 늙어서 죽었고 그곳에 묻혀 있다고 했다. 그는 여러 해가 지나 새긴 글이 닳아 없어지긴 했지만 개의 묘비를 가리키기까지 했다.

루이스는 변기의 물을 내리고 불을 끈 다음 침대로 돌아갔다. 역시 뭔가가 잘못됐다. 그리고 잠시 그 생각에 빠졌다. 저드는 20세기가 시작될 때 태어난 사람이었고 그날 애완동물 공동묘지에서 그는 루이스에게 자신의 개가 1차 세계 대전 첫해에 죽었다고 했다. 그가 그 전쟁이 실제 유럽에서 시작된 때를 뜻하는 것이었다면 그해는 저드가 열네 살 때이다. 그것이 미국이 1차 세계 대전에 참전한 때를 의미한다면 그가 열일곱 살 때가 된다.

하지만 오늘 밤 그는 스폿이 열 살 때 죽었다고 말했다.

저드는 노인이야. 노인은 기억이 오락가락하지. 그는 불편한 마음으로 생각했다. 본인도 건망증이 자꾸 심해지는 조짐이 느껴진다고 말하곤 했어. 쉽게 떠올랐던 이름과 주소를 한참 생각해야 하고 가끔은 아침에 일어나 바로 전날 밤에 하려고 계획했던 집안일도 기억할 수 없다고 했다. 그 연세의 노인들은 깜박깜박하지…… 저드의 경우 노쇠는 지나친 표현이야. 건망증이 더 정확하고 적합한 표현이야. 약 70년 전에 개가 언제 죽었는지 또는 어떻게 죽었는지 그 상황을 잊어버린다는 것은 별로 놀랄 일이 못 돼. 잊어버리자, 루이스.

하지만 그는 즉시 다시 잠들 수 없었다. 오랫동안 깬 채 누워 있었고 빈집과 집 밖의 처마를 윙윙거리며 돌아가는 바람이 지나치게 의식되었다.

어느 때인가 그는 경계선을 넘어선 것도 알지 못한 채 잠이 들었다. 그럴 수밖에 없었다. 그는 잠이 들 때 천천히 계단을 올라오는 맨발 소리를 들은 것 같았고 그는 '날 내버려 둬, 파스코, 내버려 둬, 끝난 일은 끝난 거고 죽은 건 죽은 거야.' 하고 생각했던 것 같았기 때문이다. 그리고 발자국은 멀어져 갔다.

그리고 그해가 저물면서 다른 불가해한 일들이 수도 없이 많았지만 깨어 있을 때나 꿈을 꿀 때나 빅터 파스코의 유령이 괴롭히는 일은 두 번 다시 일어나지 않았다.

그는 다음 날 아홉시에 일어났다. 밝은 햇빛이 침실 동쪽 창문으로 쏟아져 들어왔다. 전화가 울리고 있었다. 루이스는 손을 뻗어 수화기를 낚아챘다.

"여보세요?"

"여보!" 레이첼이 말했다. "전화 소리에 깼어? 그랬으면 좋겠네."

"당신 때문에 깼어, 마누라."

그가 웃으며 말했다.

"어쩜, 그런 말을, 나쁜 사람." 그녀가 웃었다. "지난밤에 전화했어. 저드 씨네 있었어?"

그는 아주 잠깐 망설였다.

"그래. 맥주 좀 했어. 노마가 추수감사절 만찬을 들러 나갔거든. 당신에게 전화할까 했지만…… 당신도 알지."

그들은 한동안 얘기를 나눴다. 레이첼은 루이스에게 그가 몰라도 그만인 가족 소식을 전했는데 그는 장인의 대머리가 빠른 속도로 넓어지고 있다는 소식에 야비하면서도 작은 만족감을 느꼈다.

"게이지와 얘기할래?"

레이첼이 물었다.

루이스는 웃었다.

"그래, 바꿔 줘. 게이지가 지난번처럼 수화기를 놓지 못하게 해."

수화기 반대편에서 부산스러운 소리가 들렸다. 레이첼이 게이지에게 "아빠, 안녕해야지." 하고 달래는 소리가 희미하게 들렸다.

마침내 게이지가 말했다.

"아바, 안녕."

"게이지, 안녕."

루이스가 즐겁게 말했다.

"잘 지내지? 재밌어? 너 또 할아버지 담뱃대를 잡아당겼지? 틀림없이 그랬겠지. 이번에는 할아버지가 수집하시는 우표도 망가뜨릴지 모르겠군."

게이지는 30초 정도 즐겁게 재잘거렸다. 게이지의 옹알대는 소리 사이사이에 점점 늘어나는 그의 어휘로부터 구사하는, 알아들을 수 있는 단어 몇 가지가 있었다――엄마, 엘리, 할아버지, 할머니, 차(최고의 양키 전통에 따라 발음되었다. 루이스는 그것을 알아듣고 즐거워했다), 트럭 및 똥이었다.

마침내 레이첼이 게이지에게서 억지로 전화를 뺏자 게이지가 화가 나서 소리 질렀고 루이스는 한시름 놓았다. 그는 아들을 사랑했고 아들이 미칠 듯이 보고 싶었지만 아직 두 살도 안 된 아기와 대화를 지속하는 것은 미치광이와 크리비지 게임을 하는 것과 비슷했다. 카드는 아무 곳으로나 가고 가끔은 자기 스스로가 점수를 거꾸로 매기고 있는 것을 발견하기도 한다.

"거기는 별일 없지?"

레이첼이 물었다.

"그래."

루이스는 이번에는 전혀 망설임 없이 말했다. 하지만 그는 레이첼이 어젯밤에 저드 씨 집에 갔냐고 묻고 그가 그렇다고 대답했을 때 이미 선을 넘었다는 것을 알고 있었다. 별안간 마음속에 저드 크랜덜이 '남자의 마음의 토양은 돌보다 단단하다네, 루이스…… 남자는 자신이 키울 수 있는 것을 키우고…… 그것을 가꾸지.' 라고 말하는 것이 들렸다.

"글쎄…… 당신이 솔직하게 말하길 바란다면 말인데 좀 지루해. 보고 싶어."

"이 여홍에서 벗어난 휴가가 즐겁지 않다는 말을 하려는 거야?"

"음, 난 조용한 것이 좋아." 그가 인정했다. "물론이야. 하지만 24시간 정도 지나니까 낯설어지는군."

"아빠하고 통화해도 돼?"

뒤에 엘리의 목소리였다.

"루이스? 엘리야."

"좋아, 바꿔 줘."

그는 엘리와 5분쯤 통화했다. 엘리는 할머니가 인형을 사 준 얘기, 할머니와 함께 가축 수영장에 놀러 갔던 얘기("있죠, 얼마나 냄새가 지독하던지, 아빠."라고 엘리가 말했고 루이스는 속으로 네 할머니도 장미는 아니라고 했다), 빵 만들 때 옆에서 거든 얘기, 레이첼이 게이지 옷을 갈아입힐 때 게이지가 어떻게 달아났는지 조잘거렸다. 게이지는 복도를 뛰어다니며 할아버지 서재로 들어가는 문가에서 넘어졌다(이를 어째, 게이지! 루이스가 생각했다. 그의 얼굴에는 함박웃음이 번져 갔다).

그는 사실 이 순간을 어떻게 넘길까 생각했고(최소한 오늘 아침 동안) 엘리에게 작별인사를 하기 위해 엄마를 다시 바꿔 달라고 하려던 찰나 엘리가 물었다.

"아빠, 처치는 어때요? 처치가 나 안 찾아요?"

루이스의 입가에서 미소가 사라졌지만 그는 철저하게 아무렇지도 않은 듯한 어조로 즉석에서 금방 대답했다.

"처치는 잘 있을 거야. 아빠가 어젯밤 먹다 남은 비프 스튜를 주고 밖에 내보냈어. 오늘 아침에는 못 봤지만 아빤 이제 막 일어났거든."

맙소사, 희대의 살인마가 될 소질이 보이는군. 소름 끼치게 냉정해, 크리드 박사, 고인을 마지막으로 본 게 언제죠? 그는 저녁 먹으러 왔어요. 비프 스튜 한 접시를 먹었죠. 그 후로 한번도 못 봤어요.

"그래요? 내 대신 처치에게 뽀뽀해 줘요."

"웩, 뽀뽀는 네가 직접 해라."

루이스가 말했고 엘리는 낄낄거렸다.

"아빠, 엄마랑 또 얘기하실 거죠?"

"그럼. 엄마 바꿔 봐."

그것으로 끝이었다. 그는 레이첼과 몇 분 더 얘기를 나눴다. 처치 얘기는 나오지 않았다. 루이스와 그의 아내는 사랑한다는 말을 주고받고 전화를 끊었다.

"이것으로 됐어."

그는 햇빛이 드는 텅 빈 방에 대고 말했고 가장 나쁜 것은 그가 전혀 기분이 상하지 않았으며 전혀 죄의식을 느끼지 않았다는 점이었다.

스티브 매스터튼이 아홉시 반쯤 전화해서 루이스에게 대학에 나와 라켓볼 칠 생각이 없냐고 물었다. 학교엔 학생들이 없었고 그는 원한다면 온종일 놀 수도 있겠다고 생각하며 흥겨워했다.

루이스는 유쾌한 기분은 이해할 수 있었지만(학기 중에는 라켓볼을 치기 위해 코트를 잡으려고 이틀이나 기다릴 때도 있었다) 대학 의학 잡지에 기고하고 있는 기사를 써야 한다고 말하고 거절했다.

"그래요?"

스티브가 물었다.

"그렇게 일만 하고 놀지 않으면 바보가 되는데도?"

"나중에 시간 내 볼게요. 어쩌면 갈지도 모르고."

루이스가 말했다.

스티브는 그러라고 말하고 전화를 끊었다. 루이스는 이번에는 반만 거짓말을 했다. 정말 그는 진료소 환경에서 수두 및 단구증가증 같은 전염병을 치료하는 방법에 관한 기사를 쓸 계획이었지만 스티브의 제안을 거절한 주된 이유는 전신이 통증과 진통투성이였기 때문이다. 그는 이 사실을 레이첼과 통화를 끝내고 이를 닦기 위해 욕실에 들어가려 할 때 알았다. 등 근육이 삐걱거렸으며 어깨는 그 망할 쓰레기봉투에 담은 고양이를 메고 간 것 때문에 욱신거렸고 무릎 뒤쪽의 힘줄은 정상적인 높이보다 세 옥타브나 높이 맞춰 놓은 기타 줄 같았다. 맙소사, 몸매가 근사할 거라는 바보 같은 생각을 했군. 그가 스티브와 라켓볼을 친다면 관절염 걸린 노인처럼 어기적거리는 모습이 퍽이나 귀여워 보였을 것이다.

그리고 노인 얘기가 나와서 말인데 지난밤 그는 혼자서 밤에 숲속까지 등산한 것이 아니었다. 여든다섯 살이 다 된 노인과 함께 갔다. 그는 오늘 아침 자신이 아픈 것처럼 저드도 아팠을지 궁금했다.

그는 한 시간 반 동안 기사를 붙잡고 씨름했지만 별 진전이 없었다. 공허함과 침묵이 신경을 긁기 시작했고 마침내 그는 노란색 법률 용지철과 존스 홉킨스에서 주문한 발췌 인쇄물을 선반 위 타자기 위에 쌓아 두고 파카를 입고 도로를 건넜다.

저드와 노마는 집에 없었지만 앞면에 그의 이름이 적힌 봉투가 포치에 꽂혀 있었다. 그는 봉투를 꺼내 엄지손가락으로 봉투를 열었다.

루이스,

어진 아내 노마와 나는 쇼핑도 하고 엠포리엄 갤로리엄에서 노마가 한 백 년이나 눈독 들여온 웰시 드레서(welsh dresser, 17, 18세기 초 영국에서 유행한 주방용 가구—옮긴이)를 보기 위해 벅스포트에 가네. 아마 그곳에 가서 맥로드에서 가볍게 점심을 들고 오후 늦게 돌아올 걸세. 내키면 오늘 밤 맥주 한잔하러 오게.

자네 가족은 자네 가족이지. 난 '오지랖 넓은 사람' 은 되고 싶지 않네만 엘리가 내 딸이었으면 고양이가 고속도로에서 차에 치여 죽었다는 얘기는 하지 않을 걸세. 그냥 명절을 즐겁게 보내도록 하는 게 좋지 않겠나?

그건 그렇고, 루이스, 우리가 어젯밤에 한 일에 대해서는 얘기하지 않을 걸세. 노스러들로에서는 안 해. 우리 말고도 미크맥 매장지를 아는 사람들이 있고 그곳에 동물을 묻은 사람들이 있네…… 자네는 그곳이 '애완동물 공동묘지' 의 또 다른 부분이라고 생각하겠지. 자네가 믿든 말든 그곳에는 황소도 묻혀 있다네! 스택폴 로드에 살았던 잭 맥거번은 상으로 받은 황소 핸래티를 1967년인가 1968년에 미크맥 매장지에 묻었네. 그는 나에게 자신과 두 아들이 황소를 그곳에 데려갔다고 말했고 나는 너무 웃어서 배가 찢어지는 줄 알았지! 하지만 이곳 사람들은 그 얘기 하는 것을 좋아하지 않고 자신들이 '이방인' 이라고 간주하는 사람들이 그것에 대해 아는 것을 좋아하지 않네. 이 오래된 미신이 삼백 년도 넘게 거슬러 올라가기 때문이 아니라(사실이 그렇지만) 사람들이 이 미신을 믿고 있고 그들이 미신을 믿는다는 사실을 알면 '이방인' 이 자신들을 비웃을 거라고 생각하기 때문이네. 말이 된다고 생각하나? 난 그렇다고 생각하지 않지만 실제로 그렇다네. 그러니 나에게 그 문제를 조용히 덮어 두는 호의를 베풀어 주게, 알겠나?

아마 오늘 밤 이 문제에 관해 자세히 얘기하세. 그러면 이해하게 될 걸세. 하지만 그동안 난 자네가 자랑스러운 일을 했다고 말해 주고 싶네. 자랑스러울 걸세.

—저드

추신──노마는 이 편지에 뭐라고 적혀 있는지 모른다네. 그녀에게는 다르게 얘기해 놓았어. 그리고 자네만 괜찮다면 나는 그런 식으로 이 일을 덮어 둘 걸세. 결혼 생활 58년 동안 내가 노마에게 거짓말한 것이 이번뿐은 아니네. 남자들 대부분이 아내에게 그럴듯한 거짓말을 하지만 대부분은 신 앞에 나아가 신의 눈을 피하지 않고 고백할 수 있다고 생각해. 오늘 밤 들러서 술이나 마시자고.

루이스는 저드와 노마의 집 포치(지금은 아무것도 없었고 안락한 등가구들은 봄이 오길 기다리며 다른 곳에 보관되어 있었다)로 이어지는 맨 위 계단에 서서 심각한 얼굴로 편지를 읽었다. 엘리에게 고양이가 죽었다는 말은 하지 말라고……? 그는 하지 않았다. 다른 동물도 그곳에 묻혔다? 300년을 이어져 내려온 미신이라고?

'……그러면 이해하게 될 걸세.'

그는 이 줄에 손가락을 살짝 갖다 대었고 처음으로 자신의 마음이 의도적으로 지난밤에 그들이 한 일을 생각하도록 허락했다. 그것은 기억 속에서 희미해져 있었고 꿈결 또는 약물에 살짝 취했을 때 깨어나게 하는 동작의 살살 녹는 솜사탕 같은 느낌이 있었다. 그는 나무 올가미에 올라갔던 것을 기억했고 수렁에서 밝은 빛 성분을 느꼈지만(그곳은 빛 성분과 함께 5도나 10도는 더 높았던 것 같았다) 모든 것이 마취사가 불 끄듯 환자를 잠에 빠트리기 전에 마취사와 나누는 대화 같았다.

'……남자들 대부분이 아내에게 그럴듯한 거짓말을 하지…….'

아내와 딸들에게도. 루이스는 생각했다. 하지만 저드가 오늘 아침 전화 중에서 그리고 자신의 머릿속에서 벌어졌던 일들을 거의 알고 있었다고 생각하니 섬뜩했다.

천천히 그는 학생들이 쓰는 메모지처럼 줄이 쳐진 종이에 쓴 편지를 다시 접어 봉투에 넣었다. 그는 봉투를 바지 뒷주머니에 넣고 다시 도로를 건넜다.

오후 한시경, 처치가 자장가에 나오는 고양이처럼 불현듯 다시 나타났다. 루이스는 차고에 있었다. 지난 6주간 그는 차고에서 선반을 만드는 야심 찬 작업에 몰두해 있었다. 워셔액 병, 부동액, 선반에 놓인 날카로운 공구들 같은 위험천만한 차고의 잡동사니들을 게이지의 손이 닿지 않도록 모두 치워 버리고 싶었다. 처치가 꼬리를 치켜들고 느릿느릿 걸어 들어오는 순간 루이스는 망치로 못을 내리쳤다. 망치를 떨어뜨리거나 엄지손가락을 치지는 않았다. 잠시 뜨끔하기는 했지만 심장이 두방망이질하는 정도는 아니었다. 전구의 필라멘트가 잠시 눈부신 빛을 뿜다가 타 버리듯 위장이 잠시 꿈틀거리다가 곧 진정되는 기분이었다. 그런 루이스의 반응은 지난 추수감사절에 온종일 처치가 돌아오기만을 기다려야 했을 때나, 죽은 고양이를 안고 한밤중에 미크맥으로 터벅터벅 걸어가는 발걸음의 의미를 마음속 깊이 깨달았을 때에도 마찬가지였다.

그는 망치를 조심스럽게 내려놓고 입에 물었던 못을 손바닥에 뱉은 후 작업용 앞치마 주머니에 넣었다. 그러고는 처치에게 걸어가 고양이를 안아 올렸다.

살아 있는 고양이 무게잖아. 그는 기분 나쁜 흥분을 느꼈다. 이 놈 차에 치이기 전 체중 그대로네. 처치는 살아 있어. 봉지에 넣었을 때는 더 무거웠어. 죽어 있었기 때문이겠지.

심장이 더 크게 뛰기 시작했다. 이제는 거의 두 방망이질하고 있었다. 일순간 차고가 눈앞에서 헤엄치는 것처럼 보였다.

처치는 귀를 뒤로 눕힌 채 몸을 내맡기고 있었다. 루이스는 고양이를 햇볕 속에 내놓은 다음 벌렁 눕혔다. 고양이가 몸을 웅크리려 하자 한 번 걷어차고는 다리를 잡아 들어 올렸다. 심장이 가볍게 뛰기 시작했다.

그는 지난밤에 고양이의 목이 부러진 채 부자연스럽게 매달려 있던 것을 떠올리며 처치의 북슬북슬한 목털을 조심스럽게 살펴보았다. 굵은 근육과 힘줄밖에 느껴지지 않았다. 이번에는 처치를 들어 올려 고양이의 콧등을 자세히 들여다보았다. 순간 그는 얼른 고양이를 잔디밭에 내려놓고 한 손으로 얼굴을 가리고 눈을 감아 버렸다. 다시금 주위가 온통 헤엄치기 시작했다. 루이스는 머리가 빙빙 돌고 어지러워 토할 것 같았다. 마치 엉망으로 취해서 토하기 시작할 때 같은 기분이었다.

처치의 콧등에는 피가 말라붙어 있었고 긴 수염에는 두 개의 작은 녹색 비닐 조각이 묻어 있었다. 무거운 쓰레기 봉지 조각이었다.

'나중에 얘기하다 보면 제대로 이해가 되겠지…….'

맙소사. 루이스는 지금 이 순간 너무 많은 것을 알아 버렸다.

내게 기회를 줘. 루이스는 생각했다. 근처 정신병원에라도 가 봐야 할까 봐.

그는 처치를 안고 집으로 갔다. 그리고 파란색 고양이 먹이 그릇을 꺼낸 다음 다랑어 고기와 내장이 섞인 고양이 먹이 깡통을 땄다. 깡통에서 회갈색 덩어리들을 떠내자 처치는 불규칙하게 그르렁거리며 루이스의 발을 앞뒤로 문지르기 시작했다. 고양이가 비벼 대는 느낌에 소름이 끼친 루이스는 그것을 발로 차 버리고 싶은 충동을 이를 악물고 참아야 했다. 고양이의 털은 지나치게 매끈매끈하고 지나치게 굵었다. 한마디로 끔찍하게 싫었다. 문득 루이스는 자신이 처치를 다시 볼 수 없더라도 아무렇지 않을 거라 생각했다.

몸을 굽혀 접시를 바닥에 내려놓자 처치는 그의 옆을 번개같이 스치며 달려 나와 먹이를 먹기 시작했고 순간 루이스는 썩은 흙냄새를 맡았다. 맹세라도 할 수 있었다. 마치 그것이 가루가 되어 처치의 털이 되기라도 한 것처럼.

그는 뒤로 물러서서 고양이가 먹는 모습을 지켜보았다. 고양이가 입맛을 다시는 소리도 들렸다. 처치가 원래 저렇게 입맛을 다시며 먹이를 먹었던가? 아마 그랬겠지. 하지만 루이스는 이전에 한번도 그런 모습을 본 적이 없었다. 어쨌든 아주 메스꺼운 소리였다. 쏠려. 엘리가 있었다면 이렇게 말했을 것이다.

갑자기 루이스는 돌아서서 위층으로 올라갔다. 처음에는 천천히 걸어 올라갔지만 계단 중간쯤부터는 달음박질하다시피 했다. 그러고는 옷을 모두 벗어 빨래 바구니에 던져 넣었다. 그날 아침에 속옷을 모두 새로 갈아입었지만 문제 될 것 없었다. 곧장 욕실로 달려 들어간 루이스는 아주 뜨거운 물이 담긴 욕조에 풍덩 뛰어들었다.

뜨거운 김이 자욱하게 올라오자 더운 물에 근육의 긴장이 풀어지는 것을 느낄 수 있었고, 기분도 훨씬 상쾌해졌다. 물이 차가워질 즈음에는 졸음이 쏟아지면서 모든 것이 다 잘될 것 같은 기분이 들었다.

자장가 속의 고양이처럼 돌아왔단 말이지. 좋아. 그게 뭐 대단한 일인가.

그건 단지 실수였을 뿐이다. 어제저녁, 처치가 차에 치인 것이라고 보기엔 너무 건강하고 멀쩡해 보인다고 생각하지 않았던가?

고속도로마다 널려 있던 차에 치여 죽은 마멋과 고양이와 개들을 생각해 보라고. 시체가 완전히 박살나 있었지. 창자가 다 터져 나와 있곤 했잖아. 총 천연색. 루던 웨인라이트는 죽은 스컹크를 그렇게 설명했지.

이제 모든 것이 분명해졌다. 차에 심하게 받힌 처치는 의식을 잃었을 뿐이었던 것이 틀림없다. 그걸 알아채지 못한 채 아직 죽지 않은 고양이를 저드의 오래된 미크맥 땅에 묻어 버렸던 것이다. 고양이는 아홉 개의 목숨을 가지고 있다던가? 엘리에게 아무 말도 하지 않아서 정말 다행이다! 하느님, 감사합니다! 그 애는 처치가 어떻게 다시 돌아오게 되었는지 자세히 알 필요가 전혀 없었다.

입과 목덜미의 피…… 이상하게 돌아가 버린 목…….

하지만 그는 의사이지 수의사는 아니었다. 진단을 잘못했던 거다. 그뿐이야. 어둠이 내리기 시작하는 영하 6도의 저드네 잔디밭에 쪼그리고 앉은 상태에서 시체를 면밀히 조사하기는 어려웠다. 더구나 장갑까지 꼈지. 그래, 그럴 수도 있어…….

욕실의 타일 벽에 용 머리나 무슨 기괴한 뱀 모양의 과장되고 왜곡된 그림자가 드리워지며 그의 어깨를 스쳤다. 그러자 루이스는 무언가에 감전된 듯 홱 뿌리쳤고, 욕조 안의 물이 사방으로 튀어 욕조 매트가 완전히 젖어 버렸다. 그는 등을 잔뜩 구부린 채 몸을 돌려 고양이의 흐린 황록색 눈을 훔쳐보았다. 고양이는 변기의 아래쪽 덮개에 위태롭게 앉아 있었다.

처치는 몸을 느리게 앞뒤로 흔들며 변기 물을 꿀꺽꿀꺽 마셨다. 고양이의 몸이 갑자기 꿈틀꿈틀 움직이자 루이스의 악문 이빨 사이로 비명이 새어 나왔다. 이전에 이렇게 먹이를 휘감는 뱀처럼 척추가 구부러지는 모습을 한번도 본 적이 없었다. 그제야 이것이 처치와 비슷하게 생긴 다른 고양이일지도 모른다는 생각이 떠올랐다. 그가 선반을 만들고 있을 때 다른 고양이가 차고 안을 어슬렁거리며 들어왔던 거야. 처치는 아직도 숲 속의 험한 암벽 위에 쌓아 둔 돌무더기 밑에 묻혀 있는 거라고. 하지만 인식표가 똑같았고 깔쭉깔쭉한 한쪽 귀도 너무 비슷했다. 이상한 모양의 상처가 있는 앞발도 그렇고. 처치가 아직 새끼일 때 엘리가 고양이 우리의 뒷문을 쾅 닫는 바람에 생긴 상처였다.

분명히 처치였다.

"당장 나가!"

목소리가 낮게 갈라져 나왔다.

처치는 잠시 그를 뚫어지게 쳐다보더니 변기에서 뛰어내렸다. 맙소사. 고양이의 눈동자는 너무나 이상하고 낯설었다. 고양이는 거만해 보이던 평소의 모습과 전혀 다르게 땅에 내려섰다. 그러고는 어색하게 비틀거리며 욕조에 엉덩이를 쿵 부딪히더니 밖으로 나가 버렸다.

그거야. 루이스가 생각했다. 처치가 아니라고. 바로 그거야. 정신 차리자. 처치는 중성화 수술을 받았어.

그는 욕조 밖으로 나가 서둘러 물기를 닦았다. 면도를 하고 옷을 거의 다 입었을 때, 전화벨 소리가 텅 빈 집 전체에 날카롭게 울리기 시작했다. 루이스는 너무 놀라 눈이 휘둥그레진 채 두 손을 치켜들었다가 천천히 내렸다. 심장은 터져 나갈 것 같았고 근육은 아드레날린으로 가득 차 부들부들 떨렸다.

라켓볼을 치러 가자는 스티브 매스터튼의 전화였다. 루이스는 응낙하고는 한 시간 후 체육관 기념비 앞에서 만나기로 약속했다. 그는 도저히 시간을 낼 수 없었고 더구나 라켓볼을 친다는 것은 상상도 할 수 없었지만 지금으로서는 나가지 않을 수 없었다. 어떻게 해서든 고양이로부터 벗어나고 싶은 마음뿐이었다. 여기 있을 이유가 전혀 없는 그 무시무시한 고양이 말이다.

그는 서둘러 셔츠 소매를 걷어 올리고 지퍼백에 반바지, 티셔츠, 수건을 쑤셔 넣은 후 계단을 구르듯 달려 내려갔다.

그런데 바닥에서 네 번째 계단에 처치가 누워 있었고 루이스는 고양이에 발이 걸려 넘어질 뻔했다. 간신히 난간을 붙잡아 심하게 굴러 떨어지는 꼴은 면했다.

그는 계단 아래에 내려서서 숨을 몰아쉬었다. 가슴은 터져 나갈 듯했고 몸 전체에 아드레날린이 불쾌하게 휘몰아쳤다.

처치가 일어나 몸을 쭉 폈다…… 꼭 그를 비웃는 것만 같았다.

루이스는 서둘러 집을 떠났다. 고양이를 밖에 내보내야 했지만 하지 않았다. 그 순간만은 도저히 고양이 몸에 손가락 하나 댈 수 없었다.

저드는 부엌의 성냥을 집어 들어 담배에 불을 붙인 다음 흔들어 껐다. 그러고는 바닥에 그려진 짐 빔(버번 위스키 상표—옮긴이) 광고문이 읽기 힘들 정도로 바랜 양철 재떨이에 재를 털었다.

"에, 그 장소에 대해 얘기해 준 사람은 스탠리 부샤르라네."

그는 말을 끊고 생각에 잠겼다.

그들은 식탁보가 씌워진 부엌 탁자에 마주앉아 있었고 앞에 놓인 맥주잔은 거의 손도 대지 않은 채였다. 그들 뒤에 있는 벽에 고정시켜 놓은 요리용 기름통에서 콸콸 소리가 세 번 나더니 조용해졌다. 루이스는 스티브와 거의 손님이 없는 베어스 덴에서 서브 샌드위치(잠수함처럼 길쭉한 모양의 샌드위치—옮긴이)로 간단히 저녁을 때웠다. 그는 이미 메인 주에서는 대형 샌드위치나 분쇄기, 지로(쇠고기 등을 마늘로 양념하여 빵에 얹어 먹는 그리스 식 샌드위치—옮긴이) 같은 것을 찾아봐야 사람들이 무언지도 모르며, 서브 샌드위치나 이탈리아 식 햄버거를 시켜야 배를 채울 수 있다는 것을 알고 있었다. 배가 든든해지자 처치에 대한 공포도 수그러들기 시작했다. 사태를 한걸음 떨어져 볼 수 있게 된 것이다. 하지만 아직도 고양이가 어디에서든 덤벼들 수 있는 어둡고 텅 빈 자기 집으로 돌아가고 싶은 마음은 추호도 없었다.

노마는 조용히 앉아 텔레비전을 보면서 손으로는 계속해서 자수를 놓고 있었다. 작은 마을의 교회당 뒤로 해가 넘어가는 그림의 자수였다. 지는 해를 배경으로 지붕 위 십자가의 검은 그림자가 나무에 드리워졌다.

"크리스마스 전 주에 있을 교회 바자회에서 뭔가 좀 사구려."

그녀가 말을 꺼냈다.

"매년 규모가 굉장하다오."

노마는 손가락을 민첩하게 움직여 천 앞뒤로 바늘을 밀어서 둥근 자수틀 위로 뽑아 올렸다. 오늘 밤엔 관절염의 자취를 찾아볼 수 없었다. 날씨는 차가우면서도 건조한 것 같았다. 그녀는 심장마비에서 완전히 회복된 상태였고 그 후 10주도 안 되어 머리를 다쳐 목숨을 잃을 터이지만, 그날 저녁의 그녀는 수척한 모습이 사라지고 더 젊어진 것처럼 보였다. 그녀의 모습에서 소녀의 흔적을 찾아볼 수 있었다.

10시 15분 전, 노마가 인사를 하고 자러 가자 저드와 루이스만 남았다. 저드는 줄담배를 피우며 말없이 생각에 잠긴 모습이었다. 마치 빙글빙글 도는 이발소 표지등을 멍하니 쳐다보는 아이 같았다.

"스태니 B. 말씀이시죠?"

루이스가 조심스럽게 입을 떼었다.

저드는 눈을 끔벅이며 제정신으로 돌아오는 듯했다.

"아, 그래. 러들로에 사는 사람들은 누구나 그를 스태니 B.라고 부르지. 벅스포트와 프로스펙트와 오링턴에서도 마찬가지일 거야. 내 개 스폿이 죽었던 해, 그러니까 처음으로 죽었던 1910년에도 스태니는 이미 노인이었고 약간 돈 것 이상이었어. 이 주변에 미크맥 매장지 위치를 아는 사람이 있긴 했지만 스태니만큼 잘 알지는 못했어. 나처럼 스태니도 부모한테서 그 이야기를 들었을 거야. 가족 모두가 프랑스계 캐나다 사람이었거든."

저드는 껄껄 웃더니 맥주를 한 모금 마셨다.

"나는 아직도 그가 그 제멋대로인 영어로 말하는 게 들리는 듯해. 그가 나를 보았을 때 난 15번 도로에 있던 마차를 세놓는 집 뒤에 앉아 있었지. 그때는 15번 도로가 뱅거—벅스포트 도로였지. 지금 오링코 공장이 있는 바로 그 자리야. 스폿은 아직 살아 있었지만 죽어 가는 중이었고, 아버지는 나에게 당시 늙은 요키가 팔던 닭 모이를 보고 오라고 심부름을 시켰어. 우린 닭을 키우지 않았으니 닭 모이를 보라는 건 소에게 칠판을 주라는 것보다 더 웃기는 말이었지. 난 아버지가 왜 날 내보내려 하는지 아주 잘 알고 있었다네."

"개를 죽이려는 것이었나요?"

"아버지는 내가 스폿을 얼마나 좋아하는지 알고 있었으니까, 죽이는 걸 못 보게 했던 거야. 나는 닭 모이를 보러 갔고 요키가 사실대로 말해 주는 것을 뒤로한 채 집으로 돌아와 낡은 맷돌 위에 앉아 엉엉 울었지."

저드는 미소를 띤 채 머리를 천천히 부드럽게 흔들었다.

"늙은 스태니 이야기로 돌아가세. 이 마을 사람 절반이 그를 온화한 사람이었다고 생각하고 절반은 위험한 사람이었다고 생각하지. 1800년대 초에 그의 할아버지는 큰 모피 사냥꾼이자 판매상이었어. 스태니 할아버지는 매리타임스 해변에서 뱅거나 데리까지 거침없이 다녔고, 동물 털가죽을 사러 먼 남쪽의 스코히건까지도 달려가곤 했다네. 직접 본 건 아니고 그저 귀동냥으로 들은 이야기지만 말이야. 그는 메디슨 쇼(행상인이 연예인을 써서 하는 의약품 선전 판매 쇼. 19세기 미국에서 유행—옮긴이)에 나오는 것 같은 생가죽들로 덮개를 씌운 큰 짐마차를 끌고 다녔어. 그는 독실한 기독교인이었기 때문에 마차 곳곳에 십자가를 걸어 놓았고 취하기만 하면 그리스도 부활에 대해 설교를 늘어놓으려 들었지. 하지만 곳곳에 이교도인 인디언 표시도 함께해 놓았지. 모든 인디언은 성서에 나오는 이스라엘의 잃어버린 지파에 속하므로 모두 한 핏줄이라고 믿었기 때문이야. 이건 스태니에게 들은 말이네. 그 사람은 자기 할아버지에 대해 이야기하길 좋아했거든. 스태니 할아버지는 모든 인디언은 반드시 지옥에 떨어지지만 그들의 마법만큼은 효과가 있다고 주장했던 거라네. 괴상하고 저주받긴 했지만 그들도 어쨌든 기독교인이었으니까.

스태니의 할아버지는 미크맥 출신이었고, 다른 모피 사냥꾼과 판매상들이 대부분 망하거나 서부로 밀려난 후에도 오랫동안 일을 계속할 수 있었다네. 모피를 저렴한 가격으로 판매했기 때문이기도 하고, 스태니의 말에 따르자면 성서 전체를 온 가슴으로 이해하고 살았기 때문이었지. 미크맥 사람들은 독립 전쟁으로 미국군인과 목재상들이 몰려들기 전 몇 년 동안 예수회원들이 침 튀기며 했던 이야기를 그에게서 또 듣는 걸 재미있어 했다네."

그는 침묵에 빠졌다. 루이스는 가만히 기다렸다.

"미크맥 사람들은 스태니의 할아버지에게 웬디고가 초토화시켜 더 이상 사용하지 않는 매장지의 매장 관습과 작은 신의 늪, 또 그 과정에 대해 얘기를 들려주었어.

웬디고 이야기는 당시 북부 지방 어디에서든 들을 수 있었어. 우리가 다른 사람을 만나면 꼭 꺼내곤 하는 기독교 이야기들처럼,

그들에겐 이것이 꼭 해야 하는 이야기였던 거지. 노마는 내가 그런 이야기를 하는 걸 들으면 언제나 불경스럽다고 화를 냈네. 그렇지만 루이스, 그 이야기는 사실이라네. 겨울이 길고 혹독하고 식량이 부족해지면 북부 인디언들은 결국 굶어 죽는 경우가 많지…… 아니면 엉뚱한 일을 벌이기도 하고."

"사람을 잡아먹는다는 말씀인가요?"

저드는 어깨를 으쓱했다.

"아마도. 아마도 늙고 쓸모없는 사람 중에서 고르겠지. 그러면 한동안은 스튜를 먹을 수 있지. 그리고 외부에 이야기할 때는 웬디고가 사람들이 잠든 사이 마을이나 야영지로 숨어들어 사람을 잡아먹었다고 하는 거지."

루이스는 고개를 끄덕였다.

"그러니까 괴물에게 덮어씌우는 거군요."

"물론이야. 내 생각에 이 주변의 미크맥 사람들은 계속 그런 일을 했고 매장지 안에 한둘, 심지어 열두엇까지 잡아먹은 사람 뼈를 묻었던 거야."

"그러고는 그 땅을 불모지로 방치했고요."

루이스가 중얼거렸다.

"내가 울고 있을 때 스태니가 왔다네. 맥주나 한잔하려고 마차 세놓는 집으로 온 거였겠지. 그는 이미 반쯤 취해 있었어. 그의 조부는 사망 당시 재산이 백만 달러에 달했다는 소문이었지만 스태니는 넝마주이에 지나지 않았지. 그는 무슨 문제가 생겼냐고 물었고 나는 개 이야기를 해 주었어. 그는 내가 엉엉 우는 것을 지켜보더니 용기가 있고 진심으로 일을 바로잡고 싶은 마음이 있다면 방법이 있다고 말하더군.

나는 스폿을 다시 살려 낼 수만 있다면 무엇이든 하겠다고, 어떻게 하면 치료할 수 있느냐고 물었지. '치료법은 나도 몰라.' 스태니가 말했다네. '하지만 개를 다시 살려 낼 방법은 알고 있어. 지금 당장 집에 가서 아버지에게 개를 곡식 자루에 넣어 달라고 말해. 하지만 어디에 묻을 건지는 말하면 안 돼! 그런 다음 개를 애완동물 공동묘지에 끌고 가서 어둡고 깊은 구덩이에 넣어 두는 거야. 끝난 다음에는 그냥 집에 돌아오면 돼.

나는 그렇게 하겠다고 약속했고 스태니는 밤이 되기를 기다렸다가 자기가 창문에 돌을 던지면 밖으로 나오라고 말했어. '자정에 널 부르겠어. 네가 만일 스태니를 잊고 그대로 잠들면 스태니도 널 잊어버릴 테다. 그러면 네 개도 그걸로 끝이야. 그대로 지옥에 가 버리는 거라고!'"

저드는 루이스를 쳐다보면서 다시 담배에 불을 붙였다.

"모든 일은 스태니가 말한 대로 진행되었지. 집에 돌아가자 아버지가 스폿의 고통을 줄여 주기 위해 머리에 총을 쏘았다고 말했고, 나는 애완동물 묘지에 대한 말을 꺼낼 필요도 없었어. 아버지 쪽에서 먼저 내게, 스폿이 내가 직접 묻어 주기를 원하지 않겠냐고 물었거든. 나도 그렇게 생각한다고 대답했지. 나는 곡식 자루에 개를 넣어 끌고 갔어. 아버지가 도와주겠다고 했지만 거절했어. 스태니가 한 말을 기억하고 있었기 때문이지.

나는 밤이 될 때까지 기다렸어. 정말 영원 같은 시간이었다네. 자네도 아이에게 시간이란 게 어떤 것인지 알 거야. 기다리고 기다려서 아침이 다 된 것 같은 지경에도 종은 겨우 열 번 울렸고,

아주 한참 만에야 열한시가 되었지. 잠시 졸기도 했지만 금방 깜짝 놀라며 일어나곤 했다네. 누군가가 나를 붙들고 흔들며 말하는 것 같았어. '일어나, 저드! 일어나라고!' 누군가가 나를 깨우려 애쓰는 것만 같았어."

이 말에 루이스의 눈썹이 치켜 올라갔다. 저드는 어깨를 으쓱했다.

"아래층 시계가 열두시를 알리자 나는 곧장 일어나 옷을 입은 채 달빛이 빛나는 창문 앞에 섰어. 시계가 30분을 알리고 다시 한시를 알렸지. 스태니는 오지 않았어. 그가 모든 것을 잊어버렸나. 이 멍청한 프랑스 놈이. 혼자 생각하며 막 옷을 벗으려는데 돌멩이 두 개가 창문을 때렸지. 어찌나 세게 맞았는지 창문 유리가 깨질 뻔했다네. 결국 창문 유리에 금이 갔지만 다음 날 아침에야 그 사실을 알았고 어머니는 겨울이 될 때까지 알아채지 못했지. 그녀는 서리가 내려 창문이 깨졌다고 생각해 버리더군.

나는 거의 날듯이 달려가서 창문을 들어 올렸어. 창문은 삐거덕 소리를 내며 열렸지. 예나 지금이나 아이들이 자정이 지나 밖으로 나가고 싶으면 그 방법밖에 없는 것 같아."

루이스는 크게 웃었다. 그도 열 살 때 밤에 간절히 집에서 나가고 싶어했던 것을 기억하지는 못했지만 말이다. 하지만 그도 낮에는 전혀 삐걱대지 않는 창문도 밤이 되면 덜걱댄다는 사실을 알고 있었다.

"이웃들이 도둑이 들었다고 생각할까 봐 겁이 더럭 났지만, 심장 소리가 잦아들고 나자 1층 침대에서 여전히 규칙적으로 코 고는 소리가 들려왔어. 밖을 내다보았더니 스태니가 집 앞 차도에서 위층을 올려다보며 기다리고 있더군. 산들바람 한 점 없었지만 스태니의 등은 강풍이라도 몰아치는 듯 활처럼 휜 상태였지. 그는 이미 엉망으로 취해 있어서 아무것도 겁나는 게 없어 보였다네. 그러지 않았으면 그가 왔다는 사실을 알지 못했을 거야. 그는 위를 올려다보고 소리 지르다시피 했어. 본인은 자신이 속삭인다고 생각한다는 걸 나만 짐작했지. '어이, 이리로 내려와. 아니면 내가 올라갈까?'

'쉿!' 나는 겁에 질린 나머지 아버지가 바로 깨어나서 날 감옥에 집어넣어 버릴 거라고 생각했어. '뭐라는 거야?' 스태니는 더 크게 소리 질렀어. 부모님이 집의 도로 쪽 부분에서 자고 있었으면 아마 그대로 죽은 목숨이었겠지. 하지만 부모님들은 현재 나와 노마가 함께 사는, 강이 보이는 방을 침실로 사용했으니까."

"틀림없이 계단을 달려 내려왔겠군요." 루이스가 말했다. "저드, 맥주 한 잔 더 할래요?"

그는 이미 자기 주량보다 두어 잔이나 더 마셨지만 오늘 밤에는 뭐든 괜찮을 것 같았다. 모든 것이 허락된 듯한 밤이었다.

"그래, 나도 갖다 줘. 어디 있는지는 알지?"

말을 끊은 저드는 담배에 불을 붙였다. 그러고는 루이스가 맥주를 가지고 와서 다시 앉기를 기다렸다.

"그럴 수 없었어. 감히 계단으로 내려갈 수는 없었네. 계단이 아버지의 침실을 지나고 있었거든. 나는 담쟁이덩굴 울타리를 손으로 옮겨 잡으며 가능한 한 빨리 내려갔어. 좀 두려웠던 것은 사실이야. 하지만 그때는 스태니와 애완동물 공동묘지에 가는 것보다 아버지가 더 무서웠던 시절이었네."

그는 담배를 비벼 껐다.

"우리는 함께 묘지로 갔어. 내가 보기에 스태니는 일단 누워 버리면 여섯 시간은 족히 잘 것 같았어. 정말 많이 취해 있었지. 술통에라도 빠졌다 나온 것 같은 냄새를 풍겼고. 한 번은 길 옆 나뭇가지에 목구멍을 꿰일 뻔하기까지 했지. 하지만 삽과 곡괭이는 들고 있었고 묘지에 도착하면 내게 도구를 던져 주고 땅을 파라고 하겠지 생각했어.

묘지에 도착하자 그는 술이 좀 깬 것 같았어. 나를 구덩이를 지나서 숲 속 깊은 곳에 있는 다른 매장지로 데려갔다네. 나는 너무 취해 제대로 서 있지도 못하는 스태니와 구덩이를 번갈아 쳐다보다가 말했어. '스태니, 당신은 저기 못 올라갈 거예요. 목이 부러지고 말 거예요.'

그가 말했지. '그런 일은 없어, 나나 너나. 난 아직 걸을 수 있어. 넌 개를 끌고 와.' 결과적으로는 그의 생각이 맞았다네. 그는 아래를 내려다보지도 않고 비단같이 부드럽게 구덩이를 지나갔거든. 15킬로그램은 족히 넘는 스폿을 거기까지 끌고 갔던 나는 쓰러지기 직전이었지. 하지만 루이스, 난 정말 너무 슬프고 눈물이 났다네. 자넨 오늘 기분이 어떤가?"

루이스는 대답하지 못한 채 고개만 끄덕였다.

"우린 걷고 또 걸었네." 저드가 말했다. "정말 영원히 걷는 게 아닌가 했어. 당시 숲은 참 으스스한 곳이었어. 나무마다 알지도 못할 새들이 무리 지어 우짖었고 이곳저곳에 동물들이 돌아다녔지. 대부분은 그냥 사슴이지만 당시엔 말코손바닥사슴은 물론 곰과 퓨마도 심심치 않게 볼 수 있었어. 나는 스폿을 질질 끌고 갔지. 잠시 후 나는 그 늙어빠진 스태니가 없어지고 내가 어떤 인디언을 따라가고 있다는 상상에 빠졌다네. 한참 후 그 인디언이 나를 돌아보고는 검은 눈동자를 빛내면서 히죽 웃는 거야. 곰의 지방으로 만들어 냄새가 역겨운 페인트로 얼굴에 줄무늬를 그려 놓았겠지. 석판 쐐기와 물푸레나무 건조대를 생가죽 밧줄로 단단히 묶은 큰 도끼를 차고, 내 목 뒤를 잡고 머리채를 홱 당겨 머릿거죽을 벗겨내 버리는 그런 상상 말일세. 스태니는 더 이상 비틀거리지도, 넘어지지도 않았어. 머리를 곧게 들고 똑바로 걸어가는 그의 모습이 내 상상력을 더욱 부채질하더군. 하지만 작은 신의 늪에 도착해서 나를 돌아보며 입을 뗀 사람은 틀림없이 스태니였어. 그가 비틀거리거나 넘어지지 않은 것은 공포에 사로잡혔기 때문이었네. 공포 때문에 술이 깼던 거야.

그는 지난밤 내가 자네에게 했던 것과 똑같은 말을 했네. 아비새와 성 엘모의 불 말일세. 또 내가 보거나 들은 것에 대해 아무 말도 하지 말아야 한다고 다짐했네. 무엇보다 그것이 내게 무슨 말을 하더라도 대꾸하면 안 된다고 신신당부하더군. 그런 다음 우리는 늪지를 건너기 시작했지. 그때 무언가 눈에 들어왔어. 그게 무엇이었는지는 말하지 않겠어. 단지 내가 열 살이었던 그때 이후 다섯 번쯤 더 그곳에 가 보았지만 더 이상은 아무것도 볼 수 없었다는 것만 말해 주지. 앞으로도 볼 수 없을 걸세. 지난밤 미크맥 매장지에 간 것이 마지막이 될 테니까. 난 이제 다시는 그곳에 가지 않을 거야."

'나는 여기 앉아 있으면서도 이야기를 전혀 믿지 않고 있군.' 루이스는 생각 좀 하자고 스스로를 재촉했다. 세 잔째 맥주를 비우자 입을 좀 뗄 수 있게 되었다. 최소한 혼잣말이라도. 난 여기 앉아서 늙은 프랑스 인과 인디언 매장지 이야기를 믿고 있는 건가? 무언가가 웬디고를 불러내서 애완동물들을 다시 살려 냈다는 말을? 맙소사. 고양이는 기절했던 것뿐이야. 차가 치었을 때 죽은 게 아니라 그냥 기절했던 거라고…… 그것뿐이야. 이 이야기는 노망난 노인네의 횡설수설일 뿐이라고.

그러나 그건 사실이 아니었다. 그리고 루이스는 그걸 아주 잘 알고 있었다. 맥주를 세 잔 마셨다 해도 그건 변하지 않았고, 서른 세 잔을 마신다 해도 마찬가지일 것이다.

처치는 죽었다. 그리고 이제 살아났다. 이 두 가지 사실은 기본적으로 서로 다른 것이고, 잘못된 것이다. 무슨 일이 일어난 것이 틀림없다. 저드는 호의로 과거의 일에 보답한 것뿐이야…… 하지만 미크맥 매장지에서의 주술은 별로 좋은 방법이 아닐 것이다. 저드의 눈을 들여다보던 루이스는 이제 이 노인도 그걸 알고 있음을 깨달았다. 루이스는 전날 밤 저드의 눈에서 본 것, 아니 보았다고 생각한 것에 대해 깊이 숙고했다. 그것은 경박하면서도 대단히 기분 좋은 어떤 것이었다. 그는 저드가 루이스와 엘리의 고양이를 그 특별한 밤 마실에 데리고 갔던 일이 완전히 저드 혼자 내린 결정이 아니라는 것을 기억해 냈다.

그가 내린 결정이 아니라면 누가? 그는 자문했다. 하지만 답을 알 수 없었기 때문에 질문을 마음속에서 지워 버렸다.

"나는 스폿을 묻고 비석을 세워 주었다네."

저드의 말은 단호했다.

"일을 마치고 나니 스태니는 깊이 잠들어 있었지. 나는 그를 잡고 다시 가자고 마구 흔들어 깨웠지. 그때 우리는 마흔네 개의 계단을 내려갔던 거야……."

"마흔다섯 개."

루이스가 중얼거렸다.

저드가 고개를 끄덕였다.

"아 맞아, 그렇지? 마흔다섯 개. 스태니와 나는 마흔다섯 개의 계단을 내려갔지. 그는 다시 술이 오르는 듯 걸음이 매우 굼떴다네. 우리는 다시 늪지를 건너고 숲과 구덩이를 지나갔고, 마침내 도로를 건너 집에 도착했어. 열 시간은 족히 지난 것 같았지만 아직 캄캄한 밤이었지.

'이제 어떻게 되는 거죠?' 나는 스태니에게 물었어. '이제 기다리기만 하면 돼. 무슨 일이 일어날지 보기만 하라고.' 스태니는 이렇게 말한 다음 비틀거리면서 가 버렸어. 아마 다시 마차 세놓는 집으로 돌아가 밤새 잤겠지. 스폿은 이후 스태니보다 2년이나 더 오래 살았어. 스태니는 간이 나빠지면서 건강이 악화되었고, 1912년 7월 4일에 아이들 두 명이 도로에서 부지깽이처럼 뻣뻣해진 그를 발견했다네.

하지만 그날 밤 나는 다시 담쟁이덩굴을 붙들고 기어 올라가 침대로 돌아갔고 머리가 베개에 떨어지기도 전에 곯아떨어졌지.

그러고는 다음 날 오후가 되도록 일어나지 못했어. 한시쯤 어머니가 나를 불렀다네. 아버지는 철도에 일하러 간 상태였고 여섯시는 되어야 돌아오실 예정이었어."

저드는 말을 끊고 생각에 잠겼다.

"어머니는 나를 그냥 부른 게 아니었다네, 루이스. 나를 찾으며 비명을 지르고 있었던 거야."

저드는 냉장고로 가서 맥주를 하나 꺼내 오더니 빵 상자와 토스터기 아래쪽에 있는 서랍 손잡이에 대고 쳐서 뚜껑을 열었다. 머리 위의 불빛 때문에 그의 얼굴은 니코틴 색깔처럼 노랗게 떠 보였다. 맥주를 절반가량 들이켜고 총소리처럼 요란하게 트림을 한 저드는 홀 건너편에 있는 노마가 자는 방을 흘긋 쳐다보았다. 그러고는 다시 루이스에게 돌아섰다. 그가 말했다.

"이야기하기가 어렵군. 그 후 여러 해에 걸쳐 그 일을 되새기곤 했지만 누구에게도 말해 본 적은 없거든. 다른 사람들도 무슨 일이 일어났는지는 알고 있었지만 나에게 아무것도 묻지 않았지. 서로 섹스에 대해 이야기하지 않는 것과 마찬가지랄까. 하지만 루이스 자네에겐 이야기해 주겠네. 자네도 당시의 나와 비슷한 상황이 되었으니까. 그게 꼭 위험한 것은 아니라네. 하지만…… 좀 특별하지. 벌써 알고 있나?"

루이스는 처치가 꼴사나운 자세로 변기에서 뛰어내리던 것을 떠올렸다. 욕조 옆에 엉덩이를 쿵 찧었지. 그의 눈을 무감각하게 응시하던 흐리멍덩한 눈도 생각해 냈다.

마침내 그는 고개를 끄덕였다.

"아래층에 내려가자 어머니는 아이스박스와 계산대 사이의 식료품 저장실 구석에 박혀 있었다네. 바닥에는 하얀 뭉치가 던져져 있었지. 예전에 걸어 놓았던 커튼이었어. 그리고 내 개 스폿이 식료품 저장실 문간에 서 있었던 거야. 온통 먼지투성이인 데다 깨끗한 다리에는 진흙이 튀어 있었고, 배의 털은 온통 더러워져 뒤엉킨 상태였어. 개는 으르렁거리지도 않고 그저 서 있을 뿐이었지만 그놈이 어머니를 구석에 몰아붙인 것은 틀림없는 듯했어. 일부러 그랬는지는 알 수 없었지만. 루이스, 어머니는 정말로 공포에 질려 있었네. 자네가 자네 부모님을 어떻게 생각하는지는 모르지만 나는 내 부모님을 매우 사랑했거든. 어머니를 그 공포에서 구해 내야 한다는 것을 깨닫자 스폿을 본 순간 느꼈던 기쁨은 모두 사라져 버렸지. 심지어 스폿이 거기 있는 것에 놀라움을 느낄 겨를도 없었어."

"어떤 느낌인지 나도 알아요."

루이스가 말했다. "아침에 처치를 본 순간 나는…… 정말 그건……." 그는 잠시 말을 끊었다. 완벽한 자연스러움? 먼저 이런 단어들이 떠올랐지만 그건 정확한 설명이 아니었다. 한참 후 루이스가 입을 열었다.

"어딘지 인공적인 느낌이 들었어요."

"바로 그걸세."

저드가 말했다. 그는 새 담배에 불을 붙였다. 손이 약간 떨렸다.

"그러다가 어머니가 아직도 속옷 차림이던 나를 발견하고는 소리 질렀어. '저드, 네 개에게 먹이를 줘! 먹이를 줘야 해. 당장 데리고 나가! 커튼을 완전히 엉망으로 만들기 전에 빨리!'

그제야 나는 커튼이 일부가 찢어진 것을 발견하고 개를 불렀어. 처음에는 스폿이 오지 않았네. 마치 자기 이름을 모르는 것 같더군. 이 개가 스폿이 아니고 스폿과 아주 비슷하게 생긴 다른 길 잃은 개는 아닐까 생각한 적도 있었어. 그건……."

"맞아요!"

루이스가 외쳤다.

저드가 고개를 끄덕였다.

"하지만 두세 번 불렀더니 내게 다가왔지. 갑자기 꿈틀거리며 다가온 스폿은 포치로 내보내 주자 와락 달려 나가다가 문 가장자리에 모질게 부딪혀 나가떨어질 뻔했다네. 하지만 그 녀석은 전혀 상관하지 않고 먹이를 낚아채 게걸스럽게 먹기 시작하더군. 그제야 나는 처음의 두려움을 떨쳐 버렸어. 무슨 일이 벌어졌는지 이해하게 된 거야. 나는 무릎을 모아 개를 꼭 껴안았다네. 다시 보게 되어서 너무나 기뻤거든. 그러자 개는 내 얼굴을 핥기 시작했고……."

저드는 어깨를 으쓱하고 맥주잔을 비웠다.

"그런데 루이스, 개의 혀가 아주 차가웠다네. 마치 죽은 잉어로 얼굴을 문지르는 것 같았다니까."

두 사람은 잠시 아무 말도 하지 않았다. 마침내 루이스가 입을 열었다.

"계속하세요."

"스폿이 먹이를 다 먹자 나는 뒷 베란다 아래 놓아두었던 낡은 욕조를 꺼내 목욕을 시켰지. 스폿은 항상 목욕하는 걸 싫어했어. 아버지와 내가 함께 매달려 셔츠와 바지가 물에 푹 젖을 정도로 씨름해야만 목욕을 시킬 수 있었고, 지친 아버지가 욕설을 퍼부으면 스폿은 미안하다는 듯 움츠리곤 했지. 항상 그랬어. 그러고는 곧장 먼지가 풀풀 날리는 마당에서 뒹굴거나 빨랫줄을 물고 흔들어 어머니가 널어 놓은 빨래들이 몽땅 먼지구덩이에 처박히곤 했고, 화가 난 어머니는 더 늙기 전에 반드시 지나가는 사람에게 말해서 개를 쏘아 죽이고 말겠다고 소리 지르곤 했지.

하지만 그날 스폿은 내가 씻기는 동안 욕조에 조용히 앉아 있었다네. 전혀 움직이지도 않고 말일세. 난 오히려 기분이 별로였어. 그건 마치…… 마치 고깃덩어리를 씻기는 것 같았거든. 다 씻기고는 낡은 수건으로 개의 물기를 닦아 냈어. 그때 개에게서 가시철사에 긁힌 자국을 보았지. 그 자리엔 털이 없었고 살이 움푹 들어간 상태였어. 그건 스폿이 5년 전쯤 치료받았던 오래된 흉터와 똑같은 모양이었네."

루이스는 고개를 끄덕였다. 자신도 일하면서 때때로 그런 흉터를 본 적이 있었다. 그런 상처는 완전히 아물지 않을 것 같았고, 그 때문에 그는 장의사 견습생으로 일하던 시절과 무덤을 떠올렸으며 무덤은 항상 완전히 다시 메울 흙이 부족했다는 것이 떠올랐다.

"개의 머리도 살펴보았지. 거기에도 움푹 팬 자국이 있었네. 하지만 거기에서는 작은 원형으로 흰 털이 자라나 있었어. 귀 근처였지."

"아버지가 개를 쏘았던 자리군요."

루이스가 말했다.

저드가 고개를 끄덕였다.

"저드, 사람이나 동물의 머리에 총을 쏜다는 게 생각만큼 확실한 방법은 아니에요. 식물인간 병동이나 심지어 멀쩡하게 돌아다니는 자살 미수자 중에는 총알이 두개골을 때렸지만 뇌를 꿰뚫지 않고 반원을 그린 후 반대쪽으로 빠져나갈 수 있다는 사실을 모르는 경우도 있어요. 전 자기 오른쪽 귀 위를 총으로 쏘았는데 머리를 따라 빙 돈 총알이 머리 반대편 경정맥을 뚫고 나가는 바람에 죽은 사람도 봤어요. 총알 궤적이 마치 시골 도로 지도 같았다니까요."

저드는 미소를 지으며 고개를 끄덕였다.

"노마가 읽는 신문에서 비슷한 이야기를 들은 적이 있는 것 같군. 《스타》였던가 《인콰이어러》였던가…… 둘 중 하나일 텐데. 하지만 루이스, 내 아버지가 스폿이 죽었다고 말했으면 스폿은 죽은 게 분명해."

"좋아요. 저드가 그렇다고 하면 그런 거죠."

루이스가 말했다.

"자네 딸의 고양이는 죽었었나?"

"그랬다고 생각했어요."

루이스가 말했다.

"자네는 더 잘 알 수 있잖아. 의사니까."

"마치 '루이스, 자네는 더 잘 알 수 있잖아, 신이니까.' 라고 말씀하시는 것 같네요. 나는 신이 아니에요. 그때는 어두웠고……."

"물론 어두웠지. 하지만 고양이 머리가 베어링처럼 완전히 돌아가 있었잖아. 자네가 들어 올리자 서리에 붙어 있던 고양이가 뚝 떨어졌지. 편지에서 접착 테이프를 뗄 때 같은 소리가 났어. 살아 있는 것은 그렇게 되지 않아. 자네가 밑에 깔고 누운 서리가 녹지 않을 때는 자네가 죽었을 때뿐이야."

다른 방에서 시계 종소리가 열시 반을 알렸다.

"아버지가 집에 돌아와서 개를 보고 어떻게 하셨어요?"

루이스가 물었다.

"나는 집 앞 도로에서 구슬치기를 하며 아버지를 기다렸어. 잘

못을 저질러서 볼기짝을 맞아야 할 때 느끼던 것과 똑같은 기분이었지. 여덟시쯤 가슴받이가 달린 작업복과 머리 받침대가 달린 모자를 쓴 아버지가 문기둥 사이로 나타났어……. 그런 옷을 본 적 있나?"

루이스는 손등으로 하품이 나오는 것을 막으며 고개를 끄덕였다.

"그래, 밤이 깊었군. 이야기를 빨리 끝내야겠구먼."

저드가 말했다.

"그렇게 늦은 시각은 아니에요. 평소보다 맥주를 많이 마셔서 그래요. 계속하세요, 저드. 천천히 말씀하세요. 듣고 싶어요."

"아버지는 저녁식사 때 먹은 오래된 돼지기름 깡통을 들고 있었어. 빈 깡통 손잡이를 잡은 채 앞뒤로 흔들며 문을 들어섰지. 휘파람도 약간 불면서. 이미 어두워져 있었지만 어둠 속에서 나를 발견한 아버지는 내게 평소처럼 말을 건넸지. '안녕 저드킨, 거기 있었군! 어디…….'

그때 스폿이 어둠 속에서 나타났네. 스폿이 아버지를 보면 항상 그러던 것처럼 반가움에 온몸을 던져 뛰어오르지는 않았고 그냥 꼬리를 끌며 걸어 나왔어. 아버지는 돼지기름 깡통을 떨어뜨리고 뒷걸음쳤다네. 그러고는 겁에 질려 내가 깨닫기도 전에 달아나다가 울타리에 등을 부딪히고는 거기 서서 개를 바라보더군. 그때 스폿이 아버지에게 뛰어올랐어. 아버지는 개의 앞발을 붙들었지. 여자와 춤추는 것 같은 자세로 말이야. 그분은 오랫동안 개를 들여다보더니 나를 돌아보았지. 그리고 말했네. '개를 목욕시켜야겠구나, 저드. 네가 묻었던 땅의 악취가 코를 찌르는걸.' 그러고는 집으로 들어가셨네."

"그래서 어떻게 했어요?"

루이스가 물었다.

"개를 다시 목욕시켰지. 스폿은 처음 목욕할 때와 마찬가지로 욕조에 조용히 앉아 있었네. 그런 다음 집으로 들어가자 어머니는 침대에 누워 계셨어. 아홉시도 안 된 때였는데 말이지. 아버지가 말했지. '저드킨, 나와 이야기 좀 해야겠다.' 내가 자리에 앉자 아버지가 이야기를 시작했어. 아버지에게서는 지금 자네 집 쪽인 길 건너편의 인동덩굴 냄새와 우리 집 쪽의 야생 장미 냄새가 났는데 난생처음 보는 사람 같았지." 저드 크랜덜은 한숨을 내쉬었다. "난 항상 아버지가 내게 그렇게 말을 걸어 주면 얼마나 좋을까 생각하곤 했다네. 하지만 아니었어. 조금도 좋지 않았어. 루이스, 오늘 밤 한 이야기가 모두 마치 양쪽에 마주 보고 놓인 거울 중 한쪽을 들여다보는 것과 같은 거야. 거울 속의 자네는 마치 거울로 가득 찬 홀 속으로 가라앉는 것처럼 보이지. 이 이야기가 얼마나 많이 사람들 삶 속을 지나갔을까, 난 그게 궁금하다네. 동물 이름만 다른, 모두 똑같은 이야기 말일세. 그건 섹스 이야기도 마찬가지야, 그렇지 않은가?"

"당신 아버지도 그걸 알고 있었군요."

"바로 그거야. '저드, 누가 널 그곳으로 데려갔지?' 아버지가 내게 물었고, 나는 사실대로 털어놓았지. 아버지는 그럴 줄 알았다는 듯 고개를 끄덕이더군. 내 추측에 그랬을 거라는 거지. 나중에 당시 러들로에서 거기 데려갈 수 있었던 사람이 여섯 명에서 여덟 명쯤 더 있다는 걸 알았지만 말이야. 아버지는 스태니야말로 그런 일을 진짜 해낼 수 있는 유일한 괴짜라고 생각했던 것 같아."

"저드, 왜 아버지가 직접 당신을 거기에 데려가지 않았는지 물어보았나요?"

"물어보았지. 긴 이야기를 한참 듣다가 슬그머니 물어보았네. 아버지는 거기가 대체로 나쁜 곳이며 그런 행위가 사랑하는 동물을 잃은 사람이나 죽은 동물에게 항상 좋은 것만은 아니라고 말했어. 그러고는 내게 지금 스폿의 상태가 마음에 드느냐고 물어보셨는데 루이스 자네도 알겠지만, 나는 대답하기가 몹시 힘들었다네…… 그때 내 기분을 자네에게 꼭 말해 줘야 할 것 같아. 자네도 내게 조만간 물어볼 것이 틀림없거든. 그렇게 하는 것이 나쁜 일이었다면 왜 내가 자네 딸의 고양이를 그곳에 데려가게 했는지 말이야. 안 그런가?"

루이스는 고개를 끄덕였다. 엘리가 집에 돌아왔을 때 처치를 보고 어떤 생각을 할까? 스티브 매스터튼과 라켓볼을 치던 오후 내내 루이스의 마음속은 온통 그 생각으로 가득 차 있었다.

"아이들이 때로는 죽은 것이 더 낫다는 것을 깨달아야 하기 때문에 그랬던 것 같아."

저드는 어렵게 말을 이었다.

"죽음이란 엘리가 알지 못하는 어떤 것이고 자네 집사람이 그것을 모르기 때문에 엘리도 모르게 된 것이라고 생각하네. 내 말이 틀렸으면 서슴없이 얘기하게. 그럼 다른 얘기로 넘어가겠네."

루이스는 입을 열었다가 그대로 다물고 말았다.

저드는 이야기를 계속했다. 그의 말은 이제 아주 느려져서 지난

밤 그들이 작은 신의 늪의 구렁들을 넘어갔던 것처럼 단어들 사이를 힘들여 넘어가는 듯했다.

"나는 여러 해 동안 이런 일이 생기는 것을 보아 왔다네. 예전에 자네에게 말했던 것 같은데, 레스터 모건이 상품으로 받았던 황소를 그곳에 묻은 적이 있었거든. 핸래티라는 이름의 블랙앵거스 종이었지. 황소 이름치곤 너무 바보 같지 않은가? 소가 속병으로 죽자 레스터는 기를 쓰고 썰매로 그곳에 끌고 가서 묻었지. 소를 어떻게 끌어갔는지, 특히 그 나무 울가미를 어떻게 넘어갔는지 도저히 모르겠더군. 하지만 하고자 하면 못할 일이 없다고 어쨌든 그곳에 가져다 묻은 것은 사실이야.

핸래티가 되살아나 왔거든. 하지만 2주 후 레스터는 소를 쏘아 죽여 버렸다네. 소의 상태가 정말 나빠졌거든. 하지만 동물이 다시 죽은 경우는 그때뿐이었어. 대부분은 약간…… 약간 바보스러워지고…… 느려지고…… 또……."

"약간 죽은 것 같고?"

"그렇지." 저드가 말했다. "약간 죽은 것 같아. 이미 죽은 것이지만…… 얼마간 말이지…… 그리고 다시 돌아오지……. 늘 그런 건 아냐. 이제 자네 딸은 아무것도 알 필요 없어. 고양이가 차에 치인 것도, 죽은 것도, 그리고 다시 살아난 것도 말이야. 아이가 배워야 할 교훈이 있음을 알지 못하면 아이를 가르칠 수 없다고 할 수 있겠지. 단……."

"그래도 가르칠 수 있는 경우도 있겠죠."

루이스가 말했다. 저드에게 한다기보다 오히려 혼잣말에 가까웠다.

"맞네."

저드가 동의했다.

"때로는 그럴 수도 있어. 그 애는 결국 죽음이 무엇인지 알게 될 거야. 고통이 멈추고 행복한 기억이 시작되는 지점임을. 그저 삶과 고통이 끝나는 것뿐이 아닌. 그런 것들을 말로 가르칠 수는 없지. 그 애 스스로 이해하게 될 걸세.

그리고 엘리가 나처럼 반응한다면 이후로도 고양이를 계속 사랑할 거야. 고양이는 잔인해지지도, 이빨을 드러내고 물어뜯지도 않는다네. 그 애는 계속 고양이를 아낄 거야……. 하지만 결국 어떤 결론에 도달하게 되고, 마침내 고양이가 정말 죽으면 안도의 한숨을 내쉴 걸세."

"그게 나를 그곳에 데려간 이유라는 말이죠."

루이스가 말했다. 기분이 훨씬 나아진 상태였다. 설명을 들었고 이성적 판단이 아닌 말초신경을 자극하는 흔한 이야기였지만, 지금 상황에서는 전부 인정할 수 있었다. 지난밤 저드의 얼굴에 짧게 스쳐 가던 음흉한 기쁨의 표정을 모두 잊을 수 있게 되었다는 의미이기도 했다.

"좋아요, 그럼……."

갑자기 저드가 두 손으로 얼굴을 감쌌다. 갑작스러운 고통에 충격을 받은 건 아닌지 걱정하던 루이스는 그의 가슴이 경련하듯 꿈틀대는 것을 보고서야 노인이 숨죽여 울고 있음을 깨달았다.

"그것도 이유가 될 수 있겠지. 하지만 내 이유는 다른 것이었어."

목이 메어 오는 소리였다.

“나는 스태니와 똑같은 이유로 그 일을 했네. 또 레스터 모건의 이유와도 똑같았고. 레스터는 도로에서 린다 라베스크의 개를 치어 죽인 후 그녀를 그곳에 데리고 갔지. 그 빌어먹을 황소가 미친 듯이 목초지를 누비며 새끼들을 쫓아다녔기 때문에 어쩔 수 없이 죽여야 했는데도 그녀를 거기 데리고 갔단 말일세. 그런데도 그는 그 일을 했어. 그런데도 했다고, 루이스.”

저드는 거의 울부짖고 있었다.

“자, 이게 무슨 소린지 알겠나?”

“저드, 그게 무슨 말이에요?” 깜짝 놀란 루이스가 다그쳤다.

“레스터도 스태니도 나와 똑같은 이유로 그런 일을 했다네. 자네도 그래야 할 거야. 그것이 자네를 이미 붙잡았거든. 그 매장지는 비밀스러운 곳이지. 자네는 그 비밀을 공유하고 싶어질 것이네. 적당한 이유가 생기면…….”

저드는 얼굴에서 손을 떼고는 믿을 수 없을 만큼 늙고 수척해진 눈빛으로 루이스를 바라보았다.

“그러면 나서서 그렇게 할 테니까. 이유를 둘러대겠지……. 그럴듯한 이유로 보일 거야……. 하지만 대부분 그저 자네가 하고 싶기 때문에 하는 것이라네. 아니면 꼭 해야 하기 때문에 하는 거지. 내 아버지는 그 이야기를 듣고도 한번도 거기에 가지 않았기 때문에 나를 그곳에 데려가지 않았지. 하지만 스태니는 그곳에 갔고…… 나를 데려갔지…… 그로부터 70년이 지났고…… 그러다가…… 갑자기…….”

저드는 고개를 흔들더니 손바닥으로 입을 가리고 마른기침을 했다.

"들어 보게." 그가 말했다. "들어 보라고, 루이스. 내가 알기로 정말 형편없이 변해 버린 경우는 래스터의 빌어먹을 황소뿐이야. 라베스크 부인의 중국산 강아지는 그 이후 우편배달이라도 할 수 있었을걸. 다른 경우도 많이 들었어……. 동물이 약간 더러워질 수는 있지…… 하지만 스폿은 언제나 훌륭한 개였어. 좀 쓰레기 냄새가 나긴 했지만. 아무리 자주 씻겨 주어도 항상 냄새가 났다네. 그래도 스폿은 멋진 개였어. 어머니는 그 후 개를 절대 만지지 않았지. 그래도 스폿은 예전과 똑같이 멋진 개였다네. 하지만 루이스, 자네가 그 고양이를 오늘 밤 끌어내서 죽여 버린대도 나는 아무 말 하지 않을 거야.

그곳…… 그곳이 항상 자네를 따라다닐 거야……. 그리고 자네는 세상에서 가장 달콤한 이유를 만들어 낼 거야……. 하지만 루이스, 내가 틀렸을 수도 있어. 내가 해 줄 말은 이게 다야. 레스터도 틀렸을 수 있고 스태니도 틀렸을 수 있었지. 빌어먹을, 나는 절대 신이 아니야. 그런데 죽은 것을 살려 낸 거야…… 마치 신과 같은 권력을 휘두른 거지. 그렇지 않은가?"

루이스는 다시 입을 열었다가 그대로 다물었다. 말을 했다면 그 말은 아주 못되고 잔인하게 들렸을 것이다. 저드, 나는 그 빌어먹을 고양이를 다시 죽이자고 그 짓을 한 게 아니라고요.

저드는 다시 맥주병을 비운 다음 다른 빈 병 옆에 조심스럽게 놓고 말했다.

"이게 다야. 다 얘기했네."

"다른 질문 하나 해도 될까요?"

루이스가 물었다.

"해 보게."

저드가 말했다.

루이스가 입을 열었다.

"그곳에 사람이 묻힌 적은 없었나요?" 저드는 갑자기 경련을 일으키듯 팔을 홱 뿌리쳤다. 그 바람에 탁자에 있던 맥주병 두 개가 바닥에 떨어졌고 하나는 박살나고 말았다.

"주여, 용서하소서."

그는 루이스에게 말했다.

"절대 없어! 누가 그런 일을 하겠나? 그런 말은 입 밖에 내선 안 돼, 루이스!"

"전 그저 궁금했을 뿐이에요."

루이스가 불안하게 말했다.

"그런 일은 궁금해 해서도 안 돼."

저드 크랜덜이 말했다. 처음으로 그는 자신의 새로 판 무덤 옆에 서 있는 사람처럼 아주 늙고 허약해 보였다.

나중에 집에서 그 순간 저드가 어떻게 보였는지 떠올리자 다른 생각이 들었다.

루이스는 저드가 이미 관 속에 누워 있는 것처럼 느껴졌다.

루이스는 차고로 돌아와서야 자신이 많이 취했다는 것을 깨달았다.

하늘에는 별빛과 차가운 달무리가 빛나고 있었다. 그림자가 생길 정도는 아니었지만 주위는 잘 보였고, 일단 차고 안에 들어오자 아무것도 보이지 않았다. 어딘가에 조명의 전원 스위치가 있을 텐데 그게 어디 있는지 도무지 기억나지 않았다. 그는 발을 질질 끌면서 천천히 조심스럽게 나아갔다. 머리는 현기증이 났고 무릎을 다치거나 발이 걸려 넘어져서 장난감을 부술까 봐 조바심이 났다. 빨간 바퀴가 달린 엘리의 작은 스윈 자전거군. 이건 게이지의 징그러운 악어.

처치는 어디 갔지? 집 안에 놓아두었나?

그럭저럭 길을 찾아 움직이던 루이스는 벽에 부딪혀 버렸다. 부서진 파편에 손바닥이 긁히자 그는 어둠을 향해 "제기랄!" 하고 내뱉었다. 입 밖에 나온 말들에는 분노보다 두려움이 배어 있었다. 차고 전체가 슬그머니 180도 회전한 것만 같았다. 이제 전기 스위치뿐만이 아니었다. 빌어먹을 물건들이 다 어디 있는지 찾을 수 없었고 부엌으로 이어지는 문도 마찬가지였다.

그는 다시 천천히 움직이기 시작했다. 손바닥에서 찌르는 듯한 통증이 전해졌다. 꼭 장님이 된 것 같군. 레이첼과 함께 갔던 스티비 원더 콘서트가 생각났다. 그게 언제였더라? 6년 전이던가? 아닌 것 같지만 틀림없었다. 당시 레이첼은 엘리를 임신하고 있었다. 두 명의 사람이 원더를 신시사이저 앞에 데려다 주었고, 무대 전체에는 발에 걸려 넘어지지 않도록 안내 케이블이 설치되어 있었다. 나중에 원더는 백업 싱어 중 한 명과 춤을 추었다. 싱어는 그를 깨끗한 바닥으로 조심스럽게 이끌어 주었다. 루이스는 그가 정말 춤을 잘 춘다고 생각했다. 하지만 그가 춤을 추기 위해서는 넓은 공간으로 그를 인도해 줄 손이 필요했다.

지금 나를 부엌문으로 이끌어 줄 손은 어디 있지? 그는 생각했다…… 그러다가 갑자기 몸서리를 쳤다.

정말 어둠 속에서 손이 불쑥 나온다면 그는 미친 듯이 비명을 지를 것이다. 비명 지르고 또 지르고 또 지를 것이다.

그는 가만히 서 있었다. 심장이 고동쳤다. 루이스는 중얼거렸다. 자, 이걸 끝내 버리자. 어서, 어서…….

빌어먹을 고양이는 어디에 있는 거야?

그때 무언가에 쾅 부딪혔다. 스테이션왜건의 뒷 범퍼였다. 통증이 까인 정강이에서 전신으로 무섭게 번지면서 눈물이 나왔다. 그는 왜가리처럼 한 발로 선 채 다친 다리를 움켜쥐고 문질렀다. 어쨌든 적어도 자신이 있는 위치는 알 수 있게 되었다. 차고의 내부 위치가 명확하게 마음속에 떠올랐고 더구나 눈도 어둠에 익숙해져서 사물들이 자줏빛으로 떠오르기 시작했다. 고양이를 손으로 집어 밖에 내놓는 것이 너무 싫어서 그대로 집 안에 두고 나갔던 것이 이제야 생각났다. 그리고…….

그때 처치의 따뜻하고 부드러운 몸뚱어리가 무릎 옆을 미끄러지듯 지나갔다. 마치 낮은 개울의 소용돌이를 만난 것 같았다. 뒤이어 몸뚱어리 위에 뱀처럼 똬리를 틀고 있는 끔찍하게 싫은 꼬리가 지나갔다. 루이스는 입을 열어 비명을 질렀다.

"아빠!"

엘리가 환호성을 올렸다.

엘리는 골대 앞에 선 쿼터백처럼 비행기에서 내리는 승객들 사이를 마구 누비며 루이스에게 번개같이 달려왔다. 승객들은 한 옆으로 비켜서 주며 미소를 지었다. 그 요란한 반가움이 약간 당황스러웠지만 루이스의 얼굴에도 똑같이 커다랗고 바보스러운 함박웃음이 번졌다.

레이첼에게 안겨 있던 게이지가 엘리의 야단법석에 놀라 고개를 들더니 루이스를 바라보았다.

"아바아아!"

아기는 열광적으로 소리 지르며 레이첼의 품에서 발버둥치기 시작했다. 루이스가 보기에 좀 지쳐 보이는 아기 엄마는 웃으며 게이지를 내려놓았다. 아기는 곧장 엘리 뒤를 쫓아 조그만 두 다리를 바삐 놀리며 달려오기 시작했다.

"아바아아! 아바아아!"

루이스는 게이지가 처음 보는 점퍼를 입은 것을 눈여겨보았다. 할아버지가 사 준 것 같았다. 곧 엘리가 그에게 뛰어들어 나무라도 되는 것처럼 그의 몸 위로 기어 올라왔다.

"아빠, 안녕!"

큰 소리로 인사한 엘리는 그의 뺨에 쪽 소리를 내며 입 맞췄다.

"안녕, 우리 아가."

루이스도 인사를 건네고는 허리를 구부려 게이지를 붙잡았다. 게이지를 끌어올려 활처럼 구부린 팔 위에 올려놓고 둘 다 꼭 껴안았다.

"정말 보고 싶었다."

뒤이어 레이첼이 다가왔다. 한 팔에는 여행용 가방과 핸드백을, 다른 한 팔에는 게이지의 기저귀 가방을 멘 상태였다. 기저귀 가방에는 '난 금방 자랄 테야.' 라는 문구가 인쇄되어 있었다. 분명

기저귀를 찰 아이보다는 그 부모의 기분을 풀어 주기 위한 것이리라. 그녀는 길고 힘든 출장 끝에 녹초가 된 전문 사진작가처럼 보였다.

루이스는 두 아이 사이로 허리를 숙여 그녀에게 입 맞췄다.

"안녕."

"안녕, 의사 양반."

레이첼이 미소를 지었다.

"피곤해 보이는걸."

"바로 그래. 보스턴까지는 아무 문제 없이 왔거든. 정상적으로 비행기를 갈아탔고 이륙할 때도 모든 것이 순조로웠어. 그런데 비행기가 비스듬히 이륙하자 게이지가 아래를 내려다보며 '시러, 시러.' 하더니 뱃속에 든 걸 모두 게웠어."

"이를 어째."

"화장실에 가서 씻기고 옷을 갈아입혔지." 레이첼이 말했다. "바이러스 같은 건 아닐 거야. 비행기 멀미를 한 모양이야."

"어서 집에 가자." 루이스가 대답했다. "스토브에 칠리를 올려놓았어."

"칠리! 칠리!"

엘리는 루이스의 귀에 대고 소리 지르며 기쁨과 흥분으로 어쩔 줄 몰랐다.

"치위! 치위!"

게이지가 다른 쪽 귀에 대고 소리 질렀다. 양쪽 귀가 멍멍했다.

"자, 가자." 루이스가 말했다. "가방 이리 줘. 여길 뜨자고."

"아빠, 처치는요?"

아이를 바닥에 내려놓는 순간 엘리가 물었다. 예상했던 질문이지만 엘리의 걱정스러운 얼굴과 진한 푸른색 눈동자에 떠오른 불안감은 의외였다. 루이스는 눈살을 찌푸리며 레이첼을 흘긋 쳐다보았다.

"애가 주말 아침에 비명을 지르며 잠에서 깼어."

레이첼이 조용히 말했다.

"악몽을 꿨다고 하더라고."

"처치가 차에 치이는 꿈을 꾸었어."

엘리가 말했다.

"낮에 칠면조 샌드위치를 너무 많이 먹었나 봐." 레이첼이 말했다. "한바탕 설사도 했어. 루이스, 엘리를 안심시켜 줘요. 그리고 이 공항에서 나가자. 난 지난주에 지난 5년 동안 봤던 것보다 더 많은 비행기를 봐서 질려."

"음, 처치는 괜찮아. 우리 귀염둥이."

루이스가 느릿느릿 말했다.

맞아. 처치는 정말 괜찮아. 고양이는 온종일 집 주위에 누워 있어. 크게 호통 칠 만한 뭔가를 보았다는 듯이 기묘한 흐린 황록색 눈으로 나를 쳐다보면서. 고양이가 가진 지능이란 것이 어느 정도든 말이다. 정말 대단한 놈이야. 밤이면 고양이를 만지기 싫어 빗자루를 사용해서 집 바깥으로 내몰지. 빗자루로 쓸어 내듯 밖으로 내보내는 거야. 엘리, 며칠 전 문을 열었더니 처치가 쥐를 잡아 왔단다. 쥐라기보다 먹고 남은 거였지. 그러고는 내 아침 식사에 그 빌어먹을 내장을 흩뿌려 놓았단다. 식사는 어떻게 했냐고? 끼니를 걸렀지 뭐. 안 그랬으면…….

"고양이는 잘 있어."

"와."

엘리가 걱정스럽게 찌푸렸던 이마를 활짝 펴며 말했다.

"정말 다행이에요. 꿈을 꾸었을 땐 정말로 처치가 죽었다고 생각했거든."

"그랬니?"

루이스가 물으며 미소를 지었다.

"꿈이란 참 이상해. 그렇지 않니?"

"구움!"

게이지가 큰 소리로 따라 말했다. 게이지는 예전에 엘리가 클 때 보았던 앵무새 단계에 도달해 있었다.

"구우우우우움!"

게이지는 루이스의 머리카락을 열심히 잡아당겼다.

"이리 와, 꼬마 악당."

루이스가 말했다. 그리고 가족 모두 수하물을 받는 곳으로 내려가기 시작했다.

주차장에 있는 스테이션왜건까지 갔을 때 게이지가 이상하고 거북한 목소리로 "시러, 시러." 소리를 내기 시작했다. 그러더니 갑자기 아빠의 몸 위로 마구 토하기 시작했다. 루이스는 공항에 나올 때 입기 위해 새로 산 두 겹으로 짠 느슨한 바지를 입고 있었다. 게이지는 '시러.' 라는 말을 '지금 토할 거 같아요, 죄송해요, 저리 비켜요.' 라는 뜻으로 생각하는 것이 틀림없었다.

결국 바이러스가 원인으로 밝혀졌다.

뱅거 공항을 벗어나 러들로의 집을 향해 27킬로미터쯤 달렸을 때 아이는 열이 오르기 시작하더니 곧 불편한 선잠에 빠져들었다. 루이스는 차고로 들어가면서 한쪽 벽에서 꼬리를 치키고 그 이상한 눈초리를 차에 고정시킨 채 살금살금 걷고 있는 처치를 곁눈질로 훔쳐보았다. 고양이는 곧 스러져 가는 저녁 햇빛 속으로 사라져 버렸다. 잠시 후 루이스는 한쪽에 쌓아 놓은 여름용 타이어 네 개 옆에 내장이 몽땅 드러난 쥐 한 마리가 놓여 있는 것을 발견했다. 레이첼과 아이들이 집에 없는 동안 그것을 눈으로 덮어 두었다. 차고의 어둠 속에서 쥐의 내장이 분홍색으로 생생하게 빛났다.

루이스는 급히 차를 빼면서 일부러 검은 장기 말처럼 쌓여 있던 타이어 더미를 들이받았다. 그러자 위쪽 타이어 두 개가 쥐 시체 위로 떨어져 덮어 버렸다.

"아이고, 미안." 그가 말했다.

"운전이 너무 엉망이야, 아빠."

엘리가 대수롭지 않다는 투로 말했다.

"그러게 말이야."

얼굴이 약간 붉어진 루이스가 대답했다. 잠시 '시러.' 라고 말하고 뱃속에 있는 모든 음식들을 토하고 싶은 충동을 느꼈다.

"아빠는 엉망이야."

이상하게 부활하기 전 처치가 쥐를 죽인 것은 딱 한 번뿐이었다. 때때로 쥐를 구석에 몰아넣고 보통 고양이들이 그러듯 희롱하며 놀았지만 쥐를 죽이기 전에 루이스나 엘리, 레이첼이 끼어들어 중단시키곤 했다. 그는 고양이를 중성화하면 먹이를 충분히 주기만 하면 쥐를 흥미롭게 쳐다보기만 할 뿐 아무 짓도 하지 않는다는 것을 알고 있었다.

"당신, 거기 계속 멍하니 서 있을 거야? 이리 와서 애들 챙기는 걸 도와주지 않을래?" 레이첼이 물었다. "크리드 선생, 몽고 행성에서 돌아오시죠. 여기 현실 세계 사람들이 당신을 필요로 하고 있다고요."

그녀의 목소리는 피곤해 보였고 성난 것 같았다.

"아, 미안해."

루이스가 말했다. 그는 얼른 게이지를 안아 올렸다. 아이는 이제 불을 묻어 놓은 난로만큼 뜨거워져 있었다.

그날 밤 세 명만 루이스의 유명한 남부식 칠리 요리를 먹었다. 게이지는 열에 들뜬 채 멍하니 거실 소파에 기대어 병에 든 미지근한 닭고기 스프를 마시면서 텔레비전의 만화 쇼를 보았다.

저녁식사 후 엘리가 차고 문으로 가서 처치를 불렀다. 레이첼이 위층에서 짐을 푸는 동안 설거지를 하던 루이스는 고양이가 오지 않기를 바랐지만, 처치는 예의 느린 걸음걸이로 거의 부르자마자 나타났다. 그는, 아니, 그것은 마치 어딘가에 잠복해 있었던 것 같았다. 잠복. 이 단어가 마음속에 즉시 떠올랐다.

"처치!"

엘리가 소리쳤다.

"안녕, 처치!"

아이는 고양이를 안아 올려 꼭 끌어안았다. 루이스는 엘리를 곁눈질로 지켜보았다. 씻을 그릇을 찾아 개수대 바닥을 더듬던 그의 손은 이미 허공에서 멎어 있었다. 엘리의 행복했던 얼굴이 천천히 당혹스러워졌다. 고양이는 아이의 팔 안에서 조용히 늘어졌고, 귀를 뒤로 젖힌 채 아이를 빤히 바라보았다.

한참 후 엘리가 처치를 내려놓았다. 루이스에게는 참으로 긴 시간이었다. 고양이는 뒤도 돌아보지 않고 거실로 느리게 걸어갔다. 생쥐 암살자. 루이스는 두서없이 생각했다. 하느님, 우리가 그날 밤 대체 무슨 짓을 한 겁니까?

그는 사실대로 떠올리려 했지만 그날의 기억은 이미 아득히 멀어져 진료소 대기실 바닥에 누워 있던 빅터 파스코의 끔찍한 죽음처럼 아련하게만 느껴졌다. 공중에 지나가던 바람결과 숲으로 이어지는 들판의 흰 빛을 발하던 눈을 기억할 수 있었다. 기억나는 것은 그것뿐이었다.

"아빠?"

낮게 가라앉은 엘리의 목소리였다.

"왜 그러니, 엘리?"

"처치한테서 이상한 냄새가 나요."

"그래?"

루이스가 아무렇지 않은 듯 조심스러운 목소리로 물었다.

"네!"

엘리가 괴로운 듯 말했다.

"냄새가 이상해요! 예전엔 그런 이상한 냄새가 안 났어요! 꼭…… 꼭 썩는 냄새 같아요!"

"어디 지저분한 데서 굴렀나 보다. 뭔지 모르겠지만 금방 없어질 거야."

루이스가 말했다.

"그랬으면 좋겠는데."

엘리가 귀부인인 척하는 우스꽝스러운 목소리로 말했다. 그러고는 가 버렸다.

루이스는 마지막 남은 포크를 씻고 나서 배수구 마개를 뽑았다. 그러고는 요란하게 쿨럭거리며 비눗물이 배수구로 빠져나가는 동안 개수대 앞에 서서 밤하늘을 바라보았다.

물이 빠져나가는 소리가 멎자, 겨울을 몰고 오는 가늘고 거친 바깥의 북풍 소리를 들을 수 있었다. 이제 그는 자신이 두려워하고 있다는 것을, 구름이 갑자기 태양을 가리고 어디선가 이유를 알 수 없는 재깍재깍 소리가 들려올 때 두려움을 느끼듯이 아주 바보스럽게 두려움에 떨고 있다는 것을 깨달았다.

"39도라고?" 레이첼이 물었다. "맙소사, 루! 정말이야?"

"바이러스 감염이야."

루이스가 말했다. 그는 거의 힐난하는 듯한 레이첼의 목소리를 무시하려고 애썼다. 그녀는 지쳐 있어. 정말 긴 하루였으니까. 오늘 아이들을 데리고 이 나라의 절반을 건너왔잖아. 밤 열한시였지만 아직 하루는 끝나지 않았다. 엘리는 자기 방에서 깊이 잠들어 있었다. 하지만 부부 침대에 누워 있는 게이지는 의식불명이라고 해도 좋을 상태였다. 루이스는 한 시간 전부터 아이에게 리퀴프린을 투여하고 있었다.

"아스피린을 먹였으니 아침에는 열이 떨어질 거야."

"암피실린 같은 다른 항생제를 쓰는 건 어때?"

루이스는 감정을 억제하며 천천히 말했다.

"독감이나 연쇄상 구균 감염이면 그렇게 했을 거야. 게이지는 그런 것에 감염된 게 아니야. 바이러스에 감염되었고, 그런 약들은 바이러스에는 무용지물이라니까. 오히려 아이를 설사하게 만들어서 탈수증을 일으킬 수 있다고."

"정말 바이러스가 확실해?"

"다른 의사의 의견을 듣고 싶은 거면……." 루이스의 목소리가 날카로워졌다. "그럼 당신 마음대로 해."

"소리 지르지 마!"

레이첼이 언성을 높였다.

"소리 지르지 않았어!"

루이스도 목소리가 커졌다.

"소리 질렀어."

레이첼이 따지기 시작했다.

"당신이 소리…… 소리를 질렀다고."

그녀는 입술을 떨다가 손으로 얼굴을 가렸다. 아내의 눈 밑에 생긴 짙은 회갈색 눈 그늘을 본 루이스는 심한 자책감이 들었다.

"미안해."

그는 사과한 후 그녀 옆에 앉았다.

"제기랄. 내 목소리가 그런 줄 몰랐어. 사과할게."

"불평하지 마. 변명하지 말라고."

레이첼이 힘없이 웃으며 말했다.

"그건 당신이 내게 했던 말이잖아? 여행은 끔찍했어. 그리고 당신이 게이지의 옷장 서랍을 들여다볼 때 노발대발하지 않을까 내내 두려웠어. 지금 당신이 미안해 할 때 말해야겠어."

"무엇 때문에 노발대발할 건지 말이야?"

그녀가 다시 힘없이 웃었다.

"부모님이 게이지에게 새 옷을 열 벌 사 주셨어. 오늘 입은 것도 그중 하나야."

"나도 게이지가 새 옷 입은 걸 봤어."

그가 짧게 대답했다.

"나도 당신이 살펴보는 걸 봤어. 이렇게."

그녀는 대답과 함께 얼굴을 못마땅하다는 듯 우스꽝스럽게 찌푸려 보였다. 그는 전혀 웃을 기분이 아니었는데도 웃고 말았다.

"엘리에게는 드레스 여섯 벌을 사 주셨고."

"여섯 벌이라고!"

그가 고함지르고 싶은 충동을 억누르며 말했다. 갑자기 이해할 수 없을 정도로 기분이 나빠지면서 불같이 화가 났다.

"레이첼, 왜 그랬지? 왜 장인 어른이 그렇게 하도록 내버려 뒀어? 우린 그런 도움을 받을 필요가 없어…… 우리도 얼마든지 사 줄 수 있다고……."

그는 입을 다물었다. 너무 화가 나서 말문이 막혔다. 죽은 엘리의 고양이가 든 비닐봉지를 이 손 저 손 바꿔들어 가며 숲 속을 터벅터벅 걸어가던 자신의 모습이 선명하게 떠올랐다……. 내가 그러고 있는 동안 레이크 포리스트의 빌어먹을 치사한 노인네 어윈 골드먼은 잘난 수표책과 잘난 만년필을 휘둘러 내 아내의 환심을 사고 있었단 말이지.

순간 그는 마구 소리 지르고 싶은 충동을 느꼈다. 장인은 내 딸에게 여섯 벌의 드레스를 사 주었고 나는 그 빌어먹을 고양이 사체를 다시 살려 냈어. 누가 더 그 애를 사랑하는 거지?

그는 튀어나오려는 말들을 간신히 참았다. 그런 말은 절대로 하지 않을 것이다. 절대로.

레이첼이 그의 목을 부드럽게 어루만졌다.

"루이스, 두 분이 같이 사 주셨어. 이해하려고 노력해 봐. 제발. 그분들은 우리 애들을 사랑한다고. 자주 보는 것도 아니잖아. 그리고 그분들은 이미 늙었어. 루이스, 당신은 아버지를 인정하려 들지 않아. 정말 그래."

"난 그분을 인정할 거야."

루이스가 중얼거렸다.

"제발, 여보. 이해하려고 해 봐. 좋게 대하려고 해 봐. 당신한테 해로울 거 없잖아."

그는 그녀를 오랫동안 쳐다보다가 마침내 말했다.

"아니, 해로워. 해로울 게 없어야 당연하지. 그런데 해롭다고."

레이첼이 대답하려고 입을 여는 순간 엘리의 방에서 부르는 소리가 들렸다.

"아빠! 엄마! 누구든 와 줘요!"

레이첼이 일어나려 하자 루이스가 그녀를 다시 붙잡아 앉혔다.

"게이지 옆에 있어. 내가 갈게."

무슨 문제인지 알 것 같았다. 하지만 그는 고양이를 밖에 내보냈었다. 엘리가 자러 간 후 코를 킁킁거리며 부엌의 접시 사이를 돌아다니는 고양이를 붙들어 밖에 내놓았다. 그는 고양이가 엘리와 함께 자는 게 싫었다, 더 이상은. 엘리의 침대에서 자고 있을 처치를 생각하니 칼 삼촌의 장의사에 대한 기억과 함께 온갖 병균들이 걱정되었다.

엘리는 뭔가 잘못되었고 처치가 예전만 못하다는 걸 알게 될 거야.

그는 틀림없이 고양이를 밖에 내보냈다. 하지만 엘리의 방에 들어서니 아이는 잠에 취한 채 침대에 앉은 상태였고, 침대보 위에는 처치의 그림자가 박쥐처럼 드리워져 있었다. 고양이의 눈은 떠져 있고 복도에서 비쳐 드는 빛을 받아 멍하니 빛났다.

"아빠, 처치 좀 밖에 내보내 줘."

엘리의 목소리는 신음에 가까웠다.

"냄새가 너무 지독해."

"쉿, 엘리. 자라."

루이스가 스스로도 놀랄 만큼 침착한 목소리로 말했다. 자신의 몽유병 사건이 있었던 날 다음 날 아침이 떠올랐다. 파스코가 죽은 다음 날이었다. 진료소에 도착하자마자 자신의 꼴이 엉망진창일 거라 확신하며 화장실에 들어가 거울을 보았다. 하지만 그는 너무나 멀쩡해 보였다. 얼마나 많은 사람들이 가슴 깊이 무서운 비밀을 숨겨 둔 채 살고 있는지 안다면 놀랄 수밖에 없다.

이건 비밀이 아냐, 빌어먹을! 그저 한 마리 고양이일 뿐이야!

하지만 엘리가 맞았다. 지독한 냄새가 하늘을 찌를 지경이었다.

그는 입으로 숨쉬려 애쓰면서 딸의 방에서 고양이를 끌어내 아래층으로 내려갔다. 물론 더 나쁜 냄새도 있었다. 완전히 코가 마비되는 냄새를 고르라면 똥 냄새가 있었다. 한 달 전쯤 저드와 정화 탱크 옆을 지난 적이 있었다. 저드는 탱크에서 펌프질을 하고 있는 퍼퍼 앤 선즈 사의 직원들을 지켜보며 말했다. "고급 향수 냄새는 아니군, 그렇지?" 의과 대학의 노교수 브레이서먼이 "따끈따끈한 고깃덩어리"라고 부르곤 했던 썩은 상처에서 나는 냄새도 끔찍했다. 심지어 시빅 자동차를 차고 안에서 공회전시킬 때 잠시 촉매 컨버터(자동차 배기가스의 유해 성분을 무해화하는 장치—옮긴이)에서 나는 냄새도 정말 고약했다.

하지만 냄새는 정말 지랄같이 역겨웠다. 그건 그렇고, 어떻게 안으로 들어온 걸까? 그는 나머지 가족 세 명이 모두 위층에 있을 때 빗자루를 휘둘러서 그것을 밖으로 몰아냈다. 고양이가 부활한 후 직접 손을 대서 들어 올린 것은 이번이 처음이었다. 거의 일주일 만이었다. 고양이는 그의 팔 안에서 움직이기 싫은 병에라도 걸린 것처럼 뜨뜻하게 늘어져 있었다. 루이스는 의아해졌다. 이 더러운 놈, 어디서 개구멍이라도 찾아낸 거야?

갑자기 어느 날 밤 꾸었던 꿈이 생각났다. 파스코가 부엌과 차고 사이의 문을 지나가는 꿈이었다.

아마도 거기엔 개구멍이 없었을 것이다. 그냥 유령처럼 문을 통과했을지 모른다.

"그럴 리가."

그는 좀 큰 소리로 말했다. 목이 약간 쉬어 있었다.

루이스는 갑자기 고양이가 팔을 마구 할퀴며 빠져나오려고 발버둥칠 것만 같았다. 하지만 처치는 그저 둔한 열과 끔찍한 악취를 풍기며 팔에 조용히 안겨 눈 속에 숨은 그의 생각을 읽기라도 할 것처럼 루이스의 얼굴을 빤히 쳐다보고 있을 뿐이었다.

그는 문을 열고 고양이를 차고 안에 던져 넣었다. 아무래도 좀 세게 던진 것 같았다.

"꺼져. 가서 쥐를 죽이든 뭘 하든 맘대로 하라고."

처치는 뒷다리와 궁둥이가 한꺼번에 땅에 떨어지며 넘어질 듯

어설프게 내려섰다. 고양이는 두려움과 원망 어린 눈초리로 루이스를 쏘아보는 듯하더니 술 취한 것처럼 비틀거리며 가 버렸다.

빌어먹을, 저드. 그가 생각했다. 당신이 그 얘기를 하지 않았다면 얼마나 좋았을까?

그는 개수대로 가서 물을 틀고 수술할 때처럼 손과 팔뚝을 거칠게 북북 문질러 댔다. 저드, 당신은 당신이 그것에 붙잡혔기 때문에 그렇게 했다고 말했지…… 이유를 만들어 냈지…… 그래, 그럴듯한 이유였어…… 하지만 결국 당신은 다시 그곳에 가고 싶었을 뿐이야. 바로 당신의 땅에, 당신이 속한 그곳에…… 그래서 그렇게도 그럴듯한 이유를 둘러댄 거야…….

아니, 이제 와서 저드를 비난할 수는 없었다. 그는 강요가 아닌 자신의 의지로 그곳에 간 것이고 저드를 비난할 수는 없었다.

그는 수도꼭지를 돌려 물을 잠갔다. 수건으로 손과 팔의 물기를 닦다가 갑자기 모든 동작을 멈추었다. 그리고 개수대 위 창문틀로 둘러싸인 작은 어둠 한 조각을 똑바로 노려보았다.

그렇다면 이제 그곳이 나의 땅이 되었다는 건가? 나도 거기에 속하게 되었나?

아니야. 내가 그걸 원하지 않는다면 그렇지 않아.

그는 수건을 수건걸이에 던지고는 위층으로 올라갔다.

레이첼은 이불을 턱까지 끌어올린 채 침대에 누워 있었다. 게이지는 그 옆에 바짝 끌어당겨 눕혀 놓았다. 그녀가 미안하다는 듯이 루이스를 올려다보았다.

"괜찮겠어, 여보? 오늘 밤만 이렇게 잘게. 아이를 데리고 자는 게 나을 것 같아. 열이 너무 높아."

"신경 쓰지 마." 루이스가 말했다. "나는 괜찮아. 아래층에 넣어 놓은 침대를 꺼낼게."

"정말 괜찮은 거지?"

"그럼. 게이지에게 해로울 것도 없고 당신 기분이 나아진다면야."

그는 말을 잠시 멈추고는 미소를 지었다.

"어쨌든 당신 덕분에 게이지의 병은 꼭 나을 거야. 내가 보증할게. 그렇다 해도 당신 마음이 변하지는 않겠지?"

레이첼도 미소로 답하며 고개를 흔들었다.

"엘리는 왜 소란을 떨었던 거야?"

"처치 때문에. 고양이를 밖에 내보내 달라고 했어."

"엘리가 처치를 내보내 달라고 했다고? 것참 신기한 일이네."

"그러게 말이야."

루이스가 동의하고는 덧붙였다.

"엘리가 지독한 냄새가 난다고 해서 봤더니 처치한테서 악취가 나는 것 같더라고. 어디 거름 더미 같은 데서 뒹굴었을지도 모르지."

"어쩌나."

레이첼이 한쪽으로 돌아누우며 말했다.

"엘리는 정말 처치를 보고 싶어했어. 당신만큼이나."

"저런."

루이스가 말했다. 그는 허리를 숙여 그녀의 입에 부드럽게 키스했다.

"잘 자, 레이첼."

"사랑해, 루이스. 집에 와서 참 좋아. 침대를 빼앗아서 미안해."

"괜찮다니까." 루이스는 방을 나가며 불을 껐다.

루이스는 아래층에서 긴 소파의 쿠션들을 쌓고 침대를 꺼낸 다음 잘 때 얇은 매트리스 아래 가로대가 등에 배길 것에 대한 마음의 준비를 했다. 침대에 요가 깔려 있어서 처음부터 잠자리를 전부 준비할 필요는 없었다. 루이스는 정면 복도 벽장 윗칸에서 담요 두 장을 꺼내 침대에 깔았다. 그러고는 옷을 벗어던지고 잠에 빠져들었다.

처치가 다시 집 안에 들어온 것 같다고? 좋아. 주위를 돌며 확인하라고. 레이첼에게도 말했지만 그런다고 해로울 것 있겠어? 도움이 됐으면 됐지. 그리고 모든 문에 빗장이 걸려 있는지 확인한다고 바이러스에 걸리는 것도 아니잖아?

그는 아래층 전체를 꼼꼼히 돌아보면서 문과 창문이 잠겨 있는지 검사했다. 그는 첫 번에 모두 아무 이상이 없는지 확인했는데 처치는 어디에도 보이지 않았다.

"자, 오늘 밤에 내 눈에만 띄어 봐라, 이 망할 놈의 고양이."

처치가 자신의 목소리에 겁을 먹고 도망갔으면 하는 바람이었다. 물론 처치는 어느 곳에도 없었다.

그는 불을 끄고 침대로 들어갔다. 금방 가로대가 등에 배기기 시작했다. 잠들려면 밤을 절반은 새워야 할 것 같았다. 그는 침대에서 불편하게 모로 누운 채 잠에 빠져들었다. 하지만 잠에서 깨면 그는……

……그는 다시 애완동물 공동묘지를 지나 미크맥 매장지에 와

있었다. 혼자였다. 이번에는 그가 처치를 직접 죽였고, 무슨 이유에선지 다시 이곳에 묻어 살려내려 하고 있었다. 신만이 그 이유를 알 것이다. 루이스는 알지 못했다. 하지만 이번에는 땅을 깊게 판 다음 묻어서 고양이가 땅을 파고 나오지 못하게 했다. 루이스는 땅 밑 어딘가에서 고양이가 울부짖는 소리를 들을 수 있었다. 마치 아이가 우는 소리 같았다. 땅 속 작은 구멍을 통해, 돌투성이 흙을 통해 소리와 냄새가 새어 나왔다. 역겨운 단내가 나는 끔찍한 부패의 냄새였다. 냄새를 들이마시기만 해도 가슴에 뭔가 올려놓은 듯 답답해졌다.

울음소리…… 울음소리……

……울음소리가 계속되고 있었다……

……가슴은 여전히 뭔가에 눌린 듯 답답했다.

"루이스!"

레이첼의 놀란 목소리였다.

"루이스! 이리 좀 와 봐."

단순히 놀란 목소리가 아니라 공포에 질려 있었고 울음소리는 숨이 막혀 필사적으로 내는 것 같았다. 게이지였다.

루이스는 눈을 번쩍 떴다. 처치의 황록색 눈동자가 그를 노려보고 있었다. 그의 눈에서 10센티미터도 안 되는 곳이었다. 고양이는 그의 가슴에 올라앉아 있었다. 숨소리를 훔치는 노파 이야기에 나오는 고양이처럼 꼬리를 단정하게 말아 올린 채. 악취가 천천히 지독하게 풍겨 왔다. 고양이가 그르렁거리는 소리를 내기 시작했다.

루이스는 깜짝 놀라 혐오의 비명을 질렀다. 그는 본능적으로 두 손을 모아 휘둘렀다. 처치는 침대에 모로 나가떨어졌고 비틀대며 걸어 나갔다.

제기랄! 맙소사! 저놈이 내 몸에 올라왔어! 맙소사, 저놈이 내 몸에 올라오다니!

잠에서 깨어 입속에 거미가 기어가는 것을 알았더라도 이렇게 메스껍지는 않았을 것이다. 그는 속이 뒤집히며 토하고 싶어졌다.

"루이스!"

그는 담요를 밀치고 비틀거리며 계단을 올라가기 시작했다. 침실에서 흐린 불빛이 새어 나왔다. 레이첼이 잠옷을 입은 채 계단 끄트머리에 서 있었다.

"루이스, 게이지가 또 토해…… 숨이 막히고 있어…… 무서워, 여보."

"내가 갈게."

그는 계단을 올라가면서 생각했다. 그놈이 들어왔어. 어떻게 들어왔는지 모르겠지만 하여간 들어왔어. 지하실로 들어왔을 거야. 부서진 지하실 창문으로 들어온 거겠지. 아래층에 부서진 창문이 있는 게 틀림없어. 내일 집에 오면 확인해 봐야지. 젠장, 일 나가기 전에 해야겠군. 그러니까…….

게이지가 울음을 그치고 목구멍이 막힌 듯한 기분 나쁜 소리를 내기 시작했다.

"루이스!"

레이첼이 비명을 질렀다.

루이스는 더 빨리 달렸다. 게이지는 모로 누운 상태였고, 입에서 토사물이 흘러나와 레이첼이 깔아 놓은 낡은 수건에 떨어지고 있었다. 하지만 제대로 토하지 못한 것 같았다. 토사물 대부분이 입속에 남은 채 얼굴이 빨갛게 달아올랐다. 질식 상태였다.

루이스는 아이의 겨드랑이를 붙잡고 닥터 덴튼 옷을 입은 아이의 겨드랑이가 얼마나 뜨거운지 간접적으로 재어 본 다음 트림을 시킬 때처럼 아이를 자기 어깨에 올려놓았다. 그런 다음 직접 쿵쿵 뛰어 어깨 위의 게이지를 심하게 흔들었다. 게이지의 목이 사정없이 흔들렸다. 갑자기 아기의 입이 벌어지며 단순한 트림이 아닌 엄청난 기침이 폭발했다. 뒤이어 입에서 놀라울 정도로 크고 단단해 보이는 토사물이 튀어나오더니 바닥과 옷에 온통 튀었다. 게이지는 다시 큰 소리로 엉엉 울기 시작했다. 루이스의 귀에는 음악 소리 같았다. 그렇게 운다는 것은 다시 산소 공급이 원활해졌다는 의미니까.

레이첼은 무릎을 꺾더니 침대 위에 풀썩 주저앉아 두 손으로 머리를 받쳤다. 그러고는 격렬하게 떨기 시작했다.

"애가 죽을 뻔했어, 그렇지? 애가 숨이, 숨이…… 숨이…… 오, 하느님."

루이스는 아들을 안고 방을 천천히 거닐었다. 울음소리가 서서히 잦아들더니 아이는 다시 잠들었다.

"레이첼, 애가 혼자서 목에 걸린 걸 뱉어냈을 확률이 오십 대 일이야. 난 조금 도왔을 뿐이야."

"하지만 그 애는 죽을 뻔했어."

그녀가 말했다. 그러고는 믿을 수 없다는 듯 할 말을 잊은 채 루이스를 올려다보았다.

"루이스, 게이지는 정말 죽을 뻔했다고."

갑자기 어느 밝은 대낮에 부엌에서 그에게 외치던 그녀의 목소리가 기억났다. 그는 죽지 않아. 여기선 아무도 죽지 않아……

"여보." 루이스가 말했다. "누구나 죽을 뻔해. 늘 있는 일이야."

게이지가 다시 구토를 일으킨 것은 분명 우유 때문이었다. 레이첼은 루이스가 자러 가고 한 시간가량 지난 후인 자정 즈음 게이지가 깨어나 배고프다고 보챘고 아기에게 우유병을 물려 줬다고 했다. 아이가 우유를 먹는 동안 그녀는 꾸벅꾸벅 졸았다. 그리고 한 시간쯤 지난 후에 호흡 곤란이 발생한 것이다.

"우유는 절대 주지 마."

루이스가 말했다. 레이첼은 비굴할 정도로 풀이 죽어 동의했다.

"우유는 더 이상 안 돼."

2시 15분경 루이스는 아래층으로 돌아와 15분 동안 고양이를 찾아다녔다. 그러던 중 예상대로 부엌과 지하실을 연결하는 문을 발견했다. 문은 조금 열려 있었다. 어머니가 들려주신, 이곳 지하실에 달려 있는 것과 같은 구식 걸쇠를 앞발로 능숙하게 열고 다닌다는 고양이 이야기가 생각났다. 그 고양이는 문 가장자리로 기어올라 앞발로 빗장의 걸리는 부분을 가볍게 톡톡 쳐서 문을 열었다고 했다. 참으로 귀엽기도 하지. 루이스가 생각했다. 하지만 처치가 그런 방법을 쓰도록 내버려 둘 마음은 없었다. 또한 지하실 문에 잠금장치도 있었다. 루이스는 스토브 밑에서 졸고 있는 처치를 발견하고 주저 없이 문 밖으로 던져 버렸다. 침대로 가는 길에 그는 지하실 문을 다시 한번 닫았다.

그리고 이번에는 빗장까지 걸었다.

아침에 게이지의 체온은 거의 정상으로 돌아왔다. 빰이 좀 까칠했지만 눈도 맑았고 원기 왕성했다. 한 주 정도 지나는 동안 의미도 없이 옹알거리던 말들이 갑자기 수많은 단어로 변했다. 게이지는 이제 사람들이 하는 말은 거의 뭐든 따라 했다. 엘리가 게이지에게 가르치려 한 말은 '똥' 이었다.

"똥이라고 해 봐, 게이지."

오트밀을 먹으며 엘리가 말했다.

"또오옹 게이지."

게이지는 자신의 오트밀을 먹으며 즐겁게 대답했다.

루이스는 설탕을 조금만 넣는 조건으로 게이지가 시리얼을 먹는 것을 허락했다. 그렇지만 항상 그랬듯이 게이지는 실제 먹는다기보다 시리얼로 마사지를 하고 있는 것처럼 보였다.

엘리는 낄낄거리면서 웃기 시작했다.

"게이지, 방귀 해 봐."

아이가 말했다.

"반구우 게이지."

게이지가 말하면서 빰에 잔뜩 오트밀을 묻힌 채 싱긋 웃었다.

"반구와 똥."

엘리와 루이스는 배꼽을 잡고 웃었다. 도저히 참을 수 없었다.

레이첼은 별로 재미있어 하지 않았다. "아침부터 지저분한 얘기는 그만."이라고 말하면서 루이스에게 달걀을 건넸다.

"또옹 반구, 또옹 반구."

게이지는 기분 좋게 노래를 불렀고 엘리는 입을 손으로 가리고 낄낄거렸다. 레이첼의 입이 조금 실룩거렸다. 루이스는 레이첼이 제대로 쉬지 못했지만 훨씬 나아 보인다고 생각했다. 안도감 때문인 듯했다. 게이지가 한결 나아졌고 레이첼은 집에 있었다.

"게이지, 그런 말 하지 마."

레이첼이 말했다.

"시러."

게이지의 말투가 변하면서 먹은 시리얼을 자신의 그릇에 모두 토해 버렸다.

"웩, 쏠려!"

엘리가 소리를 지르면서 식탁에서 달아나 버렸다.

루이스는 그때 배꼽을 잡고 웃었다. 참을 수가 없었다. 그는 웃다가 울기를 반복했다. 레이첼과 게이지는 그를 마치 실성한 사람처럼 보고 있었다.

아니야, 그들에게 얘기할 수도 있었다. 지금까지는 그랬지만 이제부턴 괜찮을 거야. 정말로 그럴 거야.

그는 끝난 건지 확신할 수 없었지만 끝난 것처럼 느껴졌다. 그 정도면 겪을 만큼 겪었다.

적어도 당분간은 그걸로 충분했다.

게이지의 바이러스는 한 주를 더 끈 후에 나았다. 그 다음 주에는 기관지염에 걸렸다. 엘리도 따라 걸렸고 다음에는 레이첼까지 걸렸다. 크리스마스 전까지 셋은 폭삭 늙어서 씨근거리는 사냥개처럼 잔기침을 하며 돌아다녔다. 루이스만 걸리지 않았고 레이첼은 이 때문에 루이스가 못마땅한 것 같았다.

학기의 마지막 주는 루이스, 스티브, 서렌드라 그리고 찰턴 모두에게 몹시 바쁜 시기였다. 독감 환자는 아직까지 없었지만 단구증가증 환자가 몇 명 있었고 폐렴 환자들이 돌아다니고 있었다. 크리스마스 휴가가 시작되기 이틀 전 신음소리를 내면서 잔뜩 취한 여섯 명의 남학생들을 걱정하는 친구들이 데려왔다. 파스코 사건을 떠올리게 하는 섬뜩하고 혼란스런 순간이 몇 차례 지나갔다. 이 여섯 명의 지독한 얼간이들은 중간 정도 크기의 썰매 한 대에 모두 몰려 타고 언덕 아래로 내려갔던 것이다. 루이스가 정황을 짐작해 본 바에 따르면 여섯 번째 남학생은 사실상 썰매 맨 뒤에 앉은 친구의 어깨에 타고 있었다. 신나는 일이긴 했다. 엄청난 가속이 붙은 후 썰매가 진로를 벗어나 남북 전쟁 당시 사용된 대포 중 하나를 들이받았다는 것만 빼고. 모두 다해서 팔 두 개, 손목이 하나 부러졌으며, 늑골이 일곱 개 부러졌고 뇌진탕이 하나 있었으며 타박상은 셀 수도 없었다. 썰매 맨 뒤에 앉은 친구의 어깨에 올라탔던 남학생만 다치지 않았다. 썰매가 대포에 부딪혔을 때 이 운 좋은 친구는 썰매에서 날아가 눈 더미 위로 곤두박질쳤던 것이다. 너덜거리는 상처를 닦아 내는 것은 별로 재미있는 일이 아니었고, 루이스는 상처를 꿰매고 붕대를 감고 학생들의 동공을 들여다보며 내내 꾸짖었지만 나중에 레이첼에게 이 사건을 얘기해 줄 때는 또다시 눈물이 나올 때까지 웃어 댔다. 레이첼은 그를 이상하게 쳐다보면서 뭐가 그렇게 우스운지 이해하지 못했다. 루이스는 그것이 어처구니없는 사고였고 사람이 다치긴 했지만 모두 무사히 털고 일어날 것이라는 얘기는 차마 할 수 없었다. 루이스의 웃음은 일부는 안도감 때문이었지만 일부는 승리감 때문이기도

했다. 오늘은 내가 이긴 거야!

가족들이 앓고 있던 기관지염은 12월 16일 엘리의 학교가 크리스마스 방학을 맞을 무렵 물러갔고 식구들 모두 즐겁고 고풍스러운 전원풍 크리스마스를 보낼 준비를 하고 있었다. 노스러들로에 있는 이 집은 8월에 처음 이사 오던 날은 엘리가 다치고 게이지는 벌에 쏘이면서 무척 낯설고 적대적이기까지 했는데 이젠 이 이상 정겹고 편안할 수 없었다.

크리스마스 전날에 아이들이 곯아떨어지기를 기다려 루이스와 레이첼은 화려한 색깔의 상자들을 한 아름 팔에 안고 도둑처럼 다락방에서 몰래 아래층으로 내려왔다. 그 상자들은 최근 장난감 자동차에 재미를 붙인 게이지에게 줄 미니어처 자동차 한 세트와 엘리에게 줄 보비와 켄 인형, 회전 장난감,(나사를 돌리면 회전하는 장난감—옮긴이) 터무니없이 큰 세발자전거, 인형 옷, 안에 백열 전구가 달린 장난감 오븐 등등이었다.

둘은 크리스마스트리에 달린 전구의 불빛 아래 나란히 앉아 부스럭거리며 선물 줄 준비를 했다. 레이첼은 실크 파자마를 입었고 루이스는 가운을 입고 있었다. 루이스가 기억하기로 가장 기분 좋은 밤이었다. 벽난로에는 불을 지펴 놓았고 가끔씩 둘 중 한 사람이 일어나 쪼개 놓은 자작나무 한 토막을 난로에 집어넣곤 했다.

처치가 루이스를 한 번 스치고 지나가자 그는 지독한 냄새 때문에 거의 무의식적인 혐오감을 느끼며 고양이를 밀쳐 냈다. 나중에 그는 처치가 레이첼의 다리 옆에 앉으려는 것을 보았는데 레이첼 역시 처치를 밀어내며 "저리 가!" 하고 소리 질렀다.

잠시 후 루이스는 아내가 더럽거나 역겨운 것을 만졌을 때 하는 것처럼 실크 파자마를 입은 허벅지 위에 손바닥을 문지르는 것을 보았다. 그는 레이첼 자신은 그런 행동을 하고 있는지 의식조차 못할 것이라고 생각했다.

처치는 벽난로 가로 느릿느릿 걸어가서 불 앞에서 품위 없이 털썩 앉았다. 처치는 이제 품위라고는 눈곱만큼도 없는 것처럼 보였다. 처치는 루이스가 결코 떠올리고 싶지 않은 그날 밤 품위란 품위는 모두 잃어버렸다. 그리고 처치에게는 없어진 것이 하나 더 있었다. 루이스는 그것을 알아차리고 있었지만 그것이 무엇인지 정확히 짚어 내는 데는 한 달이 걸렸다. 특히 잘 때는 모터 돌아가는 것 같은 요란한 소리를 내던 처치가 이제 더 이상 그르렁거리지 않았다. 전에는 밤중에 루이스가 일어나 엘리의 방문을 닫고 와야만 잠들 수 있던 때도 있었다.

이제 고양이는 아주 곤하게 잔다. 마치 죽은 것처럼.

아니, 한 번 예외가 있었던 걸 그는 기억해 냈다. 그날 밤 그는 소파 위에서 잠이 깼는데 썩는 냄새가 나는 담요처럼 처치가 그의 가슴 위에 웅크리고 자고 있었다…… 처치는 그날 밤 그르렁거리는 소리를 냈다. 어쨌건 무슨 소리가 나긴 났다.

그러나 저드슨 크랜덜이 알고 있던 것처럼 또는 추측했던 것처럼 모든 게 나빴던 건 아니었다. 루이스는 지하실에 있는 난방로 뒤에서 깨진 유리창을 발견했고 유리공이 그것을 수리해서 난방비를 꽤 절약할 수 있었다. 처치가 아니었더라면 몇 주 또는 몇 달 동안 그 깨진 유리를 발견하지 못했을 거라고 생각하면 처치에게 고마워해야 할 판이었다.

엘리는 더 이상 처치와 자고 싶어하지 않았다. 그렇긴 했지만 가끔 텔레비전을 보고 있을 때 처치가 그 애의 무릎에 올라와 자는 건 내버려 두었다. 그러나 그는 엘리의 배트맨 오토바이 조립용 플라스틱 부품이 들어 있는 봉투를 레이첼과 함께 뒤적이면서 엘리가 몇 분만 지나면 고양이를 내려놓으며 "처치, 저리 가, 냄새나."라고 하던 걸 생각했다. 엘리는 처치에게 규칙적으로 먹이를 주고 사랑했으며 게이지도 가끔씩 늙은 처치의 꼬리를 잡아당기곤 했다. 루이스는 심술궂어서라기보단 친해지고 싶어서 그랬다고 확신했다. 게이지는 부드러운 털이 달린 교회 종의 줄을 잡아당기는 꼬마 수도사 같았다. 그럴 때면 처치는 게이지가 그를 잡을 수 없는 난방기 밑으로 느릿느릿 기어 들어가곤 했다.

개라면 달라진 점을 더 많이 알아차릴 수 있었을지도 몰라, 하지만 고양이는 어쨌든 정말 빌어먹게 독립성이 강한 동물이란 말이야. 루이스는 생각했다. 독립성이 강하고 괴상해. 심지어 마력도 있지. 고대 이집트 여왕과 파라오들이 키우던 고양이를 미라로 만들어서 사후 세계에 영혼의 길잡이가 되도록 삼각형 무덤 속에 같이 넣었다는 사실이 루이스에게는 그리 놀랍지 않았다. 고양이는 불가사의한 존재다.

"대장님, 배트맨 오토바이는 어떻게 되어 가나요?"

그는 완성한 제품을 내밀었다.

"짜잔!"

레이첼은 아직 서너 개의 플라스틱 부품이 들어 있는 자루를 가리켰다.

"그것들은 뭐야?"

"예비 부품이야."

그는 답하면서 켕기는 듯한 미소를 지었다.

"예비 부품 쓸 일이 없기를 바라. 아이 목 부러뜨리겠어."

"그건 나중 일이야."

루이스가 심술궂게 말했다.

"엘리가 열두 살이 돼서 새 스케이트보드를 자랑하고 다닐 때."

그녀가 불평했다.

"어쩜, 의사 선생이 인정머리 없긴!"

루이스는 일어서서 허리에 손을 대고 몸을 비틀어 꼬았다. 등뼈에서 우두둑 소리가 났다.

"장난감은 이게 다야."

"그리고 조립도 다 끝났어. 작년 기억해?"

그녀는 깔깔거렸고 루이스는 미소를 지었다. 작년에 그들이 산 장난감은 모두 조립을 해야 하는 것들이어서 크리스마스 새벽 네 시까지 잠자리에 들지 못했고 조립이 끝났을 때는 둘 다 지치고 짜증 나 있었다. 그리고 크리스마스 오후가 되자 엘리는 포장 상자가 장난감보다 더 재미있다는 것을 발견했다.

"웩, 녹초가 됐어!"

루이스는 엘리 흉내를 내면서 말했다.

"그럼 가서 자. 오늘은 내가 선물을 일찍 줄게."

레이첼이 말했다.

"부인, 그건 당연히 내가 주는 선물이지."

루이스는 말하면서 허리를 쭉 폈다.

"꿈 깨는 게 좋을걸."

그녀는 말하면서 입을 가리고 웃었다.

그 순간 레이첼은 놀랄 정도로 엘리와 닮아 보였다…… 그리고 게이지 같아 보이기도 했다.

"잠깐, 해야 할 일이 하나 남았어."

그가 말했다.

그는 현관에 있는 벽장으로 급히 달려가서 그의 장화 중 하나를 꺼내 왔다. 그리고 꺼져 가는 불 앞에 쳐진 화열 가리개를 치웠다.

"루이스, 뭐 하는 거야?"

"곧 알게 될 거야."

난로 왼편의 불은 꺼져 있었고 보슬보슬한 회색 재가 두껍게 깔려 있었다. 루이스는 그 재 위에 장화를 찍어서 깊게 자국을 남겼다. 그런 다음 장화를 큰 고무 도장처럼 사용해서 난로 바깥쪽에 발자국을 남겼다.

"봐, 맘에 들어?"

그는 벽장에 다시 장화를 넣은 후 말했다.

레이첼이 또 깔깔거렸다.

"루이스, 엘리가 난리를 칠 거야."

지난 2주 동안 엘리는 유치원에서 김새는 소문을 들었는데 말하자면 산타가 사실은 부모님이라는 것이었다. 그 생각은 엘리가 며칠 전 뱅거 몰의 한 아이스크림 가게에서 우연히 마주친 비교적 마른 산타 때문에 점점 더 굳어졌다. 산타는 카운터 의자에 앉아 있었는데 치즈 버거를 먹으려고 수염을 한쪽 뺨으로 제쳐 놓고 있었다. 레이첼이 백화점과 구세군 산타 할아버지는 진짜 산타 할아버지가 멀리 북쪽에서 선물 목록을 만들고 마지막 순간까지 아이들의 편지를 읽느라 너무 바빠서 전 세계에 홍보 여행을 다닐 수 없기 때문에 대신 보낸 '도우미' 산타 할아버지들이라고 설명했지만 엘리는 매우 혼란스러워 했다. 어떤 면에선 가짜 수염보다 치즈 버거가 엘리를 더 혼란스럽게 한 듯했다.

루이스는 화열 가리개를 조심스럽게 다시 제자리에 놓았다. 벽난로에 두 개의 선명한 부츠 자국이 생겼는데 하나는 재 위에 찍혀 있었고 다른 하나는 난롯가에 있었다. 발자국 모두 크리스마스 트리를 향했는데 마치 산타 할아버지가 바닥에 한 발로 딛고 떨어지자마자 곧장 크리드 가족에게 배정된 캔디를 놔두려고 서둘러 간 것 같은 모습이었다. 이 속임수는 발자국이 모두 왼발이라는 점만 눈치 채이지 않는다면 완벽했다. 그리고 루이스는 엘리가 그렇게 분석적이라곤 생각하지 않았다.

"루이스 크리드, 사랑해."

레이첼이 말하면서 그에게 입 맞췄다.

"여보, 당신 남편 능력 있다고."

루이스가 말하면서 진지하게 미소를 지었다.

"내 옆에 있어 주면 당신을 스타로 만들어 줄게."

이들은 계단을 향해 걸어갔다. 루이스는 엘리가 텔레비전 앞에 차려 둔 카드 탁자를 가리켰다. 거기에는 오트밀 쿠키와 링딩(초콜릿 케이크의 한 상표명—옮긴이) 두 개가 있었다. 그리고 미켈롭(맥주의 한 종류—옮긴이) 한 캔이 있었다.

'산타 할아버지 드세요.' 라고 엘리의 크고 길쭉한 글씨체로 쓴 쪽지가 있었다.

"쿠키 아니면 링딩 생각 있어?"

"링딩."이라고 말하면서 레이첼은 절반을 먹었다. 루이스는 맥주 깡통을 땄다. “이렇게 늦게 맥주를 마시면 위산 과다가 될 거야.”

“헛소리.” 그녀가 유쾌하게 말했다. “괜찮아요, 의사 선생.”

루이스는 맥주 깡통을 내려놓고 마치 무엇인가 잊고 있었던 것처럼 갑자기 가운 주머니를 쥐었다. 사실 그는 저녁 내내 그 작은 꾸러미의 무게를 의식하고 있었다.

“이거, 당신 거야. 지금 열어 봐도 돼. 자정이 넘었으니까. 메리 크리스마스, 여보.”

그녀는 은색 포장지로 싸서 넓적하고 반짝거리는 푸른색 리본에 묶인 작은 상자를 손으로 돌려 보았다.

“이게 뭐야, 루이스?”

그는 어깨를 으쓱했다.

“비누, 샴푸 견본. 나도 정확히 뭔지 잊어버렸어.”

그녀는 층계에 서서 상자를 열고 티파니 상자를 보자 비명을 질렀다. 그녀는 상자에 깔린 솜을 끄집어내고 나서 입을 벌린 채 거기에 그냥 서 있었다.

“어때?”

그는 걱정스럽게 물었다. 그는 처음으로 그녀에게 진짜 보석을 선물하는 것이어서 긴장하고 있었다.

“마음에 들어?”

그녀는 그것을 꺼내서 손가락 위에 가느다란 황금 체인을 걸치고 조그만 사파이어를 현관 불빛에 비춰 보았다. 사파이어는 천천히 빙그르르 돌아가며 멋들어진 푸른 광선을 내뿜는 듯했다.

“오, 루이스, 너무 예뻐.”

그는 그녀가 조금 흐느끼는 것을 보고 감동과 놀라움을 느꼈다.

"여보, 울지 마. 해 봐."

"루이스, 우린 이럴 여유가…… 당신은 돈도……."

"쉬. 지난번 크리스마스 이후 조금씩 돈을 모아 뒀어…… 그리고 당신이 생각하는 것처럼 많이 든 것도 아니야."

"얼마였어?"

"절대 말할 수 없어, 레이첼."

그는 엄숙하게 말했다.

"중국 고문 기술자들이 한 부대로 온대도 결코 불지 않을 거야. 2000달러."

"2000달러!"

그녀가 갑자기 너무 세게 그를 껴안아서 그는 층계에서 굴러 떨어질 뻔했다.

"루이스, 당신 미쳤어!"

"해 봐."

그가 다시 말했다.

그녀는 그렇게 했다. 루이스가 고리 채우는 것을 도와준 후 그녀는 돌아서서 그를 보고 말했다.

"올라가서 이걸 보고 싶어. 멋 좀 부려 볼래."

"얼마든지. 내가 고양이를 밖에 내놓고 불을 끌게."

"우리 그거 할 때……."

그의 눈을 똑바로 바라보며 그녀가 말했다.

"다 벗고 이것만 걸고 있을래."

"얼른 가서 멋 부려."

그가 말하자 그녀는 웃었다.

그는 처치를 붙잡아 팔 위에 올려놓았다. 요즘에는 털을 빗겨 주는 데 별로 신경 쓰지 않았다. 그 모든 일에도 불구하고 그가 처치에게 다시 익숙해졌기 때문이란 생각이 들었다. 그는 현관문을 향해 가면서 불을 끄기 시작했다. 부엌과 차고가 연결된 문을 열었을 때 차가운 바람이 발목을 감싸고 돌았다.

"메리 크리스마스, 처……."

그는 말을 멈췄다. 현관 매트 위에 죽은 까마귀가 누워 있었다.

까마귀의 머리는 발기발기 찢겨 있었다. 한쪽 날개는 찢겨서 뒹굴고 있는 몸통 뒤에 까맣게 탄 종이처럼 놓여 있었다. 처치는 곧바로 루이스의 팔에서 빠져나가 그 얼어붙은 까마귀를 열심히 코로 문질러 대기 시작했다. 루이스가 지켜보는 가운데 처치는 머리를 앞으로 내밀고 귀를 뒤로 젖힌 채 루이스가 시선을 돌리기도 전에 까마귀의 뿌옇고 흐릿한 눈 중 하나를 찢어 버렸다.

처치는 다시 공격했고 루이스는 조금 역겹게 생각하면서 고개를 돌렸지만 까마귀의 눈이 있었던 자리에 피투성이의 구멍이 입을 벌리고 있는 것을 보고야 말았다. 아무렇지 않아. 아무렇지 않다고. 이보다 더한 것도 봤잖아, 파스코, 예를 들면 파스코는 훨씬 더했어, 훨씬 더…….

하지만 그건 끔찍했다. 속이 뒤집히는 것 같았다. 솟아오르던 성적인 흥분이 갑자기 시들해졌다. 제기랄, 이 새는 처치만 하군. 방심하고 있을 때 잡은 게 틀림없어, 한참 방심하고 있을 때.

이것은 치워야 했다. 크리스마스 아침에 누가 이런 선물을 원하겠는가, 그리고 이건 그의 책임이다. 안 그런가? 당연히 그랬다.

그의 책임이지 누구의 책임도 아니다. 그는 처치가 죽인 그 작은 쥐의 엉망이 된 몸통 위로 일부러 타이어를 떨어뜨리던 때, 즉 그의 가족이 돌아오던 그날 저녁에 무의식적으로 그의 책임임을 인식했던 것이다.

'남자의 마음의 토양은 돌보다도 단단하다네, 루이스.'

이 생각은 아주 확고했고 어찌된 일인지 매우 입체적이고 또렷이 들려서 루이스는 약간 몸을 떨었다. 마치 저드가 옆에 나타나서 큰 소리로 말한 것 같았다.

'남자는 자신이 키울 수 있는 것을 키운다네…… 그리고 그것을 돌보지.'

처치는 아직도 탐욕스럽게 죽은 새 위에 몸을 구부리고 있었다. 그는 이제 다른 쪽 날개를 공격하고 있었다. 처치가 앞뒤로 날개를 잡아당기자 바스락거리는 음침한 소리가 났다. 절대 날 수 없어, 오빌. 그렇지, 윌버.(오빌과 윌버는 비행기를 발명한 라이트 형제의 이름—옮긴이) 망할 놈의 새는 이미 죽어 버렸으니 고양이에게 먹이로 줘 버리는 게 나을 거야, 그게 나을 거야…….

루이스는 갑자기 처치를 매우 세게 걷어찼다. 고양이의 뒷다리가 치켜 올라갔다가 보기 흉하게 내려왔다. 고양이는 물러서면서 누렇고 흉측한 초록색 눈으로 루이스를 흘끗 보았다.

"날 잡아먹어."

루이스가 고양이처럼 처치에게 쉿쉿 소리를 내며 말했다.

"루이스?"

레이첼의 목소리가 침실에서 희미하게 흘러나왔다.

"오고 있어?"

"금방 갈게."

그는 대답했다. 이 엉망진창이 된 걸 좀 치워야 해, 레이첼, 괜찮지? 이건 내가 자초한 일이니까. 그는 차고의 조명을 조절하는 스위치를 더듬어 찾은 후 재빨리 부엌 개수대 밑에 있는 식기장으로 가서 큰 녹색 봉투를 가져왔다. 그는 그 봉투를 다시 차고에 가져다 놓고 차고 벽 못에 걸린 삽을 가져왔다. 그는 까마귀를 집어서 봉투에 넣었다. 그리고 잘려 나간 날개는 삽으로 퍼서 봉투에 담았다. 봉투의 매듭을 묶은 다음 그 봉투를 차에서 멀리 떨어진 쓰레기통에 넣었다. 다 끝냈을 때는 발목이 얼어 가고 있었다.

처치는 차고 문 앞에 서 있었다. 루이스가 고양이에게 삽으로 위협적인 몸짓을 하자 고양이는 시커먼 물이 흐르듯 사라졌다.

위층에서 레이첼은 아무것도 입지 않고 사파이어 목걸이만 한 채 침대에 누워 있었다…… 약속대로. 그녀는 그를 보고 나른한 미소를 지었다.

"왜 그렇게 오래 걸렸어요, 대장님?"

"개수대 위의 불이 나갔더군. 전구를 갈았어."

"이리 와요."

그녀가 말하면서 부드럽게 그를 다리로 휘감아서 자기 쪽으로 끌어당겼다.

"산타 할아버지는 알고 계신대, 네가 자고 있었는지……."

그녀는 조용히 노래를 불렀고 그녀의 입가에 조그만 미소가 떠올랐다.

"산타 할아버지는 네가 깨어 있는지 알고 계신대…… 세상에,

여보, 이게 뭐야?"

"뭔가가 막 잠에서 깼나 봐."

루이스가 말하면서 가운을 벗었다.

"산타 할아버지가 오기 전에 재울 수 있는지 볼까, 어때?"

그녀는 한쪽 팔꿈치를 짚고 몸을 일으켜 세웠다. 루이스는 그녀의 따뜻하고 부드러운 숨결을 느꼈다.

"산타 할아버지는 알고 계신대, 누가 나쁜 앤지 착한 앤지…… 그러니 착한 애가 돼야지…… 착하게 살았니, 루이스?"

"그럼요."

그가 말했다. 그의 목소리는 조금 흔들렸다.

"어디 생긴 것처럼 맛도 좋은지 한번 볼까."

그녀가 말했다.

만족스러운 성행위였지만 루이스는 평소에 만족스러운 성행위를 하고 났을 때처럼 금방 잠들지 못했다. 자신과 아내와 자신의 인생에 대한 생각에서 벗어날 수 없었다. 그는 크리스마스 새벽 어둠 속에 누워 레이첼의 느리고 깊은 숨소리를 들으며 처치가 그에게 준 크리스마스 선물, 그 현관의 죽은 새를 생각했다.

내 말을 명심해, 크리드 선생. 나는 살았었고 죽었다가 이제 다시 살아났어. 나는 생사의 고리를 완성했고 이제 사냥에 맛 들인 망가진 고양이와 함께 자네가 다른 세계에 들어왔다는 것을 말해 주기 위해 왔어. 난 남자는 자신이 키울 수 있는 것을 키우고 돌본다는 말을 해 주기 위해 여기 왔어. 그걸 잊지 말게, 크리드 선생. 나는 이제 자네의 마음이 키우는 것의 일부이며 자네의 아내와 딸과 아들이 있다는 점을…… 그리고 내가 있네. 그 비밀을 기억하고 자네의 정원을 잘 가꾸게.

어느 순간 루이스는 잠이 들었다.

그들의 겨울이 지나갔다. 산타 할아버지에 대한 엘리의 믿음은 난로에 있는 발자국 때문에 일시적으로나마 회복되었다. 게이지는 즐겁게 선물을 풀어 보다가 가끔 동작을 멈추고 특별히 맛있어 보이는 포장지를 와삭와삭 씹어 보곤 했다. 그리고 그해 크리스마스에는 두 아이 모두 오후쯤 되자 장난감보다 상자가 더 재미있다는 것을 발견했다.

크랜덜 부부는 레이첼이 만든 에그녹(우유와 설탕을 섞은 음료로 종종 술에 넣음—옮긴이) 맛보기 위해 섣달 그믐날 크리드 가를 찾아왔고 루이스는 마음속으로 노마를 진찰했다. 그녀는 루이스가 전에 본 적 있는 창백하고 투명한 모습을 보였다. 그의 할머니가 노마를 봤다면 '시들기' 시작했다고 말했을 법했고 사실 그 말은 그 상태에 대해 썩 나쁘게 표현한 말은 아니었다. 관절염 때문에 퉁퉁 붓고 기형이 된 그녀의 손은 갑자기 갈색 반점으로 뒤덮인 것 같았다. 그녀의 머리카락은 더 가늘어 보였다. 크랜덜 부부는 열시경에 집으로 돌아갔고 크리드 가족은 텔레비전 앞에서 새해를 맞이했다. 노마가 그 집을 방문한 것이 그때가 마지막이었다.

루이스의 방학 내내 질척거리면서 비가 내렸다. 난방비를 생각하면 눈이 녹은 것이 고마웠지만 날씨는 여전히 우울하고 음침했다. 그는 집에서 아내를 위해 찬장과 책장을 만들고 서재에서 자신의 모형 포르셰를 만들었다. 1월 23일, 학사 일정이 다시 시작됐을 때 그는 기쁘게 대학으로 돌아갔다.

마침내 독감이 발병했다. 봄 학기가 시작된 지 채 한 주도 지나지 않아 꽤 심각한 독감이 교내에 발생해서 루이스는 정신없이 바빴다. 그는 하루에 열 시간에서 열두 시간씩 일하고 완전히 녹초가 되어 집에 돌아왔지만…… 그렇게 행복하지 않은 것은 아니었다.

1월 29일, 요란하게 따뜻한 날씨의 마법이 풀렸다. 눈보라가 친 후 한 주 정도 사람을 얼어붙게 만드는 영하의 날씨가 계속됐다. 올봄에 야구를 할 수 있기를 간절히 바라지만 루이스가 보기에 그럴 가망이 없어 보이는 한 남학생의 부러진 팔을 진찰하고 있을 때 간호조무사 중 한 명이 머리를 쑥 들이밀고 레이첼의 전화를 받으라고 했다.

루이스는 사무실로 가서 전화를 받았다. 레이첼은 울고 있었고 루이스는 즉시 문제가 생겼음을 알아차렸다. 그는 생각했다. 엘리, 엘리가 썰매에서 굴러 떨어져 팔이 부러진 거야. 그렇지 않으면 두개골이 부러졌거나. 그는 그 정신 나간 남학생들과 썰매 때문에 경악했던 일을 생각하고 있었다.

"애들한테 무슨 일이 있구나, 그래?" 그가 물었다. "레이첼?"

"아니, 아니야."

그녀는 더 심하게 흐느껴 울면서 대답했다.

"아이들이 아니야. 노마야, 루. 노마 크랜덜이 오늘 아침 죽었어. 저드가 여덟시쯤, 아침 먹고 난 직후라고 말했어. 저드가 당신이 있는지 보러 왔기에 난 당신이 삼십 분 전에 출발했다고 말했어. 저드는…… 여보, 저드는 너무 당황하고 너무 멍해 보이고…… 너무 늙어 보이고…… 엘리가 없었기에 망정이지. 게이지는 너무 어려서 뭘 모르고……."

루이스의 이마에 주름이 패였다. 이 끔찍한 소식에도 불구하고 루이스의 마음은 레이첼에게 쏠리면서 뭔가를 찾고자 했다. 다시 같은 일이 반복됐기 때문이다. 그것은 레이첼의 태도에 관한 문제였기 때문에 정확히 뭔지 짚어 낼 수 없었지만 예컨대 죽음은 감추어야 할 일이고 무서운 것이며 아이들에게 숨겨야 할 무엇이라는 점이었다. 무엇보다도 성 관계에 관한 추잡하고 불쾌한 진실을 아이들에게 숨겨야 한다고 믿었던 빅토리아 시대 사람들처럼 그녀는 죽음에 관한 진실을 아이들에게 숨기려고 했던 것이다.

"제기랄. 심장 때문이었어?"

"모르겠어."

그녀는 울음을 그쳤지만 목소리가 잠겨 있었다.

"올 수 있어, 루이스? 당신은 저드의 친구잖아. 내 생각에도 그는 당신이 필요해."

당신은 저드의 친구잖아.

그래, 친구지. 루이스는 약간 놀라며 생각했다. 내가 여든 살 먹은 노인의 친구가 되리라곤 결코 생각하지 못했는데, 하지만 우린 친구인 것 같군. 그러고 나서 둘 사이에 있었던 일들을 되짚어 볼 때 둘은 친구인 편이 훨씬 나으리라는 생각이 떠올랐다. 생각해 보면 저드는 루이스보다 훨씬 먼저 두 사람이 친구라는 것을 알고 있었다. 저드는 루이스가 어려움에 처했을 때 곁에 있어 줬고, 그 이후 일어난 일이나 그 쥐나 새에도 불구하고 루이스는 저드의 곁정이 옳았음을 느꼈다…… 옳은 결정이 아니었다면 최소한 연민에서 내린 결정이었다는 것은 알 수 있었다. 그는 저드를 위해 지금 자신이 할 수 있는 일을 할 것이며 만약 그것이 그의 아내가 죽었을 때 옆에 있어 주는 것을 의미한다면 그렇게 할 것이다.

"출발할게."

그는 전화를 끊었다.

원인은 심장마비가 아니었다. 뇌에 문제가 생겼기 때문인데, 급작스럽고 필경 고통 없는 죽음을 맞이했으리라. 루이스가 그날 오후 스티브 매스터튼에게 전화해서 상황을 설명하자 스티브는 그런 식으로 죽는 것도 나쁘지 않을 것 같다고 말했다. "가끔 신은 지루하게 시간을 끌죠."라고 스티브가 말했다. "그리고 가끔은 바로 대상을 지목하면서 이제 게임이 끝났다고 말하죠."

레이첼은 노마의 죽음에 대해 말하고 싶어하지 않았으며 루이스가 얘기하게 놔두지도 않았다.

엘리는 충격을 받긴 했지만 그보다는 놀라움과 호기심이 더 컸다. 루이스가 생각하기에 여섯 살짜리가 보일 수 있는 아주 건강한 반응이었다. 아이는 크랜덜 부인이 눈을 뜨고 죽었는지 감고 죽었는지 궁금해 했다. 루이스는 잘 모르겠다고 대답했다.

저드는 거의 60년간 동고동락했던 여인이 세상을 떠났다는 사실을 고려하면 아주 잘 견뎌 내고 있었다. 루이스는 오늘따라 유난히 나이 들어 보이는 저드가 부엌 탁자 옆에 앉아서, 체스터필드 담배를 피우고 맥주를 마시며 멍하니 거실을 바라보고 있는 것을 발견했다.

그는 루이스가 들어오자 쳐다보면서 말했다.

"그녀가 떠났네, 루이스."

그가 너무나 뚜렷하고 사무적인 어조로 말해서 루이스는 저드가 이 사실을 완전히 실감하고 있는 것 같지 않다는 생각을 했다. 그런 다음 갑자기 저드의 입술이 실룩거리기 시작하더니 한 팔로 자신의 눈을 가렸다. 루이스는 그에게 다가가 그를 안았다. 저드는 허물어져서 울었다. 그는 상황을 완벽하게 이해하고 있었다. 아내가 세상을 떠난 것이다.

"괜찮아요." 루이스가 말했다. "괜찮아요, 저드, 내 생각엔 노마도 당신이 좀 울기를 바랄 거예요. 울지 않으면 아마 화를 낼 겁니다."

루이스 자신도 조금씩 눈물이 나오기 시작했다. 저드는 그를 세게 껴안았고 루이스도 그를 안았다.

저드가 그렇게 십 분 정도 울고 나자 폭풍이 지나갔다. 루이스는 저드가 하는 말들을 친구로서뿐만 아니라 의사로서 주의 깊게 들었다. 그는 저드의 대화에 어떤 논리성이 있는지 그리고 저드의 시간 감각이 분명한지 알아내기 위해 저드의 이야기를 경청했다. 저드의 공간 감각에 대해서는 의문을 품을 여지가 없었다. 저드에게 공간이란 항상 메인의 러들로를 의미했기 때문이다. 무엇보다도 루이스는 노마의 이름이 현재 시제로 거론되는지를 보기 위해 저드의 이야기를 들었다. 저드가 이해력을 잃었다는 징후는 찾을 수 없었다. 루이스는 노부부가 거의 한 달, 한 주 또는 심지어 하루 간격으로 함께 세상을 뜨는 것이 드물지 않다는 것을 알고 있었다. 충격이나 심지어 가 버린 사람을 따라가려는 마음속 깊이 자리 잡은 내적 충동 때문일 것이라고 그는 추측했다. 이런 생각은 처치에게 그런 일이 생기기 전엔 결코 하지 않았던 생각이었다. 그는 영적인 것과 초자연적인 것에 관한 그의 생각이 잔잔하지만 커다란 변화를 겪었다는 것을 깨달았다. 그가 내린 결론은 저드가 몹시 슬퍼하고 있지만 여전히 심신이 건강하다는 것이었다. 크리드 가의 거실에서 네 명이 앉아 에그녹을 마시던 섣달 그믐날 노마의 주위에 감도는 것처럼 보이던 투명한 연약함을 저드에게서는 느낄 수 없었다.

저드는 울어서 빨갛게 얼룩진 얼굴로 냉장고에서 맥주를 꺼내 그에게 가져다주었다.

"조금 이르긴 하지만…… 세상 어딘가에서는 해가 기울었을 것이고 상황이 상황이니만큼."

"더 이상 말하지 마요."

루이스가 말하면서 맥주병을 땄다. 그는 저드를 바라보았다.

"노마를 위해 건배할까요?"

"그러는 편이 낫겠지." 저드가 말했다. "노마가 열여섯 살 때 모습을 봤어야 했는데, 루이스, 재킷을 열어제치고 교회에서 돌아오는 모습이라니…… 자네 눈이 튀어나왔을 거야. 그녀가 원했다면 악마라도 술을 끊겠다고 맹세했을걸. 고맙게도 나에게 그런 맹세는 안 시켰다네."

루이스가 고개를 끄덕이며 병을 조금 들어 보였다.

"노마를 위해."

저드가 루이스의 맥주병에 자신의 맥주병을 쨍 하고 부딪쳤다.

그는 다시 눈물을 흘리기 시작했지만 미소 짓고 있었다. 그는 고개를 끄덕였다.

"그녀에게 안식이 함께하기를. 그리고 그녀가 어디에 있든 그 망할 놈의 관절염만은 없는 곳이기를."

"아멘."

루이스가 말한 후 둘은 맥주를 마셨다.

저드가 얼근히 취한 모습을 보인 것은 그때뿐이었지만 그렇게 취했어도 그는 멀쩡했다. 그는 회상에 잠겨 있었고 노마에 대한 생생하고 선명하며 때로는 흥미로운 따뜻한 기억들과 일화들이 끊임없이 그에게서 흘러나왔다. 그러나 과거의 이야기를 들려주는 사이사이 저드는 루이스가 존경할 수밖에 없는 방식으로 현재 일을 처리했다. 만일 그레이프프루트와 시리얼을 아침에 먹은 후 급사한 사람이 레이첼이었다면 그는 저드의 반만큼이라도 해낼 수 있을지 궁금했다.

저드는 뱅거에 있는 브루킹스—스미스 영안실에 전화해서 전화상으로 처리할 수 있는 모든 업무를 다 보고 내일 방문해서 나머지를 처리하기로 약속했다. 그렇다. 그는 시신을 방부 처리할 모양이다. 그는 노마에게 드레스를 입히길 원했고 드레스는 그가 준비할 것이다. 예, 속옷도 그가 고를 것이다. 아니요, 그는 편상화를 영안실에서 준비하기를 원치 않는다. 영안실에 그녀의 머리를 감겨 줄 사람이 있습니까? 그가 물었다. 그녀는 마지막으로 지난 월요일에 머리를 감아서 지저분했다. 그는 전화 내용을 듣고 있었고 삼촌이 자신이 하는 일을 "조용한 직업"이라고 칭했던 그 업계에 있었던 루이스는 장의사가 저드에게 마지막 세안과 머리

단장은 영안실 서비스의 일부라고 말하고 있다는 걸 알았다. 저드는 고개를 끄덕이면서 통화하는 사람에게 감사를 표한 후 다시 들었다.

"그렇소." 그는 말했다. "화장을 해야 하는데 엷은 화장이어야 합니다. 그녀는 죽었고 사람들도 그걸 알아요."

그가 말하면서 담배에 불을 붙였다.

"굳이 떡칠을 할 필요는 없죠."

그는 장례식을 하는 동안에는 관을 닫아 놓지만 그 전날 방문 시간에는 열어 놓으라고 관리자에게 차분하고 권위 있는 목소리로 말했다. 그녀는 부부가 1951년에 사 둔 장지가 있는 마운트 호프 묘지에 묻힐 것이다. 그는 그 서류를 손에 들고서 장의사에게 장지 번호를 알려줘서 준비를 시작할 수 있게 했다. H-101이 그곳이었다. 저드 자신은 H-102에 묻힐 것이라고 그가 나중에 루이스에게 말했다.

그는 전화를 끊고 루이스를 보면서 말했다.

"내가 아는 한 세상에서 제일 아름다운 묘지가 바로 뱅거에 있다네. 원하면 맥주 한 병 더 들게, 루이스. 다 끝내려면 시간이 좀 더 걸릴 거야."

그는 막 거절하려던 참이었다. 조금 취해 있었다. 그때 한 가지 기괴한 영상이 저절로 루이스의 머릿속을 스치고 지나갔다. 저드가 이교도식 들것에 실은 노마의 시신을 숲 속으로 질질 끌고 가는 모습이었다. 그는 애완동물 묘지 뒤쪽의 미크맥 매장지를 향해서 가고 있었다.

루이스는 마치 뺨을 한 대 맞은 것 같았다. 아무 말 없이 그는 벌떡 일어나서 냉장고에서 맥주를 한 병 더 꺼냈다. 저드는 그에게 고개를 끄덕여 보이고 다시 전화를 걸었다. 오후 세시쯤 루이스가 샌드위치와 수프를 먹으러 집으로 갔을 때 장례식 준비는 꽤 많이 진척되어 있었다. 그는 마치 중요한 디너파티를 계획하는 사람처럼 한 가지씩 진행해 나갔다. 그는 장례식이 거행될 노스러들로 감리 교회에 전화를 하고 마운트 호프에 있는 묘지 관리 사무실에 전화했다. 이 두 곳 모두 브루킹스—스미스 영안실에서 전화하겠지만 저드는 예의상 전화했다. 이것까지 생각해 내는 유족들은 거의 없었다…… 생각은 나더라도 행동에 옮길 사람도 거의 없었다. 루이스는 그것 때문에 저드가 더욱더 존경스러웠다. 나중에 그는 전화번호를 찾기 위해 가죽 표지가 달린 너덜너덜해진 주소록의 페이지를 넘겨 가면서 노마의 몇 안 되는 친지들과 자신의 친지들에게 전화했다. 그리고 전화 거는 사이사이 그는 맥주를 마시면서 과거를 회상했다. 루이스는 그에게 크나큰 존경을 느꼈다…… 그리고 사랑도? 그랬다. 자신의 마음을 확인했다. 사랑도 느꼈다.

그날 밤 엘리는 파자마를 입고 자기 전 인사를 하기 위해 아래층으로 내려왔을 때 크랜덜 부인이 천국으로 갔는지 물었다. 그 애는 루이스에게 거의 속삭이듯이 물었는데 마치 자신들의 대화가 들리지 않는 편이 좋다는 것을 이해하는 듯했다. 레이첼은 부엌에서 치킨 파이를 만들고 있었는데 다음 날 그것을 저드에게 가져다주려고 마음먹고 있었다.

길 건너편에 있는 크랜덜 가에는 불이 모두 켜져 있었다. 집 앞 도로와 그 집 쪽 고속도로 갓길의 위아래 30미터가량 차들이 주차되어 있었다. 공식적으로 고인을 볼 수 있는 시간은 내일 영안실에서겠지만 오늘 밤은 할 수 있는 한 최대로 저드를 위로하고 저드가 회상하는 것을 돕고 노마의 죽음을 애도하기 위해 사람들이 왔다. 저드는 노마의 죽음을 그날 오후에 "앞서 갔다고" 표현한 적이 있었다. 크랜덜의 집과 루이스의 집 사이에는 혹독한 2월의 바람이 불고 있었다. 도로에는 검은색 얼음이 듬성듬성 얼어 있었다. 메인의 겨울 중 가장 추운 시절이 시작된 것이다.

"글쎄, 잘 모르겠다, 얘야."

루이스가 말하면서 엘리를 무릎에 앉혔다. 텔레비전에서는 총격전이 벌어지고 있었다. 한 남자가 빙그르르 돌다가 쓰러졌지만 둘 중 아무도 관심을 두지 않았다. 루이스는 꺼림칙했지만 엘리가 모세, 예수 그리스도 그리고 성 바오로보다 로널드 맥도널드와 스파이더 맨과 버거킹에 대해 훨씬 더 많이 알고 있을 거라고 눈치채고 있었다. 그녀는 신앙심이 별로 없는 유대인 엄마와 타락한 감리교 신자인 아빠의 딸이었다. 그리고 루이스는 엘리의 신에 대한 개념이 아주 모호한 것으로 신화도 아니고 공상도 아닌 그저 막연한 꿈에 지나지 않을 것이라고 추측했다. 그는 생각했다. 늦은 거야. 이제 다섯 살이지만 늦어 버렸어, 세상에나, 이렇게 빨리 시기를 놓치다니.

하지만 엘리가 그를 바라보고 있었고 그는 뭔가 말해야 했다.

"사람들은 우리가 죽을 때 우리에게 일어나는 일에 대한 온갖 이야기를 다 믿는단다. 어떤 사람들은 우리가 천국이나 지옥으로 간다고 생각하지. 어떤 사람들은 우리가 조그만 아이들로 다시 태어난다고 믿고."

"물론이죠, 한생이에요. 텔레비전에서 본 영화에 나오는 오드리 로즈가 그런 것처럼."

"넌 그거 안 봤잖니!"

루이스는 레이첼이 엘리가 오드리 로즈를 봤다는 걸 알면 머리가 어떻게 되어 버릴지도 모른다고 생각했다.

"마리가 학교에서 얘기해 줬어요."

엘리가 말했다. 마리는 엘리 스스로 가장 친하다고 선언한 단짝 친구로서 영양실조에 걸린 데다 지저분한 작은 여자 아이였는데 항상 농가진이나 버짐 심지어는 괴혈병 같은 병에 걸린 것처럼 보였다. 루이스와 레이첼 모두 엘리가 친구를 사귀도록 응원했지만 한번은 레이첼이 루이스에게 마리가 간 후에는 항상 이나 서캐가 있지 않을까 엘리의 머리를 확인하고 싶은 충동이 든다고 고백했다. 루이스도 웃으면서 고개를 끄덕였다.

"마리 엄마는 마리가 모든 프로그램을 볼 수 있게 해 줘요."

이 말 속에는 힐난하는 어조가 있었지만 루이스는 무시하는 쪽을 택했다.

"음, 그건 환생이라고 한단다. 어쨌든 네가 잘 알고 있는 것 같구나. 가톨릭교도들은 천국과 지옥을 믿지만 지옥의 변방이라는 곳도 있다고 믿는데 이걸 연옥이라고도 해. 그리고 힌두교도들과 불교 신자들은 극락이라는 것을 믿지……."

식당 벽에 그림자가 보였다. 레이첼이 듣고 있었다.

루이스는 천천히 이야기를 계속했다.

"아마 더 많은 이야기들이 있을 거야. 하지만 엘리야, 결론은 이거다. 아무도 모른다는 거야. 사람들은 알고 있다고 말하지만 그렇게 말할 때 그 사람들이 뜻하는 것은 자신들의 믿음 때문에 믿고 있다는 거야. 믿음이 뭔지 아니?"

"음……."

"여기 우리가 이렇게 내 의자에 앉아 있잖아." 루이스가 말했다. "너는 내일도 이 의자가 여기 이렇게 있을 거라고 생각하니?"

"그럼요, 물론이죠."

"그럼 너는 이것이 여기에 있을 거라는 믿음을 갖고 있는 거야. 그리고 공교롭게도 나도 그렇게 믿어. 믿음이란 그것이 있을 것이다 또는 있다고 믿는 거야. 알겠니?"

"네."

엘리는 긍정적으로 고개를 끄덕였다.

"하지만 우리는 이것이 여기에 있을지 어떨지 몰라. 말하자면 어떤 미치광이 의자 강도가 들어와서 의자를 가져갈 수도 있잖아, 그렇지?"

엘리가 깔깔거렸다. 루이스는 미소를 지었다.

"우리는 그냥 그런 일이 일어나지 않을 거란 믿음을 가지고 있는 거야. 믿음이란 위대한 것이고 정말 신앙심이 깊은 사람들은 우리가 믿음과 아는 것이 같은 것이라고 믿기를 원하지만 나는 그것을 믿지 않는단다. 왜냐하면 그 주제에 관해 너무 많은 설들이 있기 때문이지. 우리가 아는 것은 이거야. 우리가 죽을 때 둘 중 하나가 일어나지. 우리의 영혼과 생각이 어찌어찌해서 살아남거나 또는 그렇지 못하는 거지. 만약 영혼과 생각이 살아남는다면 네가 생각할 수 있는 모든 가능성이 열리는 셈이지. 만약 그렇지 않다면 그냥 끝이야. 마지막인 거야."

"마치 자는 것처럼?"

그는 이 말을 곰곰이 생각해 보고 대답했다.

"정기를 가지고 있다는 편이 더 맞는 것 같구나."

"아빠는 뭘 믿어요?"

벽에 있던 그림자가 잠깐 움직이다가 멈췄다.

대학 시절부터 시작해서 성인 시절의 대부분을 루이스는 죽음이 끝이라고 믿었다. 그는 많은 임종을 지켜봤지만 영혼의 총알이 그를 통과해서 지나치는 것을 느껴 본 적은 없었다…… 그것이 어디로 향하든 말이다. 바로 이 생각이 빅터 파스코가 죽을 때 떠오르지 않았던가? 그는 전문 잡지에 실린 후 대중 언론에서 통속화되는 사후 세계의 경험이 아마도 막무가내로 닥치는 죽음에 대항해서 최후까지 버티고자 하는 인간의 정신적 태도를 암시하는 것이라는 심리학I 교수의 의견에 동의했다. 즉 불멸이라는 환상을 만들어 냄으로써 마지막 순간까지 미치지 않으려 하는, 끊임없이 창조적인 인간의 마음을 나타낸다는 것이다. 마찬가지로 그는 기숙사에 있었던 한 지인의 말에 동의했다. 그 지인은 루이스가 시카고에서 보냈던 대학 2학년 때 밤을 세워 가며 한 토론에서 성경은 이성의 시대에는 거의 완전히 소멸해 버린 의심스러운 기적들로 가득 차 있다고 말했다. 그는 처음에는 "완전히 사라졌다고" 말했지만 다른 이들이 대체적으로 정돈되고 개명한 이 세상에도 여전히 이상한 일들이 많이 일어나고 있고 설명할 수 없는 일도 많다고 얼마간의 사실적 근거를 가지고 주장하자 한 걸음 양보해야 했다. 그 이상하고 설명할 수 없는 일들이란, 예를 들면, 정체를 폭로하려는 모든 시도에도 불구하고 끝끝내 버티고 있는 토리노의 수의(예수 그리스도의 시체를 싼 수의—옮긴이)가 있다.

"그래서 예수가 나사로를 죽은 자 가운데서 살려 냈군."

그 지인은 말했다. 그는 미시건 주의 디어번에서 존경받는 산부인과 의사가 되었다.

"나는 괜찮아. 내가 믿어야 한다면 믿을 거야. 그러니까 자궁 속에서 쌍둥이 태아들 중 한쪽이 마치 식인종 태아라도 되는 양 다른 한쪽을 잡아먹고 나서 이십 년이나 삼십 년 후에 고환이나 폐 속에 들어 있는 이빨을 보여 주면서 자신이 그런 짓을 했다는 것을 증명한다는 얘기라면 받아들여야겠지. 그걸 믿을 수 있다면 세상에 못 믿을 게 없다고 생각해. 하지만 난 사망 증명서가 보고 싶어. 내가 무슨 말을 하는지 이해하겠어? 내가 나사로가 무덤에서 나왔다는 것을 의심하는 건 아니야. 하지만 그 사망 증명서 원본을 보고 싶다고. 나는 못 자국을 보고 옆구리에 창으로 찔린 자리에 손을 넣어 봐야만 예수 그리스도가 부활한 것을 믿겠다고 말한 사도 도마와 같아. 내 생각엔 사도 도마가 그 무리 중 진정한 의사였어, 누가가 아니라."

아니다, 그는 진심으로 생존을 믿은 적이 없었다. 최소한 처치의 일이 있기 전까지는.

"난 우리가 계속 존재한다고 믿어."

그는 딸에게 천천히 말했다.

"하지만 그게 어떤 것인지 아빠는 알 수 없어. 그건 아마도 사람마다 다를 거야. 너는 네가 평생 믿었던 대로 되겠지. 하지만 나는 우리가 계속 존재한다고 믿고 아마 크랜덜 부인도 행복을 누릴 수 있는 곳에 있을 거라고 믿어."

"아빠는 그걸 믿고 있군요."

엘리가 말했다. 그것은 질문이 아니었다. 감동한 목소리였다.

루이스는 웃었고 조금 기쁘면서 한편 당혹스럽기도 했다.

"그래. 그리고 이제 네가 잠자리에 들 시간이라는 것도 믿고 있단다. 그것도 십 분 전쯤에."

그는 아이의 입에 한 번 그리고 코에 한 번 뽀뽀해 주었다.

"동물도 계속 존재한다고 생각해요?"

"그럼."

그는 생각해 보지 않고 대답하면서 일순간 '특히 고양이는 더 그렇지.' 라고 덧붙일 뻔했다. 그 말은 잠시 동안 그의 입을 맴돌았고 그의 피부가 갑자기 창백해지면서 차가워지는 것이 느껴졌다.

"알았어요."

아이가 말하고 미끄러져 내려왔다.

"엄마에게 뽀뽀하러 가야겠어요."

"오냐."

그는 아이가 가는 것을 지켜보았다. 식당 문간에서 그 애는 돌아서서 말했다.

"그날 내가 처치 때문에 정말 바보같이 굴었죠, 그렇지 않아요? 막 울면서."

"아니야, 얘야. 바보 같다고 생각하지 않아."

"처치가 지금 죽는다면 받아들일 수 있을 거예요."

그 애는 말하고 나서 조금 놀란 듯이 방금 입 밖에 낸 자신의 생각을 재고해 보는 것 같았다. 그런 후 아이는 자신의 생각에 동의하는 것처럼 말했다.

"당연히 받아들일 수 있어요."

그리고 레이첼을 찾으러 갔다.

나중에 침실에서 레이첼이 말했다.

"당신이 엘리와 하는 얘기 들었어."

"당신 마음에 안 들어?"

루이스는 물었다. 그는 만약 레이첼이 원한다면 이 문제에 대해 결판을 내는 것이 최선일 거라는 결심을 한 적이 있었다.

"아니야."

그녀답지 않게 망설이면서 레이첼이 말했다.

"아니야, 루이스, 그런 게 아니라, 난 그냥 겁을…… 먹었어. 그리고 당신도 알잖아. 내가 두려워할 땐 방어적이 된다는 걸."

루이스는 레이첼이 이렇게 애써 말한 적이 전에도 있었는지 기억할 수 없었고 별안간 좀 전에 엘리와 이야기할 때보다 더 신중해졌다. 지뢰밭에 있는 기분이 들었다.

"뭐가 두렵다는 거지? 죽는 것?"

"내가 죽는 것 말고…… 거기에 대해선 거의 생각조차 하지 않아…… 더 이상은. 하지만 어렸을 때는 죽음에 대한 생각을 많이 했어. 잠 못 이룬 적도 많아. 괴물들이 침대에 있는 나를 잡아먹으려고 오는 꿈을 많이 꿨는데 괴물들이 모두 젤다 언니같이 생긴 거야."

그래. 루이스는 생각했다. 올 것이 왔군. 마침내 그 오랜 결혼생활 후 이제야 올 것이 왔어.

"당신은 언니 얘기는 별로 하지 않잖아."

그가 말했다.

레이첼은 미소를 지으면서 그의 얼굴을 쓰다듬었다.

"루이스, 당신은 정말 자상해. 난 언니 얘기는 절대 하지 않아. 언니 생각을 안 하려고 하지."

"항상 그럴 만한 이유가 있을 거라고 생각했어."

"그랬지, 그래."

그녀는 잠시 멈추고서 생각했다.

"언니가 척수막염으로…… 죽은 걸로 아는데……."

"척수막염."

그녀가 되풀이했다.

"집에는 이제 언니 사진이 없어."

"어린 여자 아이 사진이 장인어른……."

"서재에, 맞아, 그걸 깜박했네. 그리고 내 생각에 엄마가 아직도 지갑에 한 장 가지고 다니실 거야. 언니는 나보다 두 살 더 많았어. 언니가 병에 걸리고 나서…… 그녀는 집 안 깊숙한 곳의 침실에 있었어. 마치 추한 비밀처럼 언니는 구석 침실에 있었어, 루이스, 그곳에서 죽어 가고 있었지. 언니는 집 한구석에서 죽어 가고 있었는데 언니는 바로 그런 존재였어. 추한 비밀이었던 거지. 추한 비밀일 뿐이었어!"

레이첼은 갑자기 울음을 터트렸고 울음소리가 점점 커지면서 격렬해졌기 때문에 루이스는 히스테리의 징후를 감지하고 불안해졌다. 루이스가 팔을 뻗어서 그녀의 어깨를 잡는 순간 그녀는 몸을 돌려 빼 버렸다. 그는 손가락 끝에서 그녀의 잠옷이 살랑거리는 것을 느낄 수 있었다.

"레이첼, 여보, 이러지 마."

"말리지 마. 날 막지 마, 루이스. 난 이 말을 할 용기가 지금 한 번밖에 없고 다시는 하고 싶지 않아. 지금으로선 오늘 밤 잠자기 그른 것 같아."

"그렇게 끔찍했어?"

그는 이미 그 대답을 알면서 물었다. 이로써 많은 것이 분명해졌고 심지어 그 전에는 결코 연관시키지 않았거나 어렴풋이 추측만 했던 것들이 갑자기 그의 마음속에서 이해되기 시작했다. 그녀는 그와 함께 장례식에 간 적이 한번도 없었다. 심지어 오토바이를 타고 가다가 시내버스와 충돌해서 죽은 의대 동창생인 앨 로크의 장례식에도 가지 않았다. 앨은 그들 아파트에 자주 놀러 왔었고 레이첼은 언제나 그를 좋아했다. 하지만 그녀는 그의 장례식에 가지 않았다.

그녀는 그날 아팠지. 갑자기 루이스는 기억해 냈다. 독감인지 뭔지 걸렸지. 꽤 아파 보였어. 하지만 다음 날 다시 괜찮아졌지.

장례식이 끝나자 멀쩡해진 거지. 그는 정정했다. 심지어 그 당시에도 그녀의 병이 정신적인 충격에서 비롯된 것이리라고 생각했던 기억이 났다.

"정말 끔찍했어. 당신이 상상할 수 있는 것보다 훨씬 더. 루이스, 우리는 언니가 매일매일 악화되는 걸 보면서도 아무것도 해줄 수 없었어. 언니는 항상 아팠어. 언니의 몸은 마치 오그라드는 것 같았어…… 몸이 스스로 쪼그라들어서…… 언니의 어깨는 활처럼 구부러지고 얼굴은 가면같이 보일 정도로 쇠약해졌어. 언니의 손은 마치 새의 발 같았어. 나는 가끔씩 언니에게 음식을 먹여

줘야 했는데 너무나 싫었지만 꾹 참고 그것에 대해 놀리거나 하지 않았어. 통증이 너무 심해지자 사람들은 언니에게 약을 투여하기 시작했지. 처음에는 순한 것부터 시작해서 나중에는 언니가 살아 있었다면 중독자가 될 만한 약까지 줬어. 하지만 물론 모두 언니가 살지 못하리란 걸 알고 있었어. 내 추측엔 그래서 언니가 그렇게…… 우리 모두에게 비밀이 된 것 같아. 왜냐하면 우리는 그녀가 죽기를 원했어, 루이스, 우리는 그녀가 죽기를 바랐어, 그리고 그건 그녀가 죽어서 더 이상 고통을 느끼지 않게 되길 원해서가 아니라 우리가 더 이상 고통을 느끼지 않기 위해서였어. 그녀가 괴물처럼 보이기 시작했기 때문이지. 그리고 그녀가 괴물이 되기 시작했기 때문에…… 오, 세상에, 얼마나 끔찍하게 들리는지 잘 알아……."

그녀는 손으로 얼굴을 덮었다.

루이스는 다정하게 그녀를 어루만졌다.

"레이첼, 전혀 끔찍하게 들리지 않아."

"끔찍해."

그녀가 소리 질렀다.

"끔찍하다고!"

"그냥 현실적으로 들릴 뿐이야. 오랫동안 병을 앓은 환자들은 종종 요구 사항이 많아지고 불쾌한 괴물로 변하지. 성인처럼 오랜 고통을 견디는 환자란 하나의 낭만적인 상상일 뿐이야. 침대에만 누워서 지내는 환자의 엉덩이에 욕창이 생기기 시작할 때쯤이면 그 환자는 불평을 늘어놓으면서 남의 기분을 상하게 하고 불행을 퍼뜨려. 그들로서도 어쩔 수 없는 일이지만 그렇다고 해서 그런 상황에 처한 사람들에게 도움이 되는 건 아니지."

레이첼은 깜짝 놀라 그를 바라보면서…… 거의 희망에 차 있었다. 그 후 그녀의 얼굴에 불신의 표정이 다시 돌아왔다.

"꾸며 대고 있는 거지?"

그는 씁쓸하게 웃었다.

"교과서 보여 줄까? 자살 통계는 어때? 그것도 보고 싶어? 말기 환자를 돌보고 있는 가정에서는 환자 사망 후 6개월 동안 자살률이 최고로 치솟지."

"자살!"

"그들은 알약을 삼키거나, 마약을 하거나, 머리를 날려 버리기도 해. 그들의 증오심…… 그들의 피로함…… 그들의 혐오…… 그들의 슬픔이란……."

그는 어깨를 으쓱한 후 주먹을 쥔 두 손을 가볍게 마주 댔다.

"유족들은 자신들이 살인을 한 듯한 기분을 느끼기 시작하지. 그래서 죽음을 택하는 거야."

기묘하고 상처 입은 것 같은 종류의 안도감이 레이첼의 부은 얼굴에 떠올랐다.

"언니는 까다로웠고…… 가증스러웠어. 가끔씩 언니는 일부러 침대보에 오줌을 싸곤 했어. 엄마는 언니에게 화장실에 가고 싶은지 묻곤 했지…… 그리고 그 후에 언니가 더 이상 일어설 수 없게 되었을 때는 환자용 변기를 원하는지 묻곤 했어…… 언니는 아니라고 대답했지. 그러고선 언니는 이불에 오줌을 싸서 엄마나 엄마와 내가 함께 침대보를 갈아야 했어……. 그러고 나면 언니는 실수였다고 말하지만 언니 눈은 웃고 있는 걸 볼 수 있었어, 루이스,

언니가 웃고 있는 걸 볼 수 있었다고. 그 방은 항상 언니 오줌 냄새와 약 냄새가 났어. 스미스 브라더스의 야생 버찌 기침약 같은 냄새가 나는 약병들이 있었는데 그 방에선 항상 그 냄새가 났어……. 어떤 날은 밤에 잠이 깨서…… 심지어 지금도 잠이 깨서 그 감기약 냄새가 난다고 생각할 때가 있어……. 그리고 난 생각해……. 내가 잠이 덜 깼다면…… '젤다 언니가 아직 안 죽었나? 그런가?' 그런 생각이 들어……."

레이첼은 잠시 숨을 가다듬었다. 루이스는 그녀의 손을 잡았고 그녀는 무지막지한 힘으로 그의 손가락을 움켜쥐었다.

"언니 옷을 갈아입힐 때 우리는 그녀의 허리가 뒤틀려서 얽힌 모습을 볼 수 있었어. 끝에 가서는, 루이스, 끝에 가서는 그녀의…… 그녀의 엉덩이가 어떻게 됐는지 허리 중간까지 올라간 것 같았어."

이제 레이첼의 눈은 끔찍한 힘을 가지고 반복적으로 찾아오는 악몽을 기억해 내는 아이의 무표정하고 공포에 질린 표정을 띠고 있었다.

"그리고 가끔씩 언니는 나를 만지곤 했어, 언니의…… 언니의 손으로…… 언니의 새 같은 손으로……. 가끔씩 나는 비명을 지를 것 같아서 언니에게 그러지 말라고 했지. 또 한 번은 언니가 내 얼굴을 만졌는데 뜨거운 수프를 조금 내 팔에 흘려서 데었어. 그때 난 정말로 비명을 질렀어…… 그리고 울었는데 그때도 그녀의 눈에 떠오른 미소를 봤어, 그때도.

마지막에는 약도 듣질 않았어. 그러자 비명을 질러 대는 건 언니였고 우리 중 누구도 병들기 전에 언니가 어떠했는지 기억하지 못했어. 심지어 엄마조차 기억하지 못했어. 언니는 단지 집 안 구석의 침실에 있는 더럽고, 가증스럽고, 소리 지르는 존재가 돼 버렸어…… 우리의 추한 비밀."

레이첼은 침을 삼켰다. 그녀의 목구멍에서 꿀꺽 소리가 났다.

"부모님이 안 계실 때 언니가 마침내…… 언니가 마침내…… 언니가……."

아주 힘겹게 그녀는 그 이야기를 했다.

"언니가 죽었을 때 부모님은 없었어. 부모님은 외출하셨지만 나는 언니와 함께 있었어. 그때가 유월절이었는데 부모님은 잠깐 친구들을 보러 나가셨어. 잠깐 보러 가신 거지. 나는 부엌에서 잡지를 읽고 있었어. 음, 눈으로만 보고 있었어. 언니가 계속 소리 지르고 있어서 약을 줄 시간이 되길 기다리고 있었던 거지. 언니는 부모님이 외출한 후 내내 그렇게 소리를 지르고 있었어. 언니가 그렇게 소리를 지르고 있으니 잡지를 읽을 수가 없더라고. 그러고 나서…… 음, 무슨 일이 있었냐 하면…… 그게…… 젤다 언니의 비명소리가 멈춘 거야. 루이스, 난 여덟 살이었어……. 매일 밤 악몽을 꿨어……. 나는 언니가 날 미워한다고 생각하기 시작했어, 왜냐하면 나는 등이 굽지 않았으니까, 나는 계속 아프지 않았으니까, 나는 걸을 수 있었으니까, 나는 살 거니까…… 나는 언니가 날 죽이고 싶어한다고 상상하기 시작했어. 다만, 심지어 오늘 밤에도 루이스, 그게 전부 내 상상만은 아니었다고 생각해. 그녀가 정말 날 증오했다고, 난 그렇게 생각해. 언니가 정말 날 죽이려 했다고는 생각하지 않지만, 어떤 식으로든 그녀가 내 몸을 차지할 수 있다면…… 동화에서처럼 내 몸에서 날 몰아낼 수 있다면…… 내 생각에 언니는 그렇게 했을 것 같아. 하지만 언니가 소리 지르는 것을 멈췄을 때 나는 괜찮은지 보러 언니 방에 갔어……. 언니가 떨어져서 옆으로 누워 있는 건 아닌지, 베개가 떨어진 건 아닌지 보러 갔지. 그런데 들어가서 언니를 보고는 언니가 혀를 삼켜서 숨이 막혀 죽어 가는 게 틀림없다고 생각했어, 루이스."

레이첼의 목소리가 다시 커지면서 울음 섞이고 공포에 질린 아이 목소리처럼 변했는데 마치 그녀가 퇴행해서 다시 그 경험을 하고 있는 것 같았다.

"루이스, 난 어떻게 해야 좋을지 몰랐어! 난 여덟 살이었다고!"

"물론, 당신은 어떻게 해야 할지 몰랐겠지."

루이스가 말했다. 그는 몸을 돌려서 레이첼을 안았고 그녀는 큰 호수 한가운데서 갑자기 배가 뒤집혀 물에 빠진 서투른 수영 선수처럼 겁에 질려 그에게 매달렸다.

"여보, 그 일로 누가 당신을 괴롭혔어?"

"아냐. 아무도 날 나무라지 않았어. 하지만 날 달래 준 사람도 없었지. 누구도 그 일을 바꿔 놓을 수 없었어. 그 일이 일어나지 않도록 할 수 있는 사람은 아무도 없었던 거지, 루이스. 언니는 혀를 삼킨 게 아니었어. 언니는 소리를 내기 시작했는데, 일종의, 잘 모르겠어, 가아아아아아 같은 소리를……."

그날 있었던 일들을 전부 고통스럽게 회상해 내면서 레이첼은 언니 젤다가 냈을 법한 소리를 아주 실감나게 흉내 내기 시작했고 루이스의 마음속에는 빅터 파스코가 퍼뜩 떠올랐다. 레이첼을 안은 그의 팔에 힘이 더해졌다.

"그리고 침이, 침이 언니 턱에서 흘러내렸어……."

"레이첼, 그걸로 충분해."

그가 침착하지 못한 목소리로 말했다.

"그 증상에 대해서는 잘 알아."

"내가 설명하고 있잖아."

그녀가 고집스럽게 말했다.

"우선 내가 왜 불쌍한 노마의 장례식에 갈 수 없는지, 그리고 왜 그날 우리가 그렇게 바보 같은 싸움을 벌였는지."

"쉬, 난 다 잊었어."

"난 아니야, 잊어버리지 않았다고. 난 너무나 잘 기억하고 있어, 루이스. 난 1965년 4월 14일에 침대에서 젤다 언니가 질식해 죽은 걸 기억하고 있는 것처럼 똑똑하게 기억하고 있단 말이야."

아주 오랫동안 방 안에는 침묵만 감돌았다.

"난 그녀의 몸을 돌려서 엎어 놓고 등을 주먹으로 때렸어."

레이첼은 끝내 이야기를 계속했다.

"내가 할 줄 아는 거라곤 그것밖에 없었어. 언니의 두 발이 올라갔다 내려갔다 했어…… 그리고 언니의 구부러진 다리는……. 그리고 방귀 소리 같은 게 났던 걸 기억해…… 나는 언니가 방귀를 뀌었거나 내가 뀐 줄 알았는데…… 그건 방귀 소리가 아니라 내가 언니의 몸을 뒤집을 때 내 블라우스의 겨드랑이 솔기가 터지는 소리였어. 언니는 경련을 일으키기 시작했어…… 그리고 나는 언니의 얼굴이 옆으로 돌아가서 베개에 묻힌 걸 보고 생각했어, 오, 언니가 숨을 못 쉬고 있어, 젤다 언니가 숨을 못 쉬고 있어, 그리고 부모님이 돌아와서, 내가 언니를 질식시켜 죽였다고 하면,

그들이 말하겠지, 넌 언니를 증오했잖아, 레이첼, 그리고 그건 사실이었어, 그리고 그들은 말하겠지, 넌 언니가 죽기를 바랐잖아, 그리고 그것도 사실이었지. 왜냐하면, 루이스, 있잖아, 침대에서 언니가 몸을 그렇게 위아래로 버둥거리고 있는 그때 처음 든 생각은, 기억나, 처음 생각은, 잘됐어, 마침내 젤다가 질식했고 이것도 끝이야 하는 거였어. 그래서 난 언니의 몸을 다시 돌렸는데 언니의 낯빛이 까매져 있는 거야, 루이스. 그리고 언니의 눈은 튀어나왔고 목이 부어 있었어. 그러고서 그녀는 죽었어. 나는 방 저쪽으로 물러섰어. 나는 뒷걸음쳐서 방 밖으로 나오고 싶었던 것 같은데 벽에 부딪히면서 액자 하나가 떨어졌지. 그 액자는 언니가 척수막염에 걸리기 전에 건강할 때 좋아하던 「오즈의 마법사」 책에 있는 그림 중 하나였어. 위대한 마법사의 그림이었는데 언니는 위대한 마법사란 발음을 잘하지 못해서 '위디한 마벗사' 라고 불렀고 그때 언니는 앨머 퍼드(만화영화에 나오는 사냥꾼으로 발음이 이상함—옮긴이)같이 발음하곤 했어. 엄마는 그 그림을 액자에 넣어 줬는데…… 언니가 그 그림을…… 위디한 오즈의 마벗사를…… 제일 좋아했기 때문에 액자가 떨어져 바닥에 부딪히면서 유리가 산산이 부서지자 나는 비명을 지르기 시작했어. 나는 언니가 죽었다는 것을 알고 있었기 때문에…… 그게 언니의 유령이라고 생각했던 거 같아. 언니의 유령이 날 잡으러 왔고, 난 언니처럼 언니의 유령도 날 미워할 줄 알고 있었는데, 언니의 유령은 침대에만 있지는 않을 테니, 그래서 나는 비명을 질렀지. 비명을 지르면서 집을 뛰쳐나와 '젤다 언니가 죽었어! 젤다 언니가 죽었어! 젤다 언니가 죽었어!' 소리 질렀어. 그리고 이웃 사람들이…… 사람들이 나와서 봤어……. 사람들이 블라우스 겨드랑이 밑은 다 뜯어진 채 거리를 뛰어다니는 나를 봤어……. 나는 '젤다 언니가 죽었어!' 라고 소리 지르고 있었어. 그리고 루이스, 사람들은 내가 울고 있다고 생각했지만 내 생각에…… 내 생각에 난 웃고 있었어, 루이스, 내가 웃고 있었던 것 같아."

"만약 그랬다면 당신을 칭찬해 주겠어."

루이스가 말했다.

"정말로 그런 뜻은 아니겠지."

그녀는 혼자 지레짐작하고 또 하다가 결국에야 말을 꺼내는 듯한 결연한 태도로 말했다. 그는 그냥 흘려 버렸다. 그는 그 오랜 시간 동안 그녀를 괴롭힌 이 끔찍하고 불쾌한 기억에서 그녀가 결국은 벗어나겠지만, 즉 대부분은 벗어나겠지만 이 부분만은 결코 극복할 수 없을 것이란 생각이 들었다. 결코 완전히 극복할 수 없는 법이다. 루이스 크리드는 정신과 의사가 아니었지만 모든 사람들은 그 삶의 한 편에 녹슬고 반쯤 파묻힌 기억들을 품고 있으며 그로 인해 다칠 줄 알면서도 그곳으로 돌아가 그 기억들을 끌어낼 수밖에 없는 경우가 있다는 것을 알고 있었다. 오늘 밤 레이첼은 마치 기괴하고 냄새 나는 썩은 이빨과 검은색 치관, 감염된 신경과 악취를 풍기는 뿌리를 뽑아내는 것처럼 그 모든 기억을 거의 다 뽑아 버렸다. 그것은 이제 뽑혀 나왔다. 그 마지막 냄새 나는 세포는 그냥 내버려 두는 거다. 만일 신이 자비로우시다면 가장 깊은 꿈속에서만 제외하고 그 기억은 내내 잠들어 있을 것이다. 그녀가 최대한 모든 부분을 들어냈다는 것은 사실 대단한 일이었다. 이는 그녀의 용기를 대변하는 정도가 아니라 그 용기를 세상에 알리는 것이었다. 루이스는 그녀에게 경외심을 느꼈다. 갈채를 보내고 싶은 기분이었다.

그는 일어나 앉아서 불을 켰다.

"맞았어. 당신에게 경의를 표해. 그리고 당신 부모님을 정말로…… 싫어할 만한 또 다른 이유가 필요하다면 이제 그 이유가 생겼어. 당신을 언니와 단둘이 남겨 둬서는 안 되는 거였어, 레이첼. 결코 그래선 안 됐어."

아이처럼, 이 추잡하고 믿을 수 없는 일이 일어났을 때 여덟 살이었던 그 아이처럼 그녀는 그를 힐책했다.

"루이스, 그땐 유월절이었어."

"그때가 최후의 심판일이었대도 상관없어."

루이스의 목소리가 갑자기 낮아지면서 거기에 섬뜩한 잔인함이 서려 레이첼은 몸을 조금 움찔했다. 그는 수습 간호사들, 불행하게 죽어 가는 파스코가 실려 오던 아침에 근무 중이었던 두 명의 간호조무사들을 떠올리던 중이었다. 둘 중 하나, 클라라 셰버라는 이름의 단단하고 작은 체구의 간호사는 다음 날 돌아와서 너무나 매끄럽게 업무를 처리했기 때문에 심지어 찰턴까지 감명 받았다. 또 다른 간호사의 모습은 다시는 보이지 않았다. 루이스는 놀라지 않았고 그녀를 비난하지도 않았다.

간호사는 어디 있었단 말인가? 공인 간호사가 옆에 있었어야 했다…… 그들이 외출하면서, 정말로 외출하면서 죽어 가는 언니를 돌보라고 여덟 살짜리 아이를 남겨 두다니, 그 언니는 그때쯤이면 객관적으로 볼 때 거의 실성해 있었을 텐데. 왜? 그때가 유월절이었으니까. 그리고 우아한 도리 골드만 여사는 그 특별한 날 아침에 악취를 견딜 수 없어서 잠시 동안 피해 있으려 했으니까. 그래, 친구와 이웃들은 어쩌고? 그래서 레이첼이 임무를 맡게 됐다. 여덟 살짜리가, 머리를 뒤로 묶고 세일러 블라우스를 입은 아이인 레이첼이 임무를 맡았지. 레이첼은 남아서 그 악취를 견딜 수 있었으니까. 매년 6주 동안 그녀를 버몬트에 있는 선셋 캠프장에 보내지 않았던가? 죽어 가는, 미치광이 언니의 악취를 억지로 참지 않아도 되도록 말이다. 게이지의 새 셔츠와 점퍼 세트 열 개와 엘리의 드레스 여섯 벌을 사 주는, 내 딸 옆에서 사라져 주면 의대 학비 전액을 대 주겠네 하던 사람이 아닌가…… 하지만 당신 딸이 척수막염으로 죽어 가고 또 다른 딸은 그 옆에서 홀로 남겨져 있을 때 당신의 그 잘난 수표책은 도대체 어디 있었던 거지, 개자식아? 빌어먹을 공인 간호사는 어디에 있었던 거야?

루이스는 일어나 침대에서 내려왔다.

"어디 가?"

레이첼이 놀라서 물었다.

"신경 안정제 가지러."

"내가 안 먹는 거 알잖아."

"오늘 밤에는 먹어 둬."

그가 말했다.

그녀는 약을 먹고 난 후 그에게 나머지 얘기를 했다. 그녀의 목소리는 내내 차분했다. 신경 안정제가 약효를 발휘했다. 옆집 사람이 여덟 살 먹은 레이첼을 나무 뒤에서 찾아냈는데 그녀는 나무 뒤에 웅크리고 앉아 계속해서 "젤다 언니가 죽었어!"라고 소리치고 있었다. 레이첼은 코피를 흘리고 있었다. 그녀의 온몸에 피가 묻어 있었다. 그녀를 발견한 이웃 사람이 구급차를 부른 후 그녀의 부모에게 전화했다. 그 이웃은 레이첼의 코피를 멈추게 한 후 아스피린 두 알과 뜨거운 홍차를 먹여서 진정시킨 다음 그녀에게서 부모님이 어디 있는지 알아낼 수 있었다. 그들은 시내 건너편에 있는 카브론 부부를 방문하던 참이었다. 피터 카브론은 그녀의 아버지가 운영하는 회사의 회계사였다.

그날 저녁 골드만 가의 집에 큰 변화가 일어났다. 젤다가 떠난 것이다. 그녀의 방은 깨끗이 청소하고 훈증 소독을 했다. 방에 있던 모든 가구를 치웠다. 방은 하나의 빈 상자 같았다. 나중에, 훨씬 나중에 그 방은 도리 골드만의 재봉실이 되었다. 그날 밤 레이첼은 첫 번째 악몽을 꾸었고 새벽 두시에 잠이 깨 엄마를 찾으며 비명을 지르다가 침대에서 제대로 나올 수도 없다는 것을 알고 겁에 질렸다. 허리가 너무 아팠다. 젤다를 옮기면서 허리에 무리가 간 것이다. 아드레날린의 힘으로, 그 짧은 순간에 그녀의 블라우스가 찢어질 만한 힘으로 젤다를 들어 올린 것이다.

젤다가 질식하지 않도록 하느라고 그녀가 그렇게 무리한 것은 간단명료한 초등학생 수준의 민간 치료법이었다. 레이첼 본인을 제외하고는 모두에게 분명히 보이는 사실이었다. 그러나 레이첼은 이것이 무덤 저편에 있는 젤다의 저주라고 확신했다. 젤다는 자신이 죽어서 레이첼이 기뻐한다는 것을 알고 있었다. 젤다는 레이첼이 집에서 뛰쳐나가 사방팔방에 젤다가 죽었어, 젤다가 죽었어라고 말하고 다니며 비명을 지른 게 아니라 웃고 다녔던 것을 알고 있었다. 젤다는 그녀가 살해당했다는 것을 알고 있었고 그래서 레이첼이 척수막염에 걸리도록 한 것이다. 곧 레이첼의 허리는 뒤틀어지고 변해서 그녀 또한 침대에 누워 있어야 하고 천천히 하지만 틀림없이 괴물로 변해 갈 것이며 그녀의 손은 짐승의 갈고리 발톱처럼 구부러질 것이다.

얼마 후 그녀는 젤다가 그랬던 것처럼 고통에 찬 비명을 지를 것이고 그러고 나선 침대에 오줌을 쌀 것이며 결국엔 혀를 삼키고 질식해 죽을 것이다. 그것은 젤다의 복수였다.

아무도 레이첼의 이런 믿음을 불식시키지 못했다. 그녀의 어머니도, 아버지도, 머레이 의사 선생도 그러지 못했는데 머레이 선생은 가벼운 허리 통증이라고 레이첼의 상태를 진단한 후 다소 무뚝뚝하게 버릇없이 구는 것을 그만하라고 말했다. 어떤 사람들에게는, 이를테면 루이스 같은 사람에게는 잔혹하게 여겨질 말이었다. 의사는 레이첼이 막 언니가 죽은 것을 기억해야 한다고 말했다. 그녀의 부모는 지금 슬픔 때문에 너무 지쳐 있으니 부모님 관심을 끌기 위해 유치한 연극을 할 때가 아니라는 것이었다. 오로지 천천히 누그러지는 통증만이 젤다가 레이첼을 초자연적인 복수의 희생자로 삼은 게 아니었으며 그것이 사악한 자에게 내리는 신의 벌도 아니었다는 것을 그녀에게 확신시켜 줄 수 있었다. 그 후 몇 달간(이라고 루이스에게 말했지만 실은 몇 년 동안이었으며 정확히 팔 년이라는 시간이었다) 레이첼은 언니가 몇 번이고 되풀이해 죽는 악몽에서 깬 후 어둠 속에서 자신의 등을 더듬어 괜찮은지 확인하곤 했다. 그 악몽을 꾼 직후에는 벽장 문이 쾅 소리를 내면서 열리고, 푸른 얼굴을 하고 꼬인 몸을 하고 번쩍거리는 흰자위를 드러내며, 까만 혀를 입술 사이에서 삐죽이 내밀고, 허리

뒤춤에 두 손을 쑤셔 놓은 채, 침대에 웅크리고 있는 살인자를 죽이기 위해 손을 갈고리 발톱처럼 구부린 젤다가 비틀거리며 걸어 나오는 상상을 하곤 했다.

그녀는 그 후로 젤다의 장례식도, 어떤 장례식도 가지 않았다.

루이스가 말했다.

"이 얘기를 진작 해 줬더라면 아주 많은 것을 이해할 수 있었을 텐데."

"루, 그럴 수가 없었어."

그녀는 간단하게 말했다. 이제 아주 졸린 목소리였다.

"그 이후 난 줄곧…… 그 문제에 대해 약간의 공포증을 가지고 있었던 것 같아."

약간의 공포증이라……. 루이스가 생각했다. 그래, 그렇지.

"난…… 어쩔 수 없었던 것 같아. 마음속으론 당신이 옳다는 걸 알고 있었지만, 그러니까 죽음이 완벽하게 자연스러운 것이며 심지어 좋은 것임을 알고 있었지만 내가 알고 있고 나에게 일어났던 일은…… 내 안에서는……."

"그래."

그가 말했다.

"내가 당신에게 화냈던 날, 나는 엘리가 그 생각만으로 울고 있다는 걸 알고 있었어……. 그 생각에 익숙해지는 하나의 방식으로……. 하지만 난 어쩔 수 없었어. 미안해, 루이스."

"사과할 필요 없어."

그가 말하면서 그녀의 머리카락을 쓰다듬었다.

"하지만 어쨌든, 사과를 받아들이지, 만약 그걸로 당신 기분이 나아진다면."

그녀가 웃었다.

"맞아요, 당신도 알아. 그리고 기분도 나아졌어. 난 지금 마치 수년간 내 몸의 일부를 중독시켜 온 어떤 것을 토해 낸 기분이야."

"당신 말이 맞을 거야."

레이첼의 눈이 닫혔다가 다시 떠졌다…… 천천히.

"그리고 모든 걸 아빠 탓으로 돌리지 마, 루이스. 제발. 그때는 부모님들에게 끔찍한 시간이었어. 그 청구서, 젤다 언니의 청구서는 엄청났어. 아빠는 교외로 사업을 확장할 수 있는 기회를 놓쳤고 시내 가게의 매상은 엉망이었어. 거기에다 엄마도 반쯤 정신이 나간 상태였고.

어쨌든, 모든 게 잘 해결됐어. 젤다 언니의 죽음이 마치 다시 좋은 시절이 돌아오리라는 걸 알리는 신호 같았지. 불경기가 있었지만 그러다 돈이 풀렸고 아빠가 융자를 얻었고 그 후로 아빠의 사업은 잘 풀렸어. 하지만 그래서 부모님들이 나에 대해 항상 그렇게 욕심이 많으신 것 같아. 단지 내가 혼자 남은 아이라서가 아니라."

"죄의식이지."

루이스가 말했다.

"맞아, 내 생각도 그래. 이제 노마의 장례식 때 내가 또 아프더라도 당신은 화내지 않겠지?"

"그래, 여보. 화내지 않을 거야."

그는 잠시 멈췄다가 그녀의 손을 쥐었다.

"엘리를 데려가도 돼?"

그녀의 손에 힘이 들어갔다.

"글쎄, 루이스, 모르겠어. 엘리는 너무 어려서……."

"아이가 어떻게 생기는지 엘리가 안 지 일 년도 넘었어."

그가 그녀에게 상기시켰다.

그녀는 오랫동안 조용히 천장을 올려다보면서 입술을 깨물었다. 마침내 그녀가 말했다.

"만약 그게 최선이라고 생각한다면. 당신 생각에 그 때문에 그 애가…… 다치지 않는다면 괜찮아."

"이리 와, 레이첼."

그날 밤 그들은 루이스의 침대에서 껴안은 채 잠들었고 신경 안정제의 약효가 다 떨어져서 그녀가 한밤중에 떨면서 깼을 때 그는 부드럽게 그녀를 매만지며 그녀의 귀에 대고 모두 괜찮다고 속삭이면서 달래 주었고 그녀는 다시 잠들었다.

"인간은 계곡에 핀 꽃과 같아 오늘은 만발하였다가 내일은 화덕에 던져지리. 인간의 시간은 계절과 같아서 왔다가 그렇게 떠나가리라. 기도합시다."

특별한 날 입으려고 사 둔 짙은 남색의 눈부신 드레스를 입은 엘리가 너무 갑자기 고개를 숙이는 바람에 그 애 옆의 신자석에 앉아 있던 루이스는 엘리의 목에서 삐걱거리는 소리를 들을 수 있을 정도였다. 엘리는 교회에 와 본 적이 거의 없었고 당연히 장례식도 이번이 처음이었기 때문에 주눅이 들어 불편한 침묵을 지키고 있었다.

루이스로서는 딸과 함께하는 흔치 않은 기회였다. 게이지에게 그런 것과 마찬가지로 주로 딸에 대한 맹목적인 사랑 때문에 그는 딸을 객관적으로 볼 기회가 극히 드물었다. 하지만 오늘은 인생의 첫 위대한 발달 단계의 마지막에 있는 아이의 전형적인 사례를 보고 있다고 그는 생각했다. 엘리는 거의 무한한 회로 속에 맹렬하게 정보를 저장하는 순수한 호기심으로 이루어진 유기체였다. 심지어 검은 정장과 편상화 차림의 생소하고 우아한 모습의 저드가 허리를 굽혀 엘리에게 입 맞추고 말을 건넸을 때도 아이는 말이 없었다. 루이스는 샌들이나 녹색 고무장화를 신지 않은 저드를 본 게 이번이 처음인 것 같았다.

"와 줘서 고맙구나, 얘야. 틀림없이 노마도 기뻐할 거야."

엘리는 눈이 휘둥그레진 채 그를 바라보았다.

로글린 감리교 목사가 축복을 내리며 하느님께 천국으로 인도하고 평화를 달라고 기도했다.

"운구하는 분들은 앞으로 나오시겠습니까?"

그가 물었다.

루이스가 일어서기 시작하자 엘리는 그의 팔을 미친 듯이 잡아당겨서 멈춰 세웠다. 아이는 겁먹은 표정이었다.

"아빠."

아이는 다른 사람들에게 모두 들릴 만큼 크게 속삭였다.

"어디 가요?"

"아빠는 운구하는 사람들 중 하나란다, 얘야."

루이스가 말하면서 다시 잠깐 엘리 옆에 앉아 아이의 어깨에 팔을 둘렀다.

"이 말은 내가 노마를 밖으로 운반하는 것을 돕는다는 뜻이야. 이 일을 할 사람은 나와 저드 아저씨의 조카 두 명 그리고 노마의 남동생, 이렇게 네 명이다."

"어디에서 아빠를 다시 만나죠?"

루이스는 앞을 쳐다보았다. 운구할 나머지 세 명은 저드와 함께 그곳에 모여 있었다. 조문객들이 줄지어 나왔고 그중 몇몇은 울었다.

"나가서 계단 위에 있으면 내가 그곳으로 갈게. 괜찮겠니, 엘리?"

"그럼요. 날 잊어먹지만 마세요."

"잊지 않을게."

그가 다시 일어서자 엘리는 그의 손을 다시 잡아당겼다.

"왜, 아가씨?"

"노마를 떨어뜨리지 마세요."

엘리가 속삭였다.

루이스가 그들과 합류했고 저드는 그를 조카들에게 소개했는데 사실 그들은 육촌이나 팔촌 조카뻘로서…… 저드의 아버지의 남동생의 자손들이었다. 이들은 이십 대의 건장한 사내들로 아주 비슷했다. 루이스가 추측하건대 노마의 남동생은 오십 대 후반쯤으로 가족의 죽음으로 인한 긴장이 얼굴에 드러나 있었지만 잘 참고 있는 것처럼 보였다.

"모두 뵙게 돼서 기쁩니다."

루이스가 말했다. 그는 집안 사람들이 모인 자리에서 자신만이 이방인이라는 생각에 조금 불편해졌다.

그들은 그에게 고개를 끄덕였다.

"엘리는 괜찮은가?"

저드가 물으면서 엘리 쪽으로 고갯짓을 했다. 엘리는 현관 앞에서 머뭇거리며 이쪽을 보고 있었다.

물론이죠. 엘리는 단지 내가 연기 속으로 사라지지 않도록 확인하고 싶은 것뿐이에요. 루이스는 생각하면서 미소를 지을 뻔했다. 그러나 그 생각은 다시 다른 생각을 불러 일으켰다. 위디한 오즈의 마법사. 그리고 그 미소는 사라졌다.

"네, 엘리는 괜찮아요."

루이스가 말하고 아이에게 손을 들어 보였다. 엘리는 답례로 손을 들어 올리고 짙은 남색 드레스를 휘날리며 밖으로 나갔다. 잠시 동안 엘리가 너무 어른스러워 보이는 것이 루이스에게 불편하게 와 닿았다. 그것은 일종의 환영으로 아무리 짧은 순간이라도 남자를 멈칫하게 만드는 순간이었다.

"준비됐습니까?"

조카 중 한 명이 물었다.

루이스가 고개를 끄덕였고 노마의 남동생도 마찬가지로 고개를 끄덕였다.

"그녀를 살살 다뤄 주게."

저드가 말했다. 그의 목소리는 꺼칠했다. 그러고 나서 그는 돌아서서 머리를 숙인 채 천천히 복도를 따라 걸어갔다. 루이스는 저드가 그의 아내를 위해 고른 푸른빛을 띤 회색의 아메리칸 이터널 관의 뒤쪽 왼편 구석으로 다가섰다. 그가 관의 한쪽을 들자 나머지 네 명은 천천히 노마의 관을 들고 밝지만 차가운 2월 첫날의 아침으로 들어섰다. 누군가, 그가 추측하기론 교회 관리인이 굳어서 미끄러운 눈길 위에 재를 두껍게 깔아 놓았다. 모퉁이에서 영구차가 겨울바람 속으로 하얀 배기가스를 내뿜으며 공회전하고 있었다. 장의사와 체격이 건장한 그의 아들이 영구차 옆에 서서 그들을 지켜보며 만약 누군가가(아마도 노마의 남동생이) 넘어지거나 힘이 달린 경우에 도와주려고 대기하고 있었다.

저드는 루이스 옆에 서서 그들이 관을 차에 싣는 것을 지켜보았다.

"안녕, 노마."

그가 말하면서 담배에 불을 붙였다.

"좀 있다 만나자고, 할망구."

루이스는 저드의 어깨 위에 팔을 둘렀고 노마의 남동생이 저드의 옆에 서서 자리가 비좁아진 장의사와 그 아들은 뒤쪽으로 물러서야 했다. 그 건장한 조카들(아니면 육촌인가 팔촌인가 뭐였든 간에)은 관을 들어 올려서 운반하는 간단한 일을 마친 후 이미 자취를 감추었다. 그들은 이쪽 가족과 소원했다. 그들은 노마의 얼굴을 사진으로만 알고 있었고 아마도 몇 번 의례적인 방문을 했을 것이다. 노마의 쿠키를 먹고 저드의 맥주를 거실에서 마시면서 긴 오후를 보내고 아마도 그들이 살지 않았던 옛 시절의 이야기들과 사람들에 대해서는 별로 신경 쓰지 않았겠지만 자신들이 할 수 있는 일들이 뭔지 알고, 예를 들어 세차하고 왁스 칠하는 일, 리그 볼링 연습, 아니면 아마도 그냥 텔레비전 옆에 둘러앉아 몇몇 친구들과 권투 시합 보는 것 같은 일들을 하면서 의례적인 방문을 마치면 좋아라 하고 떠났을 것이다.

저드 쪽 일가는 그들에 관한 한 이제 과거였다. 그것은 마치 침식된 소행성이 전체 집합체에서 이탈해 나와 점점 작아지는 별 조각에 불과한 것과 같았다. 지난 과거. 앨범 속의 사진들. 늙지 않았기 때문에 아마도 그들에겐 믿기지 않는 이야기들. 그들은 관절염도 걸리지 않았고 그들의 피는 아직 묽어지지 않았다. 과거는 흘러가는 것이며 붙잡고 들어 올려 가늠해 보다 나중에 놓아줘야 하는 것이다. 아무튼 만약 인간의 육신이 영혼을 담는 봉투라면, 대부분의 교회에서 가르치는 대로 우주에게 보내는 신의 편지라면, 아메리칸 이터널 관은 인간의 육신을 담는 봉투였고 그 늠름한 젊은 사촌들인지 조카들인지에게 과거는 단지 철해 두어야 할 죽은 편지에 지나지 않는 것이다.

과거는 신께서 보관하지. 루이스는 이런 생각을 하며 엘리나 게이지가 아이들을 낳고 자신이 살아서 그 손자들을 보게 된다면 자신의 핏줄들인데도 그들에게 그가 무척 낯설어 보일 날이 오리라는 생각에 전율했다. 중심이 이동한다. 가계의 윗 세대는 퇴화한다. 젊은 얼굴들이 사진첩에서 얼굴을 내민다.

과거는 신께서 보관한다. 그는 다시 생각하면서 노인의 어깨를 쥔 손에 힘을 더했다.

안내원들이 영구차의 뒤편에 꽃다발을 두었다. 뒤쪽 전기 창문이 자동으로 올라가면서 탁 소리와 함께 닫혔다. 루이스는 엘리가 있는 곳으로 돌아가 함께 차로 걸어가면서 아이가 가죽 밑창이 깔린 신발을 신고 넘어지지 않도록 팔을 잡아 주었다. 차 시동들이 걸리기 시작했다.

“왜 사람들이 헤드라이트를 켜 놓았어요, 아빠?”

엘리가 조금 놀라워하며 물었다.

“왜 사람들이 대낮에 헤드라이트를 켜 놓은 걸까요?”

“사람들이…….”

루이스는 말을 시작하면서 자신의 목소리가 탁한 것을 알았다.

“고인의 명복을 빌기 위해서야, 엘리.”

그는 자신의 왜건의 헤드라이트 켜는 스위치를 잡아당겼다.

“가자.”

마침내 묘지에서 장례식이 끝나고 그들이 집으로 돌아가고 있을 때 갑자기 엘리가 울음을 터트렸다. 사실 장례식은 마운트 호프 예배당에서 열렸고 노마를 묻을 무덤을 파는 일은 봄이 와야 진행될 터였다.

루이스는 놀라서 아이를 바라보았지만 특별히 걱정하지는 않았다.

“엘리, 무슨 일이니?”

“이제 쿠키를 먹을 수 없어요.”

엘리가 흐느껴 울었다.

“노마는 내가 먹은 오트밀 쿠키 중 최고로 맛있는 쿠키를 구워 주셨어요. 하지만 이제 돌아가셨으니까 더 이상 쿠키는 없어요. 아빠, 왜 사람들은 죽어야 하죠?”

“나도 잘 모르겠다. 새로 온 사람들에게 자리를 내주기 위해서 아닐까? 내가 추측하기론 그래. 너와 게이지 같은 어린아이들을 위해서 말이지.”

"난 절대 결혼도 안 하고 사랑도 하지 않고 아이도 안 낳을 거예요!"

전보다 더 심하게 울면서 엘리가 선언했다.

"그럼 난 죽지 않을 거야! 그건 너무 지독해! 끔찍하다고!"

"하지만 죽음은 고통을 끝내는 거야."

루이스가 조용히 말했다.

"아빤 의사로서 많은 고통을 봤다. 내가 대학에서 일하고 싶어 했던 이유 중 한 가지는 매일매일 그 고통을 지켜보는 것에 넌덜머리가 났기 때문이야. 젊은 사람들도 종종 아프지…… 심지어 아주 심하게 아프기도 해…… 하지만 아픔과 고통은 다른 거다."

그가 잠시 멈췄다.

"믿기지 않겠지만, 얘야, 사람이 아주 많이 늙으면 지금 네가 느끼는 것처럼 죽음이 그렇게 나쁘거나 무섭게 보이지 않는단다. 그리고 너는 앞으로 살아갈 날들이 아주 많아."

엘리는 한바탕 울고 난 후 코를 훌쩍이고 나서 울음을 그쳤다. 집에 도착하기 전에 아이는 라디오를 켜도 되는지 물었다. 루이스가 괜찮다고 하자 그 애는 WACZ 채널에서 셰이킹 스티븐스가 「이 오래된 집」(This Old House—옮긴이)을 노래하는 것을 들었다. 곧 그 애는 노래를 따라 불렀다. 집에 도착했을 때 엘리는 엄마에게 달려가 장례식에 대해 재잘거렸다. 레이첼은 훌륭한 태도로 엘리의 이야기를 조용히 호응해 주고 격려도 해 주며 들었다…… 루이스는 레이첼이 창백하고 생각에 잠긴 것처럼 보인다고 생각했지만.

그러고 나서 엘리가 레이첼에게 오트밀 쿠키를 만들 수 있는지 묻자 레이첼은 하고 있던 뜨개질 감을 제치고 마치 이런 질문을 기다린 사람처럼 즉시 일어났다.

"그럼, 한번 만들어 보고 싶니?"

"야! 정말, 엄마?"

엘리가 외쳤다.

"아빠가 게이지를 한 시간 정도 봐 주시면 할 수 있지."

"내가 볼게. 기꺼이 봐 드리죠."

루이스가 말했다.

루이스는 그날 저녁 독서를 하고 의학 잡지에 실린 저절로 녹는 봉합선에 대한 해묵은 논쟁에 관해 쓴 긴 기사에 대해 메모하고 있었다. 작은 상처를 꿰매는 것에 관심을 가진 지구상에 몇 안 되는 인간들로 이루어진 작은 세상에서 이 문제는 저 오래된 심리학적 논쟁 거리인 '본성이냐 양육이냐' 처럼 영원히 해결 나지 않는 문제 같았다.

그는 바로 오늘 밤에 그 기사를 반박하는 의견을 써서 그 저자의 주된 주장은 허울만 그럴듯하며 그가 제시한 사례는 자기 이익에 도움이 되는 경우만 예로 든 것이며 그의 연구는 범죄에 가까우리만치 조잡하다는 것을 증명할 작정이었다. 간단히 말하면 그는 통쾌하게 그 멍청한 작자에게 한 방 날릴 수 있기를 기대하고 있었다. 레이첼이 층계를 반쯤 내려왔을 때 그는 트라우트맨의 『상처 치료』라는 교재를 서재의 책꽂이에서 찾고 있었다.

"올라올 거야, 루?"

"좀 있다가."

루이스가 그녀를 올려다보았다.

"별일 없지?"

"아이들은 둘 다 깊이 잠들었어."

루이스는 그녀를 면밀히 살폈다.

"아이들, 음, 당신은 아니군."

"난 괜찮아, 책을 좀 읽고 있었어."

"정말로 괜찮은 거야?"

"그래." 그녀가 대답하면서 미소 지었다. "사랑해, 루이스."

"나도."

그가 책장을 보자 늘 있던 바로 그 자리에 트라우트맨이 있었다. 루이스가 그 교재에 손을 댔다.

"당신과 엘리가 나가 있을 때 처치가 쥐를 집 안에 들였어."

레이첼이 말하면서 웃으려고 애썼다.

"정말, 얼마나 구역질 나던지."

"이런, 레이첼, 미안해."

바로 그 순간 그는 자신이 느끼는 만큼 죄책감이 실린 목소리가 아니기를 바랐다.

"끔찍했어?"

레이첼은 계단에 앉았다. 분홍색 면 잠옷을 입고 화장을 지워서 반들거리는 이마에 고무 밴드로 머리를 짧게 뒤로 묶은 그녀는 아이처럼 보였다.

"내가 치웠어. 하지만 있지, 그 멍청한 고양이가 그…… 시체를 지키려고 하기에 진공청소기 손잡이로 그놈을 때려 줘야 했던 거 알아? 그놈이 나에게 으르렁거렸어. 처치는 한번도 나에게 으르렁거린 적이 없는데. 처치가 요즘엔 좀 달라 보여. 디스템퍼나 뭐 그런 거에 걸린 거 아닐까, 루이스?"

"아냐."

루이스가 천천히 말했다.

"하지만 원한다면 수의사에게 보일게."

"그냥 둬도 괜찮을 것 같아."

그녀가 말하고선 그를 똑바로 쳐다보았다.

"하지만 올라오지 않을래? 난 그냥…… 당신이 일하는 중이라는 것은 알지만…… 그렇지만……."

"가야지."

그는 말하고선 마치 전혀 중요한 일이 아니라는 듯이 일어났다. 사실 그것은 중요하지 않았다. 다만 그는 이제 그 편지를 다시 쓰지 않을 것이라는 점을 알고 있었다. 그 논란은 늘 이어져 왔고 내일은 또 다른 일이 생길 것이기 때문에. 하지만 처치가 그 쥐를 들여왔다, 그렇지 않은가? 처치가 데려온 쥐는 틀림없이 피투성이로 갈가리 찢기고 창자가 질질 끌리며 머리는 사라지고 없었을 것이다. 그렇다. 처치가 그것을 데려왔다. 그것은 처치의 쥐였다.

"자러 가자고."

그가 말하면서 불을 껐다. 그와 레이첼은 함께 층계를 올라갔다. 루이스는 그녀의 허리에 팔을 두르고 최선을 다해 그녀를 사랑했다…… 하지만 심지어는 발기되고 단단해진 그가 그녀의 안으로 들어왔을 때에도 그는 성에 자국이 난 창 밖으로 들리는 겨울바람 소리를 들으면서 한때는 딸애의 것이었고 이제는 그의 것이 된 고양이 처치가 어디에서 살금살금 다가가 무엇을 죽이고 있는지 궁금해 했다. 남자의 마음의 토양은 돌보다 더 강해. 그는 생각했다. 바람은 냉소적이면서 우울한 노래를 불렀고 그리 멀리 떨어지지 않은 곳에서는 한때 그의 딸과 아들에게 잘 어울리는 모자를 짜 주었던 노마 크랜덜이 마운트 호프 납골당 지하실의 석판 위에 있는 푸른 회색의 아메리칸 이터널 관 안에 누워 있었다. 지금쯤이면 장의사가 그녀의 뺨 안에 채워 둔 하얀 솜이 까맣게 변해 가고 있을 것이다.

엘리가 여섯 살이 됐다. 그 애는 생일에 종이 모자를 삐딱하게 쓰고 친구들이 그린 자기 초상화를 여러 장 들고(그중 가장 잘 그린 그림에서 엘리는 붙임성 많은 허수아비 같아 보였다) 쉬는 시간에 학교 운동장에서 얻어맞는 일이 있다는 무서운 이야기를 가지고 돌아왔다. 독감이 물러갔다. 그들은 뱅거에 있는 EMMC에 두 명의 학생을 보내야 했으며 서렌드라 하르두는 입원한 직후 경련을 일으킨 피터 험퍼턴이라는 희한한 이름을 가진 심하게 아픈 한 신입생의 목숨을 구했다. 레이첼은 A&P 주류 상점에 있는 금발 머리 남자 점원에게 반해서 그의 청바지가 얼마나 빵빵해 보였는지 루이스에게 열광적으로 말했다.

"아마 화장지를 넣어서 그렇게 빵빵한 걸 거야."

그녀가 덧붙였다.

"한번 그걸 꼬집어 봐."

루이스가 제안했다.

"만일 그 남자 애가 비명을 지르면 화장지가 아닌 거지."

레이첼은 눈물이 날 때까지 웃었다. 차갑고 고요하며 영하로 떨어지는 작은 계절인 2월이 지나가고 비와 서리가 교대로 내리는 3월, 노면의 구멍과 울퉁불퉁한 도로를 경고하는 적황색 도로 표지판의 계절이 왔다. 저드 크랜덜의 당면한 개인적이며 가장 고통스러운 슬픔은 지나갔는데 그 슬픔은 심리학자들이 말하는 사랑하는 이가 죽은 지 약 사흘 후에 시작돼서 거의 대부분 4주에서 6주 정도 통렬하게 지속되는 마치 뉴잉글랜드 사람들이 '깊은 겨울'이라고 부르기도 하는 시기와 같았다. 하지만 시간이 흐르면서 시간은 마치 무지개처럼 인간의 감정 상태를 한 상태에서 다른 상태로 바꿔 놓는다. 강렬한 슬픔이 한층 부드러워지면서 더 원숙해지고 원숙한 슬픔이 애도로 변하고 애도가 결국 기억이 되는 것이다. 이 과정은 대략 6개월에서 3년이 걸리며 여전히 이런 것들이 정상으로 여겨진다. 게이지가 처음으로 이발을 하는 날이 왔다가 지나갔으며 아들이 머리가 길게 자라나는 것을 본 루이스는 그것에 대해 농담을 하면서 자신만의 애도를 했다. 마음속으로만.

봄이 와서 한동안 머물러 있었다.

루이스 크리드는 그의 생애에 마지막으로 정말 행복했던 날이 1984년 3월 24일이라고 믿게 됐다. 단두대의 칼날처럼 그들을 노리고 있는 그 일들이 일어나려면 아직 7주가 남았지만 나중에 루이스가 그 7주간을 돌아보았을 때 어떤 것도 그날처럼 두드러져 보이는 것은 없었다. 그는 심지어 그 끔찍한 일들이 모두 일어나지 않았다 해도 그날을 영원히 기억했을 거라고 생각했다. 어쨌든 처음부터 끝까지 완전히 좋기만 한 날은 드물다고 그는 생각했다.

가장 최고의 환경에서 천수를 누리며 사는 사람의 일생에서도 정말로 좋은 날이란 아마 한 달도 채 되기 힘들 것이라고 그는 생각했다. 루이스에게는 무한한 지혜를 지닌 하느님이 고통을 조금씩 나누어 줄 때 훨씬 더 관대한 것처럼 보였다.

그날은 토요일이었고 루이스는 레이첼과 엘리가 장을 보러 간 오후에 집에서 게이지를 보고 있었다. 그들은 저드와 함께 낡고 털털거리는 저드의 1959년형 IH 픽업트럭을 타고 갔는데 루이스의 스테이션왜건이 고장 나서가 아니라 저드가 그들과 함께 있는 것을 정말로 좋아했기 때문이다. 레이첼은 루이스에게 게이지를 잘 돌볼 수 있겠느냐고 물었고 루이스는 당연하다고 대답했다. 그는 레이첼이 외출하는 것을 보는 게 기뻤다. 메인에서, 주로 러들로에서였지만 겨울을 보낸 후 루이스는 레이첼이 가급적 자주 외출을 하는 것이 좋겠다고 생각했다. 그녀는 그 문제에 대해 계속 괜찮다고 했지만 그가 보기에 레이첼은 머리가 살짝 돌 것 같아 보였다.

게이지는 두시경 언짢고 짜증 나는 기분으로 낮잠에서 깼다. 두시는 낮잠을 자고 일어나기에 끔찍한 시간이었고 게이지는 유감없이 그것을 표현했다. 루이스는 아이를 재미있게 해 주기 위해 몇 가지 별 효과 없는 계략을 써 보았지만 게이지는 모두 마다했다. 설상가상으로 이 버릇없는 아이는 엄청나게 많은 양의 대변을 보았는데 그 대변 한가운데에 파란색 공깃돌이 있는 것을 보았을 때 루이스는 대장의 기능이 개선되지 않았음을 알았다. 그 공깃돌은 엘리의 공깃돌 중 하나였다. 게이지가 질식했을 수도 있었다. 그는 게이지가 손에 닿는 것은 모두 입으로 가져가기 때문에 구슬을 없애야 한다고 마음먹었다. 이 결정이 확실히 훌륭한 결정이긴 했지만 엄마가 돌아올 때까지 아이를 재미있게 해 주는 데는 별 도움이 되지 못했다.

루이스는 때 이른 봄바람이 크게 깜박거리는 집의 불과 그림자를 옆집 빈턴 부인의 마당으로 보내며 집 주위에서 세차게 불어대는 소리를 들으면서 오륙 주 전쯤 학교에서 집으로 돌아오다가 일시적인 충동에 빠져 산 독수리 연을 갑자기 생각해 냈다. 연줄도 샀던가? 틀림없이 그것도 샀다!

"게이지!"

그가 말했다. 게이지는 소파 밑에서 초록색 크레용을 발견해서 엘리가 좋아하는 책 중 하나에 막 낙서하고 있던 참이었다. 형제간의 적대심을 부채질하는 또 다른 뭔가로군. 이런 생각을 하며 루이스는 웃었다. 「괴물들이 사는 나라」를 게이지의 손에서 뺏기 전에 아기가 그 책에 해 놓은 낙서를 보고 엘리가 화내면 루이스는 게이지의 기저귀에서 발견한 독특한 보물을 간단하게 언급하면 될 것이다.

"뭐!"

게이지는 또랑또랑하게 대답했다. 아이는 이제 꽤 말을 잘한다. 루이스는 게이지가 꽤 똑똑한 아이일 거라는 결론을 내렸다.

"밖에 나가고 싶니?"

"나가고 시퍼!"

게이지는 흥분해서 동의했다.

"나가고 시퍼. 내 운도는 어디 있어, 아빠?"

이 문장은 만약 발음 나는 대로 다시 재현한다면 이런 말이 될 것이다. '내 운도 어디, 빠빠?' 번역하자면 '내 운동화는 어디에 있죠, 아빠?'가 된다. 루이스는 종종 게이지의 말에 깊은 감명을 받곤 했는데 그 말이 귀여워서라기보단 그가 생각하기에 모든 아이들이 좀 혼란스럽지만 호감이 가는 방식으로 외국어를 배우는 이민자들같이 말을 하기 때문이다. 그는 갓난아이들이 인간의 후두가 낼 수 있는 모든 소리를 낼 수 있다는 것을 알고 있었다…… 처음으로 불어를 배우는 사람에게 매우 어렵다고 증명된 떨리는 R 소리, 호주 오지 사람들이 쓰는 언어의 목구멍에서 그르렁거리는 소리, 독일인들의 굵고 무뚝뚝한 자음들 같은 소리 말이다. 아이들은 영어를 배우기 시작하면서 그 능력을 잃어버리고 루이스는 유년기가 배우는 시기라기보다는 더 많이 잊어버리는 시기가 아닐까 하는 궁금증이 생겼고 이번이 처음은 아니었다.

마침내 게이지의 운도를 찾았다…… 마찬가지로 소파 밑에 있었다. 루이스의 또 다른 믿음 중에 하나로 조그만 아이들이 있는 집에서는 거실 소파 밑의 공간이 병들, 기저귀 핀, 초록색 크레용, 페이지 사이에 낀 음식이 썩어 가는 오래된 《세서미 스트리트》 잡지 같은 모든 잡동사니들이 종국에 빨려 들어가게 만드는 강력하고 신비로운 전자기력을 발산한다는 것이다.

그러나 게이지의 점퍼는 소파 밑에 없었다. 그것은 계단 중간에 있었다. 게이지가 그것 없이는 나가지 않겠다고 고집을 부린 빨간 레드 삭스 야구 모자가 가장 찾기 힘들었는데 알고 보니 원래 있던 자리인 옷장에 있었기 때문이다. 당연히 그곳은 가장 나중에 찾아본 곳이었다.

"어디 가, 아빠?"

게이지가 아빠에게 손을 내밀면서 싹싹하게 물었다.

"빈턴 부인의 들판에 가 보는 거야. 연을 날릴 거다, 얘야."

"여어어언?"

게이지가 미심쩍게 물어봤다.

"네가 좋아할 거야. 잠깐 기다려, 아가."

그들은 차고에 있었다. 루이스는 열쇠고리를 찾아서 작은 수납 벽장을 열고 불을 켰다. 그는 벽장을 뒤져 독수리 연을 찾았는데 아직도 판매 전표가 달린 채 가게에서 준 봉투에 들어 있었다. 그는 그의 영혼이 약간의 희망을 갈구했던 이월이 무르익던 중순경에 이 연을 샀다.

"아빠?"

게이지가 물었다. 이것은 '도대체 아빠가 갖고 있는 게 뭐예요?' 라는 게이지 식 언어였다.

"이건 연이야."

루이스가 말하면서 연을 봉투에서 꺼냈다. 게이지는 루이스가 연을 펼치는 것을 흥미롭게 바라보았다. 단단한 플라스틱 날개가 1.5미터 정도 넘게 뻗었다.

뼈만 앙상하고 분홍빛의 털 없는 목 위에 붙은 조그만 머리에서 불룩하고 핏발 선 독수리 눈이 그들을 말똥말똥 쳐다보고 있었다.

"새!"

게이지가 소리쳤다.

"새! 아빠, 새가 있어."

"그래! 새야."

루이스는 맞장구쳐 주면서 연의 뒤편에 있는 구멍에 막대기를 찔러 넣었고 같은 날 그가 산 길이 150미터의 연줄을 다시 찾았다. 그는 어깨 너머로 돌아보면서 게이지에게 거듭 말했다.

"좋아하게 될 거다, 자식."

게이지는 그것을 좋아했다.

그들은 연을 빈턴 부인의 들판으로 가져가서 루이스가 바람 부는 삼월 하늘에 한번 날려 보았다. 그가 마지막으로 연을 날려 본지가 언제였더라…… 12년 전, 9년 전인가…… 맙소사, 그렇게 오래전일 줄이야.

빈턴 부인은 저드 연배의 노인이었지만 아주 몸이 쇠약했다. 그녀는 들판 꼭대기에 있는 벽돌집에 살았는데 이제는 거의 외출을 하지 않는다. 그 집 뒤로 벌판이 끝나고 숲이 시작됐다. 처음에는 애완동물 공동묘지로 이어지고 쭉 가면 미크맥 매장지로 넘어가는 숲 말이다.

"연 난다, 아빠!"

게이지가 소리를 질렀다.

"그래, 연이 날아가는 것 봐!"

루이스가 흥분해서 고함을 질러 화답하고 웃었다. 그가 연줄을 너무 빠르게 푸는 바람에 줄이 점점 뜨거워지면서 그의 손바닥에 가는 선 자국을 남겼다.

"저 독수리 좀 봐, 게이지, 독수리가 정말 빨리 날지!"

"빨리 나라!"

게이지가 소리를 지르면서 기운차고 신나게 웃었다. 태양이 통통한 잿빛 구름 뒤에서 떠올랐으며 온도는 한순간에 5도쯤 올라간 것 같았다. 그들은 빈턴 부인의 들판에 있는 키가 큰 죽은 풀들 사이에서 이제 4월로 넘어가려고 안간힘을 쓰는 불안한 3월의 밝고 따뜻한 공기 속에 서 있었다. 그들 위에는 독수리 연이 더 높고 푸른 하늘을 향해 솟아오르면서 그 플라스틱 날개를 안정된 대기의 흐름에 거슬러서 팽팽히 펴며 더 높이 날고 있었고, 어린 시절에 그랬던 것처럼 루이스는 그 연을 따라 올라가서 연 속으로 들어가 지도 제작자가 꿈속에서 봤을 법한, 세계가 그 실제의 모습을 드러내는 장관을 자신이 내려다보는 것을 느꼈다. 눈이 녹은 뒤 거미줄처럼 하얗고 고요한 빈턴 부인의 들판이 보였다. 단순한 들판이라기보다 양 옆에 있는 두 개의 바위벽으로 둘러싸인 큰 평행사변형이었고 그 아래 도로가 나 있는 것과 쭉 뻗은 검은색 엷은 지층, 그리고 강이 흐르는 계곡이 보였다. 독수리 연은 높이 날며 충혈된 눈으로 그 모든 것을 다 보았다. 연은 차가운 회색 띠 같은 강물 위에 쇳덩이 같은 조각 얼음들이 아직도 떠다니는 것을 보았다. 반대편에는 햄던, 뉴버그, 윈터포트의 항구에 배 한 척이 정박된 것이 보였다. 아마도 연은 벅스포트에 있는 세인트레지스 공장을 거기서 뿜어져 나오는 연기구름 아래 굽어볼 것이고 심지어 대서양이 벌거벗은 바위를 두들기고 있는 땅 끝까지 보았을 것이다.

"연이 가는 것을 봐, 게이지!"

루이스가 웃으면서 소리 질렀다.

게이지는 너무 뒤로 몸을 기울이고 있어서 넘어질 것 같았다. 아주 커다란 웃음이 아이의 얼굴에 떠올랐다. 아이는 연에게 손을 흔들고 있었다.

루이스는 좀 기운이 빠져 게이지에게 손을 내밀라고 말했다. 게이지는 쳐다보지도 않고 손을 내밀었다. 아이는 연으로부터 눈을 뗄 수 없었다. 연은 바람 속에서 흔들거리며 춤을 췄고 연의 그림자는 들판을 가로질러 이리저리 달려갔다.

루이스는 연줄을 게이지의 손 주위에 두 번 감아 주었고 이제 게이지는 그것을 내려다보면서 연줄의 끌고 당기는 강한 힘에 우스꽝스럽게 놀라는 표정을 지었다.

"뭐!"

아이가 말했다.

"네가 날리는 거야." 루이스가 말했다. "네가 조종하는 거다, 아가, 이제 네 연이야."

"게이지가 나리는 거?"

게이지는 아빠에게 물어보는 것이 아니라 스스로 확인해 보기 위해서 말했다. 그는 줄을 시험적으로 끌어당겼다. 연이 바람 부는 하늘에서 끄덕거렸다. 게이지는 줄을 더 세게 잡아당겼다. 연이 쑥 내려왔다. 루이스와 아들은 함께 웃었다. 게이지는 줄을 잡고 있지 않은 쪽 손을 뻗어서 연을 잡으려고 했고 루이스는 그 손을 쥐었다. 이들은 빈턴 부인의 들판 한가운데 그렇게 함께 서서 독수리 연을 올려다보고 있었다.

아들과 함께한 그 순간을 루이스는 결코 잊지 않았다. 자신이 아이가 되어 하늘로 올라가 연 속으로 들어갔던 것처럼 그는 이제 그 자신이 게이지, 자신의 아들 속으로 들어가는 것을 깨달았다. 그는 자신이 게이지의 작은 집 속으로 들어갈 때까지 줄어드는 것을 느꼈으며 게이지의 두 눈이라는 창을 통해 너무나 거대하고 밝은 세상을 보고 있었다. 그 세상에서 빈턴 부인의 들판은 거의 본

빌 솔트 플랫(유타 주 북서쪽에 있는 지명—옮긴이)만큼이나 컸고 그의 머리 위로 연이 수킬로미터 솟아올라 있었으며 주위에 부는 바람이 머리카락을 엉클어 놓을 때 게이지의 꽉 움켜진 손안에서 줄은 살아 있는 생명체처럼 윙윙 울고 있었다.

"연이 나라!"

게이지가 아빠에게 소리쳤고 루이스는 게이지의 어깨에 팔을 두르고 그 뺨에 키스했다. 게이지의 뺨에는 바람 때문에 들장미가 활짝 피어 있었다.

"사랑한다, 게이지."

그것은 그 둘만의 이야기였고 그것으로 좋았다.

그리고 이제 살날이 두 달도 채 남지 않은 게이지는 높고 행복한 웃음소리를 냈다.

"연이 나라! 연이 나라, 아빠!"

레이첼과 엘리가 집에 왔을 때 이들은 아직도 연을 날리고 있었다. 루이스와 게이지는 연줄이 거의 풀릴 정도로 연을 높이 날려서 독수리 연의 얼굴은 제대로 보이지도 않았다. 그것은 하늘에 뜬 조그만 검은색 그림자에 지나지 않았다.

루이스는 두 사람을 보자 기뻐했고 엘리가 순간적으로 연줄을 놓쳐 풀을 헤치며 쫓아가다가 넘어지기 직전에 잡았지만 연줄이 얼레에서 다 풀려 버리자 크게 웃음을 터트렸다. 하지만 두 사람이 오면서 분위기가 살짝 바뀌었고 루이스는, 이십 분 후, 레이첼이 게이지가 충분히 바람을 쐤다고 말했을 때 그만두는 것이 그렇게 섭섭하지 않았다. 레이첼은 게이지가 감기에 걸릴까 봐 걱정했다.

그래서 연을 다시 감아 당겼는데 연은 줄을 한 번씩 감을 때마다 내려오지 않으려고 몸부림치다 끌려 내려왔고 결국은 굴복하고 말았다. 루이스는 검은색 날개와 충혈된 눈과 그 모든 것을 팔 아래에 쑤셔 넣고 수납 벽장에 다시 감금했다. 그날 저녁 게이지는 핫도그와 콩을 엄청나게 먹어 치웠고 레이첼이 게이지를 재우기 위해 닥터 덴튼 잠옷을 입히는 동안 루이스는 엘리를 한쪽으로 불러 주위에 그 애의 공깃돌을 놔두는 것에 대해 터놓고 이야기를 나누었다. 다른 때 같았으면 그는 아마 엘리에게 소리 지르는 것으로 이야기를 끝냈을 것이다. 엘리는 실수를 지적당할 때 꽤 거만해지고 심지어 버릇없게 행동할 때도 있었기 때문이다. 그것은 비판에 대처하는 그 애만의 방식이었지만 그렇다고 해도 그 애가 너무 노골적으로 대들거나 루이스가 피곤할 때는 화가 치밀어 오르는 것을 참을 수 없었다. 하지만 오늘 연을 날리고 나서 그는 기분이 좋았고 엘리는 분별 있게 그의 이야기를 들었다. 엘리는 앞으로 조심하기로 하고 아래층에 가서 여덟시 반까지 텔레비전을 보았다. 토요일에만 그 애가 누릴 수 있는 특권이었다. 좋아, 그 애긴 끝났고 오히려 잘된 것 같다고 루이스는 생각했지만 사실은 공깃돌이 문제가 아니고 감기도 문제가 아니며 실은 저드 크랜덜이 그 8월 첫날 경고했던 것처럼 대형 오링코 트럭이 문제가 될 것이고, 그 도로가 문제가 될 것임은…… 알지 못했다.

그는 그날 밤 게이지가 잠자리에 든 지 15분쯤 후에 이층으로 올라갔다. 그는 아들이 조용하긴 하지만 아직 잠들지 않은 채 병에 든 마지막 한 모금 우유를 마시면서 생각에 잠겨 천장을 바라보고 있는 것을 발견했다.

루이스는 게이지의 한쪽 발을 한 손으로 쥐어 들어 올렸다. 그는 발에 입 맞추고 다시 내려놓았다.

"잘 자라, 게이지."

"연이 나라, 아빠."

게이지가 말했다.

"연이 정말로 날았지, 그랬지?"

그리고 별안간 아무 이유 없이 루이스는 눈에 눈물이 고이는 것을 느꼈다.

"하늘 위로 날아올랐어."

"연이 나라." 게이지가 말했다. "하느 위로."

게이지는 옆으로 몸을 돌리더니 눈을 감고 잠이 들었다. 그렇게 잠들었다.

루이스는 복도로 나가려고 하다가 다시 돌아보았고 이때 노랗고 초록색의 형체 없는 눈이 게이지의 옷장에서 그를 쏘아보고 있는 것을 보았다. 벽장문은 열려 있었다…… 아주 조금. 그의 마음이 갑자기 내려앉으면서 입이 찡그려졌다.

그는 벽장문을 열면서 생각했다.

(젤다, 젤다가 벽장에서 입술 사이로 까만 혀를 내밀고 있는 거야.)

그는 무엇인지 확신할 수 없었지만 당연히 그것은 처치였다. 처치가 벽장 안에 있었고 루이스를 보자 핼러윈 카드에 있는 고양이처럼 등을 구부렸다. 처치는 루이스에게 쉿쉿 소리를 내면서 입을 조금 열고 바늘처럼 날카로운 이빨을 드러냈다.

"거기서 나와."

루이스가 속삭였다.

처치는 다시 쉿쉿거렸다. 그것은 움직이지 않았다.

"나와, 말했잖아."

그는 게이지의 어지럽게 흩어진 장난감 중 손에 잡히는 것을 하나 집어 들었는데 그것은 밝은 플라스틱으로 만들어진 기차 장난감으로 희미한 불빛에서 보니 피가 말라붙은 것 같은 적갈색을 띠고 있었다. 그는 처치에게 그것을 휘둘렀다. 그러나 고양이는 꿈적도 하지 않았을 뿐 아니라 다시 그에게 쉿 소리를 냈다.

그리고 갑자기, 아무 생각 없이, 루이스는 장난감을 고양이에게 진짜로 던졌다. 장난도 아니었고 겁주려는 것도 아니었다. 그는 최대한 세게 장난감을 고양이에게 던졌는데, 마치 그럴 권리라도 있는 것처럼 아들의 방에 있는 어두운 벽장에 숨어서 나가길 거부하는 고양이에게 격노했고 조금 겁을 먹기도 했던 것이다.

장난감 기차는 고양이 몸 한가운데를 딱 맞혔다. 처치는 까악까악 소리를 지르면서 도망갔고 문에 부딪혀서 나가는 길에 넘어질 뻔하는 그 평소의 우아하지 못한 추태를 고스란히 보여 줬다.

게이지는 몸을 뒤척이며 뭔가를 중얼거리다가 자세를 바꾸고 다시 조용해졌다. 루이스는 조금 토할 것 같은 기분이 들었다. 그의 이마에 땀방울이 맺혔다.

"루이스?"

아래층에서 레이첼이 놀란 목소리로 물었다.

"게이지가 침대에서 떨어졌어?"

"게이지는 괜찮아, 여보. 처치가 게이지 장난감을 넘어뜨렸어."

"아, 그랬구나."

비이성적이든 아니든 그는 아들을 들여다봤더니 뱀이 아들의 몸을 감고 있거나 게이지 침대 위에 있는 책장에 큰 쥐가 있는 것을 봤을 때 느꼈을 것 같은 기분을 느꼈다. 물론 비이성적인 생각이었다. 하지만 그것이 그렇게 벽장에서 루이스에게 쉿쉿거렸을 때는…….

(젤다 너는 젤다를 생각했나, 너는 오즈의 마법사를 생각했나?)

그는 게이지의 벽장문을 닫고 장난감 몇 개를 발로 밀어서 다시 제자리에 쓸어 담았다. 그는 벽장문에서 나는 조그만 딸각 소리를 들었다. 조금 더 망설인 끝에 그는 벽장의 걸쇠를 잠갔다.

그는 게이지의 침대로 다시 돌아갔다. 몸을 뒤척이면서 아이는 담요 두 장을 발치로 차 버렸다. 루이스는 엉킨 담요들을 다시 풀어서 아이에게 덮어 주고 잠시 그곳에 서서 아들을 오랫동안 바라보았다.

〈2권에서 계속〉

밀리언셀러 클럽을 펴내면서

지난 수백 년 동안 소설은 기묘하면서도 교양 넘치고, 자유로우면서도 현실에 뿌리 박고 있으며, 흥미진진하면서도 감동적인 이야기로 독자들의 사랑을 독차지해 왔다.

민담이나 전설 등에 비해 비교적 최근에 탄생한 이야기 형식인 소설이 순식간에 이야기 왕국의 제왕으로 올라선 것은 현대인들이 살아가면서 느끼는 희망과 절망, 불안과 평화 등 온갖 삶의 양상들을 허구 속에 온전히 녹여 내어 재창조함으로써 이야기를 읽는 기쁨과 더불어 삶을 재발견하는 즐거움을 주어 온 까닭이다.

사실 이야기를 읽음으로써 삶을 다시 생각하고, 삶을 생각함으로써 이야기를 다시 만들어 온 것은 인간이라면 피할 수 없는 숙명이다.

그런데도 최근 이야기의 제왕이라는 소설의 위기를 말하는 목소리가 점점 늘어나고 있다. 만약에 이 말이 사실이라면, 그리하여 사람들이 소설을 점차 외면하고 있다면, 핏속에 스며들어 있으며 뼛속에 틀어박힌 이야기 본능이 무언가 다른 것에 홀려 있음에 틀림없다.

사람들은 이제 이야기를 소설이 아니라 거리에서, 인터넷에서, 영화에서, 드라마에서, 광고에서, 대중가요에서 즐기고 있는 것이다.

'밀리언셀러 클럽' 은 이러한 소설의 위기를 넘어서려는 마음에서 기획되었다. 국내뿐만 아니라 전 세계 각국에서 독자들의 사랑을 한껏 받은 작품들을 가려 뽑아 사람들 마음을 다시 소설로 되돌리고 이야기를 한껏 즐길 수 있도록 배려하였다.

'밀리언셀러' 라는 이름을 단 것은 소설이 다시 사람들의 마음을 끌어 널리 읽히기를 바라기 때문이고, '클럽' 이라는 이름을 단 것은 소설을 사랑하는 독자들이 이 작품들을 가운데 놓고 오랫동안 이야기를 나누기를 바라기 때문이다.

앞으로 '밀리언셀러 클럽' 에는 예로부터 오늘날까지, 동양에서 서양까지 시대와 장소를 가리지 않고 널리 독자들의 사랑을 받아 온 작품들 중에서 이야기로서 재미에 충실할 뿐만 아니라 인간 본연의 모습을 확인시켜 줄 수 있는 소설들이 엄선되어 수록될 것이다.

이 작품들이 부디 독자들을 소설의 바다로 끌어들여 읽기의 즐거움을 극대화함으로써 이야기 본능을 되살려 주어 새로운 독서 세대를 창출하기를 바라는 마음 간절하다.

옮긴이 | 황유선

부산대 컴퓨터공학과를 졸업하고 프로그래머로 활동했다. 옮긴 책으로 『붉은 인형의 집』, 『애완동물 공동묘지』, 『타이드랜드』가 있다.

애완동물 공동묘지(상)

1판 1쇄 펴냄 2006년 1월 25일
1판 8쇄 펴냄 2021년 3월 31일

지은이 | 스티븐 킹
옮긴이 | 황유선
편집인 | 김준혁
발행인 | 박근섭
펴낸곳 | 황금가지

출판등록 | 1996. 5. 3. (제16-1305호)
주소 | 06027 서울 강남구 도산대로 1길 62 강남출판문화센터 5층
전화 | **영업부** 515-2000 **편집부** 3446-8774 **팩시밀리** 515-2007
홈페이지 | www.goldenbough.co.kr

도서 파본 등의 이유로 반송이 필요할 경우에는 구매처에서 교환하시고
출판사 교환이 필요할 경우에는 아래 주소로 반송 사유를 적어 도서와 함께 보내주세요.
06027 서울 강남구 도산대로 1길 62 강남출판문화센터 6층 민음인 마케팅부

ISBN 978-89-8273-813-5 04840
ISBN 978-89-8273-800-5 (set)

㈜민음인은 민음사 출판 그룹의 자회사입니다.
황금가지는 ㈜민음인의 픽션 전문 출간 브랜드입니다.